JULES
VERNE
BEST
COLLEC
TION

쥘 베른 베스트 컬렉션

＊

지구 속 여행

김석희 옮김

Voyage au centre de la Terre

열림원

인간이, 살아 있는 인간이
지구의 내장 속에서
숱한 세대에 걸쳐 살고 있다니!

차례

1

리덴브로크 교수의 귀가

1863년 5월 24일 일요일, 나의 삼촌인 리덴브로크 교수는 함부르크의 옛 시가지 중에서도 가장 오래된 동네인 쾨니히 가 19번지에 있는 작은 집으로 가쁜 숨을 몰아쉬며 돌아왔다.

하녀 마르테는 점심 준비가 많이 늦어졌다고 생각했을 것이다. 부엌의 화덕에서는 수프가 이제 겨우 끓기 시작했으니까.

'야단났군.' 나는 속으로 중얼거렸다. 삼촌은 세상에서 가장 성질이 급한 데다 배가 고프면 잠시도 못 참는 양반이라, 한바탕 호통을 쳐댈 게 뻔했기 때문이다.

마르테가 식당 문을 빠끔히 열고는 놀란 듯이 외쳤다.

"주인님이 벌써 돌아오셨네요!"

"그래요. 하지만 너무 걱정하지 마세요. 아직 두 시도 안 됐잖아요. 성 미카엘 교회의 종이 방금 한 시 반을 쳤는걸요."

"그런데 무엇 때문에 이렇게 일찍 돌아오셨을까요?"

"글쎄요. 삼촌이 이유를 말해주겠죠, 뭐."

"어머나, 들어오셨어요. 저는 이만 물러갈 테니까 도련님이 잘 말씀드려주세요."

마르테는 재빨리 자신의 '요리 실험실'로 사라져버렸다.

난감했다. 교수들 중에서도 가장 까다롭고 화를 잘 내는 사람을 달랜다는 것은, 나처럼 성격이 무르고 트릿한 사람에게는 도저히 불가능한 일이었다. 그래서 나는 꼭대기층에 있는 내 작은 방으로 얌전히 물러가기로 했다. 하지만 바로 그때 현관문이 삐걱거리는 소리가 났다. 이어서 나무 계단을 쿵쿵 밟는 요란한 발소리가 들리고, 이 집의 주인 나리께서 식당을 가로질러 서재로 들어갔다.

삼촌은 그렇게 서둘러 걸으면서, 호두까기 손잡이가 달린 지팡이를 구석에 내던지고, 보풀이 일어난 모자를 탁자에 내던졌다. 그러고는 쩌렁쩌렁 울리는 목소리로 조카인 나에게 소리쳤다.

"악셀, 따라와!"

내가 아직 몸도 움직이기 전에 삼촌은 벌써 다급한 목소리로 호통을 쳤다.

"아직도 안 오고 뭘 꾸물거리고 있는 거냐?"

나는 무서운 삼촌의 서재로 뛰어들어갔다.

오토 리덴브로크 교수가 심술 사납고 고약한 사람이 아니라는 것은 사실 나도 인정하고 싶다. 하지만 뭔가 뜻밖의 변화라도 일어나지 않는 한, 삼촌은 아마 죽을 때까지 터무니없는 괴짜로 남아 있을 것이다.

삼촌은 요한네움* 학원에서 광물학을 가르치고 있었는데, 강

---

* 요한네움: 1529년에 함부르크에 세워진 유명한 교육기관. 지금도 건재해 있다.

의 때마다 한두 번은 반드시 화를 냈다. 그것은 학생들에게 강의를 열심히 듣도록 하기 위해서도 아니고, 강의를 열심히 들어서 나중에 좋은 성적을 받도록 하기 위해서도 아니었다. 삼촌은 적어도 그런 사소한 일에 신경 쓰는 사람이 아니었다. 독일 철학 용어를 빌려서 말하자면 삼촌은 '주관적'으로, 그러니까 남을 위해서가 아니라 자기 자신을 위해서 강의를 하고 있었다. 요컨대 자기 본위의 학자였고, 마르지 않는 지식의 우물이라고도 말할 수 있지만, 남들이 그 우물에서 뭔가를 퍼내려고 하면 두레박이 제대로 움직이지 않아 삐걱거리기 시작하는 것이다. 한 마디로 말해서 삼촌은 지식 내주기를 아까워하는 이기적인 학자였다.

독일에는 이런 부류의 교수가 언제든 한두 명은 있었다.

삼촌은 불행하게도 발음에 문제가 있었다. 친한 사람들과 대화할 때는 그렇지도 않지만, 대중 앞에서는 아무래도 말이 어눌한 편이었다. 사람들 앞에서 말하는 직업을 가진 사람에게는 치명적인 결함이 아닐 수 없다. 실제로 요한네움에서 강의할 때도 삼촌은 걸핏하면 말문이 막히곤 했다. 입에서 좀처럼 나오려 하지 않거나 목구멍에 막혀 움쭉달싹 못하게 된 말과 악전고투를 벌이다가 겨우 뱉어낸 말이 학문과는 거리가 먼 욕설일 때가 많았다. 그게 또 삼촌이 분통을 터뜨리는 원인이 되었다.

광물학에는 그리스어나 라틴어에서 유래한 용어가 많아서 발음하기가 쉽지 않다. 그런 딱딱한 학술 용어들은 시인의 입술을 부르트게 만들 뿐이다. 광물학을 헐뜯을 생각은 조금도 없지만, 육면체 결정이니 역청상 수지, 겔레나이트, 팡가사이트, 몰리브덴 연광, 망간 텅스텐산염, 티탄산 지르코늄 같은 어휘에 부딪히면, 아무리 말 잘하는 사람도 혀가 제대로 돌아가지 않는 게 당연할 것이다.

그런데 이 도시의 사람들은 그냥 너그럽게 봐줘도 좋을 삼촌의 이 같은 결점을 잘 알고 있어서, 발음이 까다로운 용어가 나오기를 이제나저제나 기다린다. 그러다가 마침내 삼촌이 분통을 터뜨리면 다들 좋아서 배꼽을 쥐는 것이다. 아무리 독일인이라 해도 이런 것은 좋은 취미라고 할 수 없다. 리덴브로크 교수의 강의에는 늘 청강생이 많지만, 강의를 진지하게 듣는 사람은 과연 몇이나 될까? 대부분은 교수가 화내는 것을 코미디 보듯 즐기러 올 뿐이다.

그래도 삼촌은 역시 진정한 학자였다. 때로는 광석 표본을 너무 거칠게 다루다가 깨뜨리는 일도 있지만, 지질학자의 천부적 재능과 광물학자의 감식안을 아울러 갖추고 있었다. 망치·송곳·나침반·용접용 램프·플라스크를 날 때부터 지니고 태어난 것 같았다. 어떤 광물을 보여주어도 삼촌은 광물의 균열·모양·굳기·녹는점·소리·냄새·맛을 보고, 광물학이 지금까지 분류한 600여 종의 광물 가운데 어느 것인지를 당장 알아내곤 했다.

그래서 리덴브로크라는 이름은 학교만이 아니라 학계에도 널리 알려져 있었다. 험프리 데이비나 훔볼트 같은 저명한 학자도, 프랭클린이나 새빈 같은 선장도 함부르크에 오면 반드시 삼촌을 찾아왔다. 베크렐, 에벨망, 브루스터, 뒤마, 밀른 에드워즈, 생트 클레르 드빌 같은 석학들도 학문상의 현안 문제에 대해 삼촌의 지혜를 빌리고 싶어했다.* 삼촌은 화학 분야에서도 상당히 중요한 발견을 했고, 1853년에는 도판이 실린 《결정학 논고》를 라이프치히에서 출판하기도 했다. 출판 비용을 회수할 수 있을 만큼 팔리지는 않았지만.

게다가 삼촌은 유럽 전역에서 소중한 컬렉션으로 이름 높은, 러시아 대사 스트루베** 씨의 광물 박물관 관장직도 맡고 있었다.

좀 전에 나를 그처럼 다급하게 부른 리덴브로크 삼촌은 대충 이런 인물이었다. 독자 여러분은 키가 훤칠하고 깡마른 체격에 강철처럼 튼튼하고 쉰 살이 넘었는데도 숱 많은 금발 덕분에 열 살은 젊어 보이는 남자를 떠올려주기 바란다. 커다란 눈은 커다란 안경 속에서 화살처럼 날카로운 시선을 주위에 끊임없이 쏘아대고, 길고 가는 코는 마치 예리한 칼날 같았다. 험담하기 좋아하는 사람들은 이렇게 주장하기도 했다. 삼촌이 광물에 환장하는 까닭은 그의 코가 자기를 띠고 있어서 쇠붙이를 빨아들이기 때문이라고. 물론 터무니없는 헛소리였다. 삼촌의 코가 빨아들이는 것은 담배뿐이었다. 솔직히 말해서 그 담배는 엄청난 양이었다.

삼촌은 항상 자로 잰 것처럼 정확하게 보폭 1미터로 성큼성큼 걷고, 걸을 때는 반드시 두 주먹을 꽉 움켜쥔다 — 이것은 성질이 급하고 격렬하다는 것을 보여주는 증거다 — 는 말을 덧붙이면, 누구나 삼촌의 됨됨이를 알아차리고, 그가 얼마나 사귀기 힘

---

* 험프리 데이비(1778~1829): 영국의 화학자. 알렉산더 폰 훔볼트(1769~1859): 독일의 박물학자 · 지리학자. 존 프랭클린(1786~1847): 영국의 북극 탐험가. 에드워드 새빈(1788~1883): 영국의 군인 · 물리학자. 앙투안 세자르 베크렐(1788~1878): 프랑스의 물리학자. 자크 조제프 에벨망(1814~52): 프랑스의 화학자. 데이비드 브루스터(1781~1868): 영국의 물리학자. 장 밥티스트 앙드레 뒤마(1800~84): 프랑스의 화학자. 앙리 밀른 에드워즈(1800~85): 프랑스의 박물학자. 생트 클레르 드빌(1818~81): 프랑스의 화학자.
** 프리드리히 빌헬름 스트루베(1793~1864): 독일 태생의 러시아 천문학자. 별의 시차를 발견했다.

오토 리덴브로크 교수는 키가 훤칠하고 깡마른 체격에……

든 사람인지 짐작할 수 있을 것이다.

삼촌이 살고 있는 쾨니히 가의 작은 집은 목재와 벽돌을 반반씩 사용하여 지은 건물이고, 박공벽은 톱니처럼 깔쭉깔쭉했다. 1842년의 대화재 때 다행히 재난을 면한 함부르크의 옛 시가지 한복판에는 구불구불한 운하가 몇 개나 얽혀서 흐르고 있는데, 이 집도 그런 운하에 면해 있었다.

그 낡은 집은 약간 기울어져 있어서, 그 옆을 지나는 사람들에게 배를 불쑥 내밀고 있는 느낌을 주었다. 지붕은 애국동맹* 학생들의 모자처럼 한쪽 귀 위에 비스듬히 얹혀 있었다. 건물의 선은 완벽한 조화를 이루고 있다고는 말할 수 없지만, 그래도 정면에 단단히 뿌리박은 아름드리 느릅나무 덕분에 집은 무너지지 않고 서 있었다. 그 느릅나무는 봄이 되면 격자창 틈새로 만발한 꽃가지를 밀어넣곤 했다.

삼촌은 독일의 교수치고는 유복한 편이어서, 집은 모두, 그러니까 건물도 내용물도 모두 삼촌 것이었다. 내용물이란 피어란트** 출신인 열일곱 살의 대녀(代女) 그라우벤과 하녀 마르테, 그리고 나다. 조카에 고아라는 이중 자격을 가진 나는 삼촌의 실험 조수 역할을 맡고 있었다.

솔직히 말하면 나는 지질학에 열렬한 흥미를 가지고 깊이 몰두해 있었다. 내 혈관에는 광물학자의 피가 흐르고 있어서, 귀중한 돌을 만지작거리고 있으면 따분해진 적이 한 번도 없었다.

요컨대 쾨니히 가의 이 작은 집에서 사는 것은 즐겁고 행복했다. 삼촌은 워낙 성미가 급해서 종종 함부로 굴 때도 있지만, 그

---

* 애국동맹: 19세기 초(1908~16)에 독일에서 결성된 학생 중심의 정치 단체.
** 피어란트: 엘베 강 유역의 간척지.

삼촌은 쾨니히 가의 작은 집에 살고 있었다

래도 역시 나를 사랑해주었기 때문이다. 하지만 삼촌은 느긋하게 기다릴 줄을 모르고 매사에 항상 서둘렀다.

4월에 응접실의 도자기 화분에 금계초나 나팔꽃 모종을 심으면, 삼촌은 모종이 좀더 빨리 자라게 하려고 아침마다 이파리를 잡아당길 정도였다.

이런 괴짜와 잘 지내려면 고분고분 따르는 게 상책이다. 그래서 나는 서재로 쏜살같이 달려갔다.

2

양피지의 룬 문자

삼촌의 서재는 박물관이나 마찬가지였다. 그곳에는 광물계의 온갖 표본들이 가연질·금속질·암석질로 나뉘어 순서대로 진열되어 있고, 이름표도 붙어 있었다.

이런 광물학의 골동품에 대해서는 나도 꽤 알고 있었다. 흑연·무연탄·석탄·갈탄·토탄 등의 표본에서 먼지를 닦아내는 일은 같은 또래의 아이들과 놀러 다니며 시간을 낭비하는 것보다 훨씬 재미있었다. 역청·수지·유기염류는 티끌 하나 묻지 않도록 세심하게 보존해야 했다. 철에서 금에 이르는 다양한 금속은 과학 표본으로서 모두 똑같은 가치를 지니고 있었다. 그 절대적 가치에 비하면 상대적 가치는 전혀 중요하지 않았다. 그리고 각종 보석류! 그것을 다 팔면 쾨니히 가의 낡은 집을 새로 짓고, 나도 모든 것이 두루 갖추어진 멋진 방을 하나 더 얻을 수 있을 터였다.

하지만 삼촌의 서재로 뛰어들어갔을 때는 그런 꿈같은 생각을 하고 있을 여유가 없었다. 내 머리를 가득 채우고 있는 것은 삼촌뿐이었다. 삼촌은 위트레흐트*제 벨벳을 씌운 커다란 안락의자에 몸을 깊이 묻고는, 두 손으로 받쳐든 커다란 책을 감탄하는 눈빛으로 열심히 훑어보고 있었다.

"훌륭한 책이야! 정말 굉장한 책이야!" 삼촌은 거듭해서 외쳤다.

새삼스러운 사실도 아니지만, 리덴브로크 교수는 시간이 날 때마다 귀한 책을 찾아다니는 수집광이었다. 하지만 삼촌이 가치를 인정하는 책은 좀처럼 구하기 힘든 희귀본이거나 내용을 이해할 수 없는 어려운 책들뿐이었다.

"이 책은 말이다, 오늘 아침에 유대인 헤벨리우스의 책방을 뒤지다가 찾아낸 귀중한 보물이야."

"굉장하군요!" 나는 억지로 감탄한 체하며 맞장구쳤다.

책등도 표지도 싸구려 송아지 가죽으로 만들어진 듯한 낡아빠진 4절판 책 때문에, 색바랜 서표 끈이 매달려 있고 누렇게 퇴색한 헌책 한 권 때문에 그런 법석을 떨었단 말인가?

그래도 삼촌은 계속 감탄사를 연발하고 있었다.

"이것 좀 봐라." 삼촌은 자문자답을 시작했다. "아름답지 않니? 그래, 정말 훌륭해. 그리고 이 제본 상태를 봐! 아주 쉽게 펼쳐지지? 정말 그렇군. 어디를 펼쳐도 펼쳐진 채 그대로 있어. 하지만 닫으면 어떨까? 흠음, 그것도 좋군. 표지와 내지가 딱 겹쳐지고 어디에도 빈틈이 없어. 그리고 이 책등은 어때? 7백 년이나 지났는데도 전혀 찢어지지 않았어. 아아, 이런 제본이라면 보

* 위트레흐트: 네덜란드 중부의 유서 깊은 도시로, 오래 전부터 직물산업이 발달했다.

제리앙이나 클로스나 푸어골트*도 자랑스럽게 여길 수 있었을 거야!"

이렇게 말하면서 삼촌은 그 낡은 책을 계속 펼쳤다 닫았다 하고 있었다. 나는 조금도 흥미가 없었지만, 그래도 일단 그 책의 내용에 대해 물어보는 체라도 하지 않을 수 없었다.

"그런데, 그 훌륭한 책의 제목이 뭡니까?" 나는 흥미가 없다는 것을 내색하지 않으려고 애써 진지하게 물었지만, 열의가 지나쳐서 오히려 어색하게 들렸다.

"이 책 말이냐?" 삼촌은 점점 흥분하면서 대답했다. "이건 12세기 아이슬란드의 유명한 저술가인 스노리 스투를루손**이 쓴 《헤임스 크링글라》야! 아이슬란드를 지배했던 노르웨이 왕들의 연대기지."

"정말요?" 나는 열띤 표정으로 외쳤다. "물론 독일어로 번역한 거겠죠?"

"뭐, 번역?" 삼촌은 격렬하게 되물었다. "네가 말하는 번역이라는 게 나한테 왜 필요하지? 누가 번역 같은 걸 상대한대? 이건 아이슬란드어 원서야. 아이슬란드어는 풍부하면서도 단순하고, 문법적 결합과 어형 변화가 다채로운 훌륭한 언어지."

"독일어와 비슷하군요." 나는 그럴듯하게 장단을 맞추었다.

"그렇다고 할 수 있지." 삼촌은 어깨를 으쓱하면서 대답했다. "게다가 아이슬란드어는 그리스어처럼 세 가지 성(性)이 있고,

---

* 보제리앙, 클로스, 푸어골트: 셋 다 19세기에 활동한 이름난 제책 기술자.
** 스노리 스투를루손(1178~1241): 아이슬란드의 정치가·역사가. 당대 최고의 학자·시인으로, 북유럽 신화·전설집인 《에다》가 전해지고 있다. 아이슬란드를 식민지로 지배하려는 노르웨이 왕의 모략에 말려들어 정적에 의해 암살당했다.

라틴어처럼 고유명사도 어형 변화를 하지."

"그렇군요." 나는 조금 흥미를 느끼기 시작했다. "활자는 깨끗한가요?"

"활자라고? 미련한 놈! 누가 활자라고 하던? 네 눈엔 이게 활자본으로 보이냐? 무식한 놈 같으니라고! 이건 필사본이야, 필사본. 게다가 룬 문자*로 씌어 있어."

"룬 문자요?"

"그래! 이번에는 룬 문자를 설명해달라고 할 참이냐?"

"아니, 됐습니다." 나는 자존심이 상한 투로 대답했다.

내가 필요없다고 했는데도 삼촌은 점점 기세가 올라, 내가 별로 알고 싶지도 않은 것을 굳이 가르쳐주었다.

"룬 문자는 옛날 아이슬란드에서 사용된 문자야. 전설에 따르면 오딘**이 직접 발명했대. 이걸 봐라! 신의 상상력이 낳은 이 문자에는 불손하기 짝이 없는 네놈도 탄복할걸!"

나는 대꾸할 말이 없어서 납작 엎드리기로 했다. 이런 반응은 상대의 기분을 해치지 않으니까, 왕이나 신들도 틀림없이 만족할 것이다. 그런데 그때 어떤 사건이 일어나 대화의 흐름이 엉뚱한 방향으로 바뀌어버렸다.

책 속에서 너저분한 양피지 한 장이 바닥에 떨어진 것이다.

삼촌은 황급히 그 양피지에 덤벼들었다. 삼촌이 그처럼 허둥대는 이유는 쉽게 이해할 수 있었다. 언제인지 모를 까마득한 옛

---

* 룬 문자: 게르만 민족이 1세기경부터 사용한 표음문자(사람의 말소리를 기호로 나타내는 글자). 이 문자의 사용이 가장 성했던 때는 5∼8세기경이며, 그후 기독교 전파와 함께 라틴어를 받아들이면서 쇠퇴했으나, 북유럽에서는 14∼15세기에도 사용되었다.
** 오딘: 게르만(북유럽) 신화에 나오는 아사 신족(神族)의 최고신. 전쟁과 지혜의 신으로 숭배되었다.

날부터 그 책 속에 끼워져 있던 자료는 삼촌이 보기에 엄청난 가치를 지니고 있을 게 분명하기 때문이다.

"이게 뭐지?" 삼촌이 외쳤다.

그러면서 양피지를 책상 위에 조심스럽게 펼쳐놓았다. 길이 15센티미터에 폭이 10센티미터쯤 되는 그 양피지에는 뭐가 뭔지 알 수 없는 문자가 몇 줄로 나열되어 있었다.

그것을 그대로 베낀 것이 이것이다. 나는 이 야릇한 부호를 독자들에게 꼭 알려주고 싶다. 이것이야말로 리덴브로크 교수와 그의 조카가 19세기의 가장 불가사의한 탐험에 나서게 된 계기였기 때문이다.

삼촌은 이 문자를 잠시 들여다보다가 안경을 들어올리면서 말했다.

"이건 룬 문자야. 글자 모양이 스투를루손의 필사본과 똑같아! 그런데…… 도대체 이게 무슨 뜻일까?"

내가 보기에 룬 문자는 고매한 학자들이 우매한 세상 사람들을 어리둥절하게 만들어 한 방 먹이려고 발명한 것처럼 보였기 때문에, 그 앞에서 삼촌이 쩔쩔매는 모습을 보고 왠지 고소한 기분이 들었다. 삼촌의 손이 심하게 떨리기 시작한 것으로 보아,

삼촌은 그 문서를 전혀 이해하지 못하는 것 같았다.

"옛 아이슬란드어인 건 분명한데……." 삼촌은 이를 악물고 중얼거렸다.

리덴브로크 교수는 많은 외국어에 능통한 사람으로 알려져 있었다. 물론 삼촌이 지구상에서 쓰이고 있는 2천 종의 언어와 4천 종의 방언을 다 유창하게 구사할 수 있는 것은 아니지만, 그래도 꽤 많은 언어를 알고 있을 터였다. 그러니 이런 언어쯤은 당연히 알고 있어야 했다.

뜻밖의 난관에 부닥친 삼촌은 여느 때처럼 당장이라도 울화통을 터뜨릴 기세였다. 한바탕 태풍이 몰아치겠구나 생각하고 있을 때, 벽난로 위에 걸린 괘종시계가 2시를 알렸다.

그러자 당장 마르테가 서재 문을 열고 말했다.

"점심식사가 준비됐습니다."

"점심? 지옥에나 가라고 해! 그걸 만든 놈도, 먹는 놈도 다!"

하녀는 잽싸게 달아났다. 나도 그 뒤를 따랐다. 그리고 어찌해야 좋을지 모른 채 식당의 내 자리에 가서 앉았다.

잠시 기다렸지만 삼촌은 나타나지 않았다. 삼촌이 점심식사라는 엄숙한 의식을 빼먹은 것은, 내가 아는 한 이번이 처음이었다. 게다가 점심은 진수성찬이었다! 파슬리 수프, 육두구와 괭이밥으로 맛을 낸 오믈렛, 자두 소스를 끼얹은 송아지고기. 디저트로는 설탕을 넣은 참새우 푸딩, 거기에 곁들여 마실 고급 모젤 와인.

그런데 삼촌은 낡은 양피지 한 장 때문에 이렇게 맛있는 음식을 포기할 작정인 것이다. 나는 헌신적인 조카로서 삼촌 몫까지 대신 먹어주는 것이 도리라고 생각했다. 그래서 아주 성실하게 그 의무를 수행했다.

"세상에! 주인님이 식사를 거르시다니!" 마르테가 말했다.
"이런 일은 처음이에요!"

"정말 믿을 수 없는 일이에요."

"이건 엄청난 일이 벌어질 조짐이에요!" 늙은 하녀는 고개를 설레설레 저으면서 말했다.

삼촌 몫까지 내가 몽땅 먹어치운 것을 삼촌이 알면 한바탕 소동이 일어날 것이다. 그것은 분명하지만, 그것을 빼고는 아무 일도 일어날 것 같지 않았다.

내가 마지막 참새우를 입에 넣으려는 순간 집 안을 쩌렁쩌렁 울리는 큰 소리가 들려왔기 때문에, 나는 그 맛있는 디저트를 포기하고 한달음에 서재로 달려갔다.

3

플리지 않는 암호

"이건 분명히 룬 문자야." 삼촌은 양미간을 찌푸리면서 말했다. "하지만 여기에는 분명 비밀이 숨겨져 있어. 그 비밀을 반드시 찾아내고야 말겠다. 그렇지 않으면……."

삼촌은 말 대신에 격렬한 몸짓을 해 보였다.

"여기 앉아!" 삼촌은 주먹으로 탁자를 가리키면서 명령했다. "그리고 받아써."

나는 얼른 준비를 갖추었다.

"지금부터 이 룬 문자에 대응하는 알파벳을 한 글자씩 말할 테니까 받아쓰도록 해라. 그런 다음에 의미를 생각하기로 하자. 틀리지 않도록 조심해!"

이리하여 받아쓰기가 시작되었다. 나는 틀리지 않으려고 정신을 바짝 차렸다. 알파벳을 차례로 받아쓴 결과, 무슨 뜻인지 전혀 이해할 수 없는 낱말이 나열되었다.

mm.rnlls	esreuel	seecJde
sgtssmf	unteief	niedrke
kt,samn	atrateS	Saodrrn
emtnaeI	nuaect	rrilSa
Atvaar	.nscrc	ieaabs
ccdrmi	eeutul	frantu
dt,iac	oseibo	KediiY

작업이 끝나자 삼촌은 내가 받아쓴 종이를 낚아채어 한참 동안 열심히 들여다보았다.

"이게 도대체 무슨 뜻이지?" 삼촌은 멍한 얼굴로 몇 번이고 같은 말을 되풀이했다.

나는 물론 그 질문에 대답할 수 없었다. 게다가 삼촌도 나한테 묻는 것이 아니라 혼잣말을 하고 있었을 뿐이다.

"이건 암호문이야. 일부러 글자 순서를 엉망으로 바꿔서 의미를 알 수 없게 했어. 그러니까 글자를 바른 순서대로 늘어놓기만 하면 뜻이 통하는 문장이 될 거야. 어쩌면 대발견의 실마리를 찾게 될지도 몰라!"

내가 보기에는 어떤 비밀도 숨어 있는 것 같지 않았지만, 굳이 내 의견을 말하지는 않았다.

이어서 삼촌은 책과 양피지를 양손에 들고 비교해보기 시작했다.

"으흠. 필적이 서로 다르군. 암호문이 책보다 나중에 씌어진 거야. 물론 확실한 증거가 있지. 암호문의 첫 글자는 '쌍m' 자* 인데, 스투를루손의 책에는 나올 수가 없는 글자야. 이 글자가 아이슬란드 문자에 추가된 것은 14세기니까. 따라서 이 필사본과 양피지 암호문 사이에는 적어도 2백 년의 간격이 있다는 얘기가 돼."

과연 그것은 상당히 논리적인 추론이라고 나는 생각했다.

삼촌이 말을 이었다.

"그래서 나는 이렇게 생각한다. 이 책을 소유하고 있던 누군가가 이 수수께끼의 암호문을 썼다고. 하지만 그 사람은 도대체 누구였을까? 이 책 어딘가에 이름이 적혀 있지 않을까?"

삼촌은 다시 안경을 들어올리고 커다란 확대경으로 책의 첫 부분을 면밀히 조사하기 시작했다. 그리고 속표지 뒤쪽에서 육안으로는 잉크 얼룩처럼 보이는 반점을 찾아냈다. 눈을 바싹 들이대고 자세히 보니 반쯤 지워진 글자 몇 개를 알아볼 수 있었다. 삼촌은 그 반점을 확대경으로 꼼꼼히 조사하여 마침내 그 희미한 기호들을 식별해냈다. 그것은 다음과 같은 룬 문자였고, 삼촌은 단번에 읽어낼 수 있었다.

ᛏᛣᛊᚾ   ᛊᛏᛉᛊᚢᛊᛊᛏᚢ

"아르네 사크누셈!"** 삼촌은 득의양양하게 외쳤다. "대단히 중요한 사람의 이름이지. 게다가 아이슬란드 사람이야. 16세기의 학자이자 유명한 연금술사!"

나는 감탄하여 삼촌의 얼굴을 쳐다보았다.

---

* 쌍m자: 룬 문자 ᚼ에 해당한다. '홀m자'에 대응하는 룬 문자는 ᛘ이다.
** 아르네 사크누셈: 실존 인물이었던 아이슬란드의 학자 아르니 마그누손(1663~1730)을 모델로 한 가공 인물이다.

"아비켄나, 베이컨, 룰루스, 파라켈수스* 같은 옛날의 연금술사들은 당대의 몇 안 되는 진정한 학자였다. 아니, 사실은 유일한 학자였지. 그들은 현대의 우리도 깜짝 놀랄 만한 발견을 해냈어. 이 사크누셈도 뭔가 놀랄 만한 것을 발견하고, 그것을 이 수수께끼 같은 암호문 속에 감추어놓았을지 몰라. 아니라고 단정할 수는 없잖아? 아니, 분명 그랬을 거야. 틀림없어."

삼촌의 상상력은 활활 불타올랐다.

"그럴지도 모르지만……" 나는 과감하게 끼어들었다. "학자가 중요한 발견을 했다면, 무엇 때문에 이런 식으로 감추었겠어요?"

"무엇 때문이냐고? 무엇 때문……? 그걸 내가 알 게 뭐야? 갈릴레이**도 그랬잖아. 토성의 고리가 두 개의 위성으로 이루어져 있다는 사실을 발견했을 때 말이다. 어쨌든 이제 곧 알게 되겠지. 나는 이 암호문의 비밀을 밝혀내고야 말겠다. 수수께끼를 풀 때까지는 먹지도 자지도 않겠다."

'아이쿠, 저런!' 나는 속으로 외쳤다.

"너도 마찬가지야, 악셀."

'맙소사! 아까 2인분을 먹어두길 정말 잘했군.'

"우선 이 암호문에 사용된 언어를 알아내야 돼. 그건 별로 어려운 일이 아니야."

---

* 아비켄나(본명은 이븐 시나, 980~1037): 이슬람 철학자·의학자. 로저 베이컨(1220?~92): 영국의 철학자·과학자. 라이문두스 룰루스(1232?~1315): 스페인의 신학자. 파라켈수스(1493~1541): 스위스의 의학자·과학자.
** 갈릴레이 갈릴레오(1564~1642): 이탈리아의 과학자·철학자. 갈릴레오가 1610년 7월 30일에 쓴 편지는 토성의 고리가 두 개의 위성으로 이루어져 있다는 사실을 감추기 위해 암호문을 사용했다.

이 말을 듣고 나는 고개를 번쩍 들었다. 삼촌은 혼잣말을 계속했다.

"이보다 쉬운 일은 없어. 이 문서에는 132개의 글자가 사용되었는데, 그 가운데 79개는 자음이고 53개는 모음이야. 자음과 모음이 이런 비율로 나오는 것은 남유럽의 언어야. 북유럽의 언어는 자음이 훨씬 많지. 따라서 이것은 남유럽의 언어가 틀림없어."

이 결론은 그럴싸했다.

"하지만 도대체 어떤 언어일까요?"

나는 삼촌이 학자답게 대답을 척 내주기를 기대했지만, 삼촌은 학자 대신 통찰력 있는 분석가의 모습을 보여주었다.

"이 사크누셈은 교양과 학식을 갖춘 인물이었어. 그런 인물이 모국어로 글을 쓰지 않았다면, 16세기 문화인들 사이에 널리 쓰이고 있던 언어를 택했을 게 분명해. 즉 라틴어지. 이 가정이 틀렸다면 스페인어, 프랑스어, 이탈리아어, 그리스어, 히브리어를 차례로 시험해보면 돼. 하지만 16세기 학자들은 대개 라틴어로 글을 썼으니까, 라틴어라고 단정해도 좋을 거야."

나는 의자에서 펄쩍 뛰어오를 뻔했다. 라틴어라면 나도 조금 배운 적이 있기 때문에, 이렇게 이상야릇한 말들이 베르길리우스*의 아름다운 말과 같은 언어라고는 도저히 믿을 수 없었다.

"그래, 이건 분명 라틴어야!" 삼촌이 말을 이었다. "하지만 뒤죽박죽 뒤섞인 라틴어야."

---

* 베르길리우스 (기원전 70~19): 고대 로마의 시인.

'그럼 그렇지!' 나는 속으로 생각했다. '뒤죽박죽이 된 것을 다시 원래 상태로 돌려놓을 수 있다면 삼촌은 정말 대단한 분이야.'

"잘 검토해보자." 삼촌은 내가 받아쓴 쪽지를 집어들면서 말했다. "이 문서에 있는 132개 글자는 분명 엉터리로 나열되어 있어. 맨 처음의 'mm.rnlls'처럼 자음만으로 이루어진 낱말도 있고, 다섯 번째의 'unteief'나 끝에서 두 번째의 'oseibo'처럼 모음이 많은 낱말도 있어. 일부러 이런 식으로 배열한 건 아니야. 그게 뭔지는 모르겠지만, 어떤 공식에 따라 '수학적'으로 배열한 게 분명해. 원래 문장을 제대로 쓴 다음, 정해진 규칙에 따라 글자의 순서를 뒤바꾼 것 같아. 따라서 그 규칙을 찾아내야 돼. '암호'의 열쇠만 손에 넣으면 해독은 식은 죽 먹기지. 하지만 그 열쇠가 도대체 뭘까? 악셀, 너는 알겠니?"

나는 아무 대답도 하지 않았다. 하지만 거기에는 그럴 만한 이유가 있었다. 내 시선은 그때 벽에 걸려 있는 그라우벤의 초상화에 못박혀 있었기 때문이다. 아름다운 그라우벤. 그녀는 삼촌의 후견과 보호를 받고 있지만, 지금은 알토나*의 친척집에 가 있었다. 그라우벤이 없어서 나는 무척 쓸쓸했다. 지금이니까 솔직히 털어놓을 수 있지만, 그 어여쁜 아가씨와 나는 독일인다운 인내심과 침착성을 유지하면서 서로 사랑하고 있었다. 사실 우리는 삼촌 몰래 결혼을 약속한 사이였다. 삼촌은 완고한 과학자여서 이런 감정을 이해할 수 없었기 때문이다. 그라우벤은 금발에 푸른 눈을 가진 매력적인 아가씨였다. 성격은 좀 고지식하고 진

---

* 알토나: 독일 함부르크의 근교 마을.

그라우뻰은 금발에 푸른 눈을 가진 매력적인 아가씨였다

지한 편이지만, 그렇다고 해서 나를 사랑하지 않는 것은 아니었다. 나는 그녀를 열렬히 사랑하고 있었다. 게르만 민족의 말에 '열애' 라는 어휘가 있다면, 그라우벤에 대한 나의 감정이야말로 문자 그대로 '열애' 였다. 그래서 사랑하는 피어란트 아가씨의 초상화를 본 나는 당장 현실 세계에서 공상과 상념의 세계로 여행을 떠나버린 것이다.

그라우벤은 내 일을 도와주고 나를 즐겁게 해주는 충실한 벗이었다. 날마다 나를 도와 삼촌의 귀중한 광물 표본을 정리하고, 나와 함께 이름표를 붙였다. 그라우벤은 웬만한 학자 뺨치게 유능한 광물학자였다! 무미건조하기 짝이 없는 과학 문제와 씨름하면서 끝까지 파고들기를 좋아했기 때문이다. 우리는 함께 연구하면서 얼마나 즐거운 시간을 보냈던가! 나는 그라우벤의 상냥한 손길을 받는 돌멩이들을 보면서, 그 무생물들의 운명을 얼마나 부러워했던가!

쉬는 시간이 되면 우리는 자주 밖에 나가, 풀이 무성한 알스터*호반의 오솔길을 걸어서 호수 건너편에 있는 낡은 물방앗간까지 산책하곤 했다. 우리는 손을 맞잡고 걸으면서 이야기를 나누었다. 내가 재미난 이야기를 하면 그라우벤은 열심히 웃어주었다. 엘베 강 기슭까지 오면 우리는 커다란 수련 사이를 헤엄치고 있는 백조들에게 인사를 보낸 뒤 증기선을 타고 돌아오곤 했다.

이런 몽상에 잠겨 있을 때 삼촌이 책상을 주먹으로 쾅 내리쳤기 때문에 나는 황급히 현실로 돌아왔다.

"그래. 어떤 문장의 글자 순서를 뒤죽박죽으로 섞으려 할 때

* 알스터 호: 함부르크에 있는 호수로, 엘베 강과 연결된다.

가장 먼저 떠오르는 방법은 낱말을 가로로 쓰는 대신 세로로 쓰는 방법일 거야."

'삼촌은 정말 똑똑해.' 나는 속으로 중얼거렸다.

"그러면 어떻게 되는지 조사해볼 필요가 있어. 악셀, 이 종이에 뭐든지 좋으니까 문장을 하나만 써봐라. 다만 가로로 쓰지 말고 세로로 쓰는 거야. 대여섯 글자가 세로로 한 줄을 이루도록 말이다."

나는 삼촌이 뭘 요구하는지 알았기 때문에, 당장 위에서 아래로 써내려갔다.

J	m	n	e	G	e
e	e	,	t	r	n
t'	b	m	i	a	!
a	i	a	t	ü	
i	e	p	e	b	

"좋아." 삼촌은 보지도 않고 말했다. "다 됐으면 이번에는 그걸 가로로 나열해봐."

나는 시키는 대로 했다. 그랬더니 다음과 같은 문장이 만들어졌다.

JmneGe ee,trn t'bmia! aiatü iepeb

"잘했다!" 삼촌은 그 종이를 낚아채면서 말했다. "그 고문서와 비슷한 형태가 됐군. 모음과 자음이 몇 개씩 한데 모여서 뒤죽박죽으로 배열되어 있고, 낱말 중간에 대문자나 쉼표가 나오는 것까지 사크누셈의 양피지와 똑같아!"

나는 이 말을 듣고 과연 삼촌은 대단하다고 인정하지 않을 수 없었다.

"그런데 말이다……" 삼촌은 내 얼굴을 똑바로 바라보면서 말을 이었다. "네가 지금 어떤 문장을 썼는지는 모르지만, 그 문장을 알려면 우선 각 낱말의 첫 글자를 차례대로 읽고, 다음에는 두 번째 글자, 그 다음에는 세 번째 글자를 차례대로 읽으면 돼."

이 방식으로 삼촌은 다음과 같은 문장을 찾아냈다. 삼촌도 놀랐겠지만, 나는 더 놀랐다.

Je t'aime bien, ma petite Graüben!
(너를 사랑해, 나의 귀여운 그라우벤!)

"호오!" 삼촌이 말했다.

사랑에 빠진 나는 나도 모르는 사이에 멍청하게도 이런 위험한 문장을 써버린 것이다.

"그러니까 너는 그라우벤을 사랑한다, 이 말이지?" 삼촌은 보호자다운 어조로 물었다.

"예…… 아니, 저어……" 나는 어물쩍거렸다.

"그라우벤을 사랑한다는 말이렷다." 삼촌은 기계적으로 되풀이했다. "좋아. 그럼 이 방식을 고문서에다 적용해볼까?"

다시금 자신의 문제에 마음을 빼앗긴 삼촌은 나의 위험한 말 따위는 벌써 까맣게 잊어버린 것 같았다. '위험하다'고 말한 것은, 학자의 머리는 이런 마음의 문제를 절대로 이해할 수 없기 때문이다. 하지만 다행히도 삼촌은 고문서 문제로 머리가 가득 차 있었다.

중대한 실험을 앞두고 리덴브로크 교수의 눈은 안경 속에서 불꽃을 튀기고 있었다. 낡은 양피지를 다시 집어드는 삼촌의 손이 바르르 떨렸다. 정말로 흥분했다는 증거다. 삼촌은 크게 헛기침을 한 다음, 엄숙한 목소리로 각 낱말의 첫 글자부터 차례대로 읽으면서 그것을 나에게 받아쓰게 했다.

mmessunkaSenrA.icefdoK.segnittamurtn
ecertserrette,rotaivsadua,ednecsedsadne
lacartniiiluJsiratracSarbmutabiledmek
meretarcsilucoYsleffenSnI

솔직히 말하면, 이 작업을 끝냈을 때 나는 머리가 완전히 멍해져버렸다. 한 자씩 낭독된 이 글자들이 내 머릿속에서는 아무런 의미도 이루지 않았기 때문이다. 그래서 나는 삼촌의 입에서 훌륭한 라틴어 문장이 유창하게 흘러나오기를 기다리고 있었다.

그런데 이게 웬일인가! 주먹으로 책상을 쾅 내리치는 소리가 났다. 잉크가 사방으로 튀고, 내 손에서 펜이 날아갔다.

"이건 아니야! 이럴 리가 없어!"

삼촌이 외쳤다. 그러고는 대포알같이 서재를 뛰쳐나가 눈사태처럼 계단을 뛰어내려가더니, 쏜살같이 쾨니히 가로 달려나갔다.

4

해독에 성공하다

"나가셨나요?"

마르테가 큰 소리로 물었다. 집을 뒤흔들 만큼 현관문이 요란하게 닫히는 소리에 깜짝 놀라 계단을 뛰어올라온 것이다.

"그래요. 아주 나가셨어요!"

"그럼 점심식사는 어떡하실까요?"

"아마 안 드실 거예요."

"저녁은요?"

"저녁도 안 드실 거예요!"

"뭐라고요?" 마르테는 두 손을 맞잡으면서 말했다.

"아줌마, 삼촌은 이제 아무것도 안 드실 거예요. 삼촌만이 아니라 다른 식구들도 먹을 수 없어요. 삼촌은 암호를, 그것도 결코 풀 수 없는 암호를 풀 때까지 우리 모두에게 단식을 시킬 작정이니까!"

"맙소사! 그럼 우리 모두 굶어죽을 수밖에 없겠네요!"

삼촌처럼 고집센 폭군과 함께 살면 그것은 피할 수 없는 운명이다.

나이든 하녀는 몹시 걱정스러운 표정으로 웅얼거리면서 일터로 돌아갔다.

다시 혼자 남게 되자 나는 그라우벤을 만나서 자초지종을 털어놓고 싶은 마음이 들었다. 하지만 밖에 나가도 될까? 삼촌은 금방이라도 돌아올지 몰라. 돌아와서 나를 다시 부르면 어떡하지? 오이디푸스*도 풀 수 없는 그 불가사의한 수수께끼에 삼촌이 다시 도전한다면…… 그런데 나를 아무리 불러도 대답이 없으면 어떻게 될까?

집에 얌전히 있는 게 가장 안전했다. 때마침 브장송**의 어느 광물학자가 규산질 정동석 표본을 보내왔기 때문에 그것을 분류할 필요가 있었다. 그래서 나는 그 일에 착수했다. 속이 텅 비어 있고 안에서 작은 결정이 움직이고 있는 돌멩이를 분류하여 이름표를 붙이고 유리 상자에 넣었다.

하지만 좀처럼 작업에 정신을 집중할 수가 없었다. 그 고문서가 묘하게도 마음에 달라붙어 떠나지 않는 것이다. 머릿속이 어지럽게 소용돌이치고, 막연한 불안감이 나를 사로잡았다. 이제 곧 엄청난 일이 벌어질 것 같은 예감이 들었다.

한 시간쯤 뒤에 정동석은 말끔히 정리되었다. 그래서 나는 안락의자에 몸을 던지고 팔을 양옆으로 축 늘어뜨린 채 고개를 뒤로 젖혔다. 그러고는 파이프를 꺼내 불을 댕겼다. 길게 구부러진 물부리가 달려 있고, 대통에 비스듬히 드러누운 물의 요정이 새

* 오이디푸스: 그리스 신화에 나오는 테베의 왕. 스핑크스의 수수께끼를 풀었다.
** 브장송: 프랑스 동남부에 있는 도시.

하녀 마르테는 걱정스런 표정으로 웅얼거리며 돌아갔다

겨진 파이프였다. 담배가 타들어갈수록 물의 요정이 조금씩 검어지다가 결국에는 완전한 흑인 여자로 변하는 것을 보면 아주 재미있었다. 계단 쪽에서 발소리가 들리지 않나 하고 이따금 귀를 기울였지만, 아무 소리도 나지 않았다. 삼촌은 지금 어디에 계실까? 그리고 어떡하고 있을까. 나는 보지 않아도 그 모습이 보이는 듯했다. 두 팔을 휘두르며 지팡이로 격렬하게 벽을 찔러대고, 사납게 풀을 때리고, 엉겅퀴 꽃의 목을 치고, 고독한 황새들의 잠을 방해하면서 알토나 거리의 아름다운 가로수 아래를 뛰어다니고 있는 모습이.

삼촌은 의기양양하게 돌아올까? 아니면 풀이 죽어서 돌아올까? 누가 이길까? 삼촌이 이길까? 고문서의 비밀이 이길까? 이런저런 생각을 하면서, 내가 받아쓴 글자가 적혀 있는 종이를 멍하니 집어들었다. 그리고는 속으로 다시 한번 읽어보았다.

'이게 도대체 무슨 뜻일까?'

나는 종이에 나열되어 있는 글자들을 몇 개씩 묶어보았다. 하지만 아무래도 잘되지 않는다. 두 글자씩, 세 글자씩 묶어보아도 안 되고, 다섯 글자나 여섯 글자씩 묶어보아도 뭔가 뜻있는 낱말은 나오지 않는다. 열네 번째와 열다섯 번째와 열여섯 번째 글자를 모으면 영어의 'ice'(얼음)란 낱말이 되긴 한다. 여든네 번째와 여든다섯 번째와 여든여섯 번째 글자는 'sir'(나리)라는 낱말이 된다. 그리고 둘째 줄에는 'rota'(수레)와 'nec'(아니다), 셋째 줄에는 'mutabile'(변하다)와 'ira'(분노), 'atra'(잔혹한) 같은 라틴어 낱말도 보인다.

'으흠!' 나는 중얼거렸다. 이런 어휘들을 보면 삼촌 말대로 라틴어 냄새가 난다! 넷째 줄에는 'luco'라는 낱말이 있는데, 이건 '신성한 숲'이라는 뜻의 라틴어다. 하지만 셋째 줄에 있는 'tabiled'는 히브리어 같고, 마지막 줄의 'mer'(바다)와 'arc' (활)과 'mere'(어머니)는 프랑스어잖은가.

이래서는 머리가 이상해지는 게 당연하다. 이 야릇한 문장에는 네 가지 언어가 뒤섞여 있다. '얼음, 나리, 분노, 잔혹한, 신성한 숲, 변하다, 어머니, 활, 바다' 같은 낱말들 사이에 도대체 무슨 관계가 있다는 말인가? 첫 낱말과 끝 낱말만은 쉽게 결부된다. 아이슬란드에서 씌어진 문서에 '얼음 바다'가 나오는 것은 조금도 이상하지 않다. 하지만 그것과 암호문 전체를 해독하는 것은 전혀 별개 문제다.

나는 아무래도 풀리지 않는 수수께끼와 열심히 씨름했다. 머리가 과열되어 몽롱해지기 시작했고, 눈은 종이 쪽지를 너무 열심히 들여다보아서 따끔거릴 정도였다. 피가 거꾸로 솟구치면 반짝거리는 은빛 물방울이 머리 위를 떠돌듯이, 132개 글자가 내 주위에서 춤을 추며 날아다니는 것 같았다.

나는 일종의 환각에 사로잡혀 있었다. 숨이 막혀서 공기가 필요했다. 나는 무의식 중에 손에 든 쪽지로 팔랑팔랑 부채질을 했다. 종이의 앞면과 뒷면이 번갈아 내 눈앞을 지나갔다.

종이가 팔랑팔랑 움직이다가 뒷면이 내 쪽으로 향한 순간, 완전한 라틴어 낱말 몇 개가 눈 속으로 뛰어들어왔다. 그때 내가 얼마나 놀랐을지 상상해보라. 'craterem'(분화구)이나 'terrestre' (지구의) 같은 낱말은 틀림없는 라틴어였다.

갑자기 한 줄기 빛이 내 머릿속을 꿰뚫고 지나갔다. 방금 얻은 그 단서만으로도 나는 진실을 꿰뚫어볼 수 있었다. 암호를 푸는 열쇠를 찾아낸 것이다. 굳이 종이를 뒤집어놓고 읽을 필요도 없었다. 내가 받아쓴 그대로 술술 읽을 수 있었다. 삼촌 생각이 옳았다. 문자의 배열에 대해서도, 사용된 언어에 대해서도 삼촌은 정확히 간파했던 것이다. '지극히 사소한 실마리' 만 있으면 이 라틴어 문장은 쉽게 해독할 수 있었다. 그런데 그 '사소한 실마리' 가 우연히도 방금 내 무릎에 떨어진 것이다.

내가 얼마나 흥분했을지는 쉽게 상상할 수 있을 것이다. 눈이 초점을 잃어서 아무것도 보이지 않았다. 나는 그 쪽지를 책상 위에 펼쳐놓았다. 이제 그것을 훑어보기만 하면 비밀을 알아낼 수 있었다.

좀처럼 흥분을 가라앉히기가 힘들었다. 나는 곤두선 신경을 달래기 위해 방 안을 둘러보고, 안락의자 등받이에 털썩 몸을 기댔다.

그러고는 심호흡으로 가슴 가득 공기를 집어넣고 나서 소리쳤다.

"자, 읽어보자!"

나는 책상 위로 몸을 굽히고 글자를 하나씩 손가락으로 더듬어갔다. 조금도 머뭇거리지 않고 처음부터 끝까지 단숨에 큰 소리로 낭독했다.

다 읽은 순간, 얼마나 큰 놀라움과 두려움이 나를 사로잡았던가! 처음에는 뒤통수를 느닷없이 한 방 얻어맞은 것 같았다. 뭐라고? 여기에 적혀 있는 일이 정말로 일어났단 말야? 그렇게 대담무쌍한 사람이 정말로 있었단 말야?

나는 벌떡 일어났다.

'안 돼! 안 돼! 삼촌한테 알리면 안 돼. 이 모험을 삼촌이 알면 큰일나. 삼촌도 똑같은 모험을 하겠다고 나설 텐데, 그렇게 되면 아무도 말릴 수 없어. 한번 마음먹으면 절대로 물러서지 않는 고집불통 과학자니까! 무슨 일이 있어도 모험을 떠나고 말 거야. 게다가 나까지 끌고 가겠지. 그러고는 둘 다 돌아오지 못하고 불귀의 객으로 생을 마치게 되겠지. 그래, 돌아오지 못해! 절대로! 절대로!'

나는 뭐라고 표현할 수 없을 만큼 심한 흥분 상태에 빠져 있었다.

'안 돼! 싫어! 그런 건 딱 질색이야! 그래, 아직 늦지 않았어. 늦기 전에 그 폭군 삼촌이 그런 마음을 아예 먹지 못하게 막아야 돼. 삼촌이 이 암호문을 이리저리 읽다 보면 나처럼 우연히 열쇠를 찾아낼지도 몰라. 그러니까 이걸 차라리 불태워 없애버리는 게 좋겠어!'

난로에는 아직 불이 남아 있었다. 나는 내가 받아쓴 종이만이 아니라 사크누셈의 양피지도 집어들었다. 그러고는 떨리는 손으로 그것을 불 속에 던져넣어 이 위험천만한 비밀을 영원히 없애려는 순간, 아아! 서재 문이 열리고 삼촌이 성큼 들어왔다.

5

트렁크를 준비하라

나는 그 지긋지긋한 고문서를 책상 위에 돌려놓을 수밖에 없었다.

리덴브로크 교수는 깊은 생각에 잠겨 있는 듯했다. 암호를 풀고야 말겠다는 집념에 사로잡혀, 한순간도 거기에서 벗어나지 못한 게 분명했다. 산책하는 동안에도 삼촌은 온갖 지혜를 짜내어 그 문제를 검토하고 분석하고 상상력을 총동원했을 것이다. 그리고 이제 새로운 조합을 시험해보려고 돌아온 것이다.

아니나 다를까, 삼촌은 의자에 앉아서 펜을 집어들고는 수학 공식 같은 것을 끼적거리기 시작했다.

나는 미친 듯이 움직이는 삼촌의 손에 눈길을 쏟고 있었다. 어떤 움직임도 놓치지 않았다. 예기치 않은 결과가 갑자기 튀어나오는 게 아닐까? 나는 속으로 떨고 있었지만, 그렇게 불안해할 필요는 없었다. 암호문의 '유일한' 열쇠는 내가 이미 찾아냈기 때문이다. 다른 방법은 아무리 시도해도 헛수고로 끝날 게 뻔했다.

무려 세 시간 동안 삼촌은 한 마디도 하지 않고 고개도 들지 않은 채 수없이 지우고 다시 쓰고 줄긋고 고치는 작업을 계속했다.

132개 글자로 만들어낼 수 있는 조합을 다 시도해보면 정답을 찾아낼 수는 있을 것이다. 그렇기는 하지만 글자가 20개뿐이라 해도 무려 2,432,902,008,176,640,000가지의 조합이 생긴다. 그런데 이 문장에는 글자가 132개나 있다. 132개 글자로는 적어도 133자릿수의 문장을 만들어낼 수 있다. 그 수는 이루 다 헤아릴 수 없을 정도이고, 상상력의 한계를 훨씬 뛰어넘는 것이다.

나는 속으로 안심했다. 이런 영웅적인 방식으로는 결코 문제를 풀 수 없기 때문이다.

그렇게 시간이 흘러 어느덧 밤이 되었다. 바깥 거리도 조용해졌다. 그래도 삼촌은 여전히 종이 위에 고개를 숙인 채 일하고 있었다. 얼마나 열중해 있는지, 다른 것은 눈에도 귀에도 들어오지 않는 듯했다. 마르테가 살짝 문을 연 것도 알아차리지 못했고, 우직할 만큼 충실한 하녀가 말을 걸어도 알아듣지 못했다.

"주인님, 오늘은 저녁식사를 드실 건가요?"

마르테는 대답도 듣지 못하고 물러갈 수밖에 없었다. 나는 잠시 버티고 있었지만 도저히 졸음을 참을 수 없어서, 여전히 더하기나 빼기나 줄긋기에 열중해 있는 삼촌 옆에서 소파에 기대어 잠들어버렸다.

이튿날 눈을 떴을 때에도 지칠 줄 모르는 학자는 아직도 일에 매달려 있었다. 붉게 충혈된 눈, 핼쑥해진 얼굴, 손으로 쥐어뜯어 헝클어진 머리, 불그레한 광대뼈―이것들은 모두 불가능에 도전한 치열한 투쟁의 흔적들이었다. 그것은 삼촌이 밤새 얼마나 정신을 혹사하고 두뇌를 긴장시키며 시간을 보냈는가를 보여주는 생생한 증거였다.

삼촌의 모습은 정말 보기가 딱했다. 나는 삼촌을 비판할 권리가 있다고 생각하면서도 마음이 흔들리는 것을 억누를 수가 없었다. 가엾은 삼촌은 일에 열중하여 화를 내는 것도 잊어버렸다. 삼촌은 모든 기력을 단 하나의 문제에 쏟아붓고 있었다. 그리고 그 기력은 평소 때처럼 분통을 터뜨리는 방식으로 배출되지 못하면 당장이라도 폭발할 염려가 있었다.

내가 한 마디만 하면 삼촌의 두뇌를 옥죄고 있는 쇠고리를 풀어줄 수 있었다! 그런데도 나는 그러하지 않았다.

하지만 나는 역시 마음 착한 사람이다. 그런 상황에서 왜 아무말도 하지 않았느냐고? 그것은 삼촌 자신을 위해서였다.

'안 돼.' 나는 속으로 생각했다. '절대로 말하면 안 돼. 삼촌은 반드시 가고 싶어할 거야. 삼촌에 대해서는 누구보다도 내가 잘 알지. 무슨 짓을 해도 삼촌을 말릴 수는 없어. 삼촌의 상상력은 화산처럼 격렬하잖아. 다른 지질학자들이 하지 못한 일을 할 수만 있다면, 삼촌은 생명의 위험도 태연히 무릅쓸 거야. 말하지말자. 우연이 가르쳐준 이 비밀을 절대로 누설하지 말자. 그것을 입 밖에 내면 리덴브로크 교수를 죽이는 거나 마찬가지야. 삼촌이 할 수 있다면 직접 찾아내라지. 삼촌을 죽음으로 몰아넣고 나중에 후회하기는 싫으니까.'

이렇게 결심한 나는 팔짱을 끼고 기다렸다. 하지만 몇 시간 뒤에 무슨 일이 일어날지, 그때는 짐작도 하지 못했다.

마르테가 시장에 가려고 집을 나서다가 문이 잠겨 있는 것을 알았다. 열쇠 구멍에 꽂혀 있어야 할 열쇠가 보이지 않는 것이

나는 팔짱을 끼고 기다렸다

다. 도대체 누가 열쇠를 빼냈을까? 삼촌이 분명하다. 어제 산책에서 허둥지둥 돌아왔을 때 열쇠를 뺐을 것이다.

일부러 그랬을까? 아니면 무심코 한 짓일까? 삼촌은 우리한테도 굶주림의 고통을 맛보게 할 속셈인가? 아무리 그렇다 해도 이건 너무 심하다! 왜 마르테와 내가 아무 상관도 없는 일 때문에 쫄쫄 굶어야 한단 말인가? 하지만 사실이 그러니 어쩔 도리가 없었다. 오싹한 전례가 문득 떠올랐다. 몇 해 전에 삼촌은 광물을 분류하는 어려운 작업에 몰두하느라 무려 48시간 동안이나 아무것도 먹지 않았다. 다른 식구들도 학문 연구를 위한 이 단식에 동참할 수밖에 없었고, 덕분에 나는 위경련을 일으켰다. 한창 식욕이 왕성한 나이에다 음식이라면 무엇이든 게걸스럽게 먹어대는 나에게는 정말 달갑지 않은 일이었다.

오늘 아침도 어제 저녁과 마찬가지로 건너뛸 것 같은 분위기였다. 하지만 나는 아무리 배가 고파도 절대로 굴복하지 않고 영웅적으로 견디겠다는 결심을 굳혔다. 마르테는 사태를 아주 심각하게 받아들이고 의기소침해져 있었다. 나에게는 열쇠가 없어서 집을 나갈 수 없다는 것이 더 심란한 걱정거리였다. 그 이유는 독자 여러분도 잘 알고 있을 것이다.

삼촌은 여전히 일에 매달려 있었다. 삼촌의 마음은 글자 맞추기의 세계 속에 완전히 빠져들어가 있어서, 지구를 멀리 떠나 속된 욕구를 전혀 느끼지 못하게 되어버렸다.

정오가 가까워지자 따끔따끔 찌르는 듯한 굶주림이 나를 괴롭히기 시작했다. 마르테는 전날 밤까지 찬장에 있던 식품을 몽땅 먹어버렸다. 물론 악의로 그런 것은 아니지만, 덕분에 집에는 먹을 것이 하나도 남아 있지 않았다. 하지만 나는 꿋꿋하게 버텼다. 그것은 명예에 관한 문제라고 생각했기 때문이다.

시계가 2시를 쳤다. 상황은 그야말로 어처구니없고 더 이상 견딜 수 없는 단계로 접어들고 있었다. 허기가 져서 눈이 퀭해 보였다. 나는 속으로 생각했다. 내가 그 고문서를 너무 중대하게 생각한 게 아닐까. 삼촌은 거기에 적혀 있는 내용을 믿지 않을 거야. 단순한 장난으로 생각하겠지. 그런 터무니없는 말을 믿을 리가 없어. 만에 하나 최악의 사태가 벌어져 삼촌이 정말로 탐험에 나서려 든다 해도, 어떻게든 말릴 수 있을 거야. 그리고 삼촌은 언젠가 '암호'의 열쇠를 찾아낼지도 몰라. 그렇게 되면 내가 이렇게 배를 곯은 게 아무 보람도 없잖아.

어제였다면 이런 생각은 당치도 않다고 물리쳐버렸을 것이다. 그런데 지금은 아주 훌륭한 논리로 여겨졌다. 이렇게 오랫동안 기다린 것이 어리석게 느껴지기까지 했다. 나는 모든 것을 털어놓기로 결심했다.

그래도 불쑥 말을 꺼내면 곤란하니까 이야기를 꺼낼 실마리를 찾으려고 기회를 노리고 있는데, 삼촌이 갑자기 벌떡 일어나 모자를 쓰고 외출할 준비를 했다.

아니, 뭐야! 자기는 나가버리고, 우리는 또 집 안에 가두어둘 셈인가? 그럴 수는 없지!

"삼촌!" 나는 삼촌을 불러 세웠다.

하지만 삼촌은 내 말도 들리지 않은 모양이었다.

"삼촌!" 나는 다시 한번 목청껏 소리를 질렀다.

"어? 왜?" 삼촌은 갑자기 꿈에서 깨어난 것처럼 얼빠진 소리로 대답했다.

"저어, 그 열쇠 말인데요."

"열쇠? 무슨 열쇠? 문 열쇠?"

"그게 아니고, 암호 푸는 열쇠요!"

삼촌은 안경 너머로 나를 뚫어지게 바라보았다. 내 표정에서 뭔가 심상치 않은 것을 느낀 모양이었다. 삼촌은 내 팔을 움켜잡고는 말없이 눈으로 물었다. 하지만 그보다 더 확실한 질문은 없었다.

나도 말없이 고개만 끄덕였다.

그러자 삼촌은 미친놈이라도 상대하듯 딱하다는 표정으로 고개를 저었다.

그래서 나는 더욱 분명하게 고개를 위아래로 끄덕였다.

삼촌은 눈을 번득이며 내 팔을 붙잡은 손에 더욱 힘을 주었다. 팔이 부러지지나 않을까 겁이 날 지경이었다.

이런 상태로 이루어진 무언의 대화에는 아무리 무심한 구경꾼도 흥미를 느꼈을 것이다. 사실 나는 입을 열기가 두려웠다. 삼촌이 기쁜 나머지 나를 너무 힘껏 끌어안아 질식시켜버리지나 않을까 두려웠기 때문이다. 하지만 삼촌의 태도가 너무 절박했기 때문에 대답하지 않을 수도 없었다.

"그래요. 그 열쇠를 찾았어요. 우연히……."

"도대체 무슨 소리를 하는 거냐?" 삼촌은 말로 표현할 수 없을 만큼 격렬하게 소리쳤다.

"자, 읽어보세요." 나는 내가 쓴 쪽지를 내밀면서 말했다.

"하지만 이건 아무 의미도 없어!" 삼촌은 쪽지를 구기면서 대꾸했다.

"처음부터 읽으면 아무 의미도 없어요. 하지만 끝에서부터 읽으면……."

내가 미처 말을 끝내기도 전에 삼촌은 소리를 질렀다. 아니, 그냥 소리를 지른 정도가 아니라 맹수처럼 포효했다. 삼촌의 머릿속에 한 줄기 빛이 비쳐든 것이다. 얼굴도 단번에 맹수처럼 바뀌었다.

"아아, 영리한 사크누셈! 그러니까 당신은 문장을 거꾸로 썼군?"

그러고는 서둘러 구겨진 쪽지를 펴고 떨리는 목소리로 그 문장을 마지막 글자부터 거꾸로 읽기 시작했다.

그것은 다음과 같은 문장이었다.

In Sneffels Yoculis craterem kem delibat
umbra Scartaris Julii intra calendas descende,
audas viator, et terrestre centrum attinges.
Kod feci. Arne Saknussemm.

이 서툰 라틴어 문장을 번역하면 다음과 같다.

7월 1일 이전에 스카르타리스의 그림자가 상냥하게 떨어지는 스네펠스 요쿨의 분화구 안으로 내려가라, 대담한 나그네여, 그러면 지구의 중심에 도달할 수 있을 것이다. 이는 내가 이미 이룬 일이다. 아르네 사크누셈.

삼촌은 감전이라도 된 것처럼 펄쩍 뛰었다. 얼굴은 대담한 용기와 기쁨과 확신으로 환하게 빛나고 있었다. 방 안을 오락가락하면서 두 손으로 머리를 감싸안고 의자를 움직이고 책을 쌓아

올리기도 했다. 믿을 수 없는 일이지만, 그 귀중한 광물 표본을 장난감처럼 만지작거리면서 이쪽을 주먹으로 때리다가 저쪽을 손바닥으로 내리치기도 했다. 흥분이 겨우 가라앉자 삼촌은 몸에서 체액이 다 빠져나가버린 것처럼 안락의자에 맥없이 털썩 주저앉았다.

삼촌은 잠시 입을 다물고 있다가 불쑥 물었다.

"지금 몇 시냐?"

"세 시인데요."

"그래? 그렇다면 점심 먹은 지도 얼마 안 됐는데 벌써 소화가 다 됐나 보군. 배가 고파 죽겠다. 뭘 좀 먹으러 가자꾸나. 그리고 나면……"

"그리고 나면요?"

"내 여행가방을 꾸려다오."

"뭐라고요?"

"물론 네 것도!" 무자비한 삼촌은 식당으로 들어가면서 그렇게 덧붙였다.

6

지열 논쟁

이 말을 듣자 온몸이 떨렸다. 하지만 나는 꾹 참았다. 밝은 표정을 지으려고 애쓰기까지 했다. 이제 리덴브로크 교수를 막을 수 있는 것은 과학적 논리뿐이다. 이런 모험에 반대할 논리적 이유는 얼마든지 있다. 지구의 중심에 가다니! 완전히 미친 짓이다! 나는 과학적 토론을 하기에 적당한 때가 올 때까지 기다리기로 했다. 지금은 주린 배를 채우는 게 급선무였다.

찬거리 하나 없이 텅 빈 식탁 앞에서 삼촌이 얼마나 화를 냈는지는 구태여 말할 필요도 없을 것이다. 마르테는 사정을 설명하고, 겨우 자유의 몸이 되어 시장으로 달려갔다. 그리고 서둘러 맛있는 음식을 만들어주었기 때문에 한 시간 뒤에는 내 시장기도 가라앉았다. 그래서 다시금 상황을 차분히 생각할 수 있게 되었다.

식사하는 동안 삼촌은 줄곧 흥분해 있었다. 평소답지 않게 농담이 입에서 연신 튀어나올 정도였다. 디저트가 끝나자 삼촌은 나에게 서재로 따라오라는 신호를 보냈다.

나는 순순히 따라갔다. 삼촌은 책상 한쪽 끝에, 그리고 나는 반대쪽 끝에 걸터앉았다.

"악셀." 삼촌이 부드러운 목소리로 말했다. "넌 정말 대단한 놈이야. 나는 말이다, 암호와 씨름하는 데 진저리가 나서 그만 포기하려고 했었어. 네가 도와주지 않았다면 어떻게 됐을까? 생각도 하기 싫다. 어쨌든 이 일은 결코 잊지 않으마. 우리가 앞으로 명예를 얻게 되면, 그 일부는 당연히 네 몫이야."

지금이 기회다 싶었다. 삼촌은 한창 기분이 좋은 상태니까, 그 명예라는 것에 대해 토론할 기회는 바로 지금이라고 나는 생각했다.

"무엇보다도 먼저……" 삼촌이 말을 이었다. "이 비밀은 절대 밖으로 새어나가면 안 돼. 알겠니? 학계에는 나를 시샘하는 자들이 많아. 비밀을 알게 되면 너나없이 이 탐험에 나서려고 들거야. 하지만 우리가 탐험을 끝내고 돌아올 때까지는 낌새도 못 채겠지."

"무모한 사람이 그렇게 많을까요?"

"물론이지! 그런 명성을 얻을 수 있는데 누가 망설이겠어? 이 문서가 알려지면 수많은 지질학자가 아르네 사크누셈의 발자취를 따라 우르르 몰려들 게 뻔해!"

"저는 그렇게 생각지 않습니다. 애당초 이 문서가 진짜라는 증거도 없잖습니까?"

"뭐라고? 문서가 끼워져 있던 책을 못 봤니?"

"좋습니다. 사크누셈이라는 사람이 이걸 썼다는 건 인정하지요. 하지만 그렇다고 해서 그가 실제로 그 탐험을 해냈다고 단정할 수는 없어요. 이 낡은 양피지에 그럴듯한 거짓말을 써서 장난을 쳤을 뿐인지도 모르잖습니까?"

앞뒤 헤아리지 않고 '그럴듯한 거짓말'이라고 말해버린 뒤에야 나는 적잖이 후회했다. 좀 대담했던 것은 사실이다. 삼촌이 짙은 눈썹을 모으고 얼굴을 찌푸렸기 때문에 나는 문제가 더욱 복잡하게 뒤틀리지나 않을까 내심 걱정했지만, 다행히 그렇지는 않았다. 이 까다로운 말상대는 입술에 미소까지 띠면서 대답했다.

"그거야 가보면 알겠지. 안 그래?"

"그보다 먼저……" 나는 조금 발끈하여 말했다. "이 문서에 대해 몇 가지 의문을 제기하고 싶은데, 그래도 되겠습니까?"

"좋다마다. 얼마든지 얘기해. 어떤 의견이든 자유롭게 말해도 좋아. 너는 이제 내 조카가 아니라 동료야. 그렇게 생각하고 어서 말해봐."

"그럼 묻겠는데요, 요쿨이니 스네펠스니 스카르타리스니 하는 것들은 도대체 뭡니까? 저는 들어본 적도 없는데요."

"궁금한 게 고작 그거냐? 간단하지. 얼마 전에 라이프치히에 사는 아우구스트 페터만*이라는 친구가 지도를 하나 보내왔는데, 정말 때를 잘 맞췄어. 저기 커다란 책장 두 번째 칸, Z라고 표시되어 있는 칸의 네 번째 선반에서 세 번째에 있는 지도를 갖다다오."

나는 몸을 일으켰다. 삼촌의 지시가 정확했기 때문에 그 지도는 금방 찾을 수 있었다. 삼촌은 지도를 펼쳐놓고 말했다.

---

* 아우구스트 페터만(1822~78): 독일의 지리학자·지도 제작자.

"이건 아이슬란드 지도 중에서도 가장 뛰어난 한데르손의 지도야. 네가 무슨 질문을 해도 이 지도가 다 대답해줄 거다."

나는 지도 위로 몸을 내밀었다.

"화산으로 이루어진 그 섬을 보렴. 화산에는 모두 '요쿨'이라는 이름이 붙어 있을 거야. '요쿨'은 아이슬란드어로 '빙하'라는 뜻이지. 아이슬란드처럼 위도가 높은 곳에서는 대부분의 화산이 얼음층을 뚫고 분화하기 때문에, 이 섬의 화산에는 모두 '요쿨'이라는 이름이 붙게 된 거란다."

"그렇군요. 그럼 스네펠스는 뭡니까?"

이 질문에는 대답할 수 없을 거라고 생각했지만, 내 짐작은 빗나갔다. 삼촌은 말을 이었다.

"아이슬란드 서해안을 더듬어가면 수도 레이캬비크가 보이지? 그래, 좋아. 거기서 바다에 침식된 피오르드* 해안을 따라 북쪽으로 올라가다가 북위 65도 조금 밑에서 멈춰봐. 거기에 뭐가 있지?"

"반도가 있군요. 고기를 떼어낸 뼈다귀처럼 생겼고, 끝에 커다란 혹이 붙어 있습니다."

"그럴듯한 비유로군. 그 혹 위에 뭐가 보이지?"

"바다로 불쑥 튀어나간 것처럼 보이는 산이 있군요."

"그게 스네펠스야."

"스네펠스라고요?"

"그래. 높이는 1500미터나 되고, 이 섬에서 가장 높은 화산 가운데 하나지. 만약 그 산의 분화구가 지구의 중심과 이어져 있

---

* 피오르드: 북유럽 해안에서 볼 수 있는, 절벽으로 둘러싸인 좁고 깊이 들어간 후미.

나는 지도 위로 몸을 내밀었다

다면, 전세계에서 가장 유명한 산이 될 거다."

"설마 그럴 리가!" 나는 그런 터무니없는 가설을 도저히 납득할 수가 없어서 어깨를 으쓱했다.

"설마라니!" 리덴브로크 교수는 엄격한 말투로 대꾸했다. "왜 그럴 리가 없다는 거냐?"

"그야 뻔하잖습니까! 화산의 분화구는 당연히 용암과 화산암으로 막혀 있을 겁니다. 그러니까……."

"사화산이라면 어때?"

"사화산요?"

"그래. 지금도 용암을 내뿜고 있는 활화산은 현재 지구상에 3백 개 정도밖에 안 돼. 하지만 사화산은 그보다 훨씬 많지. 스네펠스도 사화산이야. 유사 이래 그 산이 분화한 건 딱 한 번뿐이야. 1229년에 분화한 게 처음이자 마지막이지. 그후로는 차츰 얌전해져서, 이제는 활화산으로 분류되지도 않아."

이렇게 확실히 단언하면 나도 대꾸할 말이 없다. 그래서 나는 고문서에 숨어 있는 다른 수수께끼를 찔러보기로 했다.

"그럼 스카르타리스는 무슨 뜻입니까? 그리고 7월 1일은 또 뭐고요?"

삼촌은 생각에 잠겼다. 순간 내 마음에 희망이 솟아났다. 하지만 그것도 잠시뿐, 삼촌은 곧 이렇게 대답했다.

"네가 수수께끼라고 부르는 게 나한테는 오히려 의문을 밝혀주는 광명이구나. 그거야말로 사크누셈이 얼마나 공들여서 교묘하고 독창적인 방법으로 자신의 발견을 정확하게 전달하려 했는지를 알려주는 증거야. 스네펠스에는 분화구가 몇 개나 있지. 따라서 지구의 중심과 이어져 있는 게 어느 분화구인지를 나타낼 필요가 있었어. 그래서 이 아이슬란드 학자는 어떻게 했는 가? 그는 7월 1일이 가까워지면, 다시 말해서 6월 말경이 되면 산봉우리들 가운데 하나인 스카르타리스가 문제의 분화구 위에 까지 그림자를 드리운다는 걸 알아차렸어. 그래서 그 사실을 문서에 기록해둔 거야. 이보다 더 정확한 길안내를 생각해낼 수 있었을까? 우리도 일단 스네펠스 꼭대기에 도착하면, 어느 길로 가야 좋을지 망설일 필요는 전혀 없어."

삼촌은 어떤 질문에도 대답을 준비해놓고 있었다. 나는 낡은 양피지에 적혀 있는 내용에 관해서는 어떤 질문으로 공격해도 소용없다는 것을 깨달았다. 그래서 그 점을 공격하는 것은 단념할 수밖에 없었지만, 그래도 어떻게든 삼촌을 설득해야 했다. 나는 공격 방법을 과학적인 반론으로 바꾸기로 했다. 내 생각에는 이쪽이 훨씬 중대한 문제였다.

"좋습니다. 사크누셈의 문장이 명확하고 의심할 여지가 없다는 것은 인정할 수밖에 없군요. 이 문서가 진짜 같다는 것도 인정하겠습니다. 그러니까 이 학자는 스네펠스의 분화구 바닥으로 내려가, 7월 1일 직전에 스카르타리스라는 봉우리의 그림자가 분화구 기슭에 어른거리는 것을 보았습니다. 그리고 그 분화구가 지구의 중심과 이어져 있다는 당시의 전설도 들었겠지요. 하지만 그가 실제로 분화구 속으로 내려갔다느니, 지구의 중심까지 갔다가 돌아왔다느니 하는 말은 인정할 수 없어요. 애당초 그런 계획을 세웠는지조차 의심스럽습니다. 그건 다 새빨간 거짓말이에요!"

"어째서?" 삼촌은 묘하게 놀리는 투로 물었다.

"모든 과학 이론이 그런 일은 불가능하다는 걸 증명하고 있잖습니까!"

"모든 과학 이론이 그렇게 말하고 있나?" 삼촌은 짐짓 의뭉스럽게 되물었다. "그거 참 고약한 이론들이군! 감히 우리 앞길을 막으려 하다니 말이야! 야비한 놈들!"

나는 삼촌이 나를 놀리고 있다는 것을 알아차렸지만, 그래도 아랑곳하지 않고 말을 이었다.

"그렇습니다. 지표면에서 30미터 내려갈 때마다 온도가 1도씩 올라간다는 것은 잘 알려진 사실입니다. 이런 비율로 계속 온도가 상승하면, 지구의 반지름은 약 6000킬로미터니까 중심의 온도는 20만 도가 넘는다는 얘기가 됩니다. 그렇다면 지구 내부의 물질은 뜨거운 백열 상태의 기체가 되어 있을 겁니다. 금이나 백금 같은 금속은 물론 아무리 단단한 암석도 그렇게 높은 온도에는 도저히 견딜 수 없으니까요. 그래서 저는 그런 곳에 과연 사람이 들어갈 수 있느냐 하는, 지극히 당연한 질문을 하고 있는 겁니다."

"그러니까 네가 걱정하는 건 온도냐?"

"그렇죠. 40킬로미터 깊이까지만 내려가도 지각(地殼)의 한계에 도달하게 됩니다. 그 시점에서 온도는 이미 1300도가 훨씬 넘을 테니까요."

"그래서 녹아버릴까 봐 두려운 거냐?"

"그 대답은 삼촌한테 맡기겠습니다." 나는 발끈해서 대꾸했다.

"그럼 내가 대답하마." 리덴브로크 교수는 거드름을 피우며 말했다. "지구 내부에서 일어나고 있는 일은 아무도 정확하게 알지 못한다는 거야. 지금은 겨우 지구 반지름의 1만분의 1 정도밖에 알려져 있지 않으니까 말이다. 과학은 끊임없이 진보하고 있고, 어떤 학설도 항상 새로운 학설로 바뀌게 마련이지. 푸리에* 이전에는 우주 공간의 온도가 끝없이 내려간다고 여겨졌잖니? 그런데 지금은 대기권에서 가장 추운 곳도 영하 40도 내지 50도 아래로는 내려가지 않는다는 사실이 알려져 있어. 지구 내부의 온도도 마찬가지가 아니라고 어떻게 단정할 수 있지? 아무리 열에 강한 광물도 녹아버릴 만큼 높은 온도까지 계속 올라가는 게 아니라, 일정한 깊이까지 내려가면 온도가 더 이상 올라가지 않는 한계점에 도달할 가능성도 있지 않을까?"

삼촌이 문제를 가설로 바꾸어버렸기 때문에 나는 뭐라고 대답할 말이 없었다.

"푸아송**을 비롯한 진정한 과학자들이 이미 입증한 것이지만, 지구 내부의 온도가 정말로 20만 도라면 용해된 고체에서 생겨나는 백열 상태의 기체는 엄청난 팽창력을 갖게 되고, 그 압력에 저항할 수 없게 된 지각은 증기압으로 파열하는 보일러처럼 터져버릴 거야."

"그건 푸아송의 생각이겠지요."

"그건 그래. 하지만 다른 훌륭한 학자들도 비슷한 의견을 갖고 있어. 지구 내부를 구성하고 있는 물질은 기체도 아니고 물도 아니고, 우리가 알고 있는 가장 무거운 암석도 아니야. 만약 그런 것으로 이루어져 있다면 지구의 무게는 절반 정도로 줄어들어버릴 거야."

"숫자로는 뭐든지 마음대로 증명할 수 있죠!"

"그럼 너는 엄연한 사실도 제멋대로 증명할 수 있다는 거냐?

* 조제프 바롱 푸리에(1768~1830): 프랑스의 수학자 · 물리학자.
** 시메옹 드니스 푸아송(1781~1840): 프랑스의 수학자 · 물리학자.

지구가 탄생한 이래 화산의 수가 훨씬 줄어든 것은 엄연한 사실이야. 그렇다면 지구 중심부에 고열이 있다 해도, 온도가 차츰 떨어지고 있다고 결론지을 수 있지 않을까?"

"삼촌, 가설을 가지고 계속 말씀하시면 저는 더 이상 드릴 말씀이 없습니다."

"나는 할 말이 있어. 내 의견은 아주 권위있는 학자들의 의견이기도 해. 영국의 유명한 화학자 험프리 데이비 경이 1825년에 나를 찾아온 걸 기억하고 있겠지?"

"아뇨, 기억나지 않는데요. 제가 태어난 건 그보다 19년 뒤니까요."

"뭐, 그건 아무래도 좋아. 어쨌든 험프리 경은 함부르크에 들렀을 때 나를 만나러 왔어. 우리는 지구 중심부인 지핵이 액체라는 가설을 놓고 오랫동안 토론을 벌였지. 그리고 거기에 액체는 존재할 수 없다는 데 의견일치를 보았어. 그런 결론을 내린 데에는 물론 이유가 있었지. 과학은 아직까지도 거기에 대해 반응을 보이지 않았지만."

"그 이유가 뭔데요?" 나는 조금 놀라서 물었다.

"지구 내부가 액체라면 바다와 마찬가지로 달의 인력을 받을 테고, 그렇게 되면 하루에 두 번씩 지구 내부에서 밀물과 썰물이 일어날 거야. 그러면 지각이 밀려 올라와 주기적으로 지진이 일어나겠지."

"하지만 지구 표면이 옛날에 활활 타오른 것은 확실하잖습니까. 다 탄 뒤에 우선 바깥쪽 표면이 식어서 굳어지고, 열은 중심부로 물러갔다고 생각할 수도 있지 않을까요?"

"그건 아니야. 지구가 뜨거워진 건 표면이 불탔기 때문이지,

다른 원인은 없어. 지구 표면은 공기나 물에 닿기만 해도 불길이 일어나는 칼륨이나 나트륨 같은 금속으로 이루어져 있었어. 대기 중의 수증기가 비가 되어 땅으로 내려왔을 때, 이런 금속은 활활 타올랐지. 그리고 빗물이 지표면에 생긴 틈새로 조금씩 스며들었고, 그 때문에 지구 내부에서 불길이 치솟고 폭발과 분화가 일어난 거야. 그래서 지구가 탄생한 직후에는 화산이 그렇게 많았던 것이지."

"그거 참 독창적인 가설이군요!" 나는 무심코 소리를 질렀다.

"그 가설을 험프리 경은 바로 이 방에서 아주 간단한 실험으로 입증했어. 내가 방금 말한 금속류를 주재료로 지구와 똑같은 공을 만들었지. 그리고 그 표면에 물방울을 떨어뜨리자, 물방울이 떨어진 자리에 거품이 일고 산화하여 작은 산이 생겼어. 그 꼭대기에 분화구가 열리고 분화가 일어났지. 그러자 공 전체에 열이 전해져서 손으로 들고 있을 수도 없을 만큼 뜨거워졌어."

나는 삼촌의 가설에 마음이 흔들리기 시작했다. 늘 그렇지만, 힘차고 열정적인 삼촌의 말투도 내 마음을 흔들어놓았다.

"악셀." 삼촌이 말을 이었다. "지구 중심부가 어떤 상태인가에 대해서는 학설이 분분해서, 학자들마다 의견이 달라. 지구 내부가 뜨겁다는 주장도 실은 아무 근거가 없어. 내 생각에 따르면, 그런 열은 존재하지 않아. 절대 존재할 리가 없어. 어쨌든 가보면 알겠지. 아르네 사크누셈처럼 우리도 이 중대한 문제에 직접 부딪쳐보는 거야."

"예, 좋습니다!" 나는 소리쳤다. 결국 삼촌의 열정에 굴복하고만 것이다. "가보면 눈으로 직접 확인할 수 있겠죠. 땅 속에서도 앞을 볼 수만 있다면 말입니다!"

"앞을 못 볼 이유가 없잖니? 내려가는 동안에는 전기 현상이 길을 비추어줄 것이고, 공기도 있을 거야. 지구의 중심이 가까워지면 압력 때문에 공기가 빛을 내지 않을까?"

"정말 그렇군요! 충분히 가능한 일입니다."

"아니, 확실해." 삼촌은 득의양양하게 대꾸했다. "하지만 절대 비밀을 지켜야 한다. 알겠니? 입 꽉 다물고 아무한테도 말하지 마라. 우리보다 먼저 지구의 중심을 발견하려고 날뛰는 놈이 나타나면 곤란하니까."

7
내 사랑 그라우벤

그 기념할 만한 논쟁은 그렇게 끝났다. 그 토론으로 나는 열에 들뜬 것처럼 흥분해서, 머리가 몽롱해진 채 삼촌의 서재를 나왔다. 함부르크 시내의 공기를 아무리 들이마셔도 뜨거워진 머리는 식지 않았다. 그래서 나는 엘베 강변으로 나와, 함부르크 시내와 함부르크 역을 오가는 증기선 선착장으로 갔다.

삼촌의 이야기를 나는 진심으로 납득한 것일까? 삼촌의 기세에 눌린 나머지, 될 대로 되라는 심정으로 주저앉고 만 것은 아닐까? 지구의 중심으로 내려가겠다는 삼촌의 결심을 과연 진지하게 받아들여야 할까? 내가 들은 이야기는 미치광이의 터무니없는 헛소리일까, 아니면 위대한 천재의 과학적인 결론일까? 도대체 그 이야기는 어디까지가 진리이고 어디부터가 망상일까?

나는 서로 모순되는 수많은 가설 사이를 오락가락 헤매 다녔지만, 어느 것도 납득할 수 없었다.

이제 흥분은 다소 가라앉았지만, 아까는 분명히 삼촌의 주장이 옳게 여겨졌다는 게 생각났다. 이렇게 된 이상, 되도록 빨리 떠나고 싶었다. 이것저것 생각할 틈을 갖지 않는 편이 나을 것 같았다. 지금 당장이라면 주저없이 여행가방을 꾸릴 수도 있었을 것이다.

그러나 솔직히 고백하건대, 한 시간쯤 뒤에는 흥분도 가라앉고 팽팽했던 신경도 느슨해져서, 나는 깊은 땅 속에서 지상으로 되돌아와버렸다.

'말도 안 돼!' 나는 속으로 외쳤다. '상식적으로 생각해봐. 내가 생각이 제대로 박힌 놈이라면, 아무리 삼촌이라 해도 그런 제안을 할 리가 없잖아. 모두 헛소리야. 내가 잠을 제대로 못 자서 악몽을 꾼 게 분명해.'

이런 생각을 하면서 나는 엘베 강을 따라 시내 반대편에 이르렀다. 문득 정신을 차리고 보니 어느새 항구를 지나 알토나 거리로 나와 있었다. 어떤 예감이 나를 이쪽으로 이끌어온 게 분명했다. 그 예감은 들어맞았다. 귀여운 그라우벤이 가벼운 걸음으로 함부르크를 향해 걸어오는 것이 보였기 때문이다.

"그라우벤!" 나는 멀리서 외쳤다.

그라우벤은 걸음을 멈추었다. 길거리 한복판에서 느닷없이 누군가가 부르는 소리를 듣고 당황한 것 같았다. 나는 성큼성큼 걸어서 열 걸음 만에 그녀 곁에 이르렀다.

"악셀!" 그라우벤이 놀란 얼굴로 말했다. "나를 마중 나왔군요! 그렇죠?"

하지만 그라우벤은 심란한 내 표정을 놓치지 않았다.

"왜 그래요? 무슨 일이죠?" 그라우벤은 내 손을 잡으면서 물었다.

나는 엘베 강변의 선착장으로 갔다

그간의 사정을 간략하게 설명하자, 영리한 피어란트 아가씨는 금세 상황을 이해했다. 그라우벤은 잠시 아무 말도 하지 않았다. 그라우벤의 심장도 내 심장처럼 두근거렸을까? 그건 알 수 없지만, 적어도 내 손을 잡은 그라우벤의 손은 떨리고 있지 않았다. 우리는 말없이 100미터쯤 걸었다.

이윽고 그라우벤이 입을 열었다.

"악셀!"

"말해봐, 나의 귀여운 그라우벤."

"틀림없이 멋진 여행이 될 거예요."

나는 놀라서 펄쩍 뛰었다.

"그래요, 악셀. 학자의 조카에게 딱 어울리는 여행이에요. 모름지기 사나이라면 위대한 모험으로 자신의 능력을 보여주어야 돼요!"

"뭐라고? 그 위험천만한 모험에 나서는 걸 말려주지 않을 거야?"

"말리긴요. 나도 따라가고 싶은걸. 하지만 연약한 여자가 따라가면 오히려 방해만 되겠죠?"

"진심이야?"

"그럼요."

아아, 여자여! 이해할 수 없는 여자의 마음이여! 그대들은 더할 나위 없는 겁쟁이거나, 아니면 세상에서 가장 무모한 존재로다! 이성은 그대들에게 아무런 영향도 미치지 못하는구나! 세상에 이럴 수가! 이 어린애 같은 아가씨가 그런 모험을 떠나라고 부추기다니! 자기도 따라가고 싶다고 겁도 없이 말하다니! 나를 사랑한다면서, 그런 모험에 내가 나서기를 바라다니!

나는 낭패했고, 솔직히 말하면 조금 부끄럽기도 했다.

"좋아. 내일도 그렇게 말하는지 두고 보겠어."

"내일도 마찬가지일 거예요."

그라우벤과 나는 손을 맞잡은 채 말없이 걸었다. 하루 동안 일어난 온갖 사건 때문에 나는 완전히 녹초가 되어버렸다.

'어쨌든……' 나는 속으로 생각했다. '7월 1일이 되려면 아직도 멀었어. 그때까지는 여러 가지 일들이 일어날 테니까, 삼촌도 지구 속으로 내려간다는 정신나간 생각을 단념할지도 몰라.'

우리가 쾨니히 가의 집에 도착했을 때는 벌써 밤이 되어 있었다. 나는 집 안이 조용할 거라고 생각했다. 삼촌은 여느 날처럼 일찍 잠자리에 들었을 테고, 마르테는 식당을 청소하고 있을 것이다.

하지만 나는 삼촌이 여행을 빨리 떠나고 싶어서 안달하던 것을 깜박 잊고 있었다. 집에 돌아와 보니 삼촌은 현관 앞에서 수많은 물건을 부리고 있는 짐꾼들 사이를 뛰어다니며 큰 소리로 지시를 내리고 있지 않은가. 마르테는 뭘 어떻게 해야 좋을지 몰라서 허둥대고 있었다.

"악셀! 빨리 와! 할 일 없는 놈처럼 빈둥거리지 말고!" 삼촌은 멀리서 나를 보자마자 고함을 질렀다. "넌 가방도 아직 안 꾸렸고, 내 서류도 정리하지 않았어. 게다가 내 가방 열쇠는 어디로 갔는지 안 보이고, 각반은 아무리 찾아도 나타나질 않아!"

나는 망연자실하여 목소리도 나오지 않았다. 그저 이렇게 말하는 것이 고작이었다.

"그럼, 정말로 떠나는 겁니까?"

"물론이지. 한심한 녀석 같으니라고. 거기에 멍청히 서 있지

삼촌은 이리저리 뛰어다니며 지시를 내리고 있었다

말고 부지런히 움직여."

"정말로 떠나는 거예요?" 나는 힘없는 목소리로 똑같은 질문을 되풀이했다.

"그래. 모레 새벽에 떠날 거야."

나는 더 이상 들을 수가 없어서 내 작은 방으로 달아났다.

이제는 의심할 여지가 없었다. 삼촌은 여행에 필요한 물품과 도구를 사들이면서 오후를 보낸 게 분명했다. 현관 앞에는 밧줄 사다리, 매듭 밧줄, 횃불, 물통, 아이젠, 피켈, 얼음 끌, 지팡이, 곡괭이 따위가 잔뜩 쌓여 있어서 발 디딜 틈도 없을 정도였다. 그걸 다 운반하려면 적어도 열 사람은 필요할 것 같았다.

나는 무서운 하룻밤을 보냈다. 이튿날 아침 일찍 그라우벤이 나를 깨웠다. 나는 문을 열지 않기로 결심했다. 하지만 그라우벤이 상냥한 목소리로 부르는 데에는 당할 수가 없다.

나는 방에서 나왔다. 잠 못 이루는 밤을 보낸 뒤 수면 부족으로 부스스하고 초췌해진 모습과 창백한 얼굴, 붉게 충혈된 눈을 보면 그라우벤도 생각을 바꾸지 않을까 기대하면서.

"악셀, 어제보다 훨씬 좋아 보이네요. 하룻밤 사이에 마음이 안정됐나 보군요."

"안정됐다고?"

나는 거울 쪽으로 달려갔다. 놀랍게도 안색은 생각했던 것만큼 나쁘지 않았다. 믿을 수 없는 일이었다.

"교수님과 오랫동안 이야기했어요. 교수님은 정말 확고한 신념을 가진 학자이고 대단한 용기를 가진 분이세요. 당신 몸 속에도 교수님의 피가 흐르고 있다는 걸 잊지 마세요. 교수님은 여행의 목적과 전망, 왜 목표를 이루고 싶어하는지, 어떻게 목적을 달성할 작정인지도 다 말씀해주셨어요. 틀림없이 성공하실 거예요. 학문에 몸을 바치는 건 정말 훌륭한 일이에요. 교수님은 유명인사가 되실 테고, 교수님과 함께 가는 당신도 그렇게 될 거예요! 여행에서 돌아오면 당신도 제구실을 하는 어엿한 사나이가 되어, 교수님과 대등한 입장에서 자유롭게 말하고 자유롭게 행동하고 자유롭게……."

그라우벤은 얼굴을 붉히면서 말끝을 얼버무렸다. 그라우벤의 말에 나는 기운을 되찾았다. 하지만 정말로 떠나는 것일까? 나는 아직도 믿을 수가 없었다. 나는 그라우벤을 데리고 삼촌의 서재로 갔다.

"삼촌, 정말 떠나기로 결심하신 거예요?"

"뭐라고? 아직도 납득하지 못한 거냐?"

"아뇨. 물론 납득했습니다." 나는 삼촌의 기분을 해치지 않으려고 얼른 대답했다. "다만 무엇 때문에 이렇게 서두르는지 궁금해서요."

"시간 때문이야. 쏜살같이 흐르는 시간은 무엇으로도 막을 수 없으니까."

"하지만 오늘은 5월 26일입니다. 6월 말까지는……."

"이런 바보 같으니! 아이슬란드에 그렇게 간단히 갈 수 있다고 생각하냐? 어제 네가 미친놈처럼 뛰쳐나가지 않았다면 코펜하겐의 해운회사인 리펜데르사 지점에 데려가주었을 텐데. 그러면 코펜하겐에서 레이캬비크까지는 매달 22일에 한 번밖에 배가 떠나지 않는다는 걸 알았을 거야."

"그렇다면……?"

"그렇다면 어떻게 되느냐고? 다음 배가 떠나는 6월 22일까지 기다렸다가는 스카르타리스의 그림자가 스네펠스 분화구를 스치는 장면을 볼 수 없게 돼. 그러니까 지금 당장이라도 코펜하겐에 가서, 어떻게든 그쪽으로 건너갈 교통 수단을 찾아야 해. 자, 빨리 가방을 꾸려!"

나는 대답할 말도 나오지 않아서 내 방으로 돌아갔다. 그라우벤이 따라와서 작은 가방 속에 여행에 필요한 물건을 넣어주었다. 그라우벤은 내가 뤼베크나 헬골란트*로 당일치기 여행이라도 가는 것처럼 태연했다. 그녀의 섬섬옥수는 서두르는 기색도 없이 움직였다. 그라우벤은 우리가 탐험 여행을 떠나야 할 이유를 차분한 목소리로 조목조목 말해주었다. 나를 살살 달래서 모험을 떠나게 하려는 그녀의 태도에 나는 화가 나서 호통이라도 치고 싶었지만, 그라우벤은 그런 내 기분에도 아랑곳없이 침착하게 일을 계속했다.

마침내 가방의 마지막 가죽끈이 단단히 묶였다. 나는 다시 아래층으로 내려갔다.

그날은 과학실험 도구나 무기, 전기 기구 따위를 파는 상인들이 온종일 들락거렸고, 마르테는 완전히 당황해버렸다.

"주인님은 머리가 돌았나 봐요. 그렇죠?"

나는 고개를 끄덕였다.

"도련님도 데려가실 작정인가요?"

나는 또 고개를 끄덕였다.

"어디로 가는데요?"

나는 손가락으로 지구의 중심을 가리켰다.

---

* 뤼베크: 함부르크 동북쪽에 있는 항구 도시. 헬골란트: 함부르크 서북쪽 북해에 있는 작은 섬.

"지하실요?" 늙은 하녀가 외쳤다.

"아니." 나는 겨우 입을 열었다. "그보다 훨씬 아래!"

밤이 되었지만 나는 더 이상 시간의 흐름을 알 수 없게 되었다.

"그럼 내일 보자. 아침 여섯 시 정각에 떠날 거야." 삼촌이 말했다.

밤 10시에 나는 기력을 잃고 생명이 없는 덩어리처럼 침대에 털썩 쓰러졌다.

밤사이에 또다시 공포가 나를 사로잡았다.

나는 혼미한 상태에 빠진 채, 깊이 갈라진 틈새로 추락하는 꿈을 꾸었다. 삼촌의 힘센 손에 꽉 잡혀 질질 끌려 다니고, 깊은 물속으로 빨려들고, 늪에 가라앉았다. 허공에 던져진 물체처럼 무서운 가속도가 붙어 깊이를 헤아릴 수 없는 동굴 바닥으로 떨어졌다. 끝없이 추락하는 몸과 함께 내 기력도 끝없이 떨어졌다.

5시에 눈이 뜨였지만, 피로와 공포 때문에 일어날 기력도 없었다. 식당에 내려가 보니, 삼촌이 식탁에 앉아서 걸신들린 듯이 음식을 집어삼키고 있었다. 그런 삼촌을 보자 오싹 소름이 끼쳤다. 하지만 그라우벤이 옆에 있었기 때문에 나는 아무 말도 하지 않았다. 음식도 목구멍으로 넘어가지 않았다.

5시 30분에 밖에서 마차 바퀴 소리가 들렸다. 우리를 알토나역으로 데려다줄 사륜마차가 도착한 것이다. 곧이어 그 마차에는 짐이 산더미처럼 실렸다.

"네 가방은?" 삼촌이 물었다.

"다 꾸렸습니다." 나는 무릎을 후들거리며 대답했다.

"빨리 가져와. 꾸물대면 기차를 놓칠 거야."

운명에 거역하여 싸우는 것은 불가능해 보였다. 나는 방으로 돌아가 가방을 아래층으로 미끄러뜨리고, 그 뒤를 따라 곤두박질치듯 계단을 뛰어내려왔다.

그 동안 삼촌은 집안일을 그라우벤에게 당부하고 있었다. 아름다운 피어란트 아가씨는 여느 때처럼 침착했다. 그라우벤은 삼촌에게 작별 키스를 했지만, 그 상냥한 입술을 내 뺨에 살짝 댔을 때는 그라우벤도 눈물을 억누르지 못했다.

"그라우벤!" 나는 목이 메었다.

"가세요, 악셀. 지금은 내가 당신의 약혼녀지만, 돌아오면 아내가 될게요."

나는 그라우벤을 잠깐 끌어안고 나서 마차에 올랐다. 마르테와 그라우벤은 문간에 서서 우리에게 작별의 손을 흔들었다. 마부가 휘파람을 불자 두 필의 말은 알토나를 향해 달려갔다.

마르테와 그라우벤은 문간에 서서 작별의 손을 흔들었다

8

출발

함부르크 교외인 알토나는 벨트 해협 연안의 킬로 가는 철도의 시발점이다. 이곳에서 기차를 타면 20분도 지나기 전에 우리를 국경 너머 홀슈타인* 땅으로 데려다줄 터였다.

6시 30분에 마차가 알토나 역 앞에 멈춰섰다. 짐꾼들이 삼촌의 수많은 꾸러미와 상자들을 마차에서 내려 역 안으로 가져가서 무게를 재고 꼬리표를 달아 화물칸에 실었다. 7시에 우리는 객차에 마주앉아 있었다. 기적이 울리고, 기관차가 움직이기 시작했다. 드디어 출발이다.

운명을 감수했느냐고? 천만에. 아직은 포기하지 않았다. 하지만 상쾌한 아침 공기와 끊임없이 달라지는 차창 밖 풍경은 곧 내 마음에서 고민거리를 몰아내주었다.

삼촌의 마음은 기차보다 앞서 달리고 있는 게 분명했다. 한시

---

* 홀슈타인: 오늘날의 독일 슐레스비히-홀슈타인 주의 남반부 지역. 1866년에 프로이센의 주로 편입될 때까지 덴마크 영토였다. 중심 도시는 킬.

라도 빨리 가고 싶어서 안달하는 삼촌에게 기차는 굼벵이가 기어가는 것처럼 느껴졌을 것이다. 객차에 손님은 우리 둘뿐이었지만, 우리는 서로 말을 나누지 않았다. 삼촌은 주머니와 가방을 세심하게 점검했다. 나는 삼촌이 모험에 필요한 물건을 하나도 빠뜨리지 않고 가져온 것을 알 수 있었다.

그 중에는 덴마크 영사관 주소가 찍힌 공용 편지지도 있었다. 함부르크 주재 덴마크 영사이자 삼촌의 친구인 크리스티엔센 씨가 서명한 그 편지를 코펜하겐에 가져가면, 아이슬란드 총독에게 보내는 소개장을 쉽게 얻을 수 있을 터였다.*

나는 삼촌의 지갑 속에 깊숙이 감추어진 그 양피지도 언뜻 보았다. 그것을 속으로 여전히 저주하면서 시골 풍경을 감상하기 시작했다. 평야가 끝없이 이어지는 풍경은 너무 밋밋해서 재미가 없었지만, 철도회사가 좋아하는 곧은 선로를 놓기에는 안성맞춤으로 보였다.

하지만 지루함에 시달릴 틈은 없었다. 떠난 지 세 시간 만에 기차가 바닷가에 위치한 킬 역에 도착했기 때문이다.

우리는 짐을 코펜하겐까지 직통으로 보냈기 때문에, 킬에서는 짐을 찾거나 걱정할 필요가 없었다. 그런데도 삼촌은 짐이 기선에 실리는 동안 줄곧 불안한 표정으로 지켜보고 있었다. 이윽고 짐은 선창 밑바닥으로 사라졌다.

삼촌은 그렇게 서두르면서도 기차와 기선의 연계 시간을 신중하게 계산했지만, 우리는 킬에서 거의 하루를 빈둥거리며 보내야 했다. 기선 '엘레노라' 호는 밤에 떠날 예정이었기 때문이

---

* 아이슬란드는 14세기부터 1944년에 공화국으로 독립할 때까지 덴마크의 지배를 받았다.

다. 그래서 삼촌의 흥분은 무려 아홉 시간이나 지속되었다. 성미급한 여행자는 선박회사와 철도회사에 욕을 퍼붓고, 이런 악폐를 방치하고 있는 정부까지 욕하면서 아홉 시간을 보냈다. 이 점에 대해 삼촌이 '엘레노라' 호 선장을 닦달하는 동안 나는 삼촌을 편들 수밖에 없었다. 삼촌은 선장이 잠시도 시간을 낭비하지 않고 기선 보일러에 불을 때기를 바랐지만, 선장은 출항 시간까지 산책이나 하고 오는 게 어떠냐고 권했다.

킬에서든 다른 어디에서든 결국 하루는 지나가게 마련이다. 시내로 이어진 후미의 제방에는 초목이 무성했다. 우리는 그 제방을 따라 걷고, 이 도시를 무성한 나뭇가지 사이의 새둥지처럼 보이게 만드는 숲을 가로지르고, 작은 목욕장이 딸려 있는 방갈로식 별장들을 보면서 감탄하고, 달음박질을 하거나 툴툴거리면서 어떻게든 밤 10시까지 시간을 보냈다.

'엘레노라' 호에서 연기가 소용돌이치며 하늘로 피어올랐다. 보일러의 진동 때문에 갑판이 바르르 떨렸다. 우리는 이미 배에 올라타고, 하나뿐인 객실의 2층 침대를 당당하게 차지하고 있었다.

10시 15분에 배를 부두에 묶어두었던 밧줄이 풀렸다. 기선은 어두운 벨트 해협을 빠른 속도로 달렸다.

칠흑같이 어두운 밤이었다. 산들바람이 불고 파도가 높았다. 해안의 불빛 몇 개가 어둠에 구멍을 뚫었다. 얼마 후에는 어디선가 반짝이는 등댓불이 잠깐 파도를 비추었다. 이 최초의 항해에서 내 기억에 남아 있는 것은 이것뿐이다.

아침 7시에 우리는 셸란 섬 서해안에 있는 작은 마을 코르쇠르에 상륙했다. 여기서 기차로 갈아타고 홀슈타인만큼 평탄한 농촌 지대를 지나갔다.

코르쇠르에서 코펜하겐까지는 세 시간이 걸렸다. 삼촌은 밤새 눈 한 번 붙이지 않았다. 마음이 급한 나머지, 한숨도 자지 않고 객차를 발로 밀고 있었을지도 모른다.

마침내 삼촌은 팔처럼 길고 가느다란 바다를 보았다.

"외레순 해협이다!" 삼촌이 소리쳤다.

왼쪽에 병원처럼 커다란 건물이 보였다.

"정신병원이에요." 같은 배에 탄 승객이 가르쳐주었다.

문득, 우리도 저기서 일생을 마치게 될지 모른다는 생각이 들었다. 그 병원이 아무리 크다 해도 삼촌의 미친 짓에 비하면 너무 작았다.

오전 10시, 마침내 코펜하겐에 도착했다. 우리는 짐을 마차에 싣고 브레드 가에 있는 피닉스 호텔로 갔다. 역이 교외에 있었기 때문에 호텔까지는 30분이 걸렸다. 호텔에 도착하자 삼촌은 서둘러 몸을 씻고 나를 방에서 끌어냈다. 호텔 수위는 독일어와 영어를 할 줄 알았지만, 여러 나라 말을 할 수 있는 삼촌은 유창한 덴마크어로 수위에게 질문했고, 수위도 유창한 덴마크어로 북방 고대 박물관이 있는 곳을 가르쳐주었다.

이 기묘한 박물관에는 덴마크의 역사를 한눈에 알 수 있는 놀라운 유물들이 가득 차 있었다. 석기시대의 무기, 술잔, 보석이 박힌 장신구도 있었다. 박물관장인 톰손 교수는 학자였고, 함부르크 주재 덴마크 영사의 친구였다.

삼촌은 덴마크 영사가 톰손 교수에게 쓴 소개장을 갖고 있었다. 학자들은 대개 다른 학자를 별로 달가워하지 않는다. 하지만 여기서는 사정이 달랐다. 남을 돕기를 좋아하는 톰손 교수는 리덴브로크 교수만이 아니라 그의 조카까지도 따뜻하게 맞아주었다. 그 훌륭한 박물관장에게도 비밀을 지키라고, 삼촌이 내 입을 단속한 것은 물론이다. 우리는 아이슬란드를 방문하고 싶어하는 사심 없는 아마추어 행세를 했다.

톰손 교수는 우리 부탁을 모두 들어주고, 출항을 앞둔 배를 찾아 우리와 함께 부두를 이 잡듯이 뒤졌다.

나는 배를 구할 수 없게 되기를 속으로 간절히 빌었지만, 내 기대는 어긋나고 말았다. '발퀴리'*호라는 작은 범선이 6월 2일 레이캬비크로 떠날 예정이었다. 선장인 비아르네 씨가 배에 있었다. 그의 승객이 될 삼촌은 넘치는 기쁨을 주체하지 못하고 선장의 손을 뼈가 으스러질 만큼 힘껏 움켜잡았다. 순박한 선장은 그처럼 열렬한 반응에 깜짝 놀랐다. 아이슬란드로 가는 것은 그에게 일상적인 일이었다. 그게 그의 직업이었기 때문이다. 그런데 삼촌은 그것을 굉장한 일로 생각했다. 존경할 만한 선장은 그것을 이용하여 뱃삯을 두 배로 물렸지만, 삼촌은 그런 사소한 일에는 신경도 쓰지 않았다.

"화요일 아침 일곱 시에 배로 오세요." 비아르네 씨는 돈다발을 주머니에 쑤셔넣으면서 말했다.

우리는 도와준 톰손 교수에게 감사하고 피닉스 호텔로 돌아왔다.

"만사형통이야! 만사형통!" 삼촌이 되풀이 말했다. "금방 떠날 배를 찾아낸 건 정말이지 큰 행운이었어! 이제 아침을 먹고 시내 구경이나 하러 가자꾸나."

---

* 발퀴리: 북유럽 신화에서 오딘 신을 섬기는 처녀 전사.

우리는 콘겐스 뉘토르브로 갔다. 불규칙한 모양의 광장인 이곳에는 대포 두 문이 대좌 위에 버티고 앉아서 사람들을 겨누고 있었지만, 거기에 겁먹는 사람은 아무도 없었다. 바로 그 옆의 5번가에 뱅상이라는 프랑스 요리사가 운영하는 식당이 있었다. 우리는 그곳에서 1인분에 4마르크*라는 적당한 값으로 배를 채웠다.

이어서 나는 어린애처럼 즐거워하며 코펜하겐 시내를 관광했고, 삼촌은 마지못해 나에게 질질 끌려 다녔다. 어쨌든 삼촌은 아무것도 보지 않았다. 초라한 왕궁도, 박물관 앞 운하에 걸려 있는 아름다운 17세기 다리도, 거대한 토르발센** 기념관도, 그 기념관을 뒤덮은 끔찍한 벽화와 기념관 안에 가득 들어 있는 이 조각가의 작품들도, 사탕 상자 같은 로센보르 성도, 훌륭한 르네상스 건물인 증권거래소도, 네 마리 청동 용의 꼬리가 서로 뒤엉켜 있는 교회 첨탑도, 성벽 위에 서 있는 거대한 바람개비도 보지 않았다. 바람개비의 거대한 날개들은 강한 바닷바람을 받은 돛처럼 크게 부풀어 있었다.

사랑스러운 그라우벤이 곁에 있다면 얼마나 좋을까. 함께 즐거운 산책을 할 수 있었을 텐데. 각종 선박들이 평화롭게 잠들어 있는 항구, 초목이 무성한 해협 연안, 요새를 에워싸고 있는 울창한 숲, 딱총나무와 버드나무 가지 사이로 까만 주둥이를 불쑥 내밀고 있는 요새의 대포들…….

하지만 안타깝게도 그라우벤은 너무나 멀리 있었다. 그라우벤을 살아서 다시 만날 수 있을까?

* 〔원주〕 프랑스 돈으로 치면 1.75프랑.
** 베르텔 토르발센(1768~1844): 덴마크의 조각가.

삼촌은 이런 매력적인 풍경에는 눈길도 주지 않았지만, 코펜하겐 남동부에 있는 아마게르 섬의 교회 첨탑을 보고는 깜짝 놀랐다.

그러고는 나에게 그쪽으로 가라고 지시했다. 우리는 운하를 돌아다니는 작은 기선에 올라탔다. 기선은 곧 '선창'이라고 불리는 부두로 들어갔다.

우리는 회색과 황색의 줄무늬 바지를 입은 죄수들이 몽둥이를 휘두르는 간수들의 감시를 받으며 일하고 있는 좁은 거리를 지나 프렐세르스(구세주) 교회에 도착했다. 교회 자체는 특별할 게 없었지만, 교회의 높은 첨탑은 삼촌의 관심을 자아냈다. 탑 중간의 층계참에서 시작된 옥외 계단은 뾰족탑을 휘감으며 나선 모양으로 올라가고 있었다.

"올라가자." 삼촌이 말했다.

"하지만 현기증이 나면 어떡해요?"

"그러니까 더 올라가야지. 이런 것에 익숙해져야 돼."

"하지만……."

"잔말 말고 따라와. 낭비할 시간 없어."

삼촌 말대로 따를 수밖에 없었다. 길 건너편에 살고 있는 관리인이 열쇠를 내주었다. 우리는 탑을 올라가기 시작했다.

삼촌이 앞장서서 계단을 꾹꾹 밟으며 올라갔다. 나는 조금만 높은 곳에 올라가도 머리가 어지럽기 때문에 잔뜩 겁을 먹고 삼촌을 따라갔다. 나는 독수리 같은 균형 감각도, 독수리처럼 질긴 신경도 타고나지 못했다.

탑 안의 계단에 갇혀 있는 동안은 그래도 괜찮았다. 하지만 나선 계단을 150단쯤 오르자 갑자기 바람이 내 얼굴을 후려쳤다.

프렐세르스 교회의 종탑

층계참에 도착한 것이다. 여기서부터 옥외 계단이 시작되었다. 가느다란 난간이 달려 있는 계단은 위로 올라갈수록 점점 좁아졌고, 하늘로 끝없이 올라가는 듯했다.

"전 못 가요!"

"너 겁쟁이냐? 아니지? 그렇다면 어서 올라가!" 삼촌은 무정하게 다그쳤다.

나는 난간을 단단히 움켜잡고 삼촌을 따라갈 수밖에 없었다. 머리가 어질어질했다. 돌풍에 탑이 흔들리는 것을 느낄 수 있었다. 다리가 후들거리기 시작했다. 얼마 못 가서 나는 무릎으로 계단을 딛고 올라갔다. 그러다가 나중에는 아예 배를 깔고 엉금엉금 기어서 올라갔다. 멀미가 나서 눈을 꼭 감았다.

마침내 꼭대기에 도착한 삼촌이 내 옷깃을 잡고 끌어올렸다. 올라가 보니 옆에 공 모양의 것이 있었다.

"봐. 눈뜨고 제대로 잘 봐. 너는 벼랑을 오르내리는 법을 배워야 돼!"

나는 눈을 떴다. 연기 같은 안개 속에서 집들이 납작하게 보였다. 높은 곳에서 떨어져 납작 찌그러진 것 같았다. 헝클어진 구름이 머리 위를 지나갔다. 탑과 공과 나는 믿을 수 없을 만큼 빠른 속도로 휩쓸려가고 있는데 구름들은 제자리에 꼼짝도 않고 서 있는 듯한 착각이 들었다. 한쪽에는 푸른 농촌이 멀리까지 펼쳐져 있고, 반대쪽에는 푸른 바다가 한 다발의 햇살을 받아 반짝이고 있었다. 헬싱괴르 곳으로 이어진 외레순 해협에는 갈매기 날개처럼 새하얀 돛들이 점점이 떠 있고, 동쪽에는 스웨덴 해안이 안개 속에 희미한 얼룩처럼 뻗어 있었다. 이 드넓은 풍경은 내가 볼 때마다 빙빙 돌며 소용돌이쳤다.

그래도 나는 똑바로 서서 그것을 보아야 했다. 현기증에 익숙해지는 수업은 한 시간 동안 계속되었다. 마침내 내려가도 좋다는 허락을 받고 단단한 땅에 다시 발을 디뎠을 때는 온몸이 욱신거렸다.

"내일도 할 거야." 삼촌이 선언했다.

사실 나는 닷새 동안 날마다 현기증 극복 훈련을 받았다. 좋든 싫든 상관없이, 나는 '높은 곳에서 바라보는' 기술에서 놀랄 만한 진보를 이룩했다.

9

아이슬란드로!

마침내 떠나야 할 날이 왔다. 떠나기 전날, 친절한 톰손 씨는 아이슬란드 총독인 트람페 백작, 주교의 보좌사제인 픽투르손 씨, 레이캬비크 시장인 핀센 씨 앞으로 쓴 소개장을 가져왔다. 그 답례로 삼촌은 톰손 씨의 손을 힘껏 잡아주었다.

6월 2일 아침 6시, 우리의 귀중한 짐은 벌써 '발퀴리' 호에 실려 있었다. 비아르네 선장은 상갑판 밑에 있는 좁은 선실로 우리를 안내했다.

"바람은 괜찮습니까?" 삼촌이 물었다.

"아주 좋습니다. 남동풍이에요. 돛을 모두 올리고 뒷바람을 받으면서 외레순 해협을 빠져나갈 수 있습니다."

잠시 후, 낮은 앞돛과 쌍돛, 윗돛과 뒷돛의 세로돛을 모두 편 범선은 부두를 떠나 전속력을 내어 해협으로 들어갔다. 한 시간 뒤에 '발퀴리' 호가 헬싱괴르 앞바다를 지나자 덴마크 수도는 먼 파도 아래로 가라앉았다. 신경이 곤두서 있던 나는 햄릿*의 망령이 전설적인 테라스를 유유히 걸어다니는 모습이 보이지나 않을까 하고 생각했다.

"고상한 몽상가여." 나는 햄릿에게 말했다. "당신은 아마 우리를 축복했을 겁니다! 당신의 영원한 문제를 해결할 길을 찾기 위해 당신은 우리와 함께 지구의 중심으로 내려가고 싶었을지도 모릅니다!"

그러나 낡은 성벽 위에는 아무것도 나타나지 않았다. 어쨌든 성은 그 영웅적인 덴마크 왕자보다 훨씬 후세에 지어진 것이었다. 그 성은 오늘날 전세계 선박들이 매년 1만 5천 척씩이나 통과하는 이 외레순 해협을 지키는 경비병들의 호화로운 숙소로 쓰이고 있었다.

크론보르 성은 곧 안개 속으로 사라졌고, 스웨덴 해안에 서 있는 헬싱보리의 탑도 마찬가지였다. 범선은 카테가트 해협 쪽에서 불어오는 바람을 받아 조금 기울어졌다.

'발퀴리' 호는 훌륭한 범선이었지만, 범선의 항해는 아무도 정확히 예측할 수 없다. '발퀴리' 호에는 레이캬비크로 가는 석탄·가정용품·도자기·털옷·밀 따위가 실려 있었다. 모두 덴마크 사람인 다섯 명의 선원만으로도 충분히 항해할 수 있을 만큼 작은 배였다.

"아이슬란드까지 얼마나 걸릴까요?" 삼촌이 물었다.

"페로 제도 부근에서 북서풍이 심하지만 않으면 열흘쯤 걸립니다."

"하지만 대개는 그보다 훨씬 늦어지지 않나요?"

---

* 햄릿: 햄릿 왕자 이야기는 원래 북유럽 민간에 전해오는 이야기로, 셰익스피어가 《햄릿》을 쓰기 전에도 저술과 연극을 통해 널리 알려져 있었다.

"아닙니다, 리덴브로크 교수님. 걱정 마세요. 어쨌든 목적지에 도착할 테니까."

저녁 때 범선은 덴마크 북단에 있는 스카겐 곶을 돌았고, 밤사이에 스카게라크 해협을 건넌 다음, 노르웨이 남단의 린데스네스 곶을 지나서 용감하게 북해로 들어갔다.

이틀 뒤, 피터헤드 곶 앞바다에서 스코틀랜드 해안이 보였다. '발퀴리' 호는 오크니 제도와 셰틀랜드 제도 사이를 지나 페로 제도를 향해 나아갔다.

곧이어 대서양의 높은 파도가 우리 배를 후려쳤다. 배는 북풍을 거슬러 나아가야 했고, 상당한 어려움을 겪은 뒤에야 겨우 페로 제도에 도착했다. 6월 8일, 선장은 페로 제도의 서쪽 끝에 있는 뮈키네스 섬을 발견했고, 그 순간부터 아이슬란드 남해안의 포틀란드 곶을 향해 곧장 나아갔다.

이 항해에서는 특기할 만한 사건이 하나도 없었다. 나는 배멀미를 아주 잘 견뎌냈다. 반대로 삼촌은 줄곧 배멀미에 시달려 몹시 곤혹스러워했고, 창피하게 여기기까지 했다.

그 때문에 삼촌은 비아르네 선장에게 스네펠스 이야기를 꺼내지도 못했고, 통신과 수송 수단을 어떻게 하면 구할 수 있는지도 물어보지 못했다. 이런 질문은 모두 아이슬란드에 도착한 뒤로 미룰 수밖에 없었다. 항해하는 동안 삼촌은 선실에 줄곧 누워 있었다. 삼촌이 그런 신세가 된 것은 어느 정도는 자업자득이라고 해야 할 것이다.

6월 11일, 마침내 포틀란드 곶이 보였다. 그날은 날씨가 좋아서 포틀란드 곶 뒤에 서 있는 뮈르달스 요쿨도 볼 수 있었다. 포틀란드 곶은 해변에 외따로 서서 파도에 씻기는 크고 가파른 언덕들로 이루어져 있었다.

'발퀴리' 호는 수많은 고래와 상어 떼에 둘러싸인 채, 해안과 상당한 거리를 유지하면서 서쪽으로 방향을 돌렸다. 곧이어 구멍이 뻥 뚫려 있는 거대한 바위가 나타났다. 그 구멍을 통해 햇빛이 보였고, 거센 파도가 바위에 부딪쳐 하얀 물거품을 일으키고 있었다. 웨스트만 제도는 강바닥에 박혀 있는 바위처럼 바다에서 직접 솟아난 듯이 보였다. 이때부터 배는 해안과 충분한 거리를 둔 채, 아이슬란드의 서쪽 끝을 이루고 있는 레이캬네스 곶을 돌았다.

바다가 너무 거칠어서 삼촌은 남서풍에 부서진 해안을 감상하러 갑판에 나오지도 못했다.

폭풍이 몰아치는 동안 배는 돛을 모두 접고 달릴 수밖에 없었다. 48시간 뒤에 겨우 폭풍 지대를 벗어나자 동쪽에 스카겐 곶*의 등대가 보였다. 아이슬란드의 수로안내인이 배에 올라탔고, 세 시간 뒤에 '발퀴리' 호는 레이캬비크 옆의 팍사 만에 닻을 내렸다.

삼촌은 마침내 선실에서 나왔다. 안색이 창백하고 다리도 약간 휘청거렸지만, 여전히 열정적이었고 눈은 만족스럽게 반짝이고 있었다.

배가 부두에 도착하자 레이캬비크 시민들이 몰려들었다. 배에는 그들이 저마다 기다리던 물건이 실려 있었기 때문이다.

삼촌은 바다에 떠 있는 감옥 겸 병원에서 빨리 도망치려고 서둘렀다. 하지만 갑판을 떠나기 전에 삼촌은 나를 앞쪽으로 끌고

* 스카겐 곶: 실제로는 존재하지 않는다. 베른은 이 지명을 덴마크의 스카겐 곶에서 따온 듯하다.

갔다. 팍사 만 북쪽에 높은 산이 솟아 있었다. 꼭대기에 있는 두 개의 봉우리는 만년설에 덮여 있었다.

"저게 스네펠스야, 스네펠스!" 삼촌이 소리쳤다.

삼촌은 절대 비밀을 지키라는 몸짓을 한 다음, 기다리고 있는 보트로 내려갔다. 곧이어 우리는 아이슬란드 땅에 상륙했다.

처음 나타난 사람은 호감이 가는 용모에 장군 제복을 입고 있었다. 하지만 그는 사실 군인이 아니라 이 섬의 총독인 트람페 백작이었다. 삼촌은 상대가 누구인지를 알아차리고, 총독에게 코펜하겐에서 가져온 소개장을 건네고 덴마크어로 짤막한 대화를 나누기 시작했다. 나는 덴마크어를 모르기 때문에 이 대화에 끼지 못했다. 하지만 이 첫 번째 면담 이후, 트람페 백작은 리덴브로크 교수가 원하는 것은 뭐든지 들어주게 되었다.

삼촌은 레이캬비크 시장인 핀센 씨한테도 따뜻한 환영을 받았다. 핀센 씨의 제복도 총독 못지않게 군인다웠지만, 타고난 기질과 이곳에서 맡고 있는 역할은 평화로웠다.

보좌사제인 픽투르손 씨는 마침 주교 관할구를 순행하러 북부 교구에 가 있었다. 때문에 그를 소개받는 것은 뒤로 미룰 수밖에 없었다. 하지만 그 대신에 프리드릭손 씨라는 유쾌한 시민을 만났다. 그는 레이캬비크 학교에서 과학을 가르치고 있었는데, 나중에 우리에게 더없이 귀중한 도움을 주었다. 이 겸손한 학자는 아이슬란드어와 라틴어밖에 할 줄 몰랐다. 그는 우리에게 다가와서는 호라티우스*의 언어인 라틴어로 도움을 자청했다. 나도 라틴어는 조금 아니까, 이 사람하고는 서로 말이 통하

* 호라티우스(기원전 65~8): 고대 로마의 시인. 그의 시는 숭고한 내용과 아름다운 라틴어 사용으로 높은 평가를 받았다.

레이캬비크의 풍경

겠구나 싶었다. 실제로 프리드릭손 씨는 내가 아이슬란드에 머무는 동안 내 유일한 말상대가 되어주었다.

이 선량한 교사는 자기 집에 있는 방 세 개 가운데 두 개를 우리에게 내주었고, 우리는 곧 짐과 함께 그 집에 자리를 잡았다. 레이캬비크 주민들은 우리의 짐이 엄청나게 많은 것을 보고 조금 놀랐다.

"악셀, 일이 잘 풀리고 있다. 최악의 고비는 넘긴 거야." 삼촌이 말했다.

"최악의 고비라니, 그게 무슨 소립니까?"

"지금까지는 줄곧 내리막이었다는 뜻이야."

"그런 뜻이라면 삼촌 말씀이 맞습니다. 하지만 내려왔으니까 결국에는 다시 올라가야 하지 않을까요?"

"그건 문제없을 거야! 어쨌든 낭비할 시간이 없어. 나는 도서관에 갈 거야. 도서관에 사크누셈의 필사본이 있을지도 몰라. 있으면 한번 보고 싶군."

"그럼 저는 그 동안 시내 구경이나 하겠습니다. 삼촌은 시내 구경을 안 하실 건가요?"

"솔직히 말하면 그런 것에는 별로 흥미가 없어. 이 아이슬란드에서 흥미로운 건 땅 위가 아니라 땅 속이야."

나는 밖으로 나가서 발길 닿는 대로 돌아다녔다.

레이캬비크에는 길이 두 개밖에 없기 때문에, 그곳에서 길을 잃기는 어려웠을 것이다. 그래서 나는 길을 물어볼 필요도 없었다. 손짓 발짓으로 길을 물어봐야 한다면 문제가 생길 수도 있다.

레이캬비크 시가지는 두 개의 언덕 사이에 펼쳐져 있는 낮은 습지에 자리잡고 있었다. 거대한 용암층이 시가지 한쪽을 감싸면서 바다 쪽으로 완만하게 내려가고 있었다. 반대쪽에는 거대한 팍사 만이 펼쳐져 있는데, 만 북쪽은 스네펠스의 거대한 빙하로 둘러싸여 있고, '발퀴리' 호는 거기에 닻을 내리고 있었다. 지금 팍사 만에 정박해 있는 배는 '발퀴리' 호뿐이었다. 대개는 영국이나 프랑스의 어업 순시선이 바다 쪽으로 더 멀리 나간 곳에 닻을 내리고 있지만, 이 시기에는 아이슬란드 동해안에서 감시 활동을 하고 있었다.

레이카비크에 있는 두 길 가운데 긴 도로는 해안과 나란히 뻗어 있었다. 여기에는 붉은 들보를 수평으로 얹은 통나무집들이 늘어서 있고, 거기에서 상인과 무역업자들이 장사를 하고 있었다. 서쪽에 있는 짧은 길은 상인이 아닌 명사들의 저택과 주교관 사이를 지나 작은 호수 쪽으로 뻗어 있었다.

나는 이 황량하고 음산한 길을 빠른 걸음으로 걷기 시작했다. 이따금 올이 보일 정도로 닳아빠진 카펫처럼 색이 바랜 손바닥만한 잔디밭이 보이고, 과수원 비슷한 것도 보였다. 텃밭에 드문드문 나 있는 양배추와 양상추는 릴리푸트*의 식탁에 내놓아도 어색해 보이지 않았을 것이다. 병든 것처럼 시들시들한 꽃무 몇 개가 햇빛을 받고 있는 것처럼 보이려고 기를 쓰고 있었다.

주거지역 한복판에서 그리 멀지 않은 곳에 토담으로 둘러싸인 공동묘지가 있었다. 묘지 안에는 아직도 빈자리가 많이 남아 있었다. 거기서 몇 미터밖에 떨어지지 않은 곳에 총독 관저가 있었는데, 함부르크 시청에 비하면 농가처럼 보였지만, 아이슬란드 사람들이 사는 오두막에 비하면 대궐이었다.

* 릴리푸트: 조너선 스위프트의 《걸리버 여행기》에 나오는 소인국.

레이캬비크의 길거리

작은 호수와 시가지 사이에 교회가 서 있었다. 교회는 화산에서 얼마든지 구할 수 있는 불에 탄 돌로 지어져 있었다. 강한 서풍이 불 때면 지붕의 붉은 기왓장들은 공중으로 날아갈 것이고, 교회에서 예배를 보는 사람들은 상당히 위험할 것이다.

가까운 언덕 위에 학교가 있었다. 그 학교에서는 히브리어와 영어·프랑스어·덴마크어를 가르친다고 나중에 프리드릭손 씨가 가르쳐주었다. 부끄러운 일이지만 나는 그 네 가지 언어를 한 마디도 모른다. 내가 이 학교에 다녔다면, 학생이 마흔 명밖에 안 되는 작은 학교에서 꼴찌를 면하지 못했을 것이다.

겨우 세 시간 만에 나는 시내만이 아니라 교외 구경까지 다 끝내버렸다. 교외 풍경은 음산하고 황량하기 짝이 없었다. 나무는 커녕 이렇다 할 식물도 찾아보기 힘들었다. 크고 작은 화산암 돌멩이들이 앙상한 뼈다귀처럼 어디에나 널려 있었다. 아이슬란드 사람들의 집은 진흙과 토탄으로 지어져 있고, 벽은 안쪽으로 기울어져 있다. 너무 납작해서 땅 위에 지붕이 놓여 있는 것처럼 보인다. 다만 지붕 자체는 비교적 비옥한 목초지를 이루고 있다. 집에서 나오는 열기 때문에 지붕 위에서는 풀이 제법 무성하게 자란다. 건초를 장만하는 철에는 그 풀을 베어낸다. 그렇지 않으면 가축들이 풀을 뜯어먹으려고 지붕 위로 올라가기 때문이다.

산책하는 동안 나는 현지 주민을 거의 만나지 못했다. 상점가로 돌아와 보니, 주민들 대다수가 대구를 말리고 소금에 절이고 배에 싣느라 바쁘게 일하고 있었다. 대구는 이 섬의 주요 수출품이다. 남정네들은 대체로 건장했지만, 눈에는 수심이 가득하고 활기가 없어 보였다. 그들은 세상에서 소외된 기분을 느끼고 있는 듯했다. 그들은 이 동토의 땅으로 쫓겨난 추방자들이었다. 어차피 북극권에서 살아야 할 운명이라면 에스키모로 태어났어야 하는 건데, 자연의 여신은 이 유형지로 추방하고도 그들을 에스키모로 만들지 않았다. 나는 그들의 얼굴에서 웃음기를 찾아보려고 애썼지만 결국 실패했다. 그들은 이따금 큰 소리로 웃었지만 그것은 본의 아니게 얼굴 근육이 경련을 일으킨 듯한 웃음이었고, 실제로 미소를 짓는 일은 거의 없었다.

그들은 이곳에서 '바드멜'**이라고 부르는 검정 모직으로 조잡하게 만든 잠바를 입고, 아주 넓은 챙이 달린 모자를 쓰고, 가장자리를 빨간 띠로 장식한 바지를 입고, 가죽을 접어서 신발로 신고 있었다.

여인네들은 운명을 체념한 듯 슬픈 표정을 짓고 있었다. 상당히 호감이 가는 얼굴이지만 무표정했고, 역시 짙은 갈색의 '바드멜'로 지은 저고리와 치마를 입고 있었다. 미혼 처녀들은 갈색 털실로 짠 작은 보닛을 쓰고, 긴 머리를 땋아서 화환처럼 머리 주위에 두르고 있었다. 결혼한 여자들은 색깔이 든 머릿수건을 쓰고, 그 위에 하얀 리넨 장식을 달았다.

오랜 산책을 마치고 프리드릭손 씨의 집으로 돌아가 보니, 삼촌은 벌써 돌아와 집주인과 이야기를 나누고 있었다.

* 바드멜: '집에서 손으로 짠 옷감'이라는 뜻.

10

아르네 사크누셈의 이야기

저녁식사도 준비되어 있었다. 배에서 멀미 때문에 아무것도 먹지 못해 위장이 깊은 협곡으로 변해버린 리덴브로크 교수는 왕성한 식욕으로 먹어댔다. 요리는 아이슬란드식이라기보다 덴마크식이었고, 그 자체에는 특별히 이렇다 할 게 없었다. 하지만 집주인의 기질은 덴마크식이라기보다 아이슬란드식이어서, 손님을 환대한 고대 영웅들을 상기시켰다. 주객이 바뀐 것처럼 생각될 정도였다.

대화는 대개 아이슬란드어로 이루어졌지만, 나를 위해서 삼촌은 이따금 독일어를 사용했고 프리드릭손 씨는 라틴어를 사용했다. 학자들답게 화제는 과학이었지만, 리덴브로크 교수는 시종일관 무척 조심스러웠다. 한 마디 할 때마다 삼촌은 나에게 비밀을 지키라고 눈짓을 보내곤 했다.

프리드릭손 씨는 우선 도서관에서 조사한 결과가 어떻게 됐느냐고 삼촌에게 물었다.

"도서관이라고요? 거의 텅 빈 책꽂이에 책이 몇 권 놓여 있는 게 무슨 도서관입니까?"

"그럴 리가요! 이 섬에는 8천 권의 장서가 있고, 귀중한 희귀본도 많습니다. 옛 스칸디나비아어로 씌어진 책들도 있고, 코펜하겐에서 해마다 보내오는 신간들도 모두 갖추어져 있는데요."

"그럼 그 책들을 도대체 어디에 보관하고 있습니까? 내가 본건……."

"리덴브로크 교수님, 그 책들은 섬 전역에 흩어져 있습니다. 이 얼어붙은 땅에 살고 있는 우리는 천성적으로 공부하기를 좋아하지요. 농부와 어부들도 모두 책을 읽을 줄 알고, 실제로 책을 즐겨 읽습니다. 책이란 철창 속에 가두어둔 채 썩이려고 만든 게 아니라, 많은 독자들의 손길과 눈길에 닿아 너덜너덜해져야 합니다. 그래서 이곳에서는 책이 이 손 저 손으로 넘어가면서 수없이 읽히고 또 읽힙니다. 그러다 보면 1년이나 2년쯤 도서관으로 돌아가지 못하는 경우도 흔하지요."

"하지만……" 삼촌은 곤혹스러운 표정으로 대답했다. "그러면 불쌍한 외국인들은……."

"그건 어쩔 수 없습니다. 외국인들은 제 나라에 도서관이 있고, 무엇보다도 우리 농민은 독학할 필요가 있습니다. 아까도 말했듯이 공부를 좋아하는 것은 이곳 사람들이 타고난 기질입니다. 그래서 1816년에 우리는 '문학협회'를 창립했고, 이 단체는 지금도 번창하고 있습니다. 외국의 학자들도 이 협회 회원이 되는 것을 영광으로 여기고 있지요. 협회에서는 우리 동포를 계몽하기 위해 책을 출판하고, 나라를 위해 진정으로 봉사하고 있습니다. 교수님께서 협회의 통신 회원이 되어주신다면 우리 모두 기뻐할 것입니다."

삼촌은 이미 100여 학회에 소속되어 있었지만 그 제의를 흔쾌히 수락했고, 프리드릭손 씨는 더없이 기뻐했다.

"우리 도서관에서 찾고 싶었던 책이 뭔지 말씀해주세요. 어쩌면 제가 정보를 제공해드릴 수도 있을 겁니다."

나는 삼촌을 쳐다보았다. 삼촌은 대답을 망설였다. 이 문제는 삼촌의 탐험 계획과 직접 관련되어 있었기 때문이다. 하지만 삼촌은 잠시 생각한 뒤에 대답하기로 결단을 내렸다.

"실은 아주 오래된 책인데, 아르네 사크누셈이라는 사람의 저서가 이곳에 있는지 알고 싶군요."

"아르네 사크누셈! 위대한 박물학자에다 위대한 연금술사, 위대한 여행가였던 16세기의 석학 말입니까?"

"맞습니다."

"아이슬란드 문학과 과학의 찬란한 별 말입니까?"

"아주 좋은 표현이군요."

"인류 역사상 가장 걸출한 인물 가운데 한 사람 말입니까?"

"정말 그렇습니다."

"천재일 뿐만 아니라 놀라운 용기도 가지고 있었던 그 사람 말입니까?"

"아르네 사크누셈을 잘 알고 계시군요."

삼촌은 자신의 영웅이 이렇게 칭송받는 것을 듣고는 황홀경에 빠져, 프리드릭손 씨의 얼굴을 지그시 바라보고 있었다.

"그의 저서는 어떻습니까?" 삼촌이 물었다.

"아아…… 그의 책은 없습니다."

"뭐라고요? 아이슬란드에도 없단 말입니까?"

"아이슬란드만이 아니라 세계 어디에도 없습니다."

"왜요?"

"아르네 사크누셈은 이단으로 박해를 받았고, 그의 저술은 1573년에 코펜하겐에서 모조리 불태워졌으니까요."

"아, 좋습니다! 훌륭합니다!" 삼촌이 소리쳤다. 이 말에 과학 교사는 깜짝 놀랐다.

"예?"

"그렇다면 모든 게 설명이 됩니다. 모든 게 딱 들어맞습니다. 모든 게 분명합니다. 사크누셈이 왜 그래야 했는지 이해가 가는 군요. 사크누셈은 가톨릭의 금서목록에 올랐기 때문에 그 천재적인 재능으로 발견한 것을 숨겨야 했고, 그래서 이해할 수 없는 암호문 속에 비밀을 감추어야 했다……."

"비밀이라니, 무슨 비밀요?" 프리드릭손 씨가 날카롭게 물었다.

"그건…… 그러니까……."

삼촌이 우물거렸다.

"혹시 특별한 문서라도 갖고 계십니까?"

"아뇨…… 그냥 그럴지도 모른다고 상상해봤을 뿐입니다."

"그렇습니까?" 프리드릭손 씨는 삼촌이 허둥대는 것을 보고 친절하게도 더 이상 캐묻지 않았다. 그러고는 이렇게 덧붙였다. "우리 섬의 풍부한 광물을 연구하지 않고 떠나시지는 않겠지요?"

"그럼요. 하지만 아무래도 저는 좀 늦게 온 것 같습니다. 학자들이 벌써 이곳을 샅샅이 뒤졌겠지요?"

"물론입니다, 리덴브로크 교수님. 올라프센과 포벨센이 왕명을 받아 이곳을 조사했고, 트로일도 이곳을 연구했지요. 게마르와 로베르*는 프랑스 군함 '라 르셰르슈'(수색)호**를 타고 과학적인 조사를 했고, 최근에도 학자들이 순양함인 '렌 오르탕스'(오르탕스 여왕)호를 타고 이 섬을 조사했답니다. 이런 연구 덕택에 우리는 아이슬란드에 대해 많은 것을 알게 되었지만, 그래도 여전히 연구할 게 많습니다."

"정말로 그렇게 생각하십니까?" 삼촌은 눈이 너무 반짝반짝 빛나지 않도록 애쓰면서 순진하게 물었다.

"그럼요. 연구해야 할 산과 계곡, 빙하와 화산이 얼마든지 있습니다! 조사가 거의 이루어지지 않은 곳이 아직도 많아요. 멀리 갈 것도 없이, 수평선에 우뚝 솟아 있는 저 산을 보세요. 저 산은 스네펠스라고 부릅니다."

"그렇습니까? 스네펠스라……."

"가장 유별난 화산인데, 그곳 분화구는 사람의 발길이 거의 닿지 않았답니다."

"사화산인가요?"

"물론이죠. 지난 5백 년 동안 활동을 하지 않았으니까요."

"아, 좋습니다!" 삼촌은 펄쩍 뛰어오르고 싶은 몸을 억누르느라 다리를 계속 바꿔 꼬면서 대답했다. "우선 저 화산부터 연구를 시작하고 싶군요. 산 이름이 뭐라고 하셨죠? 세펠…… 아니, 페셀……?"

"스네펠스요." 선량한 프리드릭손 씨는 참을성 있게 대답했다.

---

* 조제프 폴 게마르(1790~1858): 프랑스의 박물학자. 1830년대에 북유럽 탐험을 주도했으며, 《아이슬란드와 그린란드 항해》를 루이 외젠 로베르(1860~79)와 공저했다.
** 〔원주〕블로스빌 씨의 탐험대를 태운 '라 릴루아즈' 호가 실종되자, 이를 수색하기 위해 1835년에 뒤프레 제독이 '라 르셰르슈' 호를 파견했으나 끝내 찾지 못했다.

대화의 이 부분은 라틴어로 이루어졌기 때문에 나도 알아들을 수 있었다. 나는 삼촌의 태도를 보고 자꾸만 웃음이 나왔다. 삼촌은 얼굴의 모든 구멍에서 만족감이 줄줄 흘러나오고 있는데도, 그것을 감추려 애쓰고 있었다. 게다가 아무것도 모르는 체하려고 얼굴 근육을 잔뜩 긴장시키고 있어서, 그 모양이 꼭 우거지상을 한 늙은 악마처럼 보였다.

"당신 말씀을 듣고 결심했습니다! 스네펠스에 올라가보겠습니다. 가능하면 분화구도 조사해볼 작정입니다."

"잘 생각하셨습니다. 하지만 정말 유감이군요. 저는 일 때문에 레이캬비크를 떠날 수가 없어서요. 그렇지만 않으면 기꺼운 마음으로 동행했을 텐데 말입니다."

"아닙니다! 아니에요!" 삼촌은 얼른 대답했다. "우리는 누구에게도 폐를 끼치고 싶지 않습니다. 말씀은 정말 고맙습니다. 당신 같은 학자가 함께 가주면 큰 도움이 되겠지만, 당신은 일이 있으니까……."

아이슬란드 사람답게 순진한 집주인이 삼촌의 뻔뻔스러운 속임수를 눈치채지는 못했을 거라고, 나는 그렇게 생각하고 싶다.

"저 화산부터 연구를 시작하는 건 아주 좋은 생각인 것 같군요. 거기서는 흥미로운 것을 많이 관찰할 수 있을 겁니다. 그런데 스네펠스 반도에는 어떻게 가실 작정이십니까?"

"배를 타고 만을 가로지를까 합니다. 그게 가장 빠른 길이니까요."

"그렇긴 하지만 바다로는 갈 수가 없습니다."

"왜요?"

"레이캬비크에는 작은 배가 한 척도 없으니까요."

"맙소사!"

"그러니까 해안을 따라 육로로 가셔야 할 겁니다. 시간은 더 오래 걸리겠지만, 훨씬 재미있을 겁니다."

"좋습니다. 그럼 안내인을 구해야겠군요."

"사실은 추천할 만한 안내인이 있습니다."

"신용할 만하고 똑똑한 사람인가요?"

"그럼요. 스네펠스 반도에 사는 사람인데, 뛰어난 솜털오리 사냥꾼이죠. 교수님도 마음에 드실 겁니다. 덴마크어를 유창하게 구사한답니다."

"언제 만날 수 있을까요?"

"원하신다면 내일이라도."

"왜 오늘은 안 됩니까?"

"내일에나 여기 올 테니까요."

"그럼 내일 만나기로 하죠." 삼촌은 한숨을 내쉬면서 말했다.

이 대화는 몇 분 뒤 독일 학자가 아이슬란드 학자에게 고맙다는 인사를 하는 것으로 끝났다. 저녁을 먹는 동안 삼촌은 중요한 정보를 몇 가지 얻었다. 사크누셈의 내력, 그가 그런 수수께끼 같은 문서를 남긴 이유, 프리드릭손 씨가 탐험에 동행하지 않을 거라는 사실, 그리고 이튿날 안내인을 만날 수 있다는 소식까지.

11

안내인 한스 비엘케

저녁에 나는 레이캬비크 해안을 잠깐 산책하러 나갔다가 일찍 돌아와 잠자리에 들었다. 널빤지로 만든 침대에서 꿈도 꾸지 않고 잘 잤다.

아침에 눈을 뜨자 옆방에서 유창하게 이야기하는 삼촌 목소리가 들렸다. 나는 벌떡 일어나 삼촌 방으로 갔다.

삼촌은 키가 크고 체격이 건장한 남자와 덴마크어로 이야기하고 있었다. 이 거구의 사내는 힘이 장사일 게 분명했다. 얼굴은 순박해 보이지만 눈은 총명하게 빛나고 있었다. 눈은 꿈꾸는 듯한 푸른색이었다. 영국에서도 빨강 머리로 통했을 듯싶은 머리카락이 운동선수처럼 딱 바라진 어깨까지 길게 늘어져 있었다. 몸놀림은 유연했지만 팔을 거의 움직이지 않아서, 몸짓 언어를 모르거나 굳이 써야 할 필요성을 느끼지 않는 사람처럼 보였다. 그의 풍모에는 차분한 성격이 드러나 있었다. 게으른 게 아니라 과묵하고 신중한 사람 같았다. 그는 절대로 남에게 무언가

신중하고 차분하고 과묵한 사냥꾼 한스

를 요구하지 않고, 자기가 하는 일에서 만족감을 얻으며, 이 세상의 어떤 일에도 흔들리지 않는 확고한 인생 철학을 갖고 있는 사람이라는 것을 느낄 수 있었다.

그가 삼촌의 입에서 쏟아져 나오는 말에 귀기울이는 태도를 보면 그의 성격을 짐작할 수 있었다. 삼촌이 열정적인 몸짓을 되풀이하는데도 그는 팔짱을 낀 채 꿈쩍도 하지 않았다. 아니라고 말하고 싶을 때는 고개를 왼쪽에서 오른쪽으로 저었고, 그렇다고 말하고 싶을 때는 고개를 위에서 아래로 끄덕였다. 하지만 동작이 너무 작아서, 길게 늘어진 머리카락은 거의 움직이지 않을 정도였다. 그는 구두쇠처럼 몸짓을 아꼈다.

외모만 보았다면 그가 사냥꾼이라는 것을 짐작도 못했을 것이다. 사냥을 하려면 사냥감에 재빨리 달려들어야 하는데, 그렇게 덩치 크고 굼뜬 사람이 어떻게 사냥감에 접근할 수 있단 말인가?

그러나 어젯밤에 프리드릭손 씨가 한 말이 생각났다. 그는 이 사내가 솜털오리 사냥꾼이라고 소개했다. 그 기억이 떠오른 순간 의문이 풀렸다. 솜털오리의 깃털은 이 섬의 주요 수입원인데, 그것은 몸을 많이 움직이지 않아도 얼마든지 모을 수 있다.

오리를 예쁘게 꾸며놓은 듯한 솜털오리 암컷은 초여름에 피오르드 해안의 바위 틈에 둥지를 짓는다. 둥지가 다 지어지면 가슴에서 뽑아낸 고운 솜털을 둥지에 깐다. 그러면 당장에 사냥꾼—아니, 약탈꾼이라고 하는 편이 더 적절하다—이 와서 둥지를 앗아가고, 그러면 솜털오리 암컷은 둥지를 다시 짓기 시작한다. 둥지를 짓고 앗아가고, 짓고 앗아가고…… 이런 일이 솜털오리 가슴에 솜털이 남지 않게 될 때까지 되풀이된다. 암컷의 가슴이 벌거숭이가 되면, 이번에는 수컷이 제 깃털을 뽑아서 둥지에 간다. 하지만 수컷의 깃털은 뻣뻣하고 거칠어서 상품 가치가 없기 때문에, 사냥꾼은 장차 새끼 오리의 잠자리가 될 둥지를 굳이 훔치지 않는다. 그래서 둥지는 완성되고 암컷은 알을 낳는다. 이윽고 새끼들이 부화한다. 그리고 이듬해에는 솜털 사냥이 다시 시작된다.

하지만 솜털오리는 가파른 암벽이 아니라 바다 쪽으로 비스듬히 내려간 평탄한 바위 위에 둥지를 마련하기 때문에, 아이슬란드 사냥꾼은 야단법석을 떨지 않고도 일할 수 있다. 솜털오리 사냥꾼은 씨를 뿌리거나 수확할 필요도 없이 들에 저절로 난 것을 주워 모으기만 하는 농부다.

이 차분하고 과묵한 솜털오리 사냥꾼의 이름은 한스 비엘케였다. 프리드릭손 씨의 추천장을 가져왔는데, 그가 바로 우리의 안내인이 될 사람이었다. 그의 태도는 삼촌과 뚜렷한 대조를 이루었다.

그런데도 한스와 삼촌은 처음부터 죽이 잘 맞았다. 사례비를 얼마로 할 것인지는 둘 다 안중에도 없었다. 한스는 삼촌이 주는 대로 받을 준비가 되어 있었고, 삼촌은 한스가 요구하는 대로 줄 각오가 되어 있었다. 이보다 더 쉬운 흥정은 없었다.

계약에 따라 한스는 스네펠스 반도 남해안에 있는 스타피 마을까지 우리를 안내하는 일을 맡았다. 스타피 마을은 스네펠스 산기슭에 자리잡고 있었는데, 육로로 약 22마일, 삼촌의 계산으로는 이틀 거리였다.

그런데 알고 보니 한스가 말하는 마일은 덴마크 마일*이었고,

---

* 이 책에 나오는 거리 단위 가운데 마일은 모두 덴마크 마일이다.

1마일은 8킬로미터쯤 되었다. 그래서 삼촌은 계산을 다시 해서 일정을 다시 짜야 했는데, 도로 사정이 형편없다는 점을 고려하면 7~8일 걸린다는 것이 삼촌의 생각이었다.

우리는 말을 네 마리 빌리기로 했다. 두 마리는 삼촌과 내가 타고, 나머지 두 마리는 짐을 나르기 위해서였다. 걷는 데 익숙한 한스는 걸어서 가기로 했다. 그는 이 일대 해안을 손바닥 들여다보듯 알고 있었기 때문에, 우리를 지름길로 안내하겠다고 약속했다.

한스는 스타피 마을에 도착할 때까지만이 아니라 탐험이 모두 끝날 때까지 일주일에 3릭스달러, 그러니까 약 25마르크를 받고 계속 도와주기로 삼촌과 계약을 맺었다. 다만 삼촌은 매주 토요일 저녁에 임금을 지불해야 하고, 돈을 주지 않으면 계약은 무효가 된다는 조건이 붙어 있었다.

출발일은 6월 16일로 정해졌다. 삼촌은 사냥꾼에게 선금을 주려고 했지만, 한스는 한 마디로 거절했다.

"에프테르."

"나중에라는 뜻이야." 삼촌이 나에게 가르쳐주었다.

합의가 이루어지자마자 사냥꾼은 떠났다.

"한스는 완벽해." 삼촌이 말했다. "하지만 자기가 맡게 될 역할이 얼마나 훌륭한 것인지는 짐작도 못하고 있어."

"그럼 한스도 우리와 함께……."

"지구의 중심으로 내려가는 거지."

떠날 때까지는 아직 48시간이 남아 있었지만, 유감스럽게도 나는 그 귀중한 시간을 여행 준비에 바쳐야 했다. 우리는 가장 효율적으로 짐을 꾸리기 위해 지혜를 짜냈다. 계기류는 이쪽, 무기류는 저쪽, 이 꾸러미에는 연장, 저 꾸러미에는 식량…… 짐은 이렇게 네 묶음으로 분류되었다.

계기류에는 다음과 같은 물건이 포함되었다.

1) 아이겔 온도계. 이 섭씨 온도계에는 150도까지 눈금이 새겨져 있었는데, 그 눈금은 과다한 것 같기도 하고 부족한 것 같기도 했다. 어쨌든 온도가 150도까지 올라가면 우리는 바비큐가 되어버릴 것이다.

2) 해수면이 받는 압력보다 높은 기압을 표시할 수 있도록 압축 공기로 작동되는 압력계. 지하로 내려갈수록 그에 비례하여 기압이 올라간다면, 보통 기압계는 쓸모가 없을 것이다.

3) 제네바의 보이소나스사(社)가 제작한 크로노미터.* 함부르크 표준시에 정확히 맞추어져 있었다.

4) 복각(伏角)과 편각(偏角)**을 재기 위한 나침반 두 개.

5) 야간용 망원경.

6) 룸코르프 램프*** 두 개. 전류를 이용하여 빛을 내는 이 램

* 크로노미터: 항해에 사용하는 휴대용 기계식 정밀시계. 시간만이 아니라, 해상에서 경도를 측정하는 데 사용한다.
** 복각은 자침이 수평면과 이루는 각도. 편각은 자침이 가리키는 방향과 지리학적 자오선 사이의 각.
*** [원주] 룸코르프 램프는 무색 무취의 중크롬산칼륨으로 작동되는 분젠 전지로 이루어져 있다. 전지에서 나오는 전기는 유도 코일을 통해 특수 설계된 랜턴으로 들어간다. 이 랜턴 속에는 나선형 유리관이 들어 있는데, 유리관 내부는 진공이고 이산화탄소와 질소가 남아 있을 뿐이다. 램프가 작동하면 기체가 계속 하얀 빛을 낸다. 전지와 코일은 가죽가방 속에 들어 있어서 여행자가 어깨에 메고 다닐 수 있다. 밖에 나와 있는 랜턴은 어둠 속에서도 충분히 밝은 빛을 낸다. 인화성 기체 안에서도 폭발이 일어날 염려가 없고, 물 속에 잠겨도 불이 꺼지지 않는다. 하인리히 다니엘 룸코르프(1803~77)씨는 박식하고 유능한 물리학자다. 그의 위대한 발명은 고전압 전기를 생산할 수 있는 유도 코일이다. 1864년에 그는 프랑스 정부가 우수한 전기 응용 기술에 5년마다 수여하는 5만 프랑의 상금을 받았다.

프는 믿을 만하고 부피도 그리 크지 않아서 휴대하기에 안성맞춤이다.

무기는 퍼들리모어 회사에서 제작한 소총 두 자루와 콜트 회사에서 제작한 권총 두 자루였다. 도대체 무엇 때문에 무기를 가져가는지 알 수 없었다. 야만인이나 야생동물을 그렇게 많이 만날 거라고는 생각되지 않았다. 하지만 삼촌은 계기와 무기에 강한 집착을 갖고 있는 것 같았다. 특히 습기에 영향을 받지 않는, 그러면서도 보통 화약보다 폭발력이 훨씬 강한 면화약을 잔뜩 가져가고 싶어했다.

연장으로는 피켈 두 개, 곡괭이 두 개, 명주실로 만든 밧줄 사다리 한 개, 지팡이 세 개, 도끼와 망치가 각각 한 개, 쇠로 만든 쐐기와 하켄 한 다스, 매듭 밧줄 몇 개였다. 밧줄 사다리 하나만 해도 길이가 100미터나 되었기 때문에 연장 꾸러미는 부피가 커질 수밖에 없었다.

마지막은 식량이었다. 꾸러미는 그리 크지 않았지만, 말린 고기와 건빵이 반년 치나 들어 있는 것을 알고 나는 적이 안심했다. 마실 물은 하나도 없고, 액체라고는 진뿐이었다. 하지만 물통이 있으니까 거기에 샘물을 채우면 된다는 것이 삼촌의 계산이었다. 나는 수질이나 수온에 대해 반론을 제기하고 어쩌면 물 자체가 없을지도 모른다고 말했지만, 삼촌은 들은 척도 하지 않았다.

여행용품 목록에 마지막으로 추가할 것은 휴대용 구급상자였다. 거기에는 날이 무딘 가위, 골절용 부목, 붕대와 압박붕대, 반창고, 사혈 쟁반 따위가 들어 있었다. 모두 보기만 해도 겁나는 물건들이다. 그런데 구급상자에는 그것만이 아니라 덱스트린과 소독용 알코올, 액체 아세트산납, 에테르, 식초, 암모니아가 들어 있는 작은 병들도 포함되어 있었다. 이것들 역시 보기만 해도 겁나는 약들이다. 그리고 마지막으로 룸코르프 램프에 필요한 물품이 들어 있었다.

삼촌은 담배와 사냥용 화약과 부싯깃을 챙기는 것도 잊지 않았고, 허리에 두를 가죽 벨트도 챙겼다. 여기에는 금화와 은화와 지폐가 충분히 들어 있었다. 타르와 고무를 발라서 방수 처리한 튼튼한 구두 여섯 켤레는 '잡동사니'로 분류되었다.

"이런 의복과 신발과 장비가 있는데 성공 못할 이유가 없어." 삼촌은 자신만만하게 말했다.

6월 14일은 온종일 짐을 정리하면서 보냈다. 저녁에는 트람페 백작 댁에서 레이캬비크 시장과 아이슬란드에서 가장 유명한 의사인 히알탈린 박사와 함께 식사를 했다. 프리드릭손 씨는 초대받지 못했다. 나중에 알았지만, 총독과 프리드릭손 씨는 행정상의 문제로 틀어진 뒤 서로 말도 하지 않는 사이였다. 그래서 나는 이 반공식적인 만찬에서 오간 말을 한 마디도 알아듣지 못했다. 다만 삼촌이 끊임없이 지껄이는 것을 알아차렸을 뿐이다.

이튿날에는 준비가 다 끝났다. 프리드릭손 씨는 한데르손의 지도와는 비교도 안될 만큼 완벽한 아이슬란드 지도를 선물하여 삼촌을 기쁘게 해주었다. 셸 프리사크 씨의 측량과 비외른 굼라브손 씨의 지형 조사에 바탕을 두고 올라프 니콜라스 올센 씨가 제작한 48만분의 1 축척의 그 지도는 '아이슬란드 문학협회'에서 간행한 것이었다. 광물학자에게는 더없이 귀중한 자료였다.

마지막 저녁은 프리드릭손 씨와 대화를 나누면서 보냈다. 나는 그에게 진심으로 호감을 갖게 되었다. 이야기를 끝낸 뒤 잠자리에 들었지만, 나는 흥분하여 잠을 설쳤다.

　새벽 5시에 나는 네 마리의 말이 내 방 창문 밑에서 뒷발을 차며 히힝거리는 소리에 눈을 떴다. 얼른 옷을 주워 입고 밖으로 나가 보니 한스가 벌써 짐을 다 실은 참이었다. 손가락 하나 움직이지 않고 일하는 그의 재주는 놀라울 정도였다. 삼촌은 떠들어대기만 할 뿐 일은 거의 안 하고 있었다. 안내인은 삼촌의 잔소리를 무시하고 있는 눈치였다.

　6시에는 모든 준비가 끝났다. 프리드릭손 씨는 우리와 악수를 나누었다. 삼촌은 친절하게 환대해주어서 고맙다고 아이슬란드어로 다정하게 인사를 했다. 나는 라틴어 실력을 최대한 발휘하여 애정이 듬뿍 담긴 작별 인사를 늘어놓았다. 이어서 우리는 안장에 올라탔고, 프리드릭손 씨는 전도가 불확실한 여행을 떠나는 우리를 위해 미리 지어놓은 듯한 베르길리우스의 시구로 마지막 작별 인사를 했다.

　Et quacumque viam dederit fortuna sequamur.
　(운명이 이끄는 곳이라면 어디든 기꺼이 따라가리라.)

12

아이슬란드 횡단

출발할 때는 하늘이 잔뜩 찌푸려 있었지만, 비가 내릴 것 같지는 않았다. 더위에 지칠 염려도 없고 자칫 재난을 가져올 수 있는 비도 내리지 않으니, 여행하기에는 안성맞춤인 날씨였다.

말을 타고 미지의 땅을 지나가는 즐거움 때문에 나는 기분 좋게 모험을 떠날 수 있었다. 여행을 떠나는 나그네의 행복감, 기대와 해방감이 뒤섞인 그 설레는 기분이 나를 사로잡았다. 나는 여행에 정말로 빠져들기 시작했다.

'도대체 이 여행에 무슨 위험이 있다는 거야? 매혹적인 풍경 속을 지나 진기한 산에 올라가고, 기껏해야 사화산의 분화구 바닥으로 내려가는 것뿐이잖아! 사크누셈이 한 일은 그게 전부일 거야. 지구의 중심으로 곧장 이어진 지하 통로가 있다고? 그건 한낱 공상일 뿐이야! 결코 있을 수 없는 일이야! 그러니 이 탐험을 마음껏 즐기고, 그밖의 일에 대해서는 너무 구시렁거리지 말자.'

내가 여기까지 생각했을 때는 벌써 레이캬비크를 벗어난 뒤였다.

한스는 빠르지만 규칙적이고 한결같은 걸음으로 앞장서서 걸었다. 짐을 실은 말 두 마리는 한스가 끌지 않아도 얌전히 따라가고 있었다. 삼촌과 나는, 체구는 작지만 다부진 말 위에 올라탄 우리 모습이 구경거리가 되지 않도록 애쓰면서 맨 뒤에서 따라갔다.

아이슬란드는 유럽에서 가장 큰 섬 가운데 하나다. 면적은 약 10만 제곱킬로미터나 되지만 인구는 6만 명밖에 안 된다. 지리학자들은 이 섬을 네 부분으로 나누었는데, 우리가 거의 대각선으로 가로질러야 할 곳은 남서부 지역이었다.

레이캬비크를 벗어나자마자 한스는 해안을 따라 나아가기 시작했다. 우리는 풀이 드문드문 돋아나 있는 빈약한 목초지를 가로질렀다. 그곳은 초록색을 유지하려고 무진 애를 쓰고 있었지만, 초록색보다 누런색이 더 성공을 거두고 있었다. 조면암으로 이루어진 언덕마루가 동쪽 지평선을 뒤덮은 안개에 가려 보이지 않게 되었다. 먼 산비탈에 군데군데 쌓인 눈이 흩어진 햇빛을 한데 모아 이따금 반짝거렸다. 더 단단히 버티고 서 있는 몇몇 봉우리는 잿빛 구름을 뚫고, 탁 트인 하늘에 드러난 광맥처럼 흐르는 안개 위로 다시금 모습을 드러냈다.

고리처럼 이어진 이 차가운 바위들은 목초지를 먹어치우면서 바다 쪽으로 나아가는 경우가 많았지만, 그래도 뚫고 지나갈 만한 공간은 항상 남아 있었다. 어쨌든 우리가 탄 말들은 조금도 걸음을 늦추지 않고 본능적으로 가장 좋은 길을 택했다. 삼촌은 고함이나 채찍으로 말을 야단치는 즐거움을 누리지 못했다. 조바심을 낼 핑계가 전혀 없었기 때문이다. 작은 말에 비해 삼촌의 덩치가 너무 커 보여서 나는 웃음을 참을 수 없었다. 삼촌의 긴 다리가 땅바닥에 거의 닿아 있어서, 다리가 여섯 달린 괴물 켄타 우로스*처럼 보였기 때문이다.

"대단한 짐승이야. 정말 대단한 짐승이야!" 삼촌은 같은 말을 되풀이했다. "너도 곧 알게 되겠지만, 이 세상에 아이슬란드 말 보다 더 영리한 짐승은 없을 거다. 눈보라, 폭풍, 막힌 길, 바위, 빙하, 그 어떤 것도 아이슬란드 말을 막을 수 없어. 아이슬란드 말은 용맹스럽고 신중하고 믿음직하지. 발을 헛디디지도 않고, 잘못된 반응을 보이지도 않아. 하천이나 피오르드를 건너야 할 때면 양서류 동물처럼 주저없이 물 속으로 뛰어들어 헤엄쳐 가 지. 우리가 기분을 해치지만 않으면, 저 하고픈 대로 하게만 놔 두면, 아이슬란드 말은 우리를 태우고 하루에 40킬로미터는 너 끈히 갈 수 있어."

"우리야 그렇겠지만, 걸어가는 안내인은 어떻습니까?"

"걱정하지 않아도 돼. 저런 사람은 어디든 거침없이 걸어다니 지. 게다가 저 친구는 몸도 거의 움직이지 않으니까 지칠 리도 없어. 어쨌든 필요하면 내 말을 내줄 작정이야. 나도 이따금 운 동을 해야 하니까. 안 그러면 다리에 쥐가 나. 팔은 괜찮지만, 다 리 운동은 게을리하면 안 돼."

그러는 동안에도 우리는 상당히 빠른 속도로 나아가고 있었 다. 주위에는 거의 버려진 황무지가 펼쳐져 있었다. 여기저기에 나무와 흙과 화산암으로 지은 '보에르'**가 외따로 서 있는 모

---

* 켄타우로스: 그리스 신화에 나오는 반인반마(半人半馬)의 괴물.
** [원주] 아이슬란드의 농가.

삼촌의 모습은 다리가 여섯 달린 켄타우로스처럼 보였다

양이 꼭 길가에서 구걸하는 거지처럼 보였다. 다 쓰러져가는 황폐한 오두막들은 지나가는 행인에게 자비를 간청하는 것 같아서, 하마터면 오두막에 동전을 던져줄 뻔한 사람도 있었을 것이다. 이 지역에는 도로는커녕 오솔길도 없었다. 풀이나 덤불은 아무리 천천히 자라도, 어쩌다 한 번씩 지나가는 나그네의 발자국을 금세 뒤덮어버렸다.

하지만 수도에서 엎어지면 코 닿을 거리인 이 지역은 아이슬란드에서 인구와 농경지가 제법 많은 곳으로 알려져 있었다. 그렇다면 이 황무지보다 더 황폐한 지역은 도대체 어떻게 생겼을까? 1킬로미터가 지나도록 우리는 오두막 문간에 서 있는 농부 한 사람 보지 못했고, 순한 양떼를 지키는 거친 양치기 한 사람도 만나지 못했다. 제멋대로 풀을 뜯어먹도록 방목된 암소 몇 마리와 양 몇 마리를 보았을 뿐이다. 화산 폭발과 지하 진동으로 파괴되어 황폐해진 지역은 과연 어떤 모양일까?

우리는 나중에 그런 지역을 직접 볼 예정이지만, 올센의 지도를 보니 지금은 그런 지역을 피해서 구불구불한 해안을 따라가고 있었다. 대규모 화산 활동은 사실 섬 안쪽에 집중되어 있었다. 그곳에서는 스칸디나비아어로 '트라프'라고 부르는 수평 암석층, 끈처럼 길게 이어진 조면암층, 현무암과 응회암과 온갖 화산암의 분출, 용암류의 흐름이 초자연적인 공포의 세계를 만들어냈다. 스네펠스 반도에서 어떤 풍경이 우리를 기다리고 있는지, 이 시점에서는 아직 짐작조차 하지 못했다. 충동적인 자연의 여신이 제멋대로 파괴한 스네펠스 반도는 무시무시한 혼란에 빠져 있었다.

레이캬비크를 떠난 지 두 시간 만에 우리는 구푸네스 마을에 도착했다. 특기할 만한 것은 전혀 없고, 집 몇 채가 서 있을 뿐이었다. 독일에서는 마을이라고 부를 수도 없는 곳이었다.

한스는 이곳에서 30분쯤 쉬어 가기로 결정했다. 그는 우리의 간소한 아침식사를 나누어 먹고, 도로 상태에 대한 삼촌의 질문에 '예'와 '아니오'라는 두 마디 말로 대답했다. 오늘밤을 어디서 보낼 작정이냐고 물었을 때에도 한스의 대답은 딱 한 마디뿐이었다.

"가르데르."

나는 가르데르가 어디쯤 있는지 알고 싶어서 지도를 들여다보았다. 레이캬비크에서 4마일 떨어진 흐발피오르드 해안에 그런 이름의 작은 마을이 있었다. 나는 그것을 삼촌에게 보여주었다.

"4마일밖에 안 된다고? 22마일 중에 4마일이라니! 이건 그야말로 산책을 즐기는 거나 마찬가지잖아!"

삼촌이 뭐라고 말했지만, 한스는 대꾸도 하지 않고 제 자리인 말 앞으로 가서 다시 출발했다.

세 시간 뒤, 우리는 여전히 누런 목초지를 지나 콜라피오르드를 우회해야 했다. 이 후미를 돌아서 가는 편이 곧장 건너가는 것보다 한결 쉽고 빨랐기 때문이다. 우리는 금세 에율베르그 마을에 도착했다. 아이슬란드의 교회가 시계를 가질 수 있을 만큼 부자였다면, 이 마을의 종탑이 12시를 알렸을 것이다. 하지만 교회는 교구민을 그대로 닮았다. 사람들은 손목시계도 없지만, 시계가 없어도 잘 지내고 있었다.

여기서 말에게 물을 먹였다. 물을 마신 말들은 바다와 낮은 산줄기 사이에 비좁게 끼여 있는 해안을 지나 잠시도 쉬지 않고 브란테르 마을로 우리를 데려간 다음, 흐발피오르드 남해안에 자리잡고 있는 사우르뵈에르 마을까지 1마일을 더 걸어갔다.

어느새 4시가 되어 있었다. 우리가 지나온 거리는 4마일이었다.

이곳의 피오르드는 폭이 적어도 반 마일은 되어 보였다. 날카로운 바위에 부딪쳐 부서지는 파도 소리가 요란했다. 후미의 양쪽에 솟아 있는 암벽은 높이가 1000미터쯤 되는 낭떠러지였다. 적갈색 응회암층으로 나누어진 갈색 암석층이 눈길을 끌었다. 우리의 말들이 아무리 영리하다 해도, 네 발 달린 짐승의 등에 올라타고 이곳을 건넌다는 것은 아예 기대할 수도 없었다.

"말들이 정말로 영리하다면 건너려고도 하지 않을 거예요. 어쨌든 말들이 영리하게 굴지 않는다면 저라도 영리하게 굴 작정입니다."

하지만 삼촌은 기다리고 싶어하지 않았다. 삼촌은 해안 쪽으로 말을 몰았다. 삼촌이 탄 말은 해안에 철썩철썩 밀려오는 파도에 코를 대고 킁킁 냄새를 맡다가 멈춰섰다. 말에게 본능이 있다면, 삼촌도 타고난 천성을 갖고 있었다. 말이 거부하는데도 삼촌은 계속 몰아댔다. 말은 고개를 저으며 또다시 거부했다. 삼촌이 욕설을 뱉으며 채찍을 휘두르자 말은 발길질을 하면서 삼촌을 떨어뜨리려고 애썼다. 마침내 작은 말은 무릎을 구부려 삼촌의 다리 밑에서 빠져나왔고, 뒤에 남은 삼촌은 로도스 섬의 거상*처럼 두 개의 바위에 발을 하나씩 딛고 서 있었다.

"빌어먹을 짐승 같으니라고!" 갑자기 보행자로 바뀐 기수는 보병으로 강등당한 기병처럼 굴욕감에 사로잡혀 소리쳤다.

"페리아!" 안내인이 삼촌의 어깨를 건드리면서 말했다.

---

* 로도스 섬의 거상: 기원전 3세기 무렵에 세워진 청동 거상으로, 로도스 섬의 주신인 태양신 헬리오스(아폴론)를 나타낸다. 세계 7대 불가사의의 하나로 꼽힌다.

말은 파도에 코를 대고 쿵쿵 냄새를 맡다가 멈춰섰다

"뭐? 페리?"

"데르." 한스가 배를 가리키면서 대답했다.

"아아, 저기 나룻배가 있군요." 내가 소리쳤다.

"좀더 일찍 말해줬어야지! 자, 어서 가자!"

"티드바텐."

"뭐라는 겁니까?"

"조류라는 뜻이야."

"조류를 기다려야 하나요?"

"푀르비다?" 삼촌이 안내인에게 물었다.

"야." 한스가 대답했다.

삼촌은 말들이 나룻배 쪽으로 걸어가는 동안 발을 동동 굴렀다.

나는 조류가 적당해지는 순간을 기다렸다가 피오르드를 건너기 시작해야 한다는 것을 충분히 이해할 수 있었다. 바닷물이 최고 수위에 이르러 움직임을 멈춘 순간을 기다려야 한다. 그때는 밀물과 썰물이 느껴지지 않고, 따라서 나룻배는 후미 안쪽으로 떠밀려가거나 바다로 끌려나갈 위험이 없다.

그 적당한 순간은 6시에 찾아왔다. 삼촌과 나, 안내인, 나룻배 사공 둘, 그리고 말 네 마리는 금방이라도 부서질 것처럼 보이는 배에 올라탔다. 나는 엘베 강을 오르내리는 증기선에 익숙했기 때문에, 빈약한 기구인 사공들의 노에 별로 깊은 인상을 받지 못했다. 피오르드를 건너는 데에는 한 시간이 넘게 걸렸지만, 마침내 무사히 건너편 해안에 도착할 수 있었다.

30분 뒤에 우리는 가르데르 마을에 도착했다.

13

셀베르투

이때쯤이면 날이 어두워지는 게 당연하다. 그러나 북위 65도의 북극권에서는 밤중에 햇빛이 있어도 놀랄 일은 아니었다. 아이슬란드에서는 6월과 7월에 해가 지지 않는다.

그래도 기온은 많이 내려가 있었다. 나는 추웠고, 무엇보다도 배가 고팠다. 가장 반가운 것은 우리를 극진하게 맞아준 '보에르'였다.

초라한 농가였지만, 손님을 환대한다는 점에서는 왕궁 못지않았다. 우리가 도착하자 주인은 밖으로 나와 악수를 나누고는, 더 이상 법석을 떨지 않고 집으로 따라 들어오라는 몸짓을 했다.

하기야 그를 따라 들어갈 수밖에 없었다. 한꺼번에 나란히 들어갈 수는 없었기 때문이다. 길고 비좁고 어두운 통로를 지나자, 다듬지 않은 들보로 이루어진 집이 나왔다. 어떤 방도 통로에서 직접 들어갈 수 있도록 되어 있었다. 부엌, 베틀 작업장, '바드스토파'라는 가족 침실이 있었고, 가장 좋은 방은 손님용 침실이었다. 이 집을 지을 때는 삼촌처럼 키 큰 손님이 올 것을 예상치 못했기 때문에, 삼촌은 천장에서 튀어나온 부분에 서너 번이나 머리를 부딪쳤다.

우리가 안내된 방은 꽤 널찍했다. 바닥은 흙바닥이었고, 창문에는 유리 대신 불투명한 양피지를 발라놓았다. 침대는 나무틀 속에 마른 짚을 쌓아놓은 것이었다. 빨간 페인트를 칠한 침대 틀에는 아이슬란드 격언이 새겨져 있었다. 기대했던 것보다 훨씬 쾌적한 잠자리였다. 하지만 집 안에는 말린 생선과 향신료에 담근 고기와 시큼한 우유에서 나는 독한 냄새가 진동하고 있어서 코의 상태가 이상해졌다.

우리가 마구를 내리고 있는데, 부엌으로 들어오라고 부르는 주인의 목소리가 들렸다. 날씨가 아무리 추워도 불을 피우는 방은 부엌뿐이었다.

삼촌은 서둘러 집주인의 친절한 제안에 따랐다. 나도 삼촌을 본받았다.

부엌 굴뚝은 전통적인 것이었다. 방 한복판에 놓인 바윗돌이 화로였고, 지붕에 뚫린 구멍이 굴뚝이었다. 부엌은 식당도 겸하고 있었다.

우리가 들어가자 집주인은 우리를 처음 보는 것처럼 새삼스럽게 "셀베르투" 하고 인사를 했다. 이것은 '행복하세요'라는 뜻이다. 주인은 우리에게 다가와 뺨에 입을 맞추었다.

다음에는 안주인이 똑같은 말을 하면서 똑같은 인사를 했다. 이어서 두 사람은 가슴에 오른손을 대고 깊이 고개를 숙였다.

서둘러 덧붙이자면, 이 아이슬란드 여자는 아이를 열아홉이나 낳았다. 큰 아이도 있고 작은 아이도 있지만, 화로에서 소용돌이치며 올라와 방 안을 가득 채운 연기 속에 열아홉 명의 아이가 모두 뒤엉켜 우글거리고 있었다. 방 안을 두리번거리자, 금발에 감싸인 작은 머리가 구름 같은 연기 속에서 음울하게 하나씩 나타나는 것이 보였다. 그것은 세수하는 것을 깜박 잊어버린 천사들의 행렬 같았다.

아이들은 삼촌과 나를 따뜻하게 맞아주었다. 우리 어깨에는 금세 서너 명의 개구쟁이가 올라탔고, 무릎 위에도 같은 수의 개구쟁이가 올라앉았고, 나머지는 무릎 사이에 자리를 잡았다. 말을 할 줄 아는 아이들은 온갖 높이의 목소리로 "셀베르투"를 되풀이했다. 말을 못하는 아이들은 더 큰 소리로 고함만 질러댔다.

대합창은 식사가 준비된 것을 알리는 목소리로 중단되었다. 이때 한스가 말에게 먹이를 주고 돌아왔다. 먹이를 준다고 해도 말들을 들판에 풀어놓았을 뿐이니까 정말 경제적이다. 불쌍한 말들은 바위에 듬성듬성 돋아난 이끼와 별로 영양가도 없는 해초를 씹어먹는 것으로 만족할 수밖에 없었다. 날이 밝으면 말들은 어제 한 일을 계속하기 위해 제 발로 돌아올 터였다.

"셀베르투." 한스가 말했다. 그러고는 기계적으로 집주인과 안주인과 열아홉 명의 아이들에게 차례로 똑같이 입을 맞추었다.

의식이 끝나자 우리 스물네 명은 식탁으로 자리를 옮겼다. 결국 몇 명은 문자 그대로 다른 사람 위에 앉아야 했다. 무릎에 개구쟁이를 두 명만 앉힌 사람이 가장 재수 좋은 사람이었다.

하지만 수프가 나오자 방 안이 순식간에 조용해지고, 아이슬란드인의 과묵한 천성이 되돌아왔다. 가장 나이 어린 아이들도 마찬가지였다. 집주인은 이끼 수프를 나누어주었는데, 그런대로 먹을 만했다. 이어서 20년 동안 발효시킨 시큼한 버터 속에서 헤엄치고 있는 말린 생선을 접시에 듬뿍 담아주었다. 아이슬란드의 요리법에 따르면, 아이슬란드 사람들이 신선한 버터보다 해묵은 버터를 훨씬 좋아하는 것은 당연한 결과였다. 이것과 함께 시큼한 우유와 비스킷이 나왔다. 신 우유에는 향나무 열매로 만든 즙을 타서 단맛을 냈다. 음료로는 '블란다'라고 불리는 물탄 유장이 나왔는데, 유장은 우유로 치즈를 만든 뒤에 남는 수용액이다. 나는 너무 배가 고파서, 이 향토 음식이 좋은지 나쁜지 판단할 수 없었다. 디저트로 나온 걸쭉한 메밀죽까지도 한 방울 남기지 않고 게걸스럽게 들이켰다.

식사가 끝나자 아이들은 사라졌고, 어른들은 화로 주위에 모여 앉았다. 화로에서는 토탄과 말린 쇠똥과 생선 가시가 타고 있었다. 이 '불쬐기'가 끝난 뒤, 어른들도 여러 무리로 나뉘어 각자 자기 방으로 들어갔다. 안주인은 관습에 따라 우리의 양말과 바지를 벗겨주겠다고 제의했지만, 우리가 정중하게 사양하자 더 이상 고집을 부리지 않았다. 나는 마침내 짚을 깐 침대에 몸을 웅크리고 누울 수 있었다.

이튿날 새벽 5시에 우리는 아이슬란드 농부에게 작별 인사를 했다. 삼촌은 농부에게 넉넉한 사례금을 주려고 했지만, 농부가 받지 않으려고 해서 무진 애를 먹었다. 마침내 한스가 출발 신호를 보냈다.

가르데르를 떠나 백 걸음도 가기 전에 풍경이 달라지기 시작했다. 땅은 늪처럼 질척거려 걷기가 점점 어려워졌다. 오른쪽에는 끝없이 이어진 산줄기가 거대한 천연 장벽을 이루고 있었다. 우리는 그 장벽의 바깥쪽 비탈을 따라가고 있었다. 시내가 자주 나타났고, 짐이 젖지 않도록 얕은 여울을 따라 건너야 했다.

황무지는 인적이 점점 드물어지고 있었다. 그래도 이따금 멀리서 유령 같은 사람 그림자가 보이곤 했다. 이곳 사람들은 남과의 접촉을 애써 피하고 있는 듯했다. 한번은 길모퉁이를 돌았을 때, 뜻밖에 그런 유령과 가까이 마주쳤다. 나는 머리카락이 없어서 반짝반짝 빛나는 커다란 머리와 초라한 누더기의 찢어진 틈새로 드러난 끔찍한 상처를 보고 오싹한 혐오감을 느꼈다.

그 불행한 사람은 추하게 오그라든 손을 우리에게 내밀지 않고 달아났지만, 그 전에 한스는 그에게 "셀베르투"라는 관습적인 인사말을 던질 수 있었다.

"스페텔스크." 한스가 말했다.

"문둥이!" 삼촌이 나에게 통역했다.

이 한 마디에 나는 오싹 소름이 끼쳤다. 아이슬란드에는 나병에 걸린 환자가 비교적 흔하다. 나병은 전염병이 아니라 유전병이다.* 따라서 불쌍한 나병 환자들은 결혼이 금지되어 있다.

가뜩이나 음산해지고 있는 풍경을 이런 유령 같은 사람들이 조금이나마 밝게 해주리라고는 거의 기대할 수 없었다. 덤불 비슷한 키 작은 자작나무 몇 그루를 빼고는 나무 한 그루도 보이지 않았다. 주인이 여물을 주지 못해서 칙칙한 들판을 헤매 다니는 말 몇 마리를 제외하고는 동물도 보이지 않았다. 이따금 매가 구름 사이를 미끄러지듯 날다가 남쪽을 향해 전속력으로 날아가곤 했다. 나는 이 거친 땅의 음울한 풍경에 동화되기 시작했다. 고향 생각이 간절했다.

곧이어 우리는 작은 피오르드를 몇 개나 건너야 했다. 이윽고

---

* 노르웨이의 의학자 게르하르드 한센이 나병의 병원균을 발견하여, 나병이 유전병이 아니라 전염병이라는 사실을 밝혀낸 것은 1871년이었다.

"문둥이!" 하고 삼촌이 말했다

진짜 만이 눈앞에 나타났다. 이때는 마침 조류가 없었기 때문에 우리는 기다리지 않고 만을 건널 수 있었고, 건너편 해안에서 다시 1마일 떨어진 알프타네스라는 마을까지 갈 수 있었다.

저녁 때 송어와 꼬치고기가 우글거리는 알파 강과 헤타 강을 건넌 뒤, 금방이라도 무너질 것 같은 오두막에서 밤을 보내야 했다. 스칸디나비아 신화에 나오는 귀신들이 죄다 나올 듯싶은 폐가였다. 추위 귀신은 그 집에 거처를 정한 듯, 밤새도록 못된 장난을 치면서 우리를 괴롭혔다.

이튿날은 이렇다 할 사건 하나 없이 지나갔다. 여전히 똑같은 늪지대, 똑같이 단조로운 풍경, 똑같이 음울한 얼굴들. 저녁 때 우리는 레이캬비크와 스네펠스의 중간 지점에 도착했다. 전체 거리의 절반을 온 셈이다. 우리는 크뢰솔브트 마을에서 잠을 잤다.

6월 19일, 우리 발 밑에는 용암층이 1마일쯤 뻗어 있었다. 이런 모양의 땅을 이곳에서는 '브라운'이라고 부른다. 표면이 주름진 용암은 펼쳐져 있거나 돌돌 말린 밧줄 같은 모양을 만들어 냈다. 거대한 용암류가 가까운 산에서 흘러내렸다. 이 산들이 지금은 얌전한 사화산이지만, 분화의 흔적은 과거에 그 산들이 얼마나 난폭하게 날뛰었는가를 보여주는 증거였다. 아직도 여기저기에는 온천에서 나온 수증기가 소용돌이치며 땅바닥을 기어가고 있었다.

하지만 이런 자연 현상에 경탄하고 있을 시간은 거의 없었다. 우리는 계속 앞으로 나아가야 했다. 우리 말들의 발 밑에 늪지가 다시 나타났다. 작은 호수들이 늪과 교차하고 있었다. 이제 우리는 서쪽으로 나아가고 있었다. 거대한 팍사 만을 거의 다 돌아온 것이다. 5마일도 채 떨어지지 않은 곳에 스네펠스의 하얀 봉우리 두 개가 구름을 뚫고 우뚝 솟아 있었다.

말들은 잘 걷고 있었다. 아무리 험한 지형도 다부진 아이슬란드 말의 걸음을 막을 수는 없었다. 나는 심한 피로를 느끼기 시작했지만, 삼촌은 여행에 나선 첫날과 마찬가지로 여전히 말 위에 꼿꼿이 앉아 있었다. 나는 이 원정을 가벼운 산책 정도로 여기는 솜털 사냥꾼만이 아니라 삼촌에게도 탄복하지 않을 수 없었다.

6월 20일 토요일 오후 6시, 우리는 해안 마을인 뷔디르에 도착했다. 안내인은 약속한 돈을 달라고 요구했고, 삼촌은 약속한 액수의 돈을 지불했다. 이 마을에서 우리를 접대한 것은 한스의 친척 ─ 삼촌과 사촌들 ─ 이었다. 그들은 우리를 따뜻하게 맞아주었다. 그들의 친절하고 넉넉한 인심을 이용하고 싶지는 않지만, 나는 그 집에 좀더 오래 머물면서 여행의 피로를 말끔히 씻고 싶었다. 하지만 씻어내야 할 피로가 없는 삼촌은 그렇게 생각하지 않았다. 이튿날 우리는 다시 말을 타고 떠나야 했다.

스네펠스와 가까운 땅은 산의 영향을 받았다. 화강암 뿌리가 참나무 고목의 뿌리처럼 땅 위로 드러나 있었다. 우리는 이 화산의 웅장한 기슭을 따라 빙 돌아가고 있었다. 삼촌은 화산에서 잠시도 눈을 떼지 못했다. "저게 바로 내가 죽이려는 거인이다!"라고 말하는 듯 화산을 향해 팔을 휘두르는 모습이 꼭 화산에 도전장을 보내는 것 같았다. 네 시간 뒤, 마침내 말들이 시키지도 않았는데 스스로 알아서 스타피 목사관 앞에 멈춰섰다.

14

교구 목사관

스타피는 서른 채 가량의 오두막으로 이루어진 마을이다. 화산에 반사된 햇빛이 용암층 위에 세워진 마을을 비추고 있었다. 스타피 마을은 기묘하게 생긴 현무암 절벽의 일부를 이루고 있는 작은 피오르드 끝에 자리잡고 있었다.

현무암이 화성암의 일종인 흑갈색 암석이라는 것은 새삼 설명할 필요도 없을 것이다. 현무암은 규칙적인 형태를 지니고 있어서, 그것이 모이면 놀랄 만한 무늬를 만들어낸다. 여기서는 자연이 인간의 손으로 만들어진 것처럼 기하학적인 형태를 띠고 있었다. 마치 자연의 여신이 삼각자와 컴퍼스와 다림줄을 사용하여 기하학적 도형을 그려놓은 듯했다. 다른 곳에서는 자연의 여신이 창조한 예술작품이 무질서하게 흩뿌려진 거대한 무더기, 형태가 거의 없는 원뿔, 불완전한 피라미드, 기묘한 선들의 집합으로 이루어져 있다면, 여기서 자연의 여신은 규칙성의 본보기를 세우고 싶어서, 바빌론이나 그리스의 경이로움도 결코 능가할 수 없는 엄밀한 질서를 고대 건축가들보다 먼저 만들어 냈다.

아일랜드에 있는 '자이언츠 코즈웨이'*나 헤브리디스 제도에 있는 '핑갈의 동굴'** 이야기는 나도 들은 적이 있지만, 현무암 구조물이 보란 듯이 전시되어 있는 것을 실제로 본 것은 처음이었다.

이곳 스타피에서 나는 그 놀라운 현상의 완벽한 아름다움을 만끽할 수 있었다.

반도 일대의 해안선이 모두 그렇듯이, 피오르드의 암벽은 10미터 높이의 수직 원기둥으로 이루어져 있었다. 완벽한 균형을 이루며 똑바로 서 있는 기둥들은 수평 기둥으로 이루어진 천장을 떠받치고, 수평 기둥들의 끝 부분은 바다 위로 처마처럼 튀어나와 있었다. 이 천연의 처마 밑에는 일정한 간격을 두고 뛰어난 디자인의 아치형 구멍이 뚫려 있고, 바다에서 밀려오는 파도가 이 구멍을 통과하면서 거품을 일으키는 것이 보였다. 성난 파도에 잡아찢긴 현무암 조각 몇 개가 고대 신전의 잔해처럼 길게 드러누워 있었다. 영원히 젊은 그 유적에는 몇 세기가 지나도 세월의 흔적이 전혀 남지 않을 것이다.

우리가 지상 여행의 마지막 밤을 보내기 위해 들른 스타피는 이런 곳이었다. 한스가 우리를 여기까지 무사히 데려온 것은 그의 머리가 영리하다는 증거였다. 그렇게 똑똑한 사람이 앞으로

---

* 자이언츠 코즈웨이: 영국 북아일랜드 앤트림 주 북서해안에 현무암 기둥으로 이루어진 곳. 수천 개의 육각형 기둥이 5킬로미터에 걸쳐 늘어서 있다.
** 핑갈의 동굴: 영국 스코틀랜드 서해안의 헤브리디스 제도(스태퍼 섬)에 육각형 현무암 기둥으로 이루어진 동굴. 멘델스존이 이곳을 여행하고 영감을 얻어 작곡한 서곡이 유명하다.

현무암 절벽으로 둘러싸인 스타피 피오르드

도 우리와 함께 여행을 계속한다고 생각하자 한결 마음이 든든했다.

목사관은 그 이웃집보다 좋지도 안락하지도 않은 납작한 농가였다. 목사관 문 앞에 이르렀을 때, 가죽 앞치마를 두른 사내가 망치를 들고 말편자를 박고 있는 것이 보였다.

"셀베르투." 사냥꾼이 말했다.

"고드 다그." 말편자를 박고 있던 대장장이는 덴마크어로 대답했다.

"퀴르코헤르데." 한스가 삼촌을 돌아보며 말했다.

"목사라고? 악셀, 아무래도 저 양반이 목사님인가 보다."

그 동안 안내인은 '퀴르코헤르데'에게 사정을 설명하고 있었다. 목사는 일을 멈추고, 말장수를 상대할 때나 어울릴 듯한 목소리로 고함을 질렀다. 그러자 당장 목사관에서 기골이 장대하고 못생긴 여자가 나타났다. 키가 정확히 2미터는 아니라 해도, 그와 별반 차이가 날 것 같지 않았다.

나는 그 여자가 우리 나그네에게 아이슬란드식 키스를 하면 어쩌나 하고 겁이 났다. 하지만 다행히 그런 불상사는 일어나지 않았다. 게다가 그녀는 우리를 집에 맞아들이는 것을 달가워하지도 않았다.

객실은 목사관에서 제일 형편없는 방처럼 보였다. 비좁고 지저분한 데다 고약한 냄새가 물씬 풍겼지만, 우리한테는 선택권이 없었다. 손님을 환대하는 것이 아이슬란드의 전통인 줄 알았는데, 목사는 우리를 환대하기는커녕, 해가 질 때까지 대장장이 · 어부 · 사냥꾼 · 목수 일을 하느라 바빴고, 주님의 대리인 역할도 전혀 하지 않았다. 사실 그날은 일요일이었다. 목사는 주일에 못한 일을 평일에 벌충했을 것이다. 나는 그렇게 믿고 싶다.

그 불쌍한 성직자들을 비난하고 싶지는 않다. 그들은 실로 비참한 생활을 하고 있었다. 덴마크 정부가 주는 쥐꼬리만한 봉급과 교구민들이 내는 십일조의 4분의 1을 받지만, 그것을 다 합해도 오늘날의 가치로 60마르크가 채 안 된다. 따라서 먹고살기 위해서는 다른 일을 할 수밖에 없다. 하지만 물고기를 잡고 사냥을 하고 말편자를 박다 보면 사냥꾼이나 어부처럼 거친 시골 사람들의 태도와 말투와 버릇이 몸에 밴다. 그날 저녁에 나는 집주인이 금주를 미덕으로 여기지 않는다는 것을 알았다.

삼촌은 상대가 어떤 부류의 인간인지를 당장 알아차렸다. 목사는 고상하고 훌륭한 학자가 아니라 우둔하고 막돼먹은 시골뜨기였다. 그래서 삼촌은 불편한 목사관을 떠나 되도록 빨리 대탐험을 시작하기로 결심했다. 그 동안 쌓인 피로도 아랑곳하지 않고 산 속에서 며칠을 보내기로 결정한 것이다.

그래서 스타피에 도착한 다음날에는 벌써 떠날 준비가 끝났다. 한스는 말 대신에 짐을 운반할 사람을 세 명 고용했다. 이 현지인들에게 삼촌은, 분화구 바닥에 도착하면 우리만 남겨둔 채 돌아가야 한다는 점을 단단히 확인시켰다.

이 시점에서 삼촌은 사냥꾼에게 화산 탐험을 가능한 지점까지 계속할 것이라고 솔직히 털어놓을 수밖에 없었다.

한스는 그저 고개만 까딱했을 뿐이다. 화산에 가든 다른 어디에 가든, 섬의 내장 속으로 뛰어들든 땅 위를 여행하든, 그에게는 아무런 차이도 없었다. 나는 이제까지 일어난 일에 정신이 팔려 앞으로 일어날 일을 깜박 잊고 있었다. 하지만 이제 무력감이 그 어느 때보다 강하게 나를 사로잡았다. 이제 와서 뭘 할 수 있겠는가? 리덴브로크 교수와 맞서고 싶었다면 함부르크를 떠나기 전에 시도했어야 한다. 스네펠스의 발치까지 온 마당에 뭘 어쩐다는 말인가?

한 가지 생각이 집요하게 나를 괴롭혔다. 그 무시무시한 생각 앞에서는 나보다 몇 갑절 대담한 사람도 용기가 흔들릴 것이다.

나는 속으로 중얼거렸다. '그래, 우리는 이제 스네펠스 산을 올라갈 거야. 그건 좋아. 꼭대기에서 분화구를 바라보겠지. 그것도 좋아. 다른 사람들도 살아 돌아와서 그 이야기를 했으니까. 하지만 우리가 할 일은 그것으로 끝나는 게 아니야. 그 빌어먹을 사누크셈이 진실을 말했다면, 그래서 지구의 내장 속으로 들어가는 통로가 정말로 나타나면, 우리는 화산의 지하 통로로 사라져야 해. 그런데, 스네펠스가 사화산이라는 증거는 전혀 없어. 분화를 일으킬 준비가 되어 있지 않다고 어떻게 장담할 수 있지? 그 괴물이 1229년 이래 줄곧 잠자고 있었다고 해서 다시는 깨어나지 않을 거라고 말할 수는 없잖아? 괴물이 깨어나면 우리는 어떻게 될까?

이것은 확실히 생각해볼 가치가 있었고, 나는 그 문제를 심각하게 생각하고 있었다. 잠이 들면 반드시 화산이 분출하는 광경이 꿈에 나타났다. 공중으로 치솟는 화산재 역할을 맡는 것은 아무리 생각해도 내게는 좀 어려워 보였다.

마침내 나는 더 이상 참을 수가 없어서, 되도록 교묘하게 삼촌에게 그 문제를 따지기로 결심했다. 실현 가망이 전혀 없는 가정의 형태로 문제를 제기하여 삼촌의 반응을 떠보기로 한 것이다.

나는 삼촌에게 가서 내가 두려워하는 게 무엇인지 털어놓은 다음, 삼촌이 마음대로 분노를 터뜨릴 수 있도록 한 발짝 물러섰다.

그런데 삼촌은 뜻밖의 반응을 보였다.

"그건 나도 생각하고 있었어."

이 말이 무슨 뜻일까? 이성의 목소리에 귀를 기울이겠다는 뜻일까? 계획을 포기할 생각을 하고 있다는 뜻일까? 그렇다면 오죽이나 좋을까. 아니, 그럴 리가 없어. 세상에 그렇게 좋은 일이 일어날 터이 있나?

나는 감히 삼촌에게 물어볼 엄두가 나지 않았다. 잠시 침묵이 흐른 뒤 삼촌이 말을 이었다.

"나도 생각했다. 스타피에 도착한 뒤 줄곧 네가 방금 제기한 문제를 걱정했어. 성급하게 굴면 안 되니까."

"그럼요." 나는 힘주어 말했다.

"스네펠스는 6백 년 동안 줄곧 잠잠했지만, 다시 으르렁거릴지도 몰라. 하지만 분화가 일어나기 전에는 반드시 잘 알려진 현상이 나타나게 마련이지. 그래서 이곳 주민들한테 물어보고 땅도 조사해봤는데, 그 결과 분화는 결코 일어나지 않을 거라고 자신있게 장담할 수 있어."

나는 이 말에 소스라치게 놀라서 아무 대꾸도 하지 못했다.

"내 말을 믿지 못하겠다는 거냐? 좋다. 그럼 나를 따라와봐."

나는 기계적으로 그 말에 따랐다. 목사관을 나오자 삼촌은 현무암 벼랑 틈새를 지나 내륙 쪽으로 들어갔다. 곧이어 탁 트인 들판이 눈앞에 펼쳐졌다. 말이 들판이지, 사실은 화산 분출물로 이루어진 거대한 불모지일 뿐이었다. 거대한 바위와 화산암·현무암·화강암, 온갖 휘석을 우박처럼 맞아서 납작해진 것 같았다.

여기저기 하늘로 피어오르는 증기가 보였다. 아이슬란드어로

여기저기 하늘로 피어오르는 수증기가 보였다

'레이키르'라고 불리는 이 하얀 안개는 온천에서 나오는 것이었다. 세차게 뿜어 나오는 증기는 땅이 화산 활동을 하고 있다는 증거였다. 내 두려움이 현실로 입증된 것 같았다. 그래서 삼촌이 이렇게 말했을 때는 깜짝 놀랐다.

"저 증기가 보이지? 저건 화산의 분노를 전혀 두려워할 필요가 없다는 증거야."

"그럴 리가!"

"잘 들어. 분화가 임박하면 증기가 상당히 증가하지만, 분화가 실제로 일어나고 있을 때는 완전히 사라지게 돼. 팽창하는 기체가 더 이상 필요한 압력을 얻지 못해서 지각 틈새로 빠져나오는 대신 분화구로 가기 때문이지. 따라서 증기가 정상적인 상태를 유지하고 있으면, 증기의 압력이 증가하지 않으면, 비바람이 사라진 대신 공기가 탁하고 잔잔해졌다는 관찰 결과가 추가되지 않으면, 당장은 분화가 일어나지 않는다고 장담할 수 있는 거야."

"하지만……."

"이제 됐어. 과학이 장담한 이상, 입 다물고 가만히 있을 수밖에 없지."

나는 풀이 죽은 채 목사관으로 돌아왔다. 삼촌은 과학적 논거로 나를 이겼다. 하지만 나에게는 한 가닥 희망이 남아 있었다. 일단 분화구 바닥에 도착하면 이 세상의 모든 사크누셈이 뭐라고 하든 통로는 없을 것이고, 따라서 더 깊이 내려갈 수도 없을 것이다.

나는 악몽의 손아귀에 사로잡혀 밤을 보냈다. 나는 지구 깊은 곳에 있는 화산 한복판에 있었다. 내가 화성암이 되어 우주 공간으로 내던져지고 있는 듯한 기분이 들었다.

이튿날인 6월 23일, 한스는 식량과 연장과 기구를 짊어진 동료들과 함께 우리를 기다리고 있었다. 삼촌과 내 몫으로는 물미를 박은 지팡이 두 개, 소총 두 자루, 탄창 두 개가 따로 놓여 있었다. 선견지명을 가진 한스는 염소가죽으로 만든 커다란 물통 하나를 우리 가방에 집어넣었다. 우리가 가져온 휴대용 물병과 그 물통에 물을 채우면 일주일은 물 걱정을 하지 않아도 될 것이다.

오전 9시였다. 목사와 덩치 크고 무뚝뚝한 목사 부인이 문간에서 우리를 기다리고 있었다. 아마 집주인으로서 나그네들에게 작별 인사를 하고 싶었을 것이다. 하지만 이 작별 인사는 뜻밖에도 어마어마한 청구서라는 형태를 취하고 있었다. 목사는 우리가 마신 목사관 공기, 그 탁한 공기에 대해서까지 값을 청구했다. 그 훌륭한 목사 부부는 스위스의 여관 주인처럼 우리를 인질로 잡고 몸값을 요구했다. 게다가 그들은 손님을 그렇게 푸대접해놓고도 극진한 대접이라도 베푼 것처럼 과대평가하여 비싼 값을 매겼다.

삼촌은 고시랑거리지 않고 선선히 돈을 냈다. 지구의 중심으로 떠나는 사람에게 그까짓 돈 몇 푼은 코웃음거리였다.

문제가 해결되자 한스가 출발 신호를 보냈다. 몇 분 뒤에 우리는 스타피 마을을 벗어났다.

15

스네펠스 산에 오르다

스네펠스 산의 높이는 약 1500미터다. 원뿔 모양의 봉우리 두 개는 이 섬의 주요 산맥에서 띠 모양으로 갈라져 나온 조면암 지대의 끝자락을 이룬다. 우리가 출발한 곳에서는 잿빛 하늘을 배경으로 검게 떠오른 스네펠스의 두 봉우리가 보이지 않았다. 내가 볼 수 있었던 것은 거인의 이마까지 푹 내려온 거대한 모자뿐이었다.

우리는 사냥꾼을 따라 한 줄로 걸어갔다. 사냥꾼은 두 사람이 나란히 설 수도 없을 만큼 좁은 오솔길을 올라가고 있었다. 따라서 서로 대화를 나누기도 어려웠다.

스타피 피오르드의 현무암 절벽 너머에서 맨 처음 마주친 것은 토탄층이었다. 그것은 옛날 이 반도의 늪지대에 자라던 식물의 잔해였다. 아직도 개발되지 않은 연료가 이렇게 많으면, 앞으로 백 년 동안은 아이슬란드 전체 인구가 따뜻하게 지내고도 남을 것이다. 토탄층에 있는 협곡의 깊이로 미루어보아 이 거대한 습지는 두께가 20미터를 넘는 곳이 많았고, 얇은 경석질 응회암이 사이사이에 끼여 있는 탄화된 식물의 퇴적층으로 이루어져 있었다.

나는 불안과 걱정으로 가슴이 짓눌려 있었지만, 그래도 리덴브로크 교수의 조카로서 이 거대한 자연사 박물관에 전시된 광물학적 골동품을 흥미롭게 관찰했다. 동시에 내 마음은 아이슬란드의 지질학적 역사를 처음부터 끝까지 꿰뚫었다.

이 유별난 섬은 비교적 최근에 바다 밑에서 융기한 것이 분명하다. 어쩌면 지금도 조금씩, 알아차리지 못할 만큼 조금씩 올라오고 있는지도 모른다. 정말로 그렇다면 이 섬을 바다 밑에서 밀어 올리고 있는 것은 지하에 있는 불의 활동이라고 볼 수밖에 없다. 그게 사실이라면, 험프리 데이비의 이론과 사크누셈의 고문서와 삼촌의 주장은 모두 한낱 연기로 사라져버릴 것이다. 이런 가설을 세우자 나는 토지의 성질을 좀더 자세히 관찰하고, 그럼으로써 이 섬의 형성 과정과 관련된 여러 가지 현상을 보다 쉽게 이해할 수 있었다.

아이슬란드는 퇴적층이 전혀 없고, 오로지 화산성 응회암, 즉 다공질 암석으로 이루어진 섬이다. 화산이 생기기 전에는 지구 내부의 압력으로 서서히 바다 위로 밀려 올라온 거대한 땅덩어리였다. 그때까지 땅 속의 불은 아직 밖으로 터져 나오지 않았다.

하지만 나중에 이 섬의 남서쪽에서 북동쪽으로 비스듬하게 넓은 균열이 생겼고, 조면암의 마그마가 그 틈새로 서서히 흘러나왔다. 마그마가 빠져나오는 출구가 아주 넓었기 때문에, 그때는 이 현상이 평화롭게 일어났다. 지구의 생명력이 밖으로 밀어낸 마그마는 조용히 흘러나와 넓고 얇게 퍼지거나 젖가슴 모양으로 부풀어올랐다. 이 시기에 장석과 섬장암과 반암이 나타났다.

그러나 이 분출 덕분에 섬의 두께는 상당히 늘어났고, 따라서 저항력도 높아졌다. 조면암 마그마가 식어서 딱딱한 빵껍질처럼 굳어버리자 젖가슴 속에 모인 기체는 더 이상 밖으로 나가지 못하고 압축되었다. 거기에 얼마나 많은 양의 기체가 모였을지는 쉽게 상상할 수 있다. 마침내 그 기체의 물리력이 무거운 지각을 밀어 올리고 높은 굴뚝을 만드는 순간이 왔다. 그리하여 가장 바깥쪽에 있는 지각이 올라와 이 화산으로 나타났고, 이어서 화산 꼭대기에 분화구가 뻥 뚫린 것이다.

분출 현상이 일어난 데 이어 화산 활동이 일어났다. 갓 뚫린 구멍을 통해 우선 현무암이 분출되었다. 우리가 그때 마침 지나고 있던 평원이 그런 활동의 가장 훌륭한 표본이었다. 우리는 차갑게 식으면서 육각 기둥 모양이 된 암회색 바위 위를 걷고 있었다. 저 멀리에는 납작한 원뿔 구릉들이 수없이 보였다. 전에는 그것들이 모두 불을 내뿜는 입, 즉 분화구였다.

현무암 분출이 끝나자, 죽은 분화구에서 힘을 얻은 화산은 용암과 응회암에 통로를 내주었다. 화산재와 암재로 이루어진 응회암과 용암은 개울을 이루며 길게 뻗어나갔다. 나는 화산의 어깨 위에 무성한 머리카락처럼 얹혀 있는 용암 개울을 볼 수 있었다.

아이슬란드를 만든 것은 그러한 일련의 현상이었다. 그 모든 현상의 원인은 내부에 있는 불이었다. 내부가 영원히 뜨거운 유동체 상태로 남아 있을 수 없다고 주장하는 것은 미친 짓이었다. 지구의 중심에 갈 수 있다고 주장하는 것은 더욱 미친 짓이었다.

그래서 나는 스네펠스를 공격하기 시작했을 때, 우리 모험의 결과는 보나마나 뻔하다고 생각하여 안심하고 있었다.

길은 갈수록 험해졌다. 경사가 점점 가팔라졌고, 건들거리는 바위는 쉽게 움직였다. 추락할 위험을 피하려면 정신을 집중하여 조심스럽게 발을 내디뎌야 했다.

한스는 평지를 걷는 것처럼 유유히 올라갔다. 이따금 그는 거대한 바위 뒤로 사라지곤 했지만, 잠시 후에는 그의 입에서 나오는 날카로운 휘파람 소리가 우리에게 길을 알려주었다. 그는 자주 걸음을 멈추고 돌멩이를 집어서 시각적 형태로 배열하곤 했다. 돌아갈 길을 알려주는 표지를 설치하는 것이다. 그것 자체는 훌륭한 사전 대책이지만, 앞으로 일어날 사건 때문에 결국에는 쓸모없게 될 터였다.

험한 길을 세 시간이나 힘겹게 걸어서 겨우 산기슭에 도착했다. 여기서 한스는 잠시 쉬었다 가자고 말했고, 우리는 모두 점심을 먹었다. 삼촌은 시간을 절약하기 위해 두 입에 먹을 것을 한 번에 먹었다. 하지만 여기서 걸음을 멈춘 것은 점심을 먹기 위해서만이 아니라 지친 다리를 쉬기 위해서이기도 했기 때문에, 안내인이 준비를 끝낼 때까지 기다릴 수밖에 없었다. 한스는 한 시간 뒤에야 출발 신호를 보냈다. 사냥꾼만큼이나 과묵한 세 명의 아이슬란드인은 한 마디도 하지 않고 조용히 먹기만 했다.

이제 우리는 스네펠스 산비탈을 올라가기 시작했다. 산에서 흔히 일어나는 착시 현상 때문에 눈덮인 스네펠스 정상은 실제보다 훨씬 가까워 보였다. 하지만 거기에 이르려면 얼마나 오래 걸어야 할까! 그리고 얼마나 피곤할까! 흙이나 풀로 뭉쳐져 있지 않은 돌멩이들은 우리 발 밑에서 굴러 떨어져 사태처럼 평원 쪽으로 사라졌다.

어떤 곳에서는 산비탈이 적어도 36도의 급경사를 이루었다. 그런 곳은 도저히 올라갈 수가 없었다. 그래서 암석이 흩어져 있는 가파른 비탈을 빙 돌아서 가야 했지만, 그것도 여간 어려운 일이 아니었다. 그런 경우, 우리는 지팡이를 이용하여 서로를 도와주었다.

삼촌은 되도록 내 곁에 바싹 붙어 있었다. 한시도 나를 시야에서 놓치지 않았고, 팔을 내밀어 받쳐준 것도 한두 번이 아니었다. 삼촌은 놀라운 균형 감각을 타고난 것이 분명했다. 그래서 아무리 위험한 길도 망설이지 않고 지나갔다. 아이슬란드인들은 무거운 짐을 지고도 고지 사람들답게 거침없이 산을 올라갔다.

스네펠스 봉우리의 높이로 미루어보건대, 경사가 완만해지지 않으면 이쪽 비탈로 정상에 도달하는 것은 불가능하다고 나는 판단했다. 기진맥진할 만큼 기를 쓰고 상당한 묘기까지 부리면서 한 시간쯤 올라가자, 다행히도 화산 위에 거대한 양탄자처럼 쌓인 눈 속에 갑자기 일종의 층계가 나타나 산을 오르기가 한결 수월해졌다. 이 층계는 분화로 쏟아져나온 암석들이 강물처럼 흘러내리면서 만들어놓은 것이었다. 아이슬란드어로는 이것을 '스티나'라고 불렀다. 산의 측면이 그 흐름을 막아버리지 않았다면, 암석들은 바다로 쏟아져 들어가 새로운 섬을 이루었을 것이다.

그런데 산의 측면이 흐름을 막아버렸기 때문에 우리한테는 큰 도움이 되었다. 비탈은 더욱 가팔라졌지만, 돌층계 덕분에 그 가파른 비탈도 쉽게 오를 수 있었다. 사람들이 너무 빨리 올라갔기 때문에, 잠시라도 뒤에서 미적거리면 순식간에 거리가 벌어져 앞서 간 사람들이 콩알만큼 작아 보였다.

가파른 비탈을 올라갈 때는 지팡이로 서로를 도와주었다

저녁 7시까지 우리는 돌층계를 2천 계단이나 올라가, 산중턱에 혹처럼 부풀어오른 곳에 이르렀다. 그곳은 분화구를 이루고 있는 원뿔이 놓여 있는 일종의 받침대였다.

1000미터 아래에 바다가 펼쳐져 있었다. 우리는 만년설 한계선 위로 올라와 있었지만, 아이슬란드는 습도가 높아서 만년설 한계선의 높이가 비교적 낮았다. 산 위는 살을 에는 듯이 추웠고, 바람이 세차게 몰아쳤다. 나는 완전히 녹초가 되어 있었다. 삼촌은 내 꼴을 보았는지, 빨리 가고 싶어 애가 타면서도 잠시 쉬어 가기로 결정했다. 그래서 삼촌은 사냥꾼에게 신호를 보냈지만, 사냥꾼은 고개를 저으면서 말했다.

"오프반뫼르."

"좀더 올라갈 필요가 있는 모양이야."

삼촌은 한스에게 그 이유를 물었다.

"미스토우르."

"야, 미스토우르." 아이슬란드 사람 가운데 하나가 겁먹은 얼굴로 한스의 말을 되풀이했다.

"그게 무슨 뜻이에요?"

내가 불안하게 묻자, 삼촌이 대답했다.

"저길 봐라."

나는 고개를 돌려 평야를 내려다보았다. 잘게 부수어진 속돌과 모래와 먼지가 거대한 기둥을 이루어 용오름처럼 소용돌이치면서 올라오고 있었다. 바람이 그 기둥을 우리가 지금 올라가고 있는 스네펠스 측면으로 내몰고 있었다. 태양 앞에 펼쳐진 이 불투명한 커튼이 산 전체에 거대한 그림자를 던졌다. 용오름이 기울어진다면 우리는 그 소용돌이 한복판에 휩쓸려들 수밖에 없었다. 아이슬란드어로 '미스토우르'라고 부르는 이 현상은 빙하지대에서 바람이 불어올 때 아주 흔히 일어난다.

"하스티그트, 하스티그트." 안내인이 소리쳤다.

나는 덴마크어를 몰랐지만, 되도록 빨리 한스를 따라가야 한다는 것은 알 수 있었다. 한스는 좀더 쉽게 가기 위해 비스듬한 각도로 분화구 원뿔을 돌기 시작했다. 곧이어 용오름이 산에 부딪쳐 박살이 났다. 그 충격으로 산이 뒤흔들렸다. 소용돌이 속에 잡혀 있던 돌멩이들이 우박처럼 쏟아져 내렸다. 마치 화산이 터진 것 같았다. 다행히 우리는 반대편에 있어서 위험을 피할 수 있었다. 한스가 미리 알고 조심하지 않았다면, 우리의 몸뚱이는 갈기갈기 찢긴 가루가 되어 미지의 운석 조각처럼 저 멀리 어딘가에 떨어졌을 것이다.

그러나 한스는 산비탈에서 밤을 보내는 것은 현명하지 않다고 생각했다. 우리는 계속해서 지그재그로 산을 올라갔다. 나머지 500미터를 올라가는 데에는 거의 다섯 시간이 걸렸다. 가파른 길은 돌아가거나 비스듬히 올라가고 때로는 후퇴하느라 적어도 12킬로미터는 더 걸었기 때문이다. 나는 더 이상 걸음을 떼어놓을 수가 없었다. 추위와 허기에 짓눌려 맥을 추지 못했다. 공기가 희박해진 탓에, 허파에 공기를 채우기도 힘들었다.

밤 11시에 드디어 스네펠스 정상에 도착했다. 분화구 안의 피난처로 가기 전에 나는 궤도의 가장 낮은 위치에 있는 '한밤중의 태양'을 바라보았다. 태양은 내 발 아래 잠들어 있는 섬에다 희미한 빛을 보내고 있었다.

용오름이 산비탈에 부딪쳐 박살이 났다

16

지구 중심으로 가는 길

서둘러 저녁을 먹은 뒤, 소규모 탐험대는 되도록 편안한 곳에 자리를 잡았다. 땅바닥은 너무 딱딱했고, 피난처는 비바람을 피하기도 어려웠다. 해발 1500미터의 상황은 편안함과는 아예 거리가 멀었다. 하지만 그날 밤 나는 아주 편안하게 잘 잤다. 그렇게 편안한 밤을 보낸 것은 정말 오랜만이었다. 나는 꿈도 꾸지 않았다.

아침에 일어나 보니 쌀쌀한 기온 때문에 몸이 반쯤 얼어 있었지만, 햇빛이 찬란하게 빛나는 맑은 날씨였다. 나는 화강암 침대에서 일어나, 눈앞에 펼쳐진 장관을 즐기러 갔다.

나는 스네펠스의 쌍둥이 봉우리 가운데 남쪽 봉우리 꼭대기에 서 있었다. 몸을 한 바퀴 돌리면 섬의 대부분을 파노라마처럼 바라볼 수 있었다. 높은 곳에 올라오면 늘 그렇듯이, 원근감이 흐트러져서 해안은 실제보다 더 높아 보이고 중앙 부분은 쑥 가라앉은 듯이 보였다. 헬베스메르의 입체 지도가 눈 아래 펼쳐져 있는 것처럼 여겨질 정도였다. 그래서 협곡은 마치 우물처럼 뚫려 있고, 호수는 연못처럼 작아 보이고, 강은 개울처럼 작아 보였다. 오른쪽에는 빙하가 끝없이 이어져 있고, 첩첩이 겹쳐 보이는 봉우리들 가운데 일부는 가벼운 연기를 깃털 모양으로 피워 올리고 있었다. 겹겹이 쌓인 눈 때문에 마치 거품을 일으키고 있는 것처럼 보이는 그 수많은 산들은 거친 바다에 넘실거리는 파도를 연상시켰다. 서쪽으로 몸을 돌리면 바다가 장엄하게 펼쳐져 있었다. 바다의 하얀 물마루는 눈덮인 산봉우리들이 이루는 하얀 파도와 이어져 있는 것처럼 보였다. 육지가 어디서 끝나고 어디서부터 바다가 시작되는지도 거의 알 수 없을 정도였다.

나는 마침내 높은 곳에서 바라보는 전망에 익숙해졌기 때문에, 이번에는 현기증도 느끼지 않고 높은 봉우리들이 만들어내는 그 황홀한 경치에 빠져들었다. 밝은 햇빛에 눈이 부셨다. 나는 내가 누구인지, 지금 어디에 있는지도 잊어버린 채, 스칸디나비아 신화에 나오는 상상 속의 존재인 요정이 된 기분을 즐겼다. 이제 곧 깊은 땅 속으로 뛰어들어야 할 운명이라는 것도 잊어버린 채, 높은 곳에서 느낄 수 있는 관능적 쾌감에 도취되었다. 하지만 삼촌과 한스가 다가오는 바람에 나는 현실로 돌아왔다. 두 사람은 내가 서 있는 꼭대기로 올라왔다.

삼촌은 서쪽으로 돌아서서 옅은 안개를 가리켰다. 수평선에 육지 같은 것이 어렴풋이 보였다.

"저게 그린란드야."

"그린란드요?"

"그래. 여기서 150킬로미터*도 떨어져 있지 않아. 해빙기가 되면 북극곰들이 유빙을 타고 아이슬란드까지 내려오지. 그건 그렇고, 우리는 지금 스네펠스 정상에 있는데, 봉우리 하나는 북쪽에 있고 또 하나는 남쪽에 있어. 지금 우리가 서 있는 이 봉우리를 현지인들은 뭐라고 부르는지, 한스가 말해줄 거야."

사냥꾼은 삼촌의 질문에 대답했다.

"스카르타리스."

삼촌은 득의양양하게 나를 바라보았다.

"자, 분화구로!"

스네펠스의 분화구는 우묵한 사발 모양이었다. 구경은 2킬로미터가 조금 넘는 듯했고, 깊이는 600미터쯤 되어 보였다. 그렇게 커다란 그릇이 굉음과 불길로 가득 차 있었을 때를 상상해보라. 밑바닥은 둘레가 150미터밖에 안 되기 때문에 비교적 경사가 완만해서 아래로 쉽게 내려갈 수 있었다. 이 분화구를 보자 총부리가 넓게 벌어진 나팔총이 저절로 떠올랐다. 분화구가 나팔총과 너무 비슷해서 오싹 소름이 돋았다.

나는 속으로 중얼거렸다. '나팔총이 장전되어 있어서 작은 충격만 주어도 총알이 발사될지 모르는데, 나팔총 속으로 내려가는 건 미친 짓이야.'

하지만 그렇다고 되돌아갈 수도 없었다. 한스는 무심한 태도로 앞장섰다. 나는 말없이 그 뒤를 따랐다.

좀더 쉽게 내려갈 수 있도록 한스는 사발 안에서 긴 타원형을 그리며 내려갔다. 우리는 분출로 생긴 암석 사이를 지나가야 했다. 갈라진 틈새에 끼여 있다가 빠져나온 돌멩이들이 통통 튀면서 깊은 틈새 바닥으로 쏜살같이 내려가곤 했다. 돌멩이가 떨어

---

* 150킬로미터: 실제로 아이슬란드에서 그린란드까지 가장 가까운 거리는 300킬로미터쯤 된다.

지면 야릇한 메아리가 물결처럼 퍼져 나갔다.

분화구의 일부는 빙하로 덮여 있었다. 한스는 크레바스*를 찾느라, 끝에 물미를 박은 지팡이로 땅바닥을 쿡쿡 찌르면서 아주 조심스럽게 나아갔다. 나아가기 힘든 곳에서는 긴 밧줄로 서로 몸을 묶어야 했다. 어쩌다 한 사람이 미끄러지더라도, 일행과 함께 묶여 있으면 추락을 면할 수 있을 터였다. 이것은 유용한 예방조치였지만, 위험을 완전히 없애주지는 못했다.

안내인도 모르는 비탈을 내려가는 것은 어려웠지만, 그래도 밧줄 한 다발이 추락한 것만 빼고는 모두 무사히 바닥으로 내려갈 수 있었다. 짐꾼의 손에서 미끄러진 그 밧줄은 가장 짧은 지름길을 택해서 깊이 갈라진 틈새 바닥으로 떨어졌다.

우리는 정오 무렵 목적지에 도착했다. 위를 쳐다보니 사발의 높은 입이 하늘의 일부를 둘러싸고 있었다. 하늘은 둘레가 극적으로 줄어들었을 뿐 거의 완벽한 동그라미를 이루고 있었지만, 딱 한 군데 흠집이 있었다. 스카르타리스 봉우리가 그 거대한 공간 속으로 불쑥 튀어나와 있었기 때문이다.

분화구 바닥에는 구멍 세 개가 뚫려 있었다. 옛날 스네펠스가 분화했을 때 내부의 불이 용암과 증기를 내보낸 구멍이다. 이 굴뚝은 모두 지름이 30미터 정도였다. 그렇게 커다란 구멍들이 우리 발 밑에 아가리를 벌리고 있었다. 나는 감히 구멍 속을 들여다볼 엄두도 나지 않았다. 하지만 삼촌은 구멍의 모양과 크기를 재빨리 조사했다. 가쁜 숨을 몰아쉬면서 이 구멍에서 저 구멍으로 뛰어다니고, 두 팔을 휘두르며 알아들을 수 없는 말을 외치고

---

* 크레바스: 빙하 표면에 생긴 깊은 균열.

있었다. 그런 삼촌을 한스와 그의 동료들은 바위에 걸터앉아서 묵묵히 지켜보고 있었다. 삼촌을 미치광이로 여기는 듯한 눈치였다.

별안간 삼촌이 비명을 질렀다. 나는 삼촌이 발을 헛디뎌 구멍 하나에 빠진 줄 알았다. 그러나 삼촌은 분화구 한복판에 놓여 있는 거대한 바윗덩이―그것은 마치 플루톤* 상을 올려놓기 위한 대좌 같았다―앞에 두 팔을 벌리고 두 다리도 벌린 채 서 있었다. 삼촌은 너무 놀라서 말문이 막힌 것 같았지만, 놀라움은 곧 미친 듯한 행복으로 바뀌었다.

"악셀! 악셀! 이리 와! 어서 내려와!"

나는 뛰어내려갔다. 한스와 그의 동료 사람들은 꼼짝도 하지 않았다.

"저것 좀 봐라!"

나도 삼촌처럼 놀라서 말문이 막혔지만, 삼촌만큼 행복하지는 않았다. 화강암 바윗덩이의 서쪽 측면에, 세월에 풍화되어 희미해지기는 했지만 천번 만번 저주받을 가증스러운 이름이 룬 문자로 새겨져 있었던 것이다.

ᚷᛁᛋᛋᛈ ᛋᛁᚠᚱᚴᛚᛋᛋᛏᚼ

"아르네 사크누셈!" 삼촌이 외쳤다. "이래도 의심할 수 있겠니?"

나는 아무 대답도 않고 완전히 당황한 채 내 용암 의자로 돌아

* 플루톤: 로마 신화에 나오는 저승의 왕. 그리스 신화에서는 하데스.

"저것 좀 봐라!" 삼촌이 말했다.

왔다. 증거가 나를 짓눌렀다.

얼마나 오랫동안 생각에 잠겨 있었을까. 어쨌든 내가 다시 고개를 들었을 때, 분화구 바닥에는 삼촌과 한스밖에 남아 있지 않았다. 임무를 마친 아이슬란드 사람들은 이제 스네펠스의 바깥쪽 비탈을 따라 스타피로 내려가고 있었다.

한스는 바위 밑에 있는 용암 도랑에 임시 잠자리를 만들고, 그속에 들어가 조용히 자고 있었다. 삼촌은 사냥꾼이 파놓은 함정에 빠진 들짐승처럼 분화구 바닥을 오락가락하고 있었다. 나는 일어날 기력도 없고 일어나고 싶지도 않아서, 안내인을 흉내내어 괴로운 잠 속으로 빠져들었다. 그렇게 선잠을 자면서도 산 속에서 우르릉거리는 소리가 들리고 진동이 느껴지는 것 같았다.

분화구 바닥에서 보낸 첫날 밤은 그렇게 지나갔다.

이튿날은 구름이 잔뜩 낀 우중충한 하늘이 분화구 위에 낮게 드리워져 있었다. 날씨가 흐리다는 것을 알아차린 것은 갈라진 틈새가 어둑해 보였기 때문이 아니라 삼촌이 화를 내고 있었기 때문이다.

삼촌이 그렇게 화가 난 이유를 알아차리고, 나는 마지막 희망이 되살아나는 것을 느꼈다. 그 이유는 이렇다.

우리 발 밑에 입을 벌리고 있는 세 개의 구멍 가운데 사크누셈이 따라간 통로는 하나뿐이었다. 그 아이슬란드 학자에 따르면 그 통로는 암호문에 설명된 특징으로 확인할 수 있었다. 6월 말경의 며칠 동안 스카르타리스 봉우리의 그림자가 다가와 구멍 언저리에서 얼쩡거리는데, 그 구멍이 바로 지구의 중심으로 이어지는 통로라는 것이다.

따라서 스카르타리스의 뾰족한 봉우리는 거대한 해시계 바늘이라고 생각할 수 있었다. 해시계 바늘의 그림자는 지구의 중심으로 가는 길을 알려주는 표시다.

해가 없으면 그림자도 없다. 따라서 표시도 없다. 오늘은 6월 25일. 앞으로 엿새 동안 계속해서 하늘이 이렇게 찌푸려 있다면 관측은 내년으로 미룰 수밖에 없을 것이다.

리덴브로크 교수의 절망적인 분노를 굳이 묘사하지는 않겠다. 그림자가 분화구 바닥으로 내려오지 않은 채 하루가 지났다. 한스는 우리가 무엇을 기다리고 있는지 궁금했을 테지만—그가 무언가를 궁금해하는 일이 있다면!—제 자리에서 꼼짝도 하지 않았다. 삼촌은 나한테 한 마디도 하지 않았다. 계속 하늘만 쳐다보던 삼촌의 눈은 몽롱한 잿빛 배경 속에 녹아들었다.

6월 26일, 여전히 아무 일도 일어나지 않았다. 온종일 진눈깨비가 내렸다. 한스는 암석 조각으로 오두막을 지었다. 나는 수천 개의 폭포가 분화구 비탈을 따라 흘러내리는 것을 바라보며 즐거워했다. 폭포는 함께 굴러 떨어지는 돌멩이들 때문에 귀가 먹먹해질 정도로 소리가 더욱 요란해졌다.

삼촌은 더 이상 분노를 참지 못했다. 실제로 지금 상황은 기껏 항구까지 들어온 배가 가라앉고 있는 격이었기 때문에, 아무리 인내심이 강한 사람이라도 화를 내는 것이 당연했다.

하지만 하늘은 언제나 커다란 슬픔과 커다란 기쁨을 함께 주는 법이다. 하늘은 이제 지독한 실망과 맞먹을 정도의 만족감을 리덴브로크 교수를 위해 준비해놓고 있었다.

이튿날도 하늘은 여전히 구름에 가려져 있었다. 하지만 6월 28일, 달의 모양이 바뀌면서 날씨도 바뀌었다. 태양이 분화구 속에 풍부한 빛을 쏟아부었다. 모든 언덕, 모든 바위, 모든 자갈,

조금이라도 튀어나온 것은 모두 제 몫의 빛을 받아 당장 땅바닥에 그림자를 던졌다. 특히 스카르타리스 봉우리의 그림자는 뿔처럼 튀어나온 채, 태양과 함께 알아차릴 수 없을 만큼 천천히 돌기 시작했다.

삼촌도 그림자와 함께 돌았다.

그림자가 가장 짧아진 한낮에 그림자는 가운데 구멍 언저리에 다가와 살며시 입을 맞추었다.

"저거다! 저거야!" 삼촌이 외쳤다. 그러고는 덴마크어로 덧붙였다. "가자, 지구의 중심으로!"

나는 한스를 돌아보았다.

"포뤼트!" 한스가 침착하게 말했다.

"앞으로!" 삼촌이 한스의 말을 통역했다.

오후 1시 13분이었다.

17

지구 속으로

드디어 진짜 여행이 시작되었다. 이제까지의 여행은 어렵다기보다 피곤했지만, 앞으로는 온갖 문제가 그야말로 우리 발 밑에서 솟아날 터였다.

이제 곧 구멍 속으로 내려가야 했지만, 깊이를 알 수 없는 그 구멍 속을 나는 아직 한 번도 들여다보지 않았다. 드디어 그 순간이 왔다. 그래도 아직은 선택의 여지가 남아 있었다. 이 모험에 참가할 수도 있고 거절할 수도 있었다. 하지만 사냥꾼 앞에서 비겁하게 꽁무니를 빼기가 창피했다. 한스는 이번 모험을 너무나 침착하고 태평하게 받아들여, 어떤 위험도 걱정하지 않았다. 그런 한스를 보면서, 내가 그보다 겁쟁이라고 생각하자 얼굴이 화끈거렸다. 나 혼자라면 삼촌과 입씨름이라도 벌이겠지만, 안내인이 옆에 있기 때문에 입을 다물 수밖에 없었다. 내 마음은 아름다운 피어란트 아가씨에게로 날아갔다. 나는 그라우벤을 생각하면서 가운데 구멍으로 다가갔다.

앞에서도 말했듯이 그 구멍은 지름이 30미터에 둘레가 약 100미터였다. 나는 구멍 위로 튀어나온 바위 너머로 고개를 내밀고 밑을 내려다보았다. 머리카락이 쭈뼛 곤두섰다. 텅 빈 공간이라는 느낌이 나를 사로잡았다. 나는 몸 속에서 무게 중심이 움직이는 것을 느꼈다. 현기증이 독한 술처럼 머리로 올라왔다. 사람을 끌어당기는 심연의 이 견인력만큼 사람을 취하게 하는 것은 없었다. 나는 쓰러지려 했다. 그때 손 하나가 뒤에서 나를 붙잡았다. 한스의 손이었다. 나는 코펜하겐의 프렐세르스 교회에서 '현기증 극복 훈련'을 쌓았는데, 그게 충분하지 않았던 모양이다.

그러나 잠깐 내려다본 것만으로도 나는 구멍이 어떤 모양인지를 확실히 이해했다. 내벽은 거의 수직이었지만, 튀어나온 부분이 많으니까 내려가기가 훨씬 쉬울 터였다. 하지만 적당한 계단이 있다 해도 난간이 없었다. 구멍 입구에 밧줄을 고정시키면 몸을 지탱할 수는 있겠지만, 그 묶어놓은 밧줄을 밑바닥에 도착했을 때 어떻게 풀 것인가?

삼촌은 아주 간단한 방법으로 이 문제를 해결했다. 굵기가 손가락만하고 길이가 120미터인 밧줄 하나를 다 풀더니, 그 밧줄의 절반을 구멍 속으로 떨어뜨리고, 입구 한켠에 툭 튀어나온 바위에 밧줄을 감은 다음, 나머지 절반을 구멍 속으로 떨어뜨렸다. 두 가닥의 밧줄을 한데 모아서 잡고 내려가면 밧줄이 흘러내릴 염려는 전혀 없었다. 60미터 아래로 내려간 다음 밧줄 한 가닥을 놓고 나머지 한 가닥을 잡아당기기만 하면 밧줄을 쉽게 회수할 수 있다. 그 다음에는 이 방법을 '끝없이' 되풀이하면 된다.

"자, 준비가 끝났으니까 짐을 어떻게 운반할지 생각하자. 짐을 셋으로 나누어서 각자 하나씩 짊어지는데, 깨지기 쉬운 물건만 등에 지고 나르는 거야."

삼촌이 말했다. 물론 삼촌은 깨지기 쉬운 물건에 우리를 포함시켜주지 않았다.

"한스가 연장과 식량의 3분의 1을 맡고, 악셀, 너는 식량의 3분의 1과 무기를 맡아라. 나는 나머지 식량과 부서지기 쉬운 기구를 맡을 테니까."

"하지만 옷가지와 이 밧줄과 사다리 꾸러미는 어떡하죠? 이건 누가 맡습니까?"

"그건 아무도 맡을 필요가 없어."

"왜요?"

"두고 보면 알아."

삼촌은 강경책을 쓰고 싶어했고, 잠시도 주저하지 않았다. 삼촌의 지시에 따라 한스는 깨지지 않는 물건을 하나의 꾸러미로 묶었다. 그러고는 밧줄로 단단히 묶은 꾸러미를 심연 속으로 그냥 떨어뜨렸다.

공기층이 흔들리면서 나는 소리가 꼭 황소 울음 소리처럼 들렸다. 삼촌은 심연 너머로 고개를 내밀고 짐꾸러미가 내려가는 것을 만족스럽게 지켜보다가, 꾸러미가 시야에서 사라진 뒤에야 몸을 일으켰다.

"좋아. 다음은 우리 차례야."

정직한 사람에게 묻고 싶다. 그런 말을 듣고도 오싹 소름이 돋지 않을 수 있겠는가?

삼촌은 기구 꾸러미를 등에 짊어지고 끈으로 단단히 붙들어

맸다. 한스는 연장을 짊어졌고, 나는 무기를 짊어졌다. 한스가 먼저 내려가고, 다음이 삼촌, 끝으로 내가 내려갔다. 하강은 깊은 침묵 속에서 진행되었다. 바윗돌 부스러기가 심연 속으로 떨어지는 소리만이 정적을 깨뜨렸다.

나는 한 손으로 밧줄 두 가닥을 움켜잡고 다른 손으로는 등산용 지팡이로 하강 속도를 늦추면서 물 흐르듯 자연스럽게 내려갔다. 한 가지 생각이 머릿속에 달라붙어 떠나지 않았다. 생명줄인 이 밧줄이 끊어지면 어떡하나 하는 걱정이었다. 이 밧줄은 세 사람의 몸무게를 지탱하기에는 너무 약해 보였다. 그래서 밧줄에 되도록 부담을 주지 않으려고, 두 발로 몸의 균형을 잡는 놀랄 만한 묘기를 부렸다. 발을 손처럼 이용하여 튀어나온 바위를 발로 붙잡으려고 애쓴 것이다.

한스는 불안정한 발판이 발 밑에서 부스러져 없어지면 침착한 목소리로 말하곤 했다.

"기프 아크트!"

"조심해!" 삼촌이 한스의 말을 되풀이했다.

30분 뒤에 우리는 굴뚝 내벽에 단단히 붙어 있는 커다란 바위에 도착했다.

한스가 밧줄 한 가닥을 잡아당기자 나머지 한 가닥이 공중으로 휙 올라갔다. 그 밧줄은 꼭대기에서 바위 주위를 돈 다음 다시 아래로 떨어졌다. 밧줄은 돌멩이도 함께 끌고 내려왔다. 돌멩이가 비처럼, 아니 위험하기 짝이 없는 우박처럼 쏟아져 내렸다.

좁은 층계참에서 고개를 내밀고 아래를 내려다보았지만 바닥은 아직도 보이지 않았다.

밧줄타기 묘기가 또 시작되었다. 30분 뒤에 우리는 다시 60미

한스가 먼저, 다음이 삼촌, 끝으로 내가 내려갔다

터 아래에 도착했다.

아무리 광적인 지질학자라도 그렇게 밧줄을 타고 내려가는 동안 주위에 있는 암석의 지질을 연구하려 들지는 않았을 것이다. 나는 암석 따위는 생각도 하지 않았다. 지층이 어느 시대의 것이든, 플라이오세·마이오세·에오세·백악기·쥐라기·트라이아스기·페름기·석탄기·데본기·실루리아기, 아니면 그보다 훨씬 오래된 선캄브리아대의 지층이든, 그런 것에는 조금도 신경을 쓰지 않았다.

하지만 삼촌은 그것을 관찰한 것이 분명했다. 어쩌면 메모까지 했는지도 모른다. 도중에 멈춰섰을 때 삼촌이 이렇게 말했기 때문이다.

"아래로 내려갈수록 더욱 확신이 생기는구나. 이 화산암의 배열은 데이비의 이론을 완전히 뒷받침하고 있어. 우리는 지금 금속이 공기나 물과 접촉하여 화학반응을 일으킨 원시시대의 땅속에 있다. 나는 지구의 중심에 열이 있다는 이론을 절대 받아들일 수 없어. 어쨌든 우리 눈으로 직접 보게 되겠지."

여전히 똑같은 결론이다. 나는 구태여 삼촌의 말에 이의를 제기하지 않았다. 삼촌은 내 침묵을 동의로 받아들였고, 밧줄타기가 다시 시작되었다.

세 시간이 지나도 여전히 바닥은 보이지 않았다. 위를 쳐다보면 입구가 보였지만, 그것은 순식간에 작아지고 있었다. 동굴이 점점 좁아지고 있는 것 같았고, 게다가 동굴 속은 서서히 어두워지고 있었다.

우리는 아직도 계속 내려가고 있었다. 벽에서 떨어져 나온 돌멩이는 전보다 둔탁한 반향음을 내면서 어둠 속에 삼켜지는 것 같았다. 그렇다면 전보다 훨씬 빨리 심연 바닥에 도착하고 있는 것이 분명했다.

나는 밧줄 조작을 머리에 세심히 새겨놓았기 때문에 이제까지 내려온 거리와 걸린 시간을 정확히 계산할 수 있었다.

우리는 밧줄을 열네 번 사용했고, 시간은 매번 30분씩 걸렸다. 따라서 밧줄을 타는 데에만 일곱 시간이 걸렸고, 그때마다 15분씩 쉬었으니까 휴식시간 세 시간 반을 더하면 통틀어 열 시간 반이 지났다. 우리는 오후 1시에 출발했으니까 지금은 11시 30분쯤 되었을 것이다.

지금까지 내려온 거리는 60미터에 14를 곱하면 840미터다.

바로 그때 한스의 목소리가 들렸다.

"정지!"

나는 내 발이 삼촌의 머리와 충돌하기 직전에 간신히 멈추었다.

"도착했다." 삼촌이 말했다.

"어디에요?" 나는 삼촌 옆으로 미끄러져 내려가면서 물었다.

"수직굴 바닥에."

"그럼 다른 출구는 없나요?"

"있어. 오른쪽으로 비스듬히 뻗어 있는 통로 같은 게 보여. 내일은 저 통로를 살펴보기로 하고, 지금은 식사를 하고 잠을 좀 자두자."

아직도 완전히 캄캄하지는 않았다. 우리는 식량 자루를 열어서 식사를 하고 드러누웠다. 각자 암석 조각으로 편안한 잠자리를 만들려고 최선을 다했다.

나는 반듯이 누워서 눈을 떴다. 거대한 망원경으로 변한 900미터 길이의 경통(鏡筒) 끝에 환한 물체가 보였다.

그것은 별이었지만, 전혀 깜박거리지 않았다. 짐작컨대 그것은 작은곰자리의 베타별이었다.

나는 곧 깊은 잠 속으로 빠져들었다.

18

해발 3000미터 깊이

아침 8시, 한 줄기 햇살이 들어와 우리를 깨웠다. 위에서 내려온 햇살은 벽에 붙은 바위에 부딪쳐 불꽃처럼 사방으로 흩뿌려졌다.

이 빛 덕분에 우리는 주위의 물체를 분간할 수 있었다.

"악셀, 기분이 어떠냐?" 삼촌이 두 손을 맞비비면서 외쳤다. "쾨니히 가의 우리 집에서 이보다 평화로운 밤을 보낸 적이 있니? 짐마차 소리도 안 들리고, 시장에서 외쳐대는 장사꾼들 소리도 안 들리고, 뱃사공들의 고함소리도 안 들리고……."

"이 우물 바닥이 조용하다는 건 인정하지만, 너무 조용해서 오히려 겁이 나는데요."

"아니, 벌써부터 겁이 나면 나중에는 어떡하려고 그래? 우리는 지금 지구의 내장 속으로 한 발짝도 들어오지 않았어!"

"그게 무슨 뜻입니까?"

"이제 겨우 지표면에 도착했다는 뜻이야. 스네펠스 분화구에서 내려온 이 수직굴은 이제야 겨우 해수면과 같은 높이에서 끝났어."

"그게 확실합니까?"

"물론이지. 기압계를 봐."

기압계의 수은주는 우리가 밑으로 내려올수록 점점 올라가서 지금은 760밀리미터 높이에 멈춰 있었다.

"봤지? 기압은 아직 1기압이야. 더 깊이 내려가면 기압계 대신 압력계를 사용하게 될 거야."

공기의 무게가 해수면에서 측정한 기압보다 커지면 기압계는 쓸모가 없어질 것이다.

"하지만 기압이 계속 올라가면 불쾌해지지 않을까요?"

"그렇지 않아. 우리는 천천히 내려갈 것이고, 그러면 우리 허파는 더 압축된 공기를 빨아들이는 데 익숙해질 테니까. 기구를 타는 사람들은 최고 높이까지 올라가면 결국 공기가 부족해지지만, 우리는 반대로 공기가 너무 많아서 곤란할 수도 있어. 하지만 모자란 것보다야 많은 게 좋지. 시간 낭비는 그만 하고⋯⋯ 우리보다 먼저 내려온 짐꾸러미는 어디 있지?"

그제야 나는 어제 저녁에 짐꾸러미를 찾아보았지만 결국 찾지 못한 것을 기억해냈다. 삼촌이 한스에게 물어보자, 한스는 사냥꾼의 눈으로 사방을 주의 깊게 살피고 나서 대답했다.

"데르 후페!"

"저 위에 있대."

정말로 우리 머리보다 30미터 위쪽에 툭 튀어나온 바위에 짐꾸러미가 걸려 있었다. 민첩한 사냥꾼은 당장 고양이처럼 바위를 타고 올라갔다. 잠시 후 꾸러미는 우리 옆으로 떨어졌다.

"자, 이제 아침을 먹어야지. 긴 여행을 앞두고 있으니만큼, 아침을 든든히 먹어야 해."

말린 고기와 건빵을 물에 탄 진과 함께 목구멍으로 넘겼다.

식사가 끝나자 삼촌은 주머니에서 관찰 노트를 꺼냈다. 그러고는 다양한 기구를 차례로 점검하고, 노트에 날짜를 적어넣었다.

6월 29일 월요일
시각: 오전 8시 17분
기압: 775밀리
기온: 6도
방위: 동남동

방위는 나침반에 표시된 어두운 통로의 방향을 가리킨 것이었다.

"악셀!" 삼촌이 열띤 음성으로 외쳤다. "우리는 이제 지구의 내장 속으로 들어가는 거야. 이제야말로 우리 여행이 정말로 시작되는 순간이란 말이다."

이렇게 말하면서 삼촌은 목에 걸고 있던 룸코르프 램프를 한 손으로 잡았다. 그리고 다른 손으로는 램프의 필라멘트에 전류를 연결했다. 그러자 밝은 빛이 동굴에서 어둠을 몰아냈다.

한스가 두 번째 램프를 들었다. 전기를 독창적으로 이용한 이 램프 덕에 우리는 인화성이 강한 기체 속에서도 오랫동안 인공 광선 속을 걸어갈 수 있었다.

"출발!" 삼촌이 외쳤다.

우리는 저마다 짐꾸러미를 집어들었다. 한스는 밧줄과 옷가지 꾸러미를 발로 밀면서 나아갔고, 나는 맨 뒤에서 통로로 들어섰다.

나는 어두운 통로로 들어서기 직전에 고개를 들어, 긴 경통을 통해 '내가 두 번 다시 보지 못할' 아이슬란드의 하늘을 마지막으로 쳐다보았다.

스네펠스가 1229년에 마지막으로 분화했을 때 용암이 이 동굴을 뚫었다. 동굴 안은 번쩍이는 용암으로 두껍게 덮여 있었다. 이제 전깃불이 거기에 반사되자 용암층은 백 배나 더 밝아졌다.

유일한 어려움은 45도 각도의 가파른 비탈을 너무 빨리 미끄러지지 않도록 조심하는 일이었다. 다행히 움푹 파인 부분과 바닥에 생긴 기포가 발판 역할을 해주었기 때문에, 우리가 할 일은 긴 밧줄에 묶은 꾸러미를 천천히 미끄러뜨리는 것뿐이었다.

하지만 우리 발 밑에서 발판 역할을 맡은 것이 어떤 곳에서는 종유석이 되었다. 구멍이 숭숭 뚫린 용암이 작고 둥근 공으로 덮여 있었다. 맑은 유리 구슬로 장식된 불투명한 석영 결정이 샹들리에처럼 둥근 천장에 매달려, 우리가 지나가면 불이 켜진 것처럼 밝게 빛났다. 지하 세계의 요정들이 지상에서 내려온 손님들을 환영하려고 자기네 궁전에 불을 밝히고 있는 것 같았다.

"야, 굉장하군!" 나는 무심코 소리쳤다. "삼촌, 정말 멋진 광경이에요! 용암 색깔이 적갈색에서 주황색으로 연속적으로 변하는 걸 보세요. 그리고 이 수정들은 꼭 빛을 내는 공처럼 보여요!"

"이제야 납득한 모양이구나, 악셀! 그러니까 너도 감탄하고 있는 거지? 앞으로도 많은 걸 보게 될 거다. 자, 가자!"

삼촌은 '가자'가 아니라 '미끄러지자'고 말해야 했을 것이다.

이렇게 경사진 비탈에서는 구태여 몸을 부리지 않아도 저절로 나아갈 수 있었기 때문이다. 나는 몇 번이나 나침반을 보았는데, 지침은 정확하게 남동쪽을 가리키고 있었다. 그러니까 용암류는 어느 쪽으로도 방향을 돌리지 않고 고집스럽게 일직선으로 흐른 것이다.

한편 기온은 눈에 띄게 따뜻해지고 있지 않았다. 이것은 데이비의 이론을 뒷받침해주었다. 나는 여러 번 온도계를 보면서 놀라곤 했다. 출발한 지 두 시간 뒤에도 온도계는 여전히 10도를 가리키고 있었다. 기온이 4도밖에 올라가지 않은 셈이다. 그래서 나는 우리의 여행이 수직 여행이라기보다 오히려 수평 여행이라고 생각하게 되었다. 우리가 얼마나 깊은 곳까지 내려왔는지는 쉽게 알 수 있었다. 삼촌은 우리가 지나온 길의 수직 각도와 수평 각도를 정확히 쟀지만, 그 결과는 삼촌 혼자만 알고 있었다.

저녁 8시쯤 삼촌이 정지 신호를 보냈다. 한스는 당장 바닥에 주저앉았다. 램프는 불쑥 튀어나온 바윗돌에 걸어두었다. 그곳은 일종의 동굴이었지만, 공기는 결코 부족하지 않았다. 공기가 부족하기는커녕 바람이 불어오는 것이 느껴졌다. 무엇이 바람을 일으키고 있을까? 공기가 어떻게 움직이기에 바람이 나올까? 그때는 이런 의문을 푸는 데 별로 흥미가 없었다. 배고프고 피곤해서 다른 생각은 아무것도 할 수가 없었다. 일곱 시간이나 쉬지 않고 내려오면 체력이 바닥나는 것도 당연하다. 나는 기진맥진했고, '정지'라는 말을 들었을 때는 뛸 듯이 기뻤다. 한스가 바윗돌 위에 먹을 것을 몇 가지 벌여놓았다. 우리는 남김없이 먹어치웠다. 하지만 나에게는 한 가지 걱정거리가 있었다. 가져온

램프는 불쑥 튀어나온 바윗돌에 걸어두었다

물을 벌써 절반이나 마셔버렸다. 삼촌은 지하 샘에서 물을 보급할 계획이었지만, 지금까지는 샘을 하나도 만나지 못했다. 나는 삼촌에게 그 이야기를 하지 않을 수 없었다.

"물줄기가 없는 게 놀라우냐?"

"놀랍고 걱정이 돼요. 물이 닷새 치밖에 안 남았는걸요."

"걱정 마라. 물을 '반드시' 찾게 될 테니까. 충분히 쓰고도 남을 만큼."

"언제요?"

"용암층을 벗어나면 물이 있을 거야. 샘이 어떻게 이 두꺼운 벽을 뚫을 수 있겠니?"

"하지만 용암류는 아주 깊은 곳까지 계속될지도 몰라요. 그리고 수직 방향으로는 아직 그렇게 깊이까지 내려온 것 같지 않아요."

"왜 그렇게 생각하지?"

"지각 속으로 깊이 내려왔다면 지금보다 훨씬 더울 테니까요."

"네 이론에 따르면 그렇지. 온도계는 몇 도냐?"

"겨우 15도예요. 출발했을 때보다 9도밖에 올라가지 않았어요."

"그래서 네 결론은 뭐지?"

"제 결론은 이렇습니다. 정밀한 관측에 따르면, 땅 속으로 30미터 내려갈 때마다 온도가 1도씩 올라가는 것으로 알려져 있습니다. 하지만 현지의 조건 때문에 수치가 달라질 수도 있지요. 예컨대 시베리아의 야쿠츠크*에서는 11미터에 1도씩 올라

---

* 야쿠츠크: 오늘날 러시아 연방 야쿠티야 공화국의 수도 월평균 기온이 세계에서 가장 낮은 도시로 꼽힌다(1월 평균 기온=영하 42도).

가는 것으로 관측되었어요. 그 차이는 암석의 열전도율에 달려 있는 게 분명합니다. 사화산 부근에서는 편마암 때문에 38미터에 1도씩밖에 올라가지 않아요. 그러니까 우리 경우에 가장 부합하는 마지막 가설을 채택해서 계산해보면……."

"그래, 계산해봐."

"그거야 어린애 장난이죠." 나는 공책에 숫자를 적으면서 말했다. "38 곱하기 9는 342."

"그래."

"그런데요?"

"그런데 내 관측에 따르면 우리는 지금 해발 3000미터 깊이에 와 있어."

"그게 정말입니까?"

"그래. 그렇지 않다면 숫자는 더 이상 숫자가 아니지!"

삼촌의 계산은 정확했다. 우리는 인간이 도달한 가장 깊은 곳, 예를 들면 티롤의 키츠뷔헬이나 보헤미아의 부템베르크에 있는 광산보다 무려 1800미터나 더 깊이 내려온 것이다.

이 깊이에서는 온도가 81도가 되어야 하는데, 실제로는 겨우 15도였다. 이것은 생각해볼 문제였다.

19

물이 없다

이튿날인 6월 30일 화요일, 아침 7시에 여행이 다시 시작되었다.

우리는 아직도 용암 동굴을 따라가고 있었다. 완만하게 기울어진 그 천연 경사로를 따라 내려가다가, 정확히 12시 17분에 우리는 방금 걸음을 멈춘 한스를 따라잡았다.

"아아, 드디어 바닥에 도착했다." 삼촌이 외쳤다.

나는 주위를 둘러보았다. 그곳은 갈림목이었다. 좁고 어두운 두 갈래 길이 앞으로 뻗어 있었다. 어느 길을 택할 것이냐? 그것이 문제였다.

하지만 삼촌은 나나 안내인 앞에서 망설이는 기색을 보이고 싶어하지 않았다. 그래서 거침없이 오른쪽 길을 가리켰고, 우리 세 사람은 곧 그 통로로 들어섰다.

하기야 어느 길을 택할 것인가를 놓고 이리저리 따지다 보면 끝이 없었을 것이다. 선택을 좌우할 수 있는 단서가 전혀 없었기 때문이다. 모든 것을 운에 맡길 수밖에 없었다.

새로 잡은 통로는 기울기가 아주 완만했고, 단면은 아주 다채로웠다. 때로는 길게 이어진 아치가 고딕 성당의 회랑처럼 우리 앞에 펼쳐졌다. 중세 예술가들이 이곳에 들어와서 보았다면, 홍예 들보가 만들어내는 종교 건축의 모든 형태를 쉽게 배울 수 있었을 것이다. 1마일쯤 나아가자 고대 로마 양식의 낮은 반원형 아치가 나타났다. 바위의 일부를 이루고 있는 굵은 기둥들이 둥근 천장에 눌려 구부러져 있었다. 아치가 너무 낮아서 우리는 고개를 숙이고 지나가야 했다. 어떤 곳에서는 비버가 지은 댐처럼 보이는 낮은 구조물이 나타나, 좁은 창자 속을 엉금엉금 기어서 빠져나가기도 했다.

온도는 그런대로 견딜 만한 높이에 머물러 있었다. 지금은 이렇게 평화로운 이 길을 스네펠스가 토해낸 용암이 홍수처럼 지나갔을 때는 열기가 얼마나 지독했을까. 나는 동굴 모퉁이에 지나간 자국을 남겨놓은 불의 강을 상상해보았다. 과열된 증기가 사방이 막힌 이 공간을 가득 채운 광경도 머리에 떠올랐다.

'이 늙은 화산이 노망난 노인네 같은 변덕에 또다시 굴복하여 심술을 부리지나 말았으면!'

이런 걱정을 삼촌에게는 뻥끗도 하지 않았다. 말해봤자 삼촌은 이해하지 못했을 것이다. 삼촌의 머리를 채우고 있는 생각은 앞으로 나아가는 것뿐이었다. 삼촌은 걷고, 미끄러지고, 데굴데굴 구르기까지 했다. 삼촌의 확신은 탄복할 정도였다.

저녁 6시까지 비교적 수월한 행군이 계속되었다. 하루 사이에 남쪽 방향으로 8킬로미터를 왔지만, 밑으로는 400미터밖에 내려오지 않았다.

길게 이어진 아치가 우리 앞에 펼쳐졌다

삼촌이 정지 신호를 보냈다. 우리는 별로 말을 나누지 않고 저녁을 먹은 다음, 별로 많이 생각하지 않고 잠자리에 들었다.

잠자리 준비는 간단했다. 몸에 둘둘 감은 여행용 담요가 유일한 이부자리였다. 추위를 걱정할 필요도 없었고, 달갑잖은 손님을 두려워할 필요도 없었다. 아프리카 사막이나 신세계의 울창한 숲속으로 들어가는 여행자들은 잠을 자는 동안에도 교대로 불침번을 서야 한다. 하지만 이곳은 바깥 세상과 동떨어진 외딴 곳이고, 더할 나위 없이 안전했다. 야만인이나 들짐승 같은 위험한 족속을 겁낼 필요가 전혀 없었다.

아침에 우리는 상쾌한 기분으로 눈을 떴다. 새로운 활력이 솟아났다. 우리는 다시 길을 떠났다. 오늘도 어제와 마찬가지로 용암 동굴을 따라갔다. 우리가 어떤 지층을 통과하고 있는지는 알 수 없었다. 동굴은 지구의 창자로 내려가는 대신, 점점 기울기가 낮아지고 있었다. 이러다가 지구 표면으로 되돌아가게 되지나 않을까 하는 생각마저 들었다. 오전 10시쯤 그런 경향이 더욱 뚜렷해졌고 그래서 몹시 피곤해졌기 때문에 나는 속도를 늦출 수밖에 없었다.

"왜 그러냐, 악셀?" 삼촌이 조바심을 내며 물었다.

"완전히 녹초가 됐어요."

"뭐라고? 이렇게 편한 길을 겨우 세 시간 어슬렁어슬렁 걸었는데 벌써 녹초가 되다니!"

"길이 편한지는 모르지만, 사람을 몹시 지치게 하는 것도 사실이에요."

"내려가기만 하면 되는데 뭐가 피곤해?"

"미안하지만, 지금은 내려가는 게 아니라 올라가고 있는데요."

"올라간다고?" 삼촌은 어깨를 으쓱하며 되물었다.

"그럼요. 30분 전부터 기울기가 달라졌어요. 이 길을 따라가면 틀림없이 아이슬란드 땅으로 되돌아가게 될 겁니다."

삼촌은 허튼소리 말라는 투로 고개를 저었다. 나는 대화를 계속하려고 애썼지만 삼촌은 대꾸도 하지 않고 출발 신호를 보냈다. 삼촌의 침묵은 기분이 몹시 언짢은 증거라는 것을 나는 분명히 알 수 있었다.

그래도 나는 씩씩하게 짐을 집어들고, 삼촌을 뒤따르고 있는 한스를 서둘러 따라갔다. 일행을 놓칠까봐 겁이 났기 때문에 뒤에 혼자 떨어지고 싶지 않았다. 깊은 땅 속 미로에서 길을 잃는다는 것은 생각만 해도 오싹했다.

어쨌든 오르막길이 점점 힘들어지고 있다면 지표면 쪽으로 점점 가까이 올라가고 있다는 뜻이니까, 그것으로 위안을 삼을 수 있었다. 그것은 희망이었다. 걸음을 내디딜 때마다 그 희망도 강해졌다. 귀여운 그라우벤을 다시 볼 수 있다고 생각하자 가슴이 두근거렸다.

정오에 동굴 벽의 모양이 바뀌었다. 나는 벽에 반사되는 전깃불이 희미해지는 것을 보고 이것을 알아차렸다. 벽을 뒤덮고 있던 용암층이 노출된 바위로 바뀌었다. 암반을 이루고 있는 지층은 비스듬히 기울어져 있었지만, 사실상 완전히 수직인 곳도 많았다. 우리는 고생대의 한복판에, 다시 말해서 실루리아기* 지층 속에 들어와 있었다.

"틀림없어!" 나는 속으로 외쳤다. "고생대에 해저 퇴적물이

---

* (원주) 이 시대의 암석이 옛날 켈트족의 일파인 실루리아인이 살았던 영국 웨일스 지방에 흔하기 때문에 (영국의 지질학자 R. I. 머치슨에 의해) 이런 이름이 붙었다.

이런 편암과 이런 석회암과 이런 사암을 만들었지! 우리는 화강암 지층을 등지고 거기서 멀어져가고 있어. 함부르크에서 북쪽의 뤼베크로 가려는 사람이 남쪽의 하노버로 가는 길을 걸어가고 있는 거나 마찬가지야."

이런 생각은 마음속에만 담아두고 입 밖에 내지 말았어야 했다. 하지만 내가 지니고 있는 지질학자의 기질이 조심성을 억누르고 말았다. 삼촌이 내 외침소리를 들었다.

"이번엔 또 무슨 일이냐?"

"이것 좀 보세요!" 나는 연속되어 있는 다양한 형태의 사암과 석회암, 그리고 처음 나타난 혈암 지층을 가리키면서 대답했다.

"그래서?"

"지금 우리가 있는 곳은 최초의 식물과 동물이 나타난 시대의 지층이라고요!"

"정말로 그렇게 생각하니?"

"하지만 보세요. 잘 조사하고 관찰해보시라고요!"

나는 억지로 삼촌에게 동굴 벽 여기저기를 램프로 비추게 했다. 그러면 삼촌도 놀라서 소리를 지를 줄 알았다. 그런데 삼촌은 한 마디도 하지 않고 가던 길을 계속 걸어갔다.

삼촌이 내 말을 못 알아들었나? 아니면 삼촌이자 과학자로서의 체면 때문에 동쪽 동굴을 택한 실수를 인정하고 싶지 않은 걸까? 아니면 이 통로를 끝까지 탐험하고 싶은 걸까? 어쨌든 우리가 그 옛날 용암이 택했던 길을 벗어난 것은 분명했고, 또한 이 길이 스네펠스 화산의 원천으로 이어질 리가 없다는 것도 분명했다.

하지만 내가 지층 변화를 지나치게 중시하고 있는 것은 아닐까? 내가 잘못 생각하고 있는 것은 아닐까? 우리가 지금 정말로 화강암 토대 위에 얹혀 있는 암석층을 가로지르고 있는 것일까?

내 생각이 옳다면 원시 식물의 흔적을 찾아낼 수 있을 것이다. 그러면 누구한테나 명백한 증거가 되겠지. 어디 한번 찾아보자.

백 걸음도 가기 전에 논란의 여지가 없는 명백한 증거가 바로 내 눈앞에 나타났다. 그것은 충분히 예상할 수 있는 일이었다. 실루리아기에는 바다에 1500종이 넘는 식물과 동물이 살고 있었기 때문이다. 딱딱한 용암 바닥에 익숙해진 내 발바닥이 갑자기 식물과 조개껍데기 파편으로 이루어진 먼지를 밟았다. 벽에는 바닷말과 양치식물의 윤곽이 또렷이 나타나 있었다. 이런 증거가 있으면 리덴브로크 교수도 더 이상 의심할 수 없을 것이다. 그런데 삼촌은 눈을 감아버렸는지, 여전히 꾸준한 걸음으로 계속 걸어가고 있었다.

아무리 완고하다 해도 이것은 도가 지나쳤다. 더 이상은 삼촌의 고집을 참을 수 없었다. 나는 완벽하게 보존된 껍데기 하나를 집어들었다. 오늘날의 쥐며느리와 비슷하게 생긴 동물의 껍데기였다. 나는 빠른 걸음으로 삼촌을 따라잡아 그것을 내밀었다.

"삼촌, 이것 좀 보세요!"

그러자 삼촌은 침착하게 대답했다.

"멸종된 삼엽충에 딸린 갑각류의 껍데기로군. 그것뿐이야."

"하지만 여기서 나오는 결론은……."

"어떤 결론을 내렸는데? 그래, 좋다. 우리는 화강암 지층을 벗어났어. 용암이 따라간 길도 벗어났고. 내가 실수했을 가능성도 있지. 하지만 이 통로를 끝까지 가보기 전에는 내 실수를 확신할 수 없어."

"그런 방침을 취하시는 것은 좋습니다. 우리가 위험에 빠지지 만 않는다면 저도 기꺼이 삼촌의 방침을 지지할 겁니다."

"무슨 위험?"

"물이 다 떨어져가고 있어요."

"좋아. 그럼 물을 배급하기로 하자."

20

탄생 탐험

물 배급은 정말로 긴요했다. 그날 저녁을 먹을 때, 나는 물이 사흘 치밖에 안 남은 것을 알았다. 게다가 지각 변동이 심했던 고생대 지층에서는 샘을 만날 가능성도 거의 없었다. 앞날이 캄캄했다.

이튿날은 온종일 아치 모양의 동굴을 걸었다. 아치가 우리 앞에 끝없이 늘어서 있었다. 우리는 거의 한 마디도 하지 않고 묵묵히 걸음만 옮겼다. 한스의 침묵이 우리한테까지 전염된 꼴이었다.

길은 오르막이 아니었다. 적어도 뚜렷한 오르막길은 아니었다. 때로는 아래로 내려가고 있는 것처럼 여겨지기까지 했다. 하지만 내리막이라 해도 기울기가 완만했고, 지층의 성질이 변하기는커녕 고생대 지층이라는 증거가 점점 뚜렷해졌기 때문에 삼촌도 안심할 수는 없었을 것이다.

전깃불은 벽면의 편암과 석회암과 사암에 반사하여 아름다운 불꽃을 냈다. 이런 종류의 지층이 형성된 시기를 데본기라고 부르는데, 그 이름이 유래된 영국 데번 지방의 구덩이 속에 들어와 있는 기분이었다.

훌륭한 대리석 표본이 벽을 뒤덮고 있었다. 곳곳에 하얀 줄무늬가 떠오른 회색 줄마노도 있었고, 빨간 반점이 박힌 진홍색이나 주황색 대리석도 있었다. 계속 앞으로 나아가자 짙은 색깔의 얼룩무늬 대리석이 나타났다. 그 속에 섞여 있는 석회암이 대리석의 화려한 색깔을 더욱 돋보이게 해주었다.

대부분의 대리석에는 원시 동물의 윤곽이 나타나 있었다. 어제부터 화석이 진화의 징후를 뚜렷이 나타내기 시작했다. 나는 원시적인 삼엽충 대신에 좀더 완전한 동물의 증거를 발견했다. 그 중에서도 가장 눈에 띄는 것은 경린어류(硬鱗魚類)와 기룡류(鰭龍類)였다. 고생물학자들은 이 기룡류 화석에서 파충류의 초기 형태를 발견했다. 데본기의 바다에는 이 종류의 동물이 많이 살고 있어서, 새로 형성된 암석에 무수히 침전되었다.

우리가 동물계의 진화 사다리를 다시 올라가고 있는 것은 이제 분명해졌다. 그 사다리의 꼭대기를 차지하고 있는 것은 우리 인간이다. 하지만 리덴브로크 교수는 여기에 주의를 기울이는 것 같지 않았다.

삼촌은 두 가지 가운데 하나를 기대하고 있었다. 하나는 수직굴이 나타나 다시 아래로 내려갈 수 있게 되는 것, 또 하나는 장애물에 부닥쳐 더 이상 앞으로 나아갈 수 없게 되는 것. 그러나 저녁이 되어도 삼촌이 기대하는 일은 어느 것도 일어나지 않았다.

밤부터 나는 갈증에 시달리기 시작했다. 그렇게 괴로운 하룻

밤을 보내고, 금요일 아침에 우리는 다시 동굴의 미로 속으로 뛰어들었다.

열 시간을 행군한 뒤, 나는 동굴 벽에 반사되는 램프 불빛이 상당히 희미해지고 있는 것을 알아차렸다. 지금까지 동굴 벽을 이루고 있던 대리석·편암·석회암·사암이 어떤 불빛도 반사하지 않는 검은 빛깔의 물질에 자리를 내주고 있었다. 유난히 좁은 곳을 통과할 때 나는 왼쪽 벽을 손으로 짚어보았다.

그리고 손을 떼어보니 손이 온통 새까맸다. 나는 손바닥을 좀 더 자세히 들여다보았다. 그것은 석탄이었다. 우리는 석탄층에 들어와 있었던 것이다.

"탄광이다!" 나는 소리를 질렀다.

"광부가 없는 탄광이야." 삼촌이 맞받았다.

"그걸 누가 알아요?"

"내가 알지. 그리고 석탄층을 지나고 있는 이 동굴은 인간이 만든 게 아니야. 하지만 자연의 조화든 아니든, 그런 것은 아무래도 좋아. 저녁 먹을 시간이니까 저녁이나 먹자."

한스가 음식을 준비했다. 나는 거의 아무것도 먹지 못하고 나한테 배급된 물을 몇 방울 마셨을 뿐이다. 우리 세 사람에게 남은 물은 안내인의 물병에 반쯤 들어 있는 것뿐이었다.

식사가 끝난 뒤 한스와 삼촌은 담요 위에 길게 드러누워 잠으로 피로를 씻었다. 나는 잠을 이루지 못한 채 아침까지 시간이 가기만 기다렸다.

우리는 토요일 아침 6시에 다시 출발했다. 20분 뒤에 우리는 거대한 구덩이에 도착했다. 이 탄갱을 판 것은 결코 사람일 리가 없다는 것을 알아차렸다. 사람이 팠다면 반드시 갱목을 세워서

"탄광이다!" 나는 소리를 질렀다

천장을 떠받쳤을 것이다. 그런데 이곳의 천장은 문자 그대로 기적적인 균형에만 의지하고 있었다.

이 동굴 같은 공간은 너비가 30미터, 높이가 45미터였다. 지반은 지각 변동으로 난폭하게 밀려났다. 단단한 지층이 강한 힘을 받으면서 단층이 생기고, 그게 다시 넓게 갈라져서 이 텅 빈 공간이 생겨난 것이다. 지구의 생물은 이제껏 한 번도 그 공간으로 뚫고 들어가지 못했다.

이 검은 벽에는 석탄기의 역사가 완전하게 적혀 있어서, 지질학자라면 단계적으로 이어지는 그 과정을 쉽게 읽을 수 있을 것이다. 석탄층 사이에는 위쪽 지층에 짓눌려 짜부라진 것처럼 단단하게 굳은 점토나 사암이 끼여 있었다.

중생대보다 앞선 이 지질시대에 지구는 열대처럼 덥고 습도가 높아서, 그 열기와 습기를 이용하는 수많은 식물로 뒤덮여 있었다. 수증기가 지구 전체를 감싸, 햇빛이 지구에 닿는 것을 차단하고 있었다.

따라서 지구의 높은 기온은 새로운 열의 원천인 태양에서 비롯되었을 리가 없다는 결론이 나온다. 아마 태양도 그런 훌륭한 역할을 맡을 준비가 되어 있지 않았을 것이다. 하지만 어쨌든 '한대'나 '온대'나 '열대' 따위는 아직 존재하지 않았고, 타는 듯이 뜨거운 열기가 지표면 전체에 퍼져 있었다. 적도만이 아니라 극지방도 마찬가지였다. 도대체 그 열은 어디에서 왔을까. 바로 지구의 내부에서 왔다.

리덴브로크 교수의 이론과는 반대로, 빙글빙글 도는 타원형의 지구 속에는 맹렬한 불이 숨어 있었다. 지각의 가장 바깥에 있는 지층에서도 그 불의 영향을 느낄 수 있었다. 생명을 주는 햇빛을 차단당한 식물은 꽃을 피우지도 못했고 향기도 없었지만, 식물의 뿌리는 태초의 불타는 흙에서 활기찬 생명력을 얻었다.

당시 지구에는 나무가 거의 없고, 초본식물과 드넓은 풀밭, 고사리와 봉인목·노목 같은 양치식물뿐이었다. 봉인목과 노목은 당시에도 수천 그루밖에 없었던 희귀종이었다.

석탄을 만들어낸 것은 지구에 무성했던 이 식물이다. 아직 탄력성이 있었던 지각은 내부에 들어 있는 유동체의 움직임에 따라 함께 움직였다. 그래서 걸핏하면 갈라지고 가라앉았다. 가라앉는 땅과 함께 물 속으로 끌려 들어간 식물은 차츰 쌓여서 거대한 퇴적물을 이루었다.

다음에는 자연의 화학작용이 일어났다. 해저에 쌓인 식물 더미는 우선 토탄이 되었다. 이어서 기체의 영향과 발효열 때문에 토탄이 완전한 광물질로 변하는 광화작용이 일어났다.

이런 식으로 거대한 석탄층이 형성되었다. 하지만 산업화한 나라들이 조심하지 않으면, 이 거대한 석탄층은 3백 년도 지나기 전에 과소비로 고갈될 것이다.

지구의 이 부분에 저장되어 있는 풍부한 석탄을 바라보는 동안 그런 생각이 내 머리를 스쳤다. 이 풍부한 석탄은 아마 영원히 개발되지 않을 것이다. 지표면에서 멀리 떨어져 있는 이런 탄광을 발굴하려면 엄청난 노력이 필요할 것이다. 게다가 많은 나라에서는 지표면 부근에 석탄이 널려 있는데, 굳이 지하 깊은 곳에 있는 석탄을 힘들게 파낼 필요가 어디 있겠는가? 따라서 아무도 손대지 않은 이 지층은 지구의 마지막 순간까지 지금 그대로 고스란히 남아 있을 것이다.

이런 생각을 하고 있는 동안에도 우리는 계속 걷고 있었다. 우리 세 사람 가운데 길이 얼마나 먼지를 잊어버린 사람은 지질학적 고찰에 몰두해 있던 나뿐이었다. 기온은 용암과 편암 지층을 통과할 때와 거의 마찬가지였다. 그런데 내 코는 지독한 탄화수소 냄새에 시달리고 있었다. 이 동굴에는 광부들이 폭발성 가스라고 부르는 위험한 기체가 가득 차 있다는 것을 나는 당장 알아차렸다. 탄광에서 이 기체가 폭발하여 끔찍한 재난을 초래한 경우가 많았다.

다행히 우리는 독창적인 룸코르프 램프를 사용하고 있었다. 불행히도 횃불을 들고 이 동굴을 탐험했다면 무시무시한 폭발이 일어나 횃불을 들고 있던 사람들을 죽였을 테고, 그것으로 여행도 막을 내렸을 것이다.

탄갱 산책은 저녁때까지 계속되었다. 길이 계속 수평을 유지하자 삼촌은 초조감을 억누르지 못했다. 스무 걸음 앞도 보이지 않을 만큼 어두워서, 동굴이 어디까지 이어져 있는지 어림하기도 어려웠다. 이 동굴은 끝없이 이어져 있는 게 분명하다는 생각이 들기 시작했다. 그런데 오후 6시에 느닷없이 벽이 앞을 가로막았다. 왼쪽에도 오른쪽에도, 위에도 아래에도 빠져나갈 길은 전혀 없었다. 막장 끝에 도달한 것이다.

"오히려 잘됐어." 삼촌이 소리쳤다. "적어도 뭐가 잘못됐는지는 알 수 있으니까. 이건 사크누셈이 택했던 길이 아니야. 왔던 길을 되짚어가는 수밖에 없어. 여기서 하룻밤 쉬기로 하자. 사흘 뒤에는 동굴이 둘로 갈라진 지점으로 돌아갈 수 있을 거야."

"우리한테 힘이 남아 있다면 그렇겠죠."

"힘이 왜 없어?"

"내일이면 물이 바닥날 테니까요!"

"그리고 용기도 바닥날 테니까?" 삼촌은 엄격한 눈으로 나를 노려보면서 물었다.

나는 굳이 대답하지 않았다.

21

갈증

이튿날 우리는 아주 일찍 출발했다. 서둘러야 했기 때문이다. 갈림목에서 여기까지 오는 데 닷새가 걸렸다.

갈림목으로 되돌아가는 동안 겪은 고통에 대해서는 자세히 말하지 않겠다. 삼촌은 기력이 점점 떨어지는 것을 느끼고 분통을 터뜨렸다. 그리고 그 분노로 고통을 견뎌냈다. 평화로운 성격을 타고난 한스는 운명을 감수하는 태도로 고통을 견뎌냈다. 나는 불평과 절망으로 고통을 견뎌냈다. 그냥 싱긋 웃으면서 고통을 참을 수는 없었기 때문이다.

예상했던 대로 하루 만에 물이 바닥났다. 남은 액체는 진뿐이었지만, 이 악마적인 음료는 목구멍을 바싹 태웠기 때문에 나는 그것을 쳐다보는 것조차 참을 수가 없었다. 열기 때문에 숨이 막혔다. 너무 지쳐서 꼼짝할 수가 없었다. 현기증이 나서 쓰러질 뻔한 적이 한두 번이 아니었다. 그럴 때마다 나는 멈추라고 소리쳤고, 그러면 삼촌이나 한스는 내 기운을 북돋워주려고 애썼다.

하지만 삼촌도 이미 극심한 피로와 탈수증에 시달리고 있다는 것을 알 수 있었다.

7월 7일 화요일, 마침내 우리는 초주검이 다된 채 엉금엉금 기어서 갈림목에 도착했다. 나는 생명이 없는 살덩어리처럼 용암 바닥에 길게 뻗어버렸다. 아침 10시였다.

한스와 삼촌은 벽에 기대앉아 건빵을 먹으려고 애썼다. 부르튼 내 입술에서 긴 신음소리가 새어나왔다. 이어서 나는 깊은 혼수 상태로 빠져들었다.

얼마나 시간이 지났을까. 삼촌이 다가와서 두 팔로 나를 안아 올렸다.

"가엾은 녀석!" 삼촌이 중얼거렸다. 진정으로 나를 측은히 여기는 말투였다.

나는 완고하고 엄격한 삼촌의 그런 다정한 태도에 익숙지 않았기 때문에, 이 말에 가슴이 뭉클하여 삼촌의 떨리는 손을 움켜잡았다. 삼촌은 나한테 손을 내맡긴 채 가만히 나를 바라보았다. 삼촌의 눈은 촉촉이 젖어 있었다.

그때 나는 삼촌이 옆구리에 차고 있던 물병을 잡는 것을 보았다. 놀랍게도 삼촌은 그 물병을 내 입술에 대주었다.

"마시거라."

내가 제대로 들은 것일까? 삼촌이 미친 게 아닐까? 나는 얼빠진 표정으로 삼촌을 쳐다보았다. 삼촌의 말을 이해할 수가 없었다.

"어서 마셔." 삼촌이 다시 말했다.

그러고는 물병을 기울여, 그 안에 들어 있는 물을 내 입 속에 부어넣었다.

삼촌은 물병을 기울여, 물을 내 입 속에 부어넣었다

아아, 그 황홀감이란! 입 안을 가득 채운 물 한 모금이 입술과 혀를 적셨다. 딱 한 모금뿐이었지만, 내게서 살금살금 빠져나가고 있던 생기를 다시금 불러오기에는 충분했다.

나는 두 손을 모아 삼촌에게 감사했다.

"그래. 한 모금. 마지막 한 모금이야. 알겠니? 마지막 한 모금! 내 물병 바닥에 마지막 한 모금을 남겨두었지. 마시고 싶은 간절한 욕망을 수십 번, 아니 수백 번이나 물리치면서. 그 물은 절대 마실 수 없었어. 너를 위해 남겨둔 물이니까."

"삼촌!" 나는 목메인 소리로 속삭였다. 두 눈에 눈물이 가득 고였다.

"그래, 가엾은 악셀. 이 갈림목에 이르면 네가 초주검이 되어 쓰러지리라는 걸 알고 있었어. 그때 너를 되살리기 위해 마지막 한 모금을 남겨둔 거야."

"고맙습니다, 삼촌. 정말 고맙습니다!"

갈증은 거의 가시지 않았지만, 그래도 나는 얼마간 기력을 되찾을 수 있었다. 위축되었던 목근육이 느슨해지고, 부르튼 입술의 염증도 가라앉아 다시 말을 할 수 있게 되었다.

"이제 우리가 택해야 할 길은 하나뿐이에요. 물도 다 떨어졌으니까 땅 위로 돌아가야 합니다."

내가 말하는 동안 삼촌은 나를 외면했다. 고개를 숙인 채 나와 눈길이 마주치는 것을 피하고 있었다.

"스네펠스로 돌아가야 합니다. 분화구 정상까지 기어오를 수 있는 힘을 하느님이 주셨으면 좋겠군요."

"돌아간다고?" 삼촌이 말했다. 나보다 삼촌 자신에게 되묻는 것처럼 들렸다.

"예. 잠시도 시간을 낭비하지 말고 서둘러 돌아가는 겁니다."

긴 침묵이 흘렀다.

이윽고 삼촌이 묘한 말투로 입을 열었다.

"몇 방울이나마 그 물이 너에게 힘과 용기를 돌려줄 줄 알았는데, 그게 다 부질없는 기대였구나!"

"용기라고요?"

"너는 물을 마시기 전과 마찬가지로 절망에 빠져서 나약한 소리를 하고 있어."

삼촌은 도대체 어떤 사람일까? 삼촌의 대담한 정신은 또 어떤 계획을 꾸미고 있을까?

"아니, 그럼 삼촌은……?"

"포기하지 않을 거냐고? 물론이지! 모든 징후가 탐험이 성공할 수 있다는 것을 보여주고 있는데, 탐험을 포기해? 그건 절대 안 돼!"

"그럼 우리는 죽을 준비를 해야 하나요?"

"그렇지 않아! 원한다면 돌아가도 좋다. 나도 네가 죽는 건 바라지 않아! 한스도 너랑 함께 갈 거야. 나 혼자 남겨놓고 어서 가!"

"삼촌 혼자……?"

"어서 떠나라니까! 나는 이 여행을 시작했으니까 끝장도 보고 말 거야. 그러기 전에는 돌아가지 않아. 절대로! 어서 가, 악셀. 어서!"

삼촌은 몹시 흥분해 있었다. 잠시 부드러워졌던 목소리도 엄격하고 위협적인 음성으로 변했다. 삼촌은 불가능한 일에 필사적으로 맞서 싸우고 있었다. 나는 이 깊은 동굴 바닥에 삼촌을 혼자 남겨두고 싶지 않았다. 하지만 다른 관점에서는 자위 본능이 고개를 쳐들고 나더러 어서 달아나라고 부추겼다.

이 장면을 한스는 여느 때처럼 무심히 지켜보고만 있었다. 하지만 우리 사이에 무슨 일이 일어나고 있는지는 알아차렸다. 몸짓만으로도 우리가 서로를 다른 방향으로 끌고 가고 싶어한다는 것을 알 수 있었다. 그러나 한스는 제 목숨이 달려 있는 문제인데도 별로 관심이 없어 보였다. 주인이 떠나라면 떠나겠지만, 주인이 남아 있어주기를 원하면 기꺼이 남을 각오가 되어 있는 것 같았다.

한스와 말이 통할 수만 있다면 무엇이든 아낌없이 내주었을 것이다! 한스에게 말할 수만 있다면, 합리적인 이유와 진지한 말투로 그를 설득하여 내 편으로 끌어들일 수 있을 텐데. 그 조용한 안내인은 우리가 어떤 위험에 빠져 있는지도 알아차리지 못하는 것 같았다. 한스에게 말할 수만 있다면 그 위험을 가장 정확하고 분명하게 이해시킬 수 있을 텐데. 어쩌면 우리 둘이서 완고한 삼촌을 설득할 수도 있을지 모른다. 필요하다면 삼촌을 강제로 끌고서라도 스네펠스 산으로 돌아갈 수 있을 것이다.

나는 한스에게 다가가서 그의 손을 잡았다. 한스는 꼼짝도 하지 않았다. 나는 분화구로 올라가는 길을 가리켰다. 한스는 여전히 꼼짝도 하지 않았다. 헐떡거리는 내 얼굴에는 내 고통이 고스란히 드러나 있었다. 아이슬란드인은 조용히 고개를 젓고는 차분하게 삼촌을 가리켰다.

"마스테르." 한스가 아이슬란드어로 말했다.

"주인님? 바보같이! 아니야. 삼촌은 당신 목숨의 주인이 아니야! 우리는 달아나야 돼. 삼촌을 끌고 가야 돼! 알겠어? 알아들었냐고?"

나는 한스의 팔을 붙잡고 일으켜 세우려고 했다. 내가 한스와 씨름하고 있을 때 삼촌이 끼어들었다.

"악셀, 진정해라. 네가 무슨 짓을 해도 이 충직한 하인은 끄떡하지 않아. 그러니까 내 말을 들어봐."

나는 팔짱을 끼고 삼촌을 똑바로 쳐다보았다.

"우리의 목표 달성을 가로막는 걸림돌은 물이 없다는 것뿐이야. 용암과 편암과 석탄으로 이루어진 저 동쪽 동굴에서는 물 한 방울 찾지 못했지만, 서쪽 동굴에서는 운이 좋을지도 몰라."

나는 믿을 수 없다는 표정으로 고개를 저었다.

"끝까지 들어봐." 삼촌은 더 큰 소리로 말을 이었다. "네가 꼼짝 않고 누워 있는 동안 나는 서쪽 동굴의 상태를 조사해봤어. 서쪽 동굴은 지구의 내장으로 곧장 통해 있으니까 두어 시간이면 화강암층에 도달할 수 있을 거야. 거기에만 가면 얼마든지 샘을 만날 수 있어. 암석의 성질로 보아도 그렇고, 직관과 논리도 내 확신을 뒷받침하고 있어. 그래서 제의하겠는데, 하루만 더 참아다오. 콜럼버스가 사흘만 더 가면 육지에 도착할 수 있다고 말했을 때 선원들은 병들고 공포에 질려 있었지만 그 요구를 받아들였고, 그래서 콜럼버스는 결국 신세계를 발견할 수 있었어. 이 지하 세계의 콜럼버스인 나는 너에게 하루만 더 참아달라고 부탁한다. 하루가 지나도 물을 만나지 못하면 두말 않고 땅 위로 돌아가마."

나는 초조했지만, 삼촌이 권위와 체면을 내던지고 조카인 나한테 그처럼 간절히 부탁하는 데 감동했다.

"좋아요! 삼촌이 하고픈 대로 하세요. 삼촌의 그 초인적인 정력을 하느님이 알아주었으면 좋겠군요. 시간이 얼마 남지 않았으니까, 운을 시험하려면 서둘러야 돼요. 어서 가요, 삼촌!"

22

다 끝났다!

우리는 다시 출발하여, 이번에는 다른 동굴로 들어갔다. 여느 때처럼 한스가 앞장섰다. 백 걸음도 가기 전에 삼촌이 벽을 램프로 비추면서 소리쳤다.

"이건 원생대 지층이야. 옳거니! 제대로 들어왔어. 자, 어서 가자!"

태초에 지구가 서서히 식으면서 부피가 줄어들자 지각이 터지고 깨지고 오그라들고 갈라졌다. 우리가 지금 들어와 있는 통로는 그런 종류의 균열이었다. 이 틈새를 통해 액체 상태의 화강암이 밖으로 쏟아져 나간 것이다. 액체 상태의 화강암이 뚫고 지나간 수천 개의 통로는 원시의 땅 속에 믿기 어려운 미로를 만들어놓았다.

아래로 내려갈수록 원생대 지층을 이루는 암석층이 점점 분명해졌다. 지질학은 원생대 지층을 광물성 지각의 토대로 생각하고, 그것을 세 개의 층으로 나누었다. 화강암이라고 부르는 반석 같은 암석 위에 편암과 편마암과 운모편암이 층층이 놓여 있다는 것이다.

광물학자가 자연을 현장에서 연구하는 데 이보다 더 완벽한 환경은 없었다. 드릴이라는 야만적이고 무식한 기계는 지구 내부의 조직을 지상으로 가져갈 수 없었다. 하지만 우리는 지금 그 조직을 눈으로 관찰하고 손으로 만져볼 수 있었다.

아름다운 초록빛을 띤 편암층에는 구리와 망간 같은 금속 광맥이 구불구불 이어져 있고, 백금과 금이 섞여 있는 흔적도 보였다. 지구의 내장 속에 감추어져 있는 보물, 탐욕스러운 인간이 결코 향유하지 못할 이 보물을 보았을 때 나는 꿈꾸듯 황홀해졌다. 태초의 지각 변동이 이 보물을 지하에 너무 깊이 파묻어버린 탓에, 곡괭이나 드릴로는 그것을 결코 파내지 못할 것이다.

편암층을 지나자, 그 밑에는 뚜렷한 층상 구조의 편마암층이 나타났다. 그 다음에는 반짝이는 백운모 때문에 더욱 눈에 띄는 운모편암이 거대한 박층으로 배열되어 있었다.

램프에서 나오는 불빛이 바윗덩어리의 작은 절단면에 반사되어, 섬광이 사방으로 격렬하게 튀었다. 나는 빛을 수천 개의 눈부신 빛살로 분해하여 방출하는 다이아몬드 속을 거닐고 있는 듯한 기분이 들었다.

6시쯤에는 이 빛의 축제가 눈에 띄게 줄어들다가 이윽고 멈춰버렸다. 암벽은 수정 같은 색조를 띠었지만, 수정보다 거무스름했다. 운모에 장석과 석영이 스스럼없이 어울려서 모든 암석 가운데 가장 암석다운 암석, 모든 암석 가운데 가장 단단한 암석, 지구의 네 지층을 떠받치고 있으면서도 깨지지 않고 든든히 버티고 있는 암석을 이루었다. 우리가 들어온 곳은 거대한 화강암

나는 다이아몬드 속을 거닐고 있는 듯한 기분이었다

감옥이었다.

저녁 8시였다. 여전히 물은 한 방울도 없었다. 나는 몹시 괴로웠다. 삼촌은 계속 앞으로 나아갔다. 잠시도 멈추려 하지 않았다. 삼촌은 연신 고개를 좌우로 돌리며 샘물이 내는 소리를 들으려고 했지만, 아무 소리도 들리지 않았다.

그러는 동안 내 다리는 더 이상 몸뚱이를 운반하기를 거부했다. 그래도 나는 고통을 참았다. 내가 신음소리를 내면 삼촌은 정지 명령을 내릴 수밖에 없을 것이고, 그것은 삼촌한테 절망적인 타격이 될 터였다. 삼촌에게 남은 마지막 하루가 거의 다 끝나가고 있었기 때문이다.

마침내 내 몸에서 마지막 남은 기력이 빠져나갔다. 나는 비명을 지르며 쓰러졌다.

"도와주세요! 죽을 것만 같아요!"

삼촌이 돌아왔다. 팔짱을 낀 채 나를 한참 내려다보던 삼촌의 입에서 납덩이처럼 무거운 한 마디가 새어나왔다.

"다 끝났어!"

무시무시한 분노의 몸짓이 마지막으로 내 눈에 비쳤다. 나는 눈을 감아버렸다.

다시 눈을 떠보니 삼촌과 한스는 담요를 몸에 두른 채 꼼짝도 않고 누워 있었다. 잠이 들었나? 나는 한숨도 자지 못했다. 몸과 마음이 너무 괴로웠고, 무엇보다도 내 고통을 달랠 길이 없다는 생각에 더욱 괴로웠다. "다 끝났어!" 하던 삼촌의 마지막 말이 아직도 귀에 쟁쟁했다. 이렇게 쇠약해진 상태로 다시 지상으로 돌아간다는 것은 생각조차 할 수 없었기 때문이다.

지상으로 돌아가려면 6킬로미터가 넘는 지각을 통과해야 한다! 이 두꺼운 지각의 무게가 내 어깨를 짓누르고 있는 것 같았다. 그 무게에 짓눌려 납작하게 짜부라질 것 같은 기분이 들었다. 나는 화강암 침대 위에서 몸을 뒤치려고 기를 썼다. 그 때문에 남아 있던 힘마저 다 바닥나버렸다.

몇 시간이 지났다. 우리 주위에는 깊은 적막이 깔려 있었다. 무덤 속의 적막! 우리를 둘러싸고 있는 이 벽의 두께는 적어도 8킬로미터였다. 어떤 소리도 이 벽을 뚫을 수 없었다.

그런데도 나는 정신이 오락가락하는 상태 속에서 무슨 소리가 들리는 듯한 느낌을 받았다. 동굴 속은 캄캄했다. 나는 좀더 주의 깊게 사방을 둘러보았다. 한스가 램프를 들고 슬그머니 빠져나가는 모습이 언뜻 보이는 것 같았다.

한스가 왜 떠나는 걸까? 우리를 운명에 맡기고 혼자 달아날 작정인가?

삼촌은 잠들어 있었다. 나는 소리를 지르려고 했지만, 입술이 바싹 말라서 목소리가 나오지 않았다. 이제 완전히 캄캄해졌다. 마지막 소리도 사라져버렸다.

"한스가 떠나고 있어요! 한스, 한스!"

이 말을 나는 마음속으로 외쳤다. 말은 목구멍에 걸려 밖으로 나오지 못했다.

하지만 공포에 사로잡혔던 순간이 지나가자, 지금까지 나무랄 데 없는 행동을 보여준 사람을 의심한 것이 부끄러워졌다. 한스는 절대 달아날 리가 없었다. 한스는 동굴을 올라가는 대신 내려가고 있었다. 우리를 내버려둔 채 달아날 작정이었다면 아래쪽이 아니라 위쪽으로 갔을 것이다. 마음이 조금 가라앉자 나는 다른 생각을 하기 시작했다. 평화를 사랑하는 한스가 편안히 쉬지 않고 떠난 이유는 한 가지밖에 있을 수 없었다. 한스는 무엇을 찾으러 갔을까? 밤의 정적 속에서 내가 듣지 못한 작은 소리라도 들은 것일까?

23

한스 천

한 시간 동안 나는 정신이 가물가물한 상태로, 그 조용하고 신중한 사냥꾼이 왜 그런 식으로 행동했는지 그 이유를 생각해보려고 애썼다. 상상할 수 있는 온갖 이유가 머리를 스치고 지나갔다. 터무니없는 생각들이 머릿속을 오락가락했다. 내가 미치는 게 아닐까 하는 생각마저 들었다.

하지만 마침내 깊은 굴 속에서 발소리가 들렸다. 내려갔던 한스가 다시 올라오고 있었다. 희미한 빛이 암벽을 따라 비쳐들더니, 통로 입구에서 빛이 흘러나왔다. 이어서 한스가 나타났다.

한스는 삼촌에게 다가갔다. 그러고는 삼촌의 어깨를 가볍게 흔들어 깨웠다. 삼촌이 일어나 앉았다.

"무슨 일인가?"

"바텐." 사냥꾼이 대답했다.

끔찍한 고통 속에 있을 때 사람은 누구나 미지의 언어를 이해하는 영감을 얻게 되는 모양이다. 나는 덴마크어를 한 마디도 몰랐지만, 안내인의 말을 본능적으로 이해했다.

"물! 물!" 나는 손뼉을 치면서 소리쳤다.

"물?" 삼촌이 아이슬란드인에게 되물었다. "흐바르?"

"네다트!" 한스가 대답했다.

어디야? 저 아래! 나는 모든 것을 이해할 수 있었다. 나는 사냥꾼의 두 손을 부여잡았다. 그리고는 그가 나를 바라보는 동안 그 손을 꽉 움켜잡고 있었다.

떠날 준비는 순식간에 끝났다. 곧이어 우리는 통로를 내려가고 있었다. 통로는 2미터마다 60센티미터씩 낮아졌다.

우리는 한 시간 만에 2킬로미터를 걸었고, 약 600미터를 내려왔다.

그 순간 내 귀는 화강암 벽을 따라 들려오는 유별난 소리를 분명히 포착했다. 멀리서 울리는 우레 소리처럼 낮게 우르릉거리는 소리였다. 하지만 30분을 더 가도 샘이 나타나지 않자 나는 또다시 불안에 사로잡혔다. 바로 그때 삼촌이 그 소리가 어디서 나고 있는지를 말해주었다.

"한스는 틀리지 않았어. 저 소리는 분명히 물 흐르는 소리야."

"물이 흘러요?"

"의심할 여지가 없어. 우리 주위에 지하수가 흐르고 있는 거야!"

우리는 희망에 기운을 얻어 걸음을 재촉했다. 나는 피로도 잊어버렸다. 물 흐르는 소리만 들어도 벌써 기분이 상쾌해지고 기운이 났다. 물소리는 이제 알아차릴 수 있을 만큼 커지고 있었다. 그렇게 오랫동안 멀리 있었던 물이 이제 왼쪽 암벽 뒤에서 철썩거리며 흐르고 있었다. 나는 기체가 액화한 흔적이나 스며

나오는 물을 찾을 수 있지 않을까 하고 여러 번 바위를 만져보았지만, 물기를 찾지 못했다.

다시 30분이 지났다. 그 동안 우리는 다시 2킬로미터를 걸었다.

한스가 밤중에 모습을 감춘 동안 더 멀리까지 탐색을 계속할 수 없었던 게 이제 분명했다. 그는 수맥을 찾아내는 산사람 특유의 본능에 이끌려 바위 저편을 흐르는 물의 존재를 '느꼈을' 뿐, 그 귀중한 액체를 실제로 본 것도 아니고, 그것으로 목을 축인 것도 아니었다.

우리가 계속 걸으면 물에서 점점 멀어지리라는 것도 분명해졌다. 이제 물소리가 점점 약해지고 있었기 때문이다.

우리는 돌아섰다. 한스가 물과 가장 가깝게 느껴지는 지점에서 걸음을 멈추었다.

나는 암벽 옆에 털썩 주저앉았다. 물은 겨우 60센티미터 떨어진 곳을 세차게 흐르고 있었지만, 물과 우리 사이에는 암벽이 가로막고 있었다.

저 물에 도달할 수 있는 방법을 생각해보지도, 그런 방법이 과연 있는지 없는지 알고 싶어하지도 않은 채, 당장 절망감에 빠져들었다.

한스가 나를 바라보았다. 그의 입술에 미소가 어리는 것을 언뜻 보았다.

한스가 일어나서 램프를 집어들었다. 나도 뒤따라 일어났다. 한스는 암벽으로 다가갔다. 나는 그를 지켜보았다. 한스는 바위에 귀를 대고 천천히 움직이며 주의를 집중했다. 나는 그가 무엇을 하고 있는지 알아차렸다. 한스는 물소리가 가장 크게 들리는 정확한 지점을 찾고 있었다. 그리고 왼쪽 벽에서 그 지점을 찾아냈다. 바닥에서 1미터쯤 떨어진 곳이었다.

한스가 어떻게 할 작정인지는 짐작도 가지 않았다. 하지만 한스가 곡괭이를 들어올리는 것을 보고는 박수를 칠 수밖에 없었다. 나는 한스를 열렬히 끌어안았다.

"살았다!"

"그래." 삼촌도 몹시 기뻐했다. "한스가 옳아. 정말 훌륭한 사냥꾼이야! 우리라면 생각도 못했을 텐데!"

나도 동감이었다. 생각해보면 아주 간단한 해결책이지만, 우리 마음속에는 결코 떠오르지 않았을 것이다. 지구의 뼈대를 곡괭이로 내리치다니! 세상에 그처럼 위험한 일은 없을 터였다. 천장이 무너져 그 밑에 깔리기라도 하면 어떡하나? 곡괭이로 내리친 바위가 부서져 그 틈새로 물이 홍수처럼 쏟아지면 어떡하나? 이런 두려움은 결코 비현실적인 것이 아니었다. 하지만 낙반이나 홍수의 위험도 우리를 막을 수는 없었다. 갈증이 너무 심해서, 물 한 모금 마실 수만 있다면 넓은 바다 밑바닥이라도 얼마든지 팠을 것이다.

한스가 일에 착수했다. 삼촌이나 내가 했다면, 곡괭이를 너무 급하게 휘둘러서 바위가 온통 부서지고 말았을 것이다. 하지만 한스는 침착하고 신중한 사람이었다. 그는 바위를 가볍게 여러 번 때려 조금씩 깎아냈다. 마침내 암벽에 너비 15센티미터쯤 되는 틈새가 생겼다. 물소리가 한결 커졌다. 나는 그 틈새로 뿜어져 나올 생명수를 벌써 입술에 느낄 수 있었다.

곧이어 곡괭이는 암벽 안으로 60센티미터를 뚫고 들어갔다. 작업은 한 시간도 넘게 계속되었다. 나는 초조한 나머지 몸을 뒤틀고 있었다. 삼촌은 비상 수단을 쓰고 싶어했고, 나는 삼촌을 말리느라 애를 먹었다. 삼촌이 참다못해 곡괭이를 집어들었다. 바로 그때 갑자기 휘파람 부는 듯한 소리가 들렸다. 세찬 물줄기가 바위 틈에서 뿜어져 나와 맞은편 벽을 때렸다.

물줄기에 맞아 하마터면 나가떨어질 뻔한 한스는 고통을 참지 못해 비명을 질렀다. 나도 세찬 물줄기에 손을 찔러넣는 순간, 한스가 왜 비명을 질렀는지 알아차렸다. 물이 펄펄 끓고 있었던 것이다.

"끓는 물이에요!" 나는 소리쳤다.

"금방 식을 거야." 삼촌이 말했다.

통로는 수증기로 가득 찼다. 바닥에는 개울이 생겨, 지하의 미로 속으로 흘러갔다. 곧이어 우리는 물을 마시고 있었다.

아아, 그 황홀감! 그 형언할 수 없는 만족감! 이 물이 어떤 물인지, 어디서 왔는지는 아무래도 좋았다. 어쨌거나 그것은 물이었고, 아직 뜨겁기는 했지만 우리 심장에서 빠져나가고 있던 생명력을 되돌려주었다. 나는 물맛도 보지 않고 계속 물을 마셨다.

내가 소리를 지른 것은 기쁨의 순간이 지난 뒤였다.

"그런데 물에서 쇠맛이 나요!"

"철분은 위장에 좋아." 삼촌이 대꾸했다. "이 물은 미네랄로 가득 차 있어! 우리는 스파*나 테플리체**로 여행을 온 거나 마찬가지야!"

"아아, 정말 좋은데요!"

"당연하지. 8000미터 지하를 흐르는 물이니까. 먹물 같은 맛

* 스파: 벨기에 동부의 마을. 온천으로 유명하다.
** 테플리체: 체코 서북부의 도시. 온천이 있는 휴양 도시로, 휴양하러 찾아온 괴테와 베토벤이 만난 곳으로도 유명하다.

세찬 물줄기가 바위 틈에서 뿜어져 나왔다

이 나지만 불쾌하지는 않아. 한스가 우리한테 준 생명수야! 그
래서 제안하겠는데, 우리를 구해준 사람의 이름을 따서 이 시내
를 부르는 게 어떠냐?"

"좋습니다."

즉석에서 '한스 천(川)'이라는 이름이 정해졌다.

그런데도 한스는 별로 자랑스러워하지 않았다. 적당히 물을
마신 한스는 여느 때처럼 침착하게 구석에 물러나 앉아 있었다.

"물을 낭비하면 안 돼요." 내가 말했다.

"그게 무슨 걱정이냐? 이 샘은 영원히 마를 것 같지 않은데."

"그건 중요하지 않아요. 물병과 물통을 채우고, 저 구멍을 막
읍시다."

삼촌은 내 조언을 받아들였다. 한스는 돌멩이와 헝겊으로 벽
에 뚫린 틈새를 막으려고 했지만 쉽지 않았다. 우리도 거들다가
괜히 뜨거운 물에 손만 데었을 뿐이다. 수압이 너무 높아서, 아
무리 애를 써도 구멍을 막을 수가 없었다.

"물살이 이렇게 센 걸 보면, 물을 포함한 지층이 아주 높은 곳
에 있나 봐요."

"그건 의심할 여지가 없어. 이 물기둥의 높이가 1만 미터라면,
수압은 1천 기압이라는 얘기가 돼. 하지만 나한테 좋은 생각이
있다."

"뭔데요?"

"무엇 때문에 애써 구멍을 막으려고 하지?"

"그건……."

나도 이유를 찾기가 힘들었다.

"앞으로 물통이 빌 경우, 물통을 틀림없이 다시 채울 수 있을

까? 그럴 수 있다는 보장이 있겠는가 말이야."

"아뇨."

"그렇다면 물이 흐르게 내버려두는 편이 나아. 물은 자연스럽게 아래로 흐르면서 길을 안내해줄 거야. 우리는 도중에 물도 마실 수 있고 길안내도 받을 수 있으니까 더욱 좋잖아."

"그거 참 좋은 생각이네요! 이 시냇물이 길동무가 되어준다면 우리 계획이 성공 못할 이유는 전혀 없어요!"

"이제야 납득했구나." 삼촌이 껄껄 웃으면서 말했다.

"납득한 정도가 아니에요. 전 벌써 떠날 준비가 됐다고요."

"그렇게 서두를 거 없다! 우선 몇 시간 쉬자꾸나."

나는 지금이 밤이라는 것을 까맣게 잊고 있었다. 시계가 그 사실을 확인해주었다. 우리는 배불리 먹고 마신 다음, 깊은 잠 속으로 빠져들었다.

24

대서양 바로 아래

이튿날 우리는 벌써 지난 며칠 동안 겪었던 어려움을 까맣게 잊어버렸다. 나는 갈증이 느껴지지 않는 데 놀랐고 그 이유가 궁금했는데, 콸콸 소리를 내며 흐르는 물을 보고서야 그 이유를 알았다.

우리는 아침을 먹고 몸에 좋은 광천수를 마셨다. 나는 다시 태어난 기분을 느끼며, 먼길도 기꺼이 가기로 결심했다. 한스처럼 충실한 안내인과 나처럼 헌신적인 조카가 옆에 있는데 삼촌처럼 확고한 신념을 가진 사람이 어떻게 성공하지 않을 수 있겠는가? 이런 멋진 생각이 내 머리에 스며들었다. 누군가가 스네펠스 꼭대기로 돌아가자고 제안했다면, 나는 화를 내며 거절했을 것이다.

하지만 다행스럽게도 올라가자고 말한 사람은 없었고, 의제에 오른 문제는 아래로 내려가는 것뿐이었다.

"자, 갑시다!" 나는 소리쳤다. 열의에 찬 나의 외침소리는 태곳적부터 잠들어 있던 지구 속의 메아리를 흔들어 깨웠다.

목요일 아침 8시에 우리는 다시 출발했다. 꼬불꼬불 이어진 화강암 통로는 예기치 못한 곳에서 구부러지며 미로처럼 복잡한 양상을 띠었다. 하지만 전체적으로 보면 통로의 방향은 여전히 남동쪽을 향하고 있었다. 삼촌은 우리가 지나온 곳을 머리에 새겨두려고 끊임없이 나침반을 확인했다.

통로는 거의 수평으로 뻗어 있었다. 가장 가파른 곳도 기울기가 기껏해야 2미터에 5센티미터씩 내려갈 뿐이었다. 물줄기는 졸졸거리며 서두르지 않고 따라왔다. 나는 그 시냇물을 지구 속으로 우리를 안내해주는 착한 요정에 비유했고, 우리 발소리에 맞춰 노래를 부르는 그 따뜻한 물의 요정을 어루만졌다. 기분이 좋을 때면 내 마음은 신화적인 성향을 띨 때가 많았다.

삼촌은 '수직성 인간'답게 길이 계속 수평으로 이어지는 것을 저주하고 있었다. 길은 끝없이 앞으로 나 있었고, 삼촌의 표현을 빌리면 지구의 반지름을 미끄러져 내려가는 대신 접선을 따라 갑자기 옆길로 벗어나고 있었다. 하지만 우리한테는 선택의 여지가 없었다. 느리게나마 지구의 중심에 가까워지기만 한다면 불평할 이유는 전혀 없었다.

어쨌든 비탈은 이따금씩 가팔라졌다. 그러면 물의 요정은 데굴데굴 굴러 떨어지면서 신음소리를 냈고, 우리는 요정과 함께 더 깊이 내려가곤 했다.

그 이튿날까지 우리는, 수평으로는 상당히 먼 거리를 갔지만 수직으로는 거의 내려가지 못했다.

7월 10일 금요일 저녁, 어림한 바에 따르면 우리는 레이캬비크에서 남동쪽으로 약 110킬로미터, 지표면에서 약 10킬로미터 깊이에 도달했다.

바로 그때 우리 발 밑에 무시무시한 수직굴이 나타났다. 비탈의 기울기를 계산해본 삼촌은 기쁨을 참지 못하고 손뼉을 쳤다.

"아주 깊이까지 내려갈 수 있겠어. 게다가 곳곳에 바위가 계단처럼 튀어나와 있어서 아주 쉽게 내려갈 수 있을 거야."

한스는 사고에 대비하여 밧줄을 고정시켰다. 하강이 시작되었다. 이런 일에는 이력이 나 있었기 때문에, 위험했다고는 말할 수 없다. 수직굴은 암괴에 생긴, 이른바 '단층'이라고 부르는 좁은 틈새였다. 그것은 지구가 식어가고 있을 때 지구의 뼈대 자체가 수축하여 생긴 틈새가 분명했다. 이 틈새가 일찍이 스네펠스가 토해낸 화산 분출물의 통로 구실을 했다면, 그런 분출물이 어떻게 아무 흔적도 남기지 않았는지 이해할 수 없었다. 우리는 인간이 만든 것 같은 천연의 나선 계단을 내려가고 있었다.

우리는 15분마다 멈춰서 지친 무릎을 달래야 했다. 쉴 때마다 우리는 튀어나온 바위 위에 걸터앉아 다리를 바위 너머로 늘어뜨리고는, 음식을 먹으면서 잡담을 나누거나 시냇물을 마셨다.

이 단층에서 '한스 천'은 폭포가 되어 수량이 크게 줄어들었다. 하지만 갈증을 달래기에는 충분했다. 어쨌든 비탈이 완만해지면 물은 다시 평화롭게 흐를 터였다. 가파른 수직굴을 따라 떨어지는 폭포는 걸핏하면 분통을 터뜨리는 성마른 삼촌을 연상시켰고, 완만한 비탈을 따라 흐르는 시냇물은 조용하고 차분한 아이슬란드 사냥꾼과 비슷했다.

7월 11일과 12일에 우리는 단층의 나선 계단을 따라 지각 속으로 8킬로미터를 더 들어갔다. 해수면에서 20킬로미터 깊이까지 내려온 셈이다. 하지만 7월 13일 정오 무렵에는 단층의 기울

우리는 천연의 나선 계단을 내려가고 있었다

기가 약 45도로 훨씬 완만해졌다. 방향은 여전히 남동쪽을 향하고 있었다.

그때부터 길은 훨씬 편해졌지만, 몹시 지루했다. 물론 지하 여행이 단조롭지 않기는 어려웠을 것이다. 시골을 여행할 때처럼 풍경의 다채로운 변화를 기대할 수는 없었다.

7월 15일 수요일, 우리는 마침내 지하 27킬로미터 지점에 이르렀다. 스네펠스에서는 200킬로미터 가까이 떨어진 지점이었다. 좀 피곤했지만 건강은 모두 안심할 수 있는 상태였다. 휴대용 구급상자는 아직 뚜껑도 열지 않았다.

삼촌은 한 시간 간격으로 나침반과 크로노미터, 압력계와 온도계를 확인하여 수치를 기록했다. 삼촌이 나중에 여행 보고서에 발표한 것이 바로 이 수치다. 삼촌은 이런 방법으로 우리의 현재 위치를 쉽게 짐작할 수 있었다. 우리가 수평 거리로 200킬로미터 가까이 왔다는 삼촌의 말을 듣고 나는 깜짝 놀라서 소리를 지르지 않을 수 없었다.

"왜 그러냐?" 삼촌이 물었다.

"아무것도 아니에요. 그냥 생각을 좀 했을 뿐이에요."

"무슨 생각?"

"삼촌의 계산이 정확하다면, 여기는 아이슬란드 밑이 아니라는 생각요."

"그렇게 생각하니?"

"확인하는 건 간단해요."

나는 지도에 컴퍼스를 대고 거리를 재보았다.

"제가 옳았어요. 우리는 방금 포틀란드 곶을 지났어요. 남동쪽으로 200킬로미터를 내려왔다면 우리는 지금 바다 위에 있는 거예요."

"위가 아니라 밑이야." 삼촌이 두 손을 문지르면서 말했다.

"그러니까 우리 위에는 망망대해가 펼쳐져 있는 거라고요."

"그래, 악셀. 그건 조금도 놀라운 일이 아니지. 뉴캐슬에는 바다 밑으로 멀리까지 뻗어 있는 탄광이 얼마든지 있잖니?"

삼촌은 그 상황을 지극히 통상적인 것으로 생각할지 모르지만, 나는 엄청난 무게의 물 밑을 걷고 있다고 생각하면 한시도 걱정을 떨쳐버릴 수가 없을 것 같았다. 하지만 우리 위에 떠 있는 것이 아이슬란드의 평야와 산이든 대서양의 바닷물이든, 무슨 차이가 있단 말인가. 화강암 뼈대가 단단하기만 하다면 그런 것은 중요하지 않았다. 어쨌든 나는 금방 그 생각에 익숙해졌다. 때로는 곧고 때로는 구불구불하고 기울기도 그에 못지않게 변덕스럽지만, 꾸준히 남동쪽을 향해 달리면서 끊임없이 내려가던 통로가 순식간에 우리를 아주 깊은 곳으로 데려가고 있었기 때문이다.

나흘 뒤인 7월 18일 토요일 저녁, 우리는 상당히 큰 동굴에 도착했다. 삼촌은 한스에게 일주일 치 급료를 주었다. 그리고 이튿날은 하루 푹 쉬기로 했다.

25

지구 속 문답

따라서 일요일 아침에 눈을 떴을 때, 나는 당장 길을 떠나야 한다는 생각에 쫓길 필요가 없었다. 비록 깊은 땅 속에 있었지만, 그래도 느긋한 아침은 유쾌했다. 어쨌든 우리는 혈거 생활에 익숙해져 있었다. 해와 달과 별, 나무, 집, 도시에 대해서는 거의 생각하지 않았다. 지상의 인간들은 이런 것들을 삶에 꼭 필요한 것으로 여기지만, 사실은 살아가는 데 아무 쓸모도 없는 것들이었다. 우리는 화석이나 마찬가지였기 때문에, 그런 것들에는 전혀 관심이 없었다.

동굴은 거대한 홀을 이루고 있었다. 화강암 바닥 위를 충실한 시냇물이 조용히 흐르고 있었다. 수원(水源)에서 멀리 떨어졌기 때문에 수온은 이제 기온과 같아졌다. 그래서 우리는 물을 쉽게 마실 수 있었다.

아침을 먹은 뒤 삼촌은 날마다 적은 기록을 정리하고 싶어 했다.

"우선 현재 위치를 정확히 알기 위해 몇 가지 계산을 해야겠다. 지상으로 돌아가면 우리의 여정을 지도로 나타내고 싶구나. 지구의 수직 단면도를 그리면 이 탐험의 윤곽을 개괄적으로 나타낼 수 있겠지."

"그거 흥미롭겠군요. 하지만 삼촌의 관측은 충분히 정확한가요?"

"그럼. 나는 각도와 기울기를 세심하게 기록했어. 어떤 실수도 하지 않았다고 확신할 수 있다. 우선 우리가 지금 어디쯤에 있는지부터 살펴볼까. 나침반을 들고 바늘이 어디를 가리키고 있는지 말해보렴."

나는 나침반을 들여다보며 주의 깊게 관찰한 뒤에 대답했다.

"동쪽에서 남동쪽으로 11.5도."

"좋아." 삼촌은 그 수치를 기록하고 재빨리 계산하면서 말했다. "우리는 출발점에서 338킬로미터를 왔어."

"그럼 우리는 지금 대서양 밑을 지나가고 있군요. 그렇죠?"

"그래."

"그리고 지금 이 순간 대서양에는 폭풍우가 몰아치고 있을지 몰라요. 거센 파도와 태풍 때문에 우리 위에서 배들이 부서지고 있을지도 모르죠."

"그럴 수도 있지."

"그리고 고래들이 우리 감옥의 지붕을 꼬리로 때리러 오고 있을지도 몰라요."

"걱정 마라, 악셀. 고래들은 아무 해도 끼치지 않을 테니까. 그거야 어쨌든, 하던 일을 계속하자꾸나. 우리는 지금 스네펠스에서 남동쪽으로 338킬로미터를 왔고, 내가 기록한 수치로 추산해보면 이곳의 깊이는 지하 64킬로미터야."

"64킬로미터요?" 나는 놀라서 소리쳤다.

"아마 그럴 거야."

"그것은 과학자들이 지각의 최대 두께로 여기는 한계치잖아
요."

"네 말을 반박하진 않겠다."

"그리고 온도 상승의 법칙에 따르면 이곳의 온도는 1500도가
넘어야 하잖아요?"

"그렇겠지."

"그 온도에서는 이 화강암이 고체 상태를 유지하지 못하고 완
전히 녹아버릴 텐데요?"

"그렇지 않다는 건 너도 보고 있잖니. 그리고 사실은 종종 이
론과 모순될 수 있다는 것도 알 수 있겠지?"

"그 말씀에는 동의할 수밖에 없지만, 그래도 정말 놀랍군요."

"온도계는 몇 도를 가리키고 있지?"

"27도 6분요."

"그러니까 과학자들의 계산은 1472도 4분이 틀렸을 뿐이야.
따라서 온도가 일정 비율로 상승한다는 이론은 잘못된 거야. 따
라서 험프리 데이비가 옳았고, 그의 주장에 귀를 기울인 나도 틀
리지 않았다는 얘기지. 할 말 있냐?"

"없습니다."

사실은 몇 가지 할 말이 있었다. 나는 험프리 데이비의 이론을
전혀 인정하지 않았다. 아직까지도 지구의 중심에 있는 열의 영
향을 느낄 수는 없었지만, 그래도 나는 여전히 지구의 중심에 뜨
거운 열이 있다고 믿고 있었다. 솔직히 말하면 나는 이 동굴이

사화산의 굴뚝이라고 생각하고 싶었다. 용암이 내열성을 가진 도료처럼 동굴 안을 뒤덮어서, 높은 온도가 동굴 벽을 뚫고 퍼지는 것을 막고 있다고 믿고 싶었다.

하지만 나는 굳이 삼촌에게 반박할 새로운 근거를 찾지 않고, 상황을 있는 그대로 받아들였다.

"삼촌." 나는 다시 말을 이었다. "삼촌의 계산은 모두 정확하겠지만, 거기서 제가 끌어낸 논리적 결론을 말씀드려도 될까요?"

"좋고 말고. 어서 말해봐."

"현재 우리가 있는 곳이 아이슬란드와 대충 같은 위도라고 하면, 이곳의 지구 반지름은 6330킬로미터예요. 그렇죠?"

"정확히 말하면 6334킬로미터야."

"어림수로 6400킬로미터라고 하죠. 6400킬로미터 가운데 우리가 지금까지 온 거리가 64킬로미터예요."

"그래."

"그것도 대각선 방향으로 338킬로미터를 온 뒤에야 겨우 64킬로미터를 내려왔어요. 그렇죠?"

"그래, 맞아."

"약 20일 동안."

"정확히 20일이지."

"그런데 64킬로미터는 지구 반지름의 100분의 1이에요. 이런 식으로 계속한다면 지구의 중심까지는 2천 일이 걸리게 됩니다. 2천 일이면 거의 5년 반이에요."

삼촌은 대꾸하지 않았다.

"게다가 이건 수평 이동을 고려하지 않은 계산입니다. 수평으로 338킬로미터를 온 뒤에야 수직으로 64킬로미터를 내려왔다면, 남동쪽으로 약 3만 3800킬로미터를 가야만 수직으로 6400킬로미터를 내려갈 수 있을 텐데, 그러면 지구의 중심에 이르기도 전에 지상으로 나가버리게 된다는 계산이 나옵니다."

"그 따위 계산은 집어쳐!" 삼촌이 성난 몸짓으로 소리쳤다. "네 가설도 집어쳐! 무슨 근거로 그런 말을 하는 거냐? 이 통로가 우리 목적지로 곧장 통해 있지 않다고 누가 단정할 수 있지? 어쨌든 내 쪽에는 선례가 있어. 내가 지금 여기서 하고 있는 일은 다른 사람이 이미 해낸 일이야. 그 사람이 성공했다면 나도 성공할 수 있어."

"그랬으면 좋겠지만, 저한테도 권리가……."

"권리? 네놈의 권리는 입 다물고 잠자코 있을 권리뿐이야. 네가 계속 그런 식으로 이치를 따지려 든다면……."

나는 다정한 삼촌의 얼굴 밑에서 무서운 리덴브로크 교수가 나타나려는 것을 분명히 알 수 있었다. 그래서 이럴 때는 고분고분 구는 게 상책이라고 생각했다.

"자." 삼촌이 말을 이었다. "압력계를 조사해봐. 눈금이 어디를 가리키고 있지?"

"상당한 압력이군요."

"좋아. 아래로 서서히 내려가면, 그래서 높은 공기 밀도에 서서히 익숙해지면 아무 문제도 없다는 걸 너도 알 수 있겠지?"

"아무 문제도 없습니다. 귀가 좀 아픈 것 말고는."

"그건 아무것도 아니야. 바깥 공기와 네 허파에 들어 있는 공기를 재빨리 교환하면 통증을 없앨 수 있어."

"괜찮습니다." 나는 삼촌의 속을 뒤집는 일을 이제 그만 하기로 결심하고 대답했다. "이렇게 밀도 높은 공기 속에 들어오니까 유쾌하기까지 한걸요. 소리가 얼마나 강렬하게 전달되는지 알아차리셨어요?"

"정말 그래. 여기서는 귀머거리도 들을 수 있을 거야."

"하지만 이 공기 밀도는 계속 증가하겠죠?"

"아직 완전히 확정되지 않은 법칙에 따르면 그래. 아래로 내려갈수록 중력이 줄어드는 것은 사실이야. 중력의 작용이 가장 강하게 느껴지는 곳은 지표면이고, 지구의 중심에서는 물체가 더 이상 무게를 갖지 않는다는 건 알고 있겠지?"

"그럼요. 하지만 밀도가 계속 높아지면 나중에는 이 공기가 물과 같은 밀도를 갖게 되지 않을까요?"

"기압이 710기압이 되면 그렇겠지."

"기압이 그보다 더 높아지면요?"

"그러면 공기 밀도도 계속 높아질 거야."

"그러면 우리는 어떡하죠?

"주머니에 돌멩이를 넣어둬야겠지."

"정말이지 삼촌은 척척박사세요. 뭘 여쭈어봐도 막히는 게 없으시니……"

나는 가설의 영역으로 들어가는 위험을 이쯤에서 그만두었다. 더 나아갔다가는 또다시 삼촌이 대답할 수 없는 문제에 부닥칠 테고, 그러면 삼촌은 화가 나서 펄펄 뛸 게 뻔했기 때문이다.

하지만 공기가 수천 기압에 이르는 압력을 받으면 결국 단단하게 응고할 테고, 그러면 설령 우리 몸이 그것을 견딜 수 있게 되었다고 가정하더라도 고체화한 공기를 뚫고 갈 수 없을 것은 분명했다. 이 세상의 논법을 다 동원해도 그것을 뒤엎지는 못할 것이다.

하지만 나는 이 반론을 삼촌한테 제기하지 않았다. 내가 반론을 제기하면 삼촌은 또다시 사크누셈을 들먹이며 반격했을 것이다. 내 생각에 사크누셈은 선례로 삼을 가치가 없었다. 그 박식한 아이슬란드 학자의 여행을 사실로 받아들인다 해도, 쉽게 공격 대상으로 삼을 수 있는 약점이 하나 있었기 때문이다.

16세기에는 기압계도 압력계도 발명되지 않았는데, 사크누셈은 자신이 지구의 중심에 도달한 것을 어떻게 알았을까?

하지만 나는 이 생각도 속에만 담아놓고 앞으로 일어날 일을 지켜보기로 했다.

그날은 온종일 계산과 잡담으로 시간을 보냈다. 나는 리덴브로크 교수의 말에 모두 동의했고, 한스의 완전한 무심함을 부러워했다. 인과관계를 별로 추구하지 않는 한스는 운명이 데려가는 곳이라면 어디든 맹목적으로 따라가는 사람이었다.

26

실종

　지금까지는 일이 뜻대로 잘 풀렸다. 그 점은 인정할 수밖에 없다. 그런데도 불평을 하는 것은 온당치 않을 것이다. 평균적인 어려움이 늘어나지만 않으면 목적지에 도달하지 못할 리가 없다. 그러면 얼마나 영광스러울까! 나는 리덴브로크 교수와 마찬가지로 이렇게 생각하는 단계에까지 이르러 있었다. 그것도 아주 진지하게. 내가 이상한 환경에 놓여 있었기 때문일까? 그럴지도 모른다.

　며칠 동안 전보다 가파른 비탈이 이어졌고, 겁이 날 만큼 깎아지른 수직굴까지 드문드문 나타났기 때문에, 우리는 지구 내부의 암괴 속으로 훨씬 깊이 들어갔다. 어떤 날은 지구의 중심을 향해 6킬로미터 내지 8킬로미터를 내려가기도 했다. 위험한 구간에서는 한스의 노련한 기술과 침착한 태도가 큰 도움이 되었다. 그 냉정한 아이슬란드인은 이해할 수 없을 만큼 선선히 자신의 모든 것을 바쳤다. 헌신적이고 충성스러운 한스 덕분에 위기

수직 하강

를 넘긴 적이 한두 번이 아니었다. 그가 없었다면 우리는 살아남지 못했을 것이다.

놀라운 것은 그가 날이 갈수록 점점 더 말수가 적어진다는 점이었다. 그의 침묵은 우리한테까지 전염되었다. 외부의 사물은 두뇌에 영향을 미친다. 벽 속에 갇혀 있는 사람은 결국 생각과 말을 결부시키는 능력을 잃게 된다. 감방에 갇혀 사고력을 사용할 기회를 갖지 못한 사람들 가운데, 정신병자가 되지는 않더라도 바보 천치가 되어버린 사람이 얼마나 많은가?

우리가 마지막 대화를 나눈 뒤 보름 동안, 여러분에게 보고할 만한 일은 아무것도 일어나지 않았다. 내 기억을 아무리 뒤져보아도 중요한 사건은 하나밖에 생각나지 않는다. 유독 그 사건만 기억에 남아 있는 데에는 그럴 만한 이유가 있다. 그 사건은 지극히 사소한 세부까지도 기억에 또렷이 박혀 있어서, 기억에서 지워버리기는 영영 어려울 것이다.

8월 7일, 우리는 120킬로미터 깊이까지 내려갔다. 다른 말로 표현하면 우리 위에는 바위와 바다와 대륙과 도시가 120킬로미터 높이로 쌓여 있었다. 수평으로는 아이슬란드에서 800킬로미터쯤 떨어져 있었을 것이다.

그날 동굴의 기울기는 비교적 완만했다.

내가 앞장서서 걷고 있었다. 삼촌은 룸코르프 램프를 들었고, 나도 램프 하나를 들었다. 나는 화강암층을 조사하고 있었다.

그런데 문득 뒤를 돌아보니 삼촌과 한스가 보이지 않았다.

'내가 너무 빨리 걸었거나, 아니면 한스와 삼촌이 도중에 멈춰선 모양이군. 다시 합류하는 게 좋겠어. 길이 별로 가파르지 않아서 다행이야.'

나는 이렇게 생각하고 온 길을 되짚어갔다. 15분쯤 걷고 나서 주위를 살펴보았지만 아무도 없었다. 나는 소리를 질렀다. 대답이 없었다. 내 목소리는 갑자기 잠에서 깨어난 동굴의 메아리들 속에 휩쓸려 들리지 않게 되었다.

나는 불안해지기 시작했다. 온몸이 오싹했다.

'침착하자. 틀림없이 삼촌과 한스를 찾을 수 있을 거야. 길은 이것 하나뿐이야. 내가 맨 앞에 있었으니까 돌아가자.'

나는 30분쯤 길을 따라 올라갔다. 나를 부르는 소리가 들리지 않나 하고 열심히 귀를 기울였다. 그렇게 밀도 높은 공기 속에서는 멀리서 나는 소리도 들릴 것이다. 하지만 거대한 동굴은 야릇한 적막에 뒤덮여 있었다.

나는 걸음을 멈추었다. 나 혼자 따로 떨어진 것을 믿을 수가 없었다. 나는 길을 잃은 것이 아니라 옳은 길에서 벗어났을 뿐이라고 믿고 싶었다. 옳은 길에서 벗어났다면 다시 길을 찾을 수 있다.

'길은 하나뿐이고, 삼촌과 한스는 이 길을 따라오고 있었어. 그러니 틀림없이 만날 수 있어. 이 길을 따라 올라가기만 하면 다시 만날 수 있을 거야. 어쩌면 삼촌과 한스는 내가 앞서 간 것을 깜박 잊고, 내가 보이지 않으니까 나를 찾아 되돌아갔는지도 몰라. 하지만 설령 그렇다 해도, 내가 서두르면 다시 만날 수 있을 거야. 틀림없어.'

나는 확신을 갖지 못한 사람처럼 이 마지막 말을 되풀이했다. 게다가 나는 그렇게 간단한 생각들을 짜맞추어 논리적인 추론으로 정리하는 데 많은 시간을 들여야 했다.

그때 불현듯 의심이 나를 사로잡았다. 내가 정말로 앞장서 있었나? 한스가 내 뒤를 따라오고 있었던 것은 분명하고, 또 한스는 삼촌보다 앞에 있었다. 한스는 어깨에 멘 가방을 추스르려고 몇 초 동안 멈춰서기까지 했다. 세세한 상황이 다시 머리에 떠올랐다. 내가 일행과 떨어진 것은 한스가 멈춰선 바로 그 순간이었던 것이 분명하다.

'어쨌든 나는 길을 잃지 않을 확실한 방법이 있어. 내가 이 미로를 빠져나갈 수 있도록 안내해줄 실이 있어. 절대 끊어질 리가 없는 실이. 바로 저 시냇물이야. 저 물줄기를 따라 되돌아가기만 하면 자동적으로 삼촌과 한스의 흔적을 다시 찾을 수 있을 거야.'

이렇게 생각하자 기운이 났다. 나는 잠시도 시간을 낭비하지 말고 다시 출발하기로 마음을 다잡았다.

나는 얼마나 운이 좋은가. 암벽에 생긴 틈새를 사냥꾼이 막으려 했을 때 그것을 말린 삼촌은 선견지명이 있었다. 도중에 우리의 갈증을 달래준 시냇물, 우리에게 건강과 활력을 준 생명수가 이제는 지하의 미로 속에서 이런 식으로 나를 안내해줄 터였다.

나는 다시 출발하기 전에 세수를 하는 것도 도움이 되겠다고 생각했다. 그래서 '한스 천' 물에 얼굴을 적시려고 허리를 구부렸다.

내가 얼마나 놀랐을지는 여러분도 쉽게 상상할 수 있을 것이다.

내 발 밑에 있는 것은 메마르고 울퉁불퉁한 화강암이었다. 시냇물은 더 이상 내 발치를 흐르고 있지 않았다!

27

미로

그때의 절망감을 어떻게 표현할 수 있을까. 인간이 사용하는 어떤 어휘도 그때의 내 기분을 제대로 표현해주지는 못할 것이다. 나는 깊은 땅 속에 생매장되어 굶주림과 목마름의 고통 속에서 죽어갈 것이다.

나는 멍하니 손으로 바닥을 쓸어보았다. 손이 타는 것처럼 뜨거웠다. 이 바위는 바싹 말라 있었다!

그런데 내가 어떻게 시냇물을 떠날 수 있었을까? 그것은 시냇물이 거기에 없었기 때문이다. 나를 부르는 소리가 들리지 않나 하고 마지막으로 귀를 기울였을 때 동굴 안이 그처럼 야릇한 적막에 싸여 있었던 이유도 이제야 겨우 깨달았다. 잘못된 길로 처음 들어섰을 때, 나는 시냇물이 없다는 사실을 전혀 알아차리지 못했다. 그 순간 내 앞에 갈림길이 나타난 게 분명하다. '한스 천'은 변덕이 나서 다른 비탈을 따라갔고, 내 길동무들과 함께 미지의 깊은 구렁 쪽으로 가버린 것이다.

어떻게 하면 내가 왔던 길을 되돌아갈 수 있을까? 발자국은 전혀 없었다. 내 발은 화강암에 아무런 흔적도 남기지 않았다. 나는 이 난감한 문제의 해결책을 찾으려고 머리를 쥐어짰다. 내 처지는 단 한 마디로 이렇게 요약할 수 있었다—파멸!

그렇다. 나는 끝없이 깊은 땅 속에서 길을 잃고 파멸한 것이다. 120킬로미터에 이르는 지각이 엄청난 무게로 내 어깨를 짓눌렀다. 그 무게에 짓눌려 납작 찌그러지는 듯한 기분이 들었다.

나는 지상의 일들을 생각해내려고 애썼다. 그리고 간신히 그 세계로 되돌아갈 수 있었다. 함부르크, 쾨니히 가의 집, 가엾은 그라우벤. 길 잃은 내 머리 위에 까마득히 놓여 있는 그 모든 세계가 겁에 질린 내 머릿속을 빠른 속도로 지나갔다. 나는 여행 중에 일어난 온갖 사건들을 멋진 환상으로 다시 한번 체험했다. 배를 타고 덴마크를 거쳐 아이슬란드로 건너온 일, 프리드릭손 씨, 스네펠스. 지금 이 상황에서 내가 아직도 희망을 갖고 있다면 그것은 내가 미친 증거라고, 차라리 절망에 굴복하는 편이 낫다고 자신을 타일렀다.

사람의 힘으로는 결코 나를 구할 수 없기 때문이다. 도대체 누가 나를 이 깊은 땅 속에서 지상으로 다시 데려갈 수 있겠는가? 내 머리 위에서 서로를 떠받치고 있는 저 거대한 천장을 누가 부술 수 있겠는가? 누가 나를 옳은 길로 데려가서 길동무들과 다시 만나게 해줄 수 있겠는가?

"아아, 삼촌." 나는 절망에 빠져 부르짖었다.

그것은 내 입에서 나온 유일한 원망의 말이었다. 삼촌도 지금쯤 나를 찾느라 고생하고 있으리라는 것을 알았기 때문이다.

누구의 도움도 바랄 수 없고 나 스스로 나를 구할 방법도 없다는 것을 깨닫고, 이제는 하늘에 도움을 청할 수밖에 없다고 생각했다. 어린 시절의 추억, 뽀뽀해줄 때의 모습밖에 생각나지 않는 어머니가 기억에 되살아났다. 다급해졌을 때에야 뒤늦게 하느님을 찾았으니 그분의 응답을 들을 권리는 없지만, 그래도 나는 하느님께 매달려보기로 작정하고 열심히 기도했다.

이렇게 하느님의 뜻에 나를 맡기자 마음이 다소 차분해졌고, 그래서 지금 상황에 모든 정신력을 집중할 수 있었다.

나한테는 그래도 식량이 사흘 치나 남아 있고, 물병도 가득 차 있다. 하지만 언제까지나 여기에 혼자 남아 있을 수는 없는 노릇이다. 그렇다면 위로 올라갈 것인가, 아래로 내려갈 것인가?

그야 물론 위로 올라가야지. 땅 위로 올라가는 거야.

우선은 시냇물과 헤어진 그 운명의 갈림목으로 돌아가야 해. 일단 시냇물을 만나기만 하면, 스네펠스로 돌아갈 가능성은 아직 남아 있어.

왜 진작 이 생각을 못했을까? 살아날 가망이 전혀 없는 건 아니야. 무엇보다 먼저 해야 할 일은 '한스 천'을 다시 찾는 거야.

나는 일어나서 지팡이에 의지하여 동굴을 다시 올라갔다. 비탈은 아주 가팔랐다. 나는 어느 길을 선택할지 망설이지 않는 사람처럼 희망을 가지고 씩씩하게 걸었다.

30분 동안은 어떤 장애물도 나를 가로막지 않았다. 나는 동굴의 형태와 암석의 모양, 크레바스의 상태를 보고, 내가 왔던 길인지 어떤지 알아내려고 애썼다. 하지만 뚜렷한 특징은 하나도 찾지 못했다. 이 길을 따라가도 갈림목으로 돌아갈 수는 없다는 것을 인정할 수밖에 없었다. 그곳은 막다른 길이었다. 나는 뚫을 수 없는 벽에 부딪쳐 넘어지고 말았다.

이제는 하늘에 도움을 청할 수밖에 없다고 생각했다

그 순간 나를 사로잡은 공포와 절망은 이루 말로 표현할 수가 없다. 나는 공포와 절망에 짓눌려 거기에 누워 있었다. 마지막 남은 희망도 이 화강암 벽에 부딪쳐 산산조각이 나고 말았다.

수많은 갈랫길이 사방으로 얼기설기 뻗어 있는 미로에서 길을 잃고, 나는 거기서 탈출하려고 애써볼 마지막 기력마저 잃어버렸다. 이제는 모든 죽음 중에서도 가장 끔찍한 생매장을 당할 수밖에 없었다. 묘하게도 이런 생각이 문득 떠올랐다. 언젠가 화석이 된 내 시체가 다시 발견되면, 지구의 내장으로 120킬로미터나 들어간 지점에서 인간 화석이 발견된 사실이 과학적으로 중대한 문제를 제기할 것이라는 생각이었다.

나는 큰 소리로 외치고 싶었지만, 바싹 마른 입술에서는 귀에 거슬리는 소리만 새어나올 뿐이었다. 나는 가쁜 숨을 몰아쉬며 거기에 누워 있었다.

그 고통 속에서 새로운 공포가 나타나 내 마음을 사로잡았다. 넘어질 때 램프가 떨어져서 망가진 것이다. 고장난 램프를 고칠 방법은 전혀 없었다. 램프 불빛은 점점 희미해져서 금방이라도 꺼져버릴 것 같았다.

나는 발광 전류가 필라멘트 속에서 차츰 줄어드는 것을 지켜보았다. 움직이는 그림자의 행렬이 어두워진 암벽을 깜박거리며 지나갔다. 이 달아나는 빛의 분자를 놓칠까 겁이 나서, 나는 감히 눈을 깜박거릴 수도 없었고 눈동자를 움직이지도 못했다. 빛은 시시각각 희미해지고, 칠흑 같은 어둠이 금세 나를 덮칠 것만 같았다.

마침내 램프 속에서 마지막 빛이 흔들거렸다. 나는 눈으로 그 빛을 좇았다. 눈으로 그 빛을 빨아들였다. 모든 시력을 거기에 쏟았다. 그것이 내가 볼 수 있는 마지막 빛이라도 되는 양 나의 모든 감각을 그 빛에 쏟아부었다. 다음 순간, 나는 거대한 암흑 속으로 깊이 가라앉았다.

내 입에서 무서운 외침소리가 터져나왔다. 지상에서는 아무리 어두운 한밤중에도 빛이 제 권리를 완전히 포기하지는 않는다. 빛은 사방으로 흩어져 붙잡기 어렵지만, 아무리 조금 남은 빛이라도 우리의 망막은 결국 빛을 포착한다. 하지만 이곳에는 빛이 전혀 없었다. 완전한 어둠이 나를 완전한 장님으로 만들고 말았다.

나는 당황했다. 가장 고통스러운 방법으로 길을 더듬어 가려고 두 팔을 앞으로 내밀었다. 그러고는 달아나기 시작했다. 탈출할 수 없는 이 미로를 무턱대고 내달렸다. 지하 단층에 서식하는 동물처럼 지각을 뚫고 아래쪽으로 달려 내려갔다. 줄곧 큰 소리로 외치고 울부짖고 비명을 지르면서 달렸다. 튀어나온 바위에 부딪쳐 여기저기 멍들고 깨졌다. 넘어지면 피투성이가 되어 다시 일어나, 얼굴에 줄줄 흘러내리는 피를 받아 마시려 했다. 그러면서 어느 암벽에 부딪쳐 머리가 깨져버리기를 기다렸다.

이 미치광이 같은 질주는 나를 어디로 데려갔을까? 그것은 나도 모른다. 영원히 모를 것이다. 몇 시간 뒤, 나는 기진맥진한 끝에 생명이 없는 덩어리처럼 암벽 옆에 쓰러져 의식을 잃어버렸다.

28

멀리서 들리는 목소리

제정신이 들었을 때 내 얼굴은 눈물로 범벅이 되어 있었다. 얼마나 오랫동안 기절해 있었던 것일까. 이제는 시간을 알 방법도 없었다. 그때 내가 느낀 고독감, 그 완전한 소외감을 맛본 사람은 세상에 아무도 없을 것이다.

나는 쓰러진 뒤 피를 많이 흘렸다. 온몸이 피투성이가 된 것을 느낄 수 있었다. 아직도 죽지 않은 것이 유감이었다. 의식을 잃은 상태에서 죽었더라면 좋았을걸, 죽음의 과정을 처음부터 끝까지 맛보아야 하다니! 나는 더 이상 생각하고 싶지도 않았다. 그래서 모든 생각을 머리에서 몰아내고, 고통에 짓눌린 채 맞은편 벽으로 데굴데굴 굴러갔다.

벌써 무의식 상태가 다시 나를 사로잡기 시작한 것을 느낄 수 있었다. 그와 함께 나의 모든 것이 파멸하는 최후의 순간이 다가왔다. 바로 그때 커다란 소리가 내 귀청을 때렸다. 그것은 오랫동안 울려 퍼지는 우레 소리 같았다. 이어서 소리의 물결이 깊은 심연 속으로 서서히 사라져갔다.

　이 소리는 어디서 들려오고 있을까? 지하에서 일어나고 있는 현상이 그런 소리를 낸 게 분명했다. 가스가 폭발했거나, 지구를 떠받치고 있는 중요한 지반이 무너졌거나.

　나는 다시 귀를 기울였다. 그 소리가 다시 일어날지 어떨지 알고 싶었다. 15분이 지났다. 동굴은 쥐 죽은 듯 조용했다. 내 심장의 고동 소리조차 더 이상 들리지 않았다.

　그때 우연히 벽에 댄 내 귀가 문득 말소리를 포착한 것 같았다. 거의 감지할 수 없을 만큼 희미한 소리였다. 나는 몸을 떨었다.

　"환청이야!" 나는 중얼거렸다.

　하지만 환청이 아니었다. 더욱 열심히 귀를 기울이자 중얼거리는 목소리가 분명히 들렸다. 나는 기력이 너무 떨어져서, 그 목소리가 무슨 말을 하고 있는지는 알아들을 수 없었다. 하지만 분명히 누군가가 말을 하고 있었다. 그것만은 확실했다.

　내 목소리가 메아리를 통해 되돌아오고 있는 것은 아닐까? 문득 그런 생각이 들자 겁이 났다. 어쩌면 나도 모르는 사이에 소리를 지르고 있었는지도 모른다. 나는 입을 꽉 다물고, 다시 한 번 화강암 벽에 귀를 눌러댔다.

　'그래, 틀림없어! 저건 사람 목소리야! 분명히 사람 목소리야!'

　동굴 벽을 따라 1미터쯤 움직이자 목소리를 더욱 또렷이 들을 수 있었다. 커졌다 작아졌다 하는 목소리에 실려 들려오는 야릇하고 이해할 수 없는 낱말을 나는 간신히 알아들을 수 있었다. 그 낱말은 낮은 목소리로 중얼거린 것처럼 내 귀에 전달되었다. '푀를로라드' 라는 낱말이 구슬픈 어조로 여러 번 되풀이되었다.

'저건 무슨 뜻일까? 누가 말하고 있을까? 삼촌이나 한스가 분명해! 내가 그들의 말을 들을 수 있다면, 저쪽에서도 내 목소리를 들을 수 있을 거야.'

"사람 살려!" 나는 온 힘을 다해 소리쳤다. "사람 살려!"

그러고는 다시 귀를 기울였다. 어둠 속에서 대답이나 외침이나 한숨 소리가 들리기를 기다렸다. 하지만 아무 소리도 들리지 않았다. 몇 분이 지났다. 온갖 생각이 홍수처럼 밀려와 머리를 채웠다. 내 목소리가 너무 약해져서 삼촌이나 한스한테 닿지 못한 것은 아닐까.

'삼촌이나 한스가 틀림없어. 다른 사람이 120킬로미터 지하에 묻혀 있을 리가 없잖아?'

나는 다시 귀를 기울이기 시작했다. 옆벽을 따라 귀를 움직여, 목소리가 가장 크게 들리는 지점을 찾아냈다. '쾨를로라드'라는 낱말이 다시 내 귀에 들어왔다. 이어서 나를 기절 상태에서 끌어낸 그 요란한 우레 소리가 다시 들려왔다.

'아니야. 저 목소리는 단단한 암벽을 뚫고 들려오는 게 아니야. 이 암벽은 단단한 화강암이니까, 아무리 무서운 폭발음도 이벽을 뚫을 수는 없어. 저 소리는 통로를 따라 들려오는 거야. 이곳에서는 특수한 음향 효과가 일어나고 있는 게 분명해.'

나는 다시 귀를 기울였다. 그리고 이번에는—그렇다, 이번에는—공간을 통해 발사된 내 이름을 똑똑히 들었다.

말하고 있는 것은 삼촌이었다. 삼촌이 한스와 이야기를 나누고 있었다. '쾨를로라드'는 덴마크어 낱말이었다.

그러자 모든 것이 분명해졌다. 내 목소리가 삼촌한테 들리게 하려면 나도 통로 옆면을 따라 소리를 질러야 한다. 그러면 전선

이 전기를 나르듯 벽이 내 목소리를 삼촌에게 전달해줄 것이다.

머뭇거릴 시간이 없었다. 그들이 지금 서 있는 위치에서 몇 걸음만 움직여도 음향 효과는 사라질 것이다. 그래서 나는 다시 벽쪽으로 다가가 최대한 분명하게 외쳤다.

"삼촌! 리덴브로크 삼촌!"

그러고는 불안으로 가슴을 졸이며 응답을 기다렸다. 소리는 별로 빨리 가지 않는다. 게다가 공기층의 밀도는 소리의 속도를 높여주지 않았다. 다만 음량만 늘려주었을 뿐이다. 몇 초가 몇 년처럼 지나갔다. 마침내 응답이 내 귀에 들어왔다.

"악셀! 악셀! 너냐?"

....

"예, 예!"

....

"어디 있니?"

....

"길을 잃었어요. 캄캄한 곳에 있어요!"

....

"램프는?"

....

"꺼졌어요."

....

"시냇물은?"

....

"놓쳤어요!"

....

"악셀! 악셀! 너냐?"

"악셀, 가엾은 악셀. 용기를 내!"

....

"잠깐만요. 너무 지쳐서 대답할 기운도 없어요. 하지만 계속 말씀해주세요!"

....

"용기를 내. 말하지는 말고 듣기만 해. 우리는 줄곧 동굴을 오르내리면서 너를 찾아다녔어. 하지만 찾을 수가 없었지. 너 때문에 얼마나 눈물을 흘렸는지 몰라. 우리는 네가 아직도 '한스 천'을 따라 내려가고 있을지 모른다고 생각하고, 총을 쏘면서 다시 아래로 내려갔어. 지금 우리는 서로 목소리를 듣고 있지만, 이건 음향 효과일 뿐이야. 우리 손은 서로 닿을 수 없어. 하지만 절망하지 마라. 서로 목소리를 들을 수 있다는 것만도 대단한 거야."

....

삼촌이 말하는 동안 나는 생각하고 있었다. 아직은 희미하지만 희망이 되돌아오고 있었다. 무엇보다도 먼저 알아야 할 것이 하나 있었다. 그래서 나는 입을 벽에 가까이 대고 말했다.

"삼촌!"

....

잠시 후 삼촌의 대답이 돌아왔다.

"그래."

....

"우리가 얼마나 떨어져 있는지, 그것부터 알아내야 돼요."

....

"그건 어렵지 않아."

....

"크로노미터를 갖고 계세요?"

. . . .

"그래."

. . . .

"그럼 크로노미터를 준비하세요. 제 이름을 부르고, 몇 초에
말했는지 정확한 시간을 적어두세요. 삼촌 목소리가 들리면 곧
바로 응답할게요. 그러면 삼촌은 제 응답이 들린 시간을 정확하
게 적어두세요."

. . . .

"그래, 좋다. 내가 널 부른 시간과 네 응답이 들린 시간을 반
으로 나누면, 내 목소리가 너한테 들릴 때까지 걸린 시간을 알
수 있겠구나."

. . . .

"맞아요, 삼촌."

. . . .

"준비됐니?"

. . . .

"네."

. . . .

"좋아. 대기해. 네 이름을 부를 테니까."

. . . .

나는 통로 쪽으로 귀를 돌렸다. '악셀'이라는 말이 들리자마
자 나는 응답하고 기다렸다.

. . . .

"40초. 두 말 사이의 간격이 40초야. 따라서 내 목소리가 너

한테 가는 데 걸리는 시간은 20초. 음속이 1초에 340미터니까, 우리 사이의 거리는 6800미터라는 얘기가 돼. 거의 7킬로미터야."

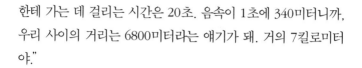

"거의 7킬로미터⋯⋯."

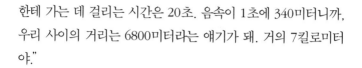

"충분히 걸을 수 있는 거리야, 악셀!"

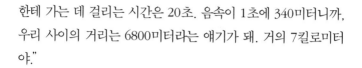

"하지만 올라가야 할지 내려가야 할지 어떻게 알죠?"

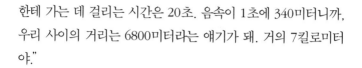

"내려와. 그 이유는⋯⋯ 지금 우리가 있는 곳은 엄청나게 넓은 공간이야. 수많은 통로가 여기서 끝나고 있어. 네가 어떤 길을 택하든 아래쪽으로 내려오기만 하면 반드시 이곳으로 오게 될 거야. 모든 균열, 모든 통로가 이 거대한 동굴에서 부채꼴로 뻗어나가고 있으니까 말이다. 일어나서 계속 걸어. 필요하다면 몸을 질질 끌고서라도 계속 전진해. 가파른 비탈에서는 그냥 미끄러져. 통로 끝에 이르면 우리가 두 팔을 벌리고 맞아줄 테니까. 어서 출발해. 어서!"

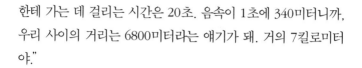

이 말을 듣자 다시 기운이 났다.

"삼촌, 지금 출발할게요. 제가 이곳을 떠나면 우리는 더 이상 대화를 나눌 수 없을 거예요. 그럼 안녕!"

"그래. 곧 다시 만나자꾸나!"

이것이 내가 들은 마지막 말이었다.

지구의 거대한 암괴를 뚫고 7킬로미터 거리를 오간 이 놀라운 통화는 곧 다시 만나자는 희망의 말로 끝을 맺었다. 나는 하느님께 감사했다. 하느님이 그 거대한 어둠 속에서 나를 인도하여, 삼촌의 목소리를 들을 수 있는 유일한 지점으로 데려다주었기 때문이다.

이 놀라운 음향 효과는 사실 간단한 자연 법칙으로 쉽게 설명할 수 있다. 그 효과는 통로의 특수한 형태와 암석의 전도성 때문에 생겨났다. 중간 지점에서는 들리지 않는 소리가 그보다 멀리 떨어진 곳으로 전달되는 경우가 많다. 런던에 있는 세인트폴 성당의 '속삭이는 회랑'*과 시칠리아 섬의 기묘한 동굴을 비롯한 여러 곳에서 이런 현상을 관측할 수 있다는 것이 생각났다. 시칠리아의 시라쿠사 부근에 있는 그 기묘한 암굴들 중에서도 가장 놀라운 것은 '디오니시오스의 귀'**라는 이름으로 알려져 있다.

이런 기억이 떠오르자, 삼촌의 음성이 내 귀에 들린 이상 우리 사이에는 어떤 장애물도 있을 수 없다는 것을 깨달았다. 소리가 전달된 길을 따라가기만 하면 나도 반드시 삼촌한테 도달할 수 있을 것이다. 체력이 바닥나지만 않는다면.

그래서 나는 일어섰다. 걷는다기보다 몸을 질질 끌고 갔다. 비

---

* 속삭이는 회랑: 이 회랑의 벽에 대고 작은 소리로 속삭이면 그 소리가 건너편 회랑에서 또렷하게 들린다. 소리가 지니는 파동성을 이용하여 이러한 효과를 내도록 설계된 것이다.
** 디오니시오스의 귀: 고대 시라쿠사의 전제군주인 디오니시오스 1세(기원전 430~367)가 감옥으로 이용했던 동굴로, 음향 효과가 매우 좋기 때문에, 이곳에 유폐된 정치범들에게 자신의 뜻을 '신의 목소리'처럼 전하여 세뇌시켰다고 한다.

탈은 아주 가팔랐다. 나는 몸뚱이가 미끄러져 내려가는 대로 내버려두었다.

곧이어 하강 속도가 겁이 날 만큼 빨라지기 시작했다. 이러다가는 미끄럼타기가 아니라 진짜 추락이 될 것 같았다. 쏜살같이 미끄러지는 몸을 세울 기력은 남아 있지 않았다.

갑자기 내 발 밑에서 바닥이 사라졌다. 나는 그야말로 우물 같은 수직 통로를 빙글빙글 돌면서, 여기저기 튀어나온 바위에 부딪치면서 떨어지는 것을 느꼈다. 머리가 날카로운 바위에 부딪쳤다. 나는 그만 의식을 잃어버렸다.

29
살아 있다!

정신이 들었을 때 주위는 어스름했다. 나는 두꺼운 깔개 위에 누워 있었다. 삼촌이 나를 내려다보고 있었다. 시선을 내 얼굴에 고정시키고, 생명의 징후를 열심히 찾고 있었다. 내가 숨을 내쉬자 삼촌은 내 손을 잡았고, 내가 눈뜨는 것을 보고는 환성을 질렀다.

"살았구나, 살았어!"

"예." 나는 힘없는 소리로 대답했다.

"애야, 살았구나!" 삼촌은 나를 가슴에 끌어안으면서 말했다.

나는 삼촌의 말투에 감동했고, 그 말에 담긴 지극한 애정에는 훨씬 더 감동했다. 하지만 리덴브로크 교수가 이런 감정을 드러내기 위해서는 그런 시련이 꼭 필요했다.

그때 한스가 다가왔다. 한스는 삼촌 손에 붙잡힌 내 손을 보았다. 감히 말하건대 한스의 눈에는 생생한 만족감이 드러나 있었다.

"고드 다그." 한스가 말했다.

"안녕, 한스." 나는 중얼거렸다. "삼촌, 그런데 여기가 어디죠?"

"내일 말해주마, 내일. 너는 아직 너무 쇠약해. 네 머리에 압박붕대를 감아놓았는데, 붕대가 흐트러지면 안 돼. 그만 자거라. 푹 자고 나서 내일 다 말해주마."

"지금이 몇 시인지, 그것만이라도 말해주세요. 오늘이 며칠이죠?"

"밤 열한 시야. 날짜는 8월 9일 일요일이고. 내일까지는 더 이상 아무것도 묻지 마라."

정말이지 나는 기력이 많이 약해져 있었다. 눈이 저절로 감겼다. 하룻밤 푹 쉴 필요가 있었다. 나는 꼬박 이틀 동안 혼자 지냈구나 생각하면서 깊은 잠 속으로 빠져들었다.

이튿날 아침, 나는 눈을 뜨고 주위를 둘러보았다. 담요를 모아서 만든 내 잠자리는 아름다운 종유석으로 장식된 멋진 동굴 속에 놓여 있었고, 바닥은 부드러운 모래로 덮여 있었다. 동굴 속은 어스름했다. 횃불도 램프도 켜져 있지 않은데 야릇한 빛이 동굴에 뚫린 좁은 틈새를 통해 바깥에서 비쳐들고 있었다. 무슨 소리인지 알 수 없는 희미한 소리도 들렸다. 바닷가에 밀려와 부서지는 파도 소리 같았다. 이따금 휘파람을 부는 듯한 바람 소리도 들리는 것 같았다.

나는 의아한 생각이 들었다. 내가 정말로 잠이 깼나? 아직도 꿈꾸고 있는 건 아닐까? 추락하면서 다친 머리가 있지도 않은 가공의 소리를 듣고 있는 게 아닐까? 하지만 내 눈과 귀가 그 정도까지 잘못될 리는 없었다.

나는 눈을 뜨고 주위를 둘러보았다

나는 속으로 중얼거렸다. '저건 분명히 햇빛이야. 저건 분명히 파도 소리야! 그리고 저건 바람 소리야! 너무도 그리운 나머지 상상하고 있는 걸까? 아니면 내가 지상으로 돌아왔나? 그럼 삼촌이 탐험을 포기했나? 아니면 탐험이 만족스러운 결론에 도달했나?

풀리지 않는 의문으로 머리를 쥐어짜고 있을 때 삼촌이 들어왔다.

"잘 잤니, 악셀?" 삼촌은 기분 좋게 외쳤다. "아주 좋아진 것 같구나."

"정말 그래요." 나는 일어나 앉으면서 말했다.

"네가 편히 잠을 자기에 그럴 줄 알았다. 한스와 내가 밤새 교대로 너를 간호했지. 네가 빠른 속도로 회복되고 있다는 것을 알 수 있었어."

"정말로 이젠 기분이 훨씬 좋아졌어요. 삼촌이 차려줄 음식도 맛있게 먹을게요!"

"암, 그래야지. 이젠 열도 다 내렸다. 한스가 아이슬란드 사람만 아는 연고를 네 상처에 발라주었는데, 그게 놀라운 효과를 발휘해서 상처가 벌써 다 아물었어. 우리 사냥꾼은 정말 대단한 친구야!"

삼촌은 말하면서 음식을 몇 가지 장만했다. 나는 삼촌의 충고도 아랑곳하지 않고 걸신들린 듯이 먹어댔다. 먹으면서 삼촌한테 온갖 질문을 퍼부었고, 삼촌은 그 모든 질문에 거침없이 대답했다.

삼촌의 말에 따르면, 나는 거의 수직에 가까운 동굴을 억수같이 쏟아지는 돌멩이들과 함께 굴러 떨어졌다. 그 돌멩이들은 가장 작은 것도 나를 박살낼 수 있을 만큼 컸다. 따라서 나는 운좋게도 커다란 암석 조각을 타고 그것과 함께 미끄러져 내려온 게 분명했다. 이 무시무시한 탈것은 나를 삼촌의 품안으로 곧장 데려왔다. 나는 의식을 잃고 피투성이가 된 채 삼촌의 팔 안에 떨어졌다.

"네가 죽지 않은 건 정말 기적이라고 말할 수밖에 없어. 운이 나빴다면 수천 번 죽고도 남았을 텐데 말이다. 어쨌거나 앞으로는 늘 한데 뭉쳐서 다니자. 그렇지 않으면 다시는 못 만날 위험이 있으니까."

앞으로는 늘 한데 뭉쳐서 다니자고? 그럼 여행은 아직 안 끝났단 말인가? 나는 눈을 크게 떴다. 휘둥그래진 내 눈을 보고 삼촌이 물었다.

"왜 그러냐, 악셀?"

"한 가지 여쭤보고 싶은데요, 저는 정말로 무사한 거죠?"

"그건 의심할 여지가 없어."

"제 팔다리도 모두 말짱한 거죠?"

"물론이지."

"그럼 제 머리는요?"

"네 머리? 한두 군데 멍이 든 것만 빼고는 있어야 할 곳에 정확히 붙어 있지. 네 어깨 위에."

"그렇다면 저는 정신이 나가버린 게 분명해요."

"정신이 나갔다고?"

"예. 우리는 땅 위로 돌아간 게 아니죠?"

"물론이지!"

"그럼 저는 미쳤어요. 햇빛이 보이고, 바람 소리, 파도 소리도 들리니까요."

"겨우 그 얘기냐?"

"어찌된 영문인지, 설명 좀 해주시겠어요?"

"아니, 설명하지 않겠다. 그러고 싶어도 할 수가 없으니까. 하지만 지질학은 아직까지 최종 결론을 내리지 않았다는 걸 네 눈으로 보고 스스로 깨닫게 될 거야."

"그럼 어서 보러 가요." 나는 벌떡 일어나면서 소리쳤다.

"안 돼. 바깥 공기는 너한테 해로울지 몰라."

"바깥 공기요?"

"그래. 바람이 꽤 세차니까. 너를 그런 위험에 빠뜨리고 싶지 않다."

"하지만 전 기분이 아주 좋은걸요."

"인내심을 가져라, 악셀. 네 병이 재발하면 우리 모두 곤경에 빠지게 돼. 낭비할 시간이 없어. 횡단하는 데 시간이 오래 걸릴 수도 있으니까 말이다."

"횡단요?"

"그래. 오늘 하루만 더 쉬거라. 내일은 배를 탈 거야."

"배를 타요?"

나는 깜짝 놀랐다.

배를 탄다고? 그럼 이 땅 속에 강이나 호수나 바다가 있다는 말인가? 지하 항구에 배가 정박해 있다는 말인가?

내 호기심은 병적인 흥분으로 고조되었다. 삼촌은 나를 진정시키려고 애썼지만 허사였다. 삼촌은 내가 조바심으로 속을 태우는 것보다는 내 호기심을 채워주는 편이 나한테 이롭다는 것을 깨닫고 양보했다.

나는 재빨리 옷을 입었다. 만약을 위해 담요로 몸을 감싸고 동굴을 나섰다.

30

리덴브로크 해

처음에는 아무것도 보이지 않았다. 빛에 익숙지 않은 내 눈이 저도 모르게 감겨버린 것이다. 간신히 눈을 떴을 때, 나는 기쁘다기보다 어안이 벙벙해서 멍하니 서 있었다.

"야, 바다다!" 나는 소리쳤다.

"그래, 바다야. 리덴브로크 해(海). 내가 발견했으니 내 이름을 붙여도 누가 뭐라고 하지는 않겠지."

호수나 대양의 어귀처럼 보이는 드넓은 물이 시야 끝까지 펼쳐져 있었다. 육지 쪽으로 깊이 파고들어온 해안선에는 파도가 밀려와 철썩이고, 고운 황금빛 모래에는 태초의 생물이 서식하는 작은 껍데기들이 점점이 흩어져 있었다. 그 위에서 부서지는 파도는 벽에 부딪쳐 낮게 반향하는 듯한 소리를 내고 있었다. 동굴처럼 사방이 둘러싸인 곳에서나 들을 수 있는 독특한 음향이었다. 부드러운 바람결이 가벼운 물거품을 휩쓸어가고, 물보라가 내 얼굴에까지 날아왔다. 해안은 완만하게 기울어져 있고, 물

드넓은 물이 시야 끝까지 펼쳐져 있었다

가에서 2백 걸음쯤 떨어진 곳에 벼랑 끝자락이 닿아 있었다. 그 거대한 절벽은 위로 올라갈수록 점점 넓어지면서 헤아릴 수 없는 높이까지 솟아 있었다. 벼랑의 일부는 톱니처럼 들쭉날쭉한 가장자리로 해안선을 꿰뚫어 바다로 돌출한 곳을 이루고 있고, 파도는 이런 곳을 이빨로 물어뜯어 서서히 침식하고 있었다. 저 멀리 안개에 싸인 듯 희미한 수평선을 배경으로 또렷한 윤곽을 드러낸 벼랑이 눈길을 끌었다.

그것은 지상의 바다처럼 해안선이 구불구불한 진짜 바다였다. 하지만 텅 비어 있었고, 오싹할 만큼 야생적으로 보였다.

이 바다를 그렇게 멀리까지 볼 수 있었던 것은 아주 미세한 것까지 드러내는 특수한 빛 때문이었다. 그것은 눈부신 빛살과 햇무리를 가진 햇빛이 아니라, 별빛처럼 창백하고 희미한 빛이었다. 그것은 열이 없는 반사광일 뿐이었다. 아니, 그 빛은 넓은 공간을 비추는 조명력, 깜박거리며 확산하는 성질, 맑고 차가운 흰색, 낮은 온도, 달빛보다 훨씬 강한 광채 등으로 보아 전기적 성질을 띠고 있는 것이 분명했다. 속에 바다를 품고 있을 만큼 드넓은 이 동굴을 가득 채우고 있는 빛은 끊임없이 이어지는 우주 현상인 북극의 오로라와 비슷했다.

내 머리 위를 하늘처럼 뒤덮고 있는 천장은 거대한 구름으로 이루어져 있는 것처럼 보였다. 무시로 움직이며 변화하는 수증기는 이따금 응결되어 억수같은 비를 쏟아부을 터였다. 그렇게 기압이 높은 상태에서는 물의 증발이 일어날 수 없을 텐데, 내가 이해할 수 없는 물리 법칙에 따라 거대한 구름이 대기를 가득 채우고 있었다. 하지만 지금 이 순간은 '맑은 날'이었다. 전기층은 높은 구름 속에서 놀라운 빛을 만들어냈다. 구름 아래쪽에는 또렷한 그림자가 생겼고, 두 구름층 사이에서 이따금 놀랄 만큼 강한 빛이 우리 쪽으로 새어나왔다. 하지만 그 빛은 열이 전혀 없었기 때문에 태양은 분명 아니었다. 그 빛은 왠지 모르게 슬픔을 자아냈다. 나는 몹시 우울해졌다. 그 구름 위에는 별들이 반짝이는 파란 하늘이 아니라 화강암 천장이 있었다. 나는 그 천장이 나를 무겁게 짓누르는 것을 느꼈다. 이 공간은 거대했지만, 가장 작은 위성조차 그 공간을 돌지는 못했을 것이다.

그때 문득 어느 영국 선장의 가설이 떠올랐다. 그는 지구를 속이 텅 빈 거대한 공에 비유하면서, 지구 속에는 엄청난 압력 때문에 계속 빛을 내는 공기가 가득 차 있으며, 플루톤과 프로세르피나*라는 두 개의 위성이 신비로운 궤도를 돌고 있다고 주장했다. 어쩌면 그의 말이 맞지 않을까?

실제로 우리는 거대한 구멍 속에 갇혀 있었다. 해안선은 시야에서 벗어날 때까지 계속 옆으로 뻗어 나갔기 때문에 구멍의 너비가 얼마나 되는지는 알 수 없었고, 희미한 수평선 너머는 보이지 않았기 때문에 구멍의 길이가 얼마나 되는지도 알 수 없었다. 구멍의 높이는 최소한 수천 미터는 될 터였다. 공기 중에 구름이 너무 많이 떠 있어서, 천장이 어디쯤에서 화강암 벽과 만나는지도 확인할 수 없었다. 구름의 높이는 지상의 구름보다 훨씬 높으니까 4000미터가 훨씬 넘을 것이다. 이것은 분명 공기의 밀도가 높기 때문이었다.

나는 이 거대한 공간을 적당한 말로 표현하려고 애쓰고 있지만, '동굴'이라는 말은 아무래도 충분치 않다. 인간의 언어를 이

---

* 프로세르피나: 로마 신화에 나오는 저승의 왕 플루톤의 아내.

루고 있는 어휘들은 지구 내부로 깊이 들어온 사람들이 자신의 경험을 전달하기에는 턱없이 부적당하다.

이런 거대한 구멍이 어떻게 해서 생겨났는지, 그 이유를 설명할 수 있는 지질학적 사건이 무엇인지도 나는 알 수가 없었다. 지구가 냉각하면서 이런 구멍이 생겨날 수 있을까? 나는 갖가지 기행문을 읽고 유명한 동굴들을 알고 있지만, 이렇게 규모가 큰 동굴은 하나도 없었다.

콜롬비아의 과차로스 동굴은 그곳을 찾아간 훔볼트에게 깊이가 얼마나 되는지를 알려주지 않았지만, 훔볼트는 760미터 깊이까지 그 동굴을 탐험했다. 동굴의 길이가 그보다 훨씬 길었을 가능성은 거의 없다. 미국 켄터키 주의 매머드 동굴*은 거대한 동굴의 표본이다. 깊이를 알 수 없는 호수 위로 천장이 150미터나 높이 솟아 있고, 탐험가들이 동굴 안으로 40킬로미터 넘게 들어갔는데도 결국 끝에 이르지 못했기 때문이다. 하지만 그런 동굴도 내가 지금 찬탄하고 있는 이 동굴, 구름 낀 하늘이 있고 전기적 성질의 빛을 발하고 있으며 가슴에 드넓은 바다를 안고 있는 이 동굴에 비하면 아무것도 아니다. 이 거대함 앞에서 나의 상상력은 무력감을 느꼈다.

나는 이 경이로운 광경을 말없이 바라보았다. 내 느낌을 표현할 수 있는 말이 하나도 떠오르지 않았다. 천왕성이나 해왕성 같은 머나먼 행성에 가서, 나의 '지구인' 속성이 전혀 모르는 현상을 관찰하고 있는 듯한 기분이었다. 새로운 감각을 표현하려면 새로운 낱말이 필요한데, 내 상상력으로는 적당한 어휘를 새로

* 매머드 동굴: 지금까지 발견된 세계 최대 규모의 석회암 동굴로, 총길이가 500킬로미터를 넘는다.

만들어낼 수가 없었다. 나는 두려움과 놀라움이 뒤섞인 기분으로 멍하니 바라보고, 생각하고, 찬탄했다.

이 뜻밖의 광경을 바라보는 동안 내 뺨에 건강한 혈색이 돌아왔다. 나는 놀라움이라는 새로운 요법으로 나를 치료하고 있었다. 게다가 밀도 높은 공기는 내 허파에 더 많은 산소를 공급하여 나를 활기차게 하는 효력을 갖고 있었다.

47일 동안 좁은 통로에 갇혀 있다가 소금기와 습기를 머금은 산들바람을 들이마시는 기분은 이루 말할 수 없이 황홀했다. 그런 내 기분을 이해하기는 어렵지 않을 것이다.

어두운 동굴을 떠나는 것은 조금도 아쉽지 않았다. 삼촌은 이미 이 경이로운 광경에 익숙해져서 더 이상 놀라지도 않았다.

"잠깐 산책할 기운이 있겠니?" 삼촌이 물었다.

"그럼요. 지금 저한테 산책만큼 큰 즐거움은 없을 겁니다."

"그럼 내 팔을 잡아라. 저 구불구불한 해안선을 따라가보자꾸나."

나는 신이 나서 삼촌의 제의를 받아들였다. 우리는 이 새로운 바닷가를 따라 걷기 시작했다. 왼쪽에는 깎아지른 바위들이 엄청나게 쌓여서 거대한 더미를 이루고 있었다. 수많은 폭포가 바위 더미를 따라 흘러내린 뒤, 맑고 얕은 물줄기가 되어 졸졸 소리를 내며 사방으로 퍼져갔다. 군데군데 바위에서 솟아오르는 수증기는 그곳에 온천이 있음을 알려주었다. 시냇물들은 좀더 감미롭게 속삭일 수 있는 비탈로 내려갈 기회를 노리면서 바다를 향해 조용히 흘러갔다.

나는 그 물줄기들 속에 우리의 충실한 길동무였던 '한스 천'도 섞여 있는 것을 알아보았다. '한스 천'은 태초부터 이제까지 다른 일은 해본 적도 없는 듯이 평화롭게 바다로 흘러들어갔다.

"앞으로는 저 시냇물이 없어서 아쉽겠군요."

내가 한숨을 내쉬며 말하자, 삼촌이 대답했다.

"아쉬울 것까지야! 시냇물은 다 똑같아."

나는 삼촌의 대답이 좀 배은망덕하다고 생각했다.

하지만 그 순간 뜻밖의 광경이 내 관심을 사로잡았다. 5백 걸음쯤 떨어진 곳에 높은 곳이 있고, 그 너머에 울창한 숲이 나타난 것이다. 숲을 이루고 있는 중간 높이의 나무들은 잘 정돈된 기하학적 윤곽을 갖고 있어서 햇빛을 가리는 양산처럼 보였다. 공기의 흐름은 나뭇잎에 전혀 영향을 주지 않는 것 같았다. 산들바람 속에서도 나무들은 화석이 된 삼목 덩어리처럼 꼼짝도 하지 않았다.

나는 서둘러 숲으로 다가갔다. 그 기묘한 나무의 이름은 알 수 없었다. 지금까지 알려진 20만 종의 식물에 속해 있을까? 아니면 수생식물 계통에 이 나무들의 자리를 특별히 따로 마련해야 할까? 아니! 나무 그늘에 이르렀을 때 내 놀라움은 찬탄으로 바뀌었다.

그것은 분명 땅의 산물이었지만, 크기가 어마어마했다. 삼촌은 당장 그 식물의 이름을 말했다.

"저건 버섯 숲일 뿐이야."

그랬다. 버섯은 고온다습한 기후를 좋아하는 만큼, 그런 조건이 갖추어진 환경에서 얼마나 거대하게 자랐는지 상상할 수 있을 것이다. 뷜리아르*에 따르면 '리코페르돈 기간테움'이라는

---

* 장 밥티스트 프랑수아 뷜리아르(1751~93): 프랑스의 균류(菌類) 학자.

"저건 버섯 숲일 뿐이야."

버섯은 둘레가 3미터나 자란다고 한다. 하지만 이곳의 하얀 버섯들은 높이가 10미터 내지 12미터에 이르렀고, 갓의 너비도 그 정도였다. 그런 버섯이 수천 개나 모여 있었다. 어떤 빛도 그 두꺼운 지붕을 뚫고 들어오지 못해서, 아프리카 마을의 둥근 지붕들처럼 빽빽이 모여 있는 둥근 천장 아래는 칠흑 같은 어둠에 싸여 있었다.

그래도 나는 버섯 숲속으로 좀더 깊이 들어가보고 싶었다. 두꺼운 천장에서 지독한 냉기가 나오고 있었다. 우리는 그 눅눅한 그늘 속을 30분쯤 돌아다녔다. 다시 해안으로 돌아왔을 때는 행복감이 홍수처럼 밀려왔다.

그러나 이 지하 세계의 식물은 버섯만이 아니었다. 버섯 숲에서 좀더 앞으로 걸어가자, 누렇게 바랜 잎을 매달고 있는 수많은 나무가 무리지어 서 있었다. 그 나무들은 쉽게 알아볼 수 있었다. 크기는 엄청나지만 지상에서 흔히 볼 수 있는 관목들, 키가 30미터나 되는 석송, 거대한 봉인목, 북쪽 지방의 소나무만큼 크게 자란 나무고사리, 양쪽으로 갈라진 원통형 줄기 끝에 길쭉한 잎이 달려 있는 인목도 있었다. 인목의 잎은 거친 털로 덮여 있었다.

"놀랍고, 엄청나고, 훌륭해!" 삼촌이 외쳤다. "이곳에는 고생대의 식물군이 모두 모여 있어. 우리가 텃밭에서 키우는 그 보잘것없는 식물들이 태초에는 이렇게 큰 나무로 자랐던 거야. 봐라, 악셀. 놀랍지 않니? 어떤 식물학자도 이런 전시회에는 초대받은 적이 없어!"

"그래요. 하느님은 노아의 홍수 이전의 식물들을 이 거대한 온실에 모두 보존해두고 싶으셨나 봐요."

"그래. 여기가 온실이라는 말은 맞다. 하지만 덧붙여 말하면 여긴 동물원이기도 해."

"동물원요?"

"틀림없어. 우리가 걷고 있는 이 모래땅을 봐라. 바닥에 흩어져 있는 뼈를 봐."

"뼈라고요? 아니, 정말로 이건 태곳적 동물의 뼈로군요!"

나는 결코 파괴할 수 없는 광물성 물질로 이루어진 오래된 화석에 덤벼들었다. 그리고 바싹 마른 나무줄기와 비슷한 이 거대한 뼈들이 어떤 동물의 뼈인지 당장 알 수 있었다.

"이건 마스토돈의 아래턱 뼈예요. 이건 디노테리움*의 어금니고, 이 대퇴골은 이 동물들 중에서 가장 큰 메가테리움**의 뼈가 분명해요. 정말로 여긴 동물원이군요. 이 뼈들은 지각 변동으로 우연히 여기에 운반된 게 아니에요. 이 뼈의 주인들은 이 땅 속 바닷가, 이 나무 같은 식물들의 그늘에서 살았어요. 이것 좀 보세요. 이 골격은 완전한 형태로 남아 있군요. 하지만……."

"하지만 뭐지?"

"그런 네발짐승들이 어떻게 이 화강암 동굴 속에서 살게 됐는지 이해할 수가 없어요."

"왜?"

"그런 동물들은 원생대의 뜨거운 바위가 퇴적층에 자리를 내준 중생대에 와서야 지구상에 출현했으니까요."

"네 의문에는 아주 간단히 대답할 수 있지. 이 지층이 바로 퇴적층이라는 거야."

* 마스토돈, 디노테리움: 신생대 제3기에 번성했던 화석 코끼리.
** 메가테리움: 신생대 홍적세에 번성했던, 개미핥기를 닮은 화석 포유류.

"뭐라고요? 지표면보다 훨씬 밑에 있는 이 땅 속에 퇴적층이 있다니!"

"틀림없어. 그리고 그건 지질학적으로 설명할 수 있어. 한때 지구는 탄력적인 지각으로만 이루어져 있어서, 만유인력 법칙에 따라 지각이 위아래로 번갈아 움직였지. 그러다 보면 산사태처럼 토사가 무너져 내렸을 테고, 그래서 퇴적층의 일부가 새로 뚫린 틈새 바닥으로 가라앉았을 거야."

"그래요. 그게 틀림없어요. 하지만 태곳적 동물들이 지하에 살았다면, 그 괴물들이 아직도 이곳 어두운 숲이나 가파른 암벽 뒤에 어슬렁거리고 있지 않을까요?"

이런 생각을 하자 좀 겁이 나서 수평선을 훑어보았다. 그러나 텅 빈 해안에는 살아 있는 생물이라고는 하나도 보이지 않았다.

나는 좀 피곤해서 곶 끝으로 걸어가 앉았다. 그 낭떠러지 기슭에서는 파도가 요란한 소리를 내며 부서지고 있었다. 그곳에서는 해안선을 톱니 모양으로 파고들어간 작은 후미들이 한눈에 바라다보였다. 후미 끝에는 피라미드 모양의 암벽에 둘러싸인 작은 항구가 생겨나 있었다. 쌍돛 범선과 스쿠너 두세 척이 닻을 내리고도 남을 만큼 널찍한 항구였다. 돛을 모두 올리고 남풍을 받으며 바다로 나가는 배가 정말로 보이는 듯했다.

하지만 이 환상은 곧 사라졌다. 이 지하 세계에 살아 있는 생물은 우리뿐이었다. 이따금 바람이 잔잔해지면 사막보다 더 깊은 정적이 이 바위투성이 불모지에 내리덮이고 해수면을 짓눌렀다. 나는 멀리 끼어 있는 안개를 꿰뚫어보려고 애썼다. 신비로운 수평선 위에 드리워진 장막을 찢으려고 애썼다. 그때 내 입에서 엉뚱한 질문이 튀어나왔다! 이 바다는 어디서 끝나죠? 아니,

어디서 시작된 거죠? 건너편 해안을 볼 수 있을까요?

이 문제에 대해서 삼촌은 이미 분명한 생각을 가지고 있었다. 나는 삼촌의 대답을 듣고, 한편으로는 신이 나고 다른 한편으로는 두려웠다.

그 경이로운 경치를 바라보며 한 시간쯤 보낸 뒤에 우리는 다시 헤안을 따라 동굴로 돌아갔다. 나는 묘한 생각에 사로잡힌 채 깊은 잠 속으로 빠져들었다.

31
지구 속 해안

이튿날 아침, 나는 가뿐한 몸으로 잠에서 깨어났다. 목욕을 하면 몸에 좋을 것 같아, 나는 그 '지중해'로 가서 미역을 감았다. 지중해야말로 이 바다에 안성맞춤인 이름이었다.

나는 목욕을 하고 돌아와 왕성한 식욕으로 점심을 먹었다. 한스의 요리 솜씨는 대단했다. 여기서는 불과 물을 쓸 수 있었기 때문에, 늘 먹는 음식에 조금이나마 변화를 줄 수 있었다. 한스는 후식으로 푸딩과 함께 커피를 내놓았는데, 그렇게 맛있는 커피는 마셔본 적이 없었다.

식사가 끝나자 삼촌이 말했다.

"이제 밀물이 들 시간이야. 이 현상을 연구할 수 있는 기회를 놓칠 수는 없지."

"뭐라고요? 밀물이 든다고요?"

"그래."

"그럼 이렇게 깊은 땅 속에도 해와 달이 영향을 미칠 수 있다

나는 '지중해'로 가서 미역을 감았다

는 겁니까?"

"그러면 안 될 이유라도 있냐? 만물은 인력의 영향을 받으니까, 이 바다도 분명히 그 보편적인 법칙의 지배를 받을 거야. 그러니까 아무리 높은 기압이 해수면을 누르고 있다 해도 대서양과 마찬가지로 해수면이 올라가겠지."

이런 대화를 나누면서 백사장을 걷는 동안 파도가 서서히 해안으로 올라오고 있었다.

"보세요. 밀물이 시작됐어요."

"그래. 물거품의 흔적을 보면 수위가 3미터 가량 높아진 것을 알 수 있어."

"굉장하군요!"

"이건 자연스러운 현상이야."

"삼촌이 뭐라고 하시든 저한테는 모든 게 너무나 놀랍습니다. 제 눈을 믿을 수가 없을 정도예요. 지구의 지각 속에서 밀물과 썰물이 일어나고, 해풍과 폭풍까지 부는 진짜 바다가 존재할 수 있다고 누가 생각이나 했겠어요!"

"왜? 지각 속에 바다가 존재하면 안 될 물리적 이유라도 있냐?"

"지구의 중심에 고열이 존재한다는 가설을 버린다면 그런 물리적 이유는 하나도 찾을 수 없어요."

"그러니까 지금까지는 데이비의 이론이 확인된 것으로 보인다는 거냐?"

"그런 것 같아요. 데이비의 이론이 옳다면, 지구 내부에 바다나 육지가 존재하지 못할 이유는 전혀 없죠."

"그건 물론 의심할 여지가 없지만, 땅 속의 바다나 육지에는 생물이 살지 않아."

"하지만 이 바다에도 알려지지 않은 물고기가 몇 종 살고 있을지 모르잖아요."

"글쎄다. 어쨌든 지금까지는 하나도 발견하지 못했어."

"그럼 지상의 바다처럼 이 바다에서도 물고기가 낚이는지, 시험 삼아 낚시라도 해보는 건 어떨까요?"

"그래 좋다. 한번 해보자꾸나. 우리는 이 신세계의 수수께끼를 모두 풀어야 하니까."

"그런데 여기가 어디죠? 삼촌한테 아직 그걸 물어보지 못했는데, 삼촌은 계기를 사용해서 여기가 어딘지 벌써 알아내셨겠죠?"

"아이슬란드에서 수평 거리로 1400킬로미터 떨어진 지점이야."

"우리가 그렇게 멀리 왔나요?"

"거의 정확해."

"그런데 나침반은 아직도 남동쪽을 가리키고 있나요?"

"그래. 지표면에서와 마찬가지로 서쪽으로 19도 42분 기울어져 있어. 그런데 복각에 아주 특이한 현상이 일어나고 있어서 주의 깊게 관찰하고 있는 중이야."

"그게 뭔데요?"

"지상의 북반구에서처럼 자침이 북극 쪽으로 기울지 않고 위쪽을 가리키고 있거든."

"그렇다면 지표면과 이곳 사이의 어디쯤에 자극(磁極)이 있다는 뜻이군요?"

"맞았어. 제임스 로스*가 북자극을 발견한 북위 70도선과 가까운 극지방에 가면 자침이 똑바로 서는 걸 보게 될 가능성이 많지. 따라서 이 신비로운 자극은 아주 깊은 곳에 자리잡고 있는 건 아니야."

"그건 과학이 지금까지 생각조차 해보지 않은 겁니다."

"과학은 오류투성이지만, 그런 잘못은 종종 저지르는 게 좋아. 잘못을 저지를 때마다 우리는 한 걸음씩 진리를 향해 나아갈 수 있으니까."

"이곳의 깊이는 얼마나 됩니까?"

"140킬로미터쯤."

"그렇다면……" 나는 지도를 들여다보면서 말했다. "우리 머리 위에는 스코틀랜드의 고지대가 있겠군요. 지상에는 그램피언 산맥의 눈덮인 봉우리들이 어마어마한 높이로 솟아 있습니다."

"그래." 삼촌은 웃으면서 대답했다. "떠받치고 있기에는 좀 무겁지만, 천장은 단단해. 세상을 만든 위대한 건축가는 단단한 재료로 천장을 만드셨지. 기둥 사이가 이렇게 넓은 천장을 인간은 결코 만들 수 없었을 거야! 반지름이 12킬로미터나 되고 그 밑에서 바다와 폭풍이 마음대로 움직일 수 있는 이 공간에 비하면, 인간이 만든 다리의 아치나 대성당의 둥근 천장 따위는 사실 아무것도 아니잖아?"

"하늘이 무너질까봐 걱정하지는 않습니다. 그런데 삼촌의 계획은 뭔가요? 땅 위로 돌아갈 생각은 아니시겠죠?"

"돌아간다고? 당치 않은 소리! 돌아가기는커녕 이 여행을 계속할 작정이야. 지금까지는 만사가 순조로웠으니까."

---

* 제임스 로스(1800~62): 영국의 해군 장교·극지(極地) 탐험가. 1831년에 북자극을 확정했다.

"하지만 저 바다 밑으로 내려가는 길을 어떻게 찾으실 작정인지 모르겠군요."

"무턱대고 뛰어들 생각은 나도 없어. 하지만 지상의 바다들은 모두 육지로 둘러싸여 있으니까, 엄밀히 말하면 호수일 뿐이야. 그렇다면 하물며 화강암 덩어리로 둘러싸여 있는 이 내해는 더 말할 것도 없지."

"그건 의심할 여지가 없습니다."

"그렇다면 건너편 해안에서 틀림없이 다른 통로를 찾을 수 있을 거다."

"그럼 이 바다의 너비가 얼마나 될 거라고 생각하세요?"

"120킬로미터 내지 150킬로미터쯤 되겠지."

"아아." 나는 이 추정치가 부정확할 수도 있다고 생각하면서 말했다.

"그러니까 낭비할 시간이 없어. 내일 돛을 올릴 거야."

나는 우리를 태우고 갈 배를 찾아 본능적으로 주위를 둘러보았다.

"좋습니다! 그런데 어떤 배를 탈 거죠?"

"배가 아니라 뗏목이야."

"뗏목이라고요? 어디에도 안 보이는데……."

"볼 수는 없지만, 귀를 기울이면 들을 수는 있을 거야!"

"들리다뇨?"

"그래. 망치 소리가 들리지? 저건 한스가 벌써 일을 시작했다는 뜻이야."

"뗏목을 만들고 있다고요?"

"그래."

"아니, 그럼 벌써 나무를 잘랐단 말입니까?"

"나무는 이미 쓰러져 있었어. 자, 어서 가보자. 한스가 일하는 걸 볼 수 있을 거야."

15분쯤 걸어가자 작은 항구를 이루고 있는 곳 반대편에서 일하고 있는 한스가 보였다. 나는 몇 걸음 만에 한스 옆에 이르렀다. 놀랍게도 반쯤 완성된 뗏목이 모래톱에 놓여 있었다. 뗏목은 특이한 나무로 만들어져 있었고, 수많은 들보와 이음재와 늑재가 땅바닥에 흩어져 있었다.

"삼촌, 이게 도대체 무슨 나무죠?"

"소나무, 전나무, 자작나무…… 북반구에서 자라는 온갖 침엽수들이지. 바닷물 때문에 돌처럼 딱딱하게 굳어버렸어."

"그럴 수도 있나요?"

"그걸 '수르타르브란두르'라고 부르는데, 쉽게 말하면 나무 화석이야."

"그렇다면 갈탄이나 마찬가지로 돌처럼 단단할 테니, 절대로 물에 뜰 수 없어요."

"그럴 수도 있겠지. 나무들 가운데 일부는 진짜 석탄이 되어버렸어. 하지만 여기 있는 나무들은 이제 막 화석으로 변하기 시작했을 뿐이야. 이걸 보렴."

삼촌은 목재 하나를 바다에 던졌다. 그 나무토막은 잠시 물 속으로 사라졌다가 다시 수면으로 떠올라, 바닷물의 출렁임에 따라 위아래로 흔들렸다.

"이제 알겠니?"

"제 눈을 믿을 수 없다는 걸 알겠어요!"

한스의 노련한 솜씨 덕택에 이튿날 저녁 무렵에는 뗏목이 완성되었다. 뗏목은 길이가 3미터, 너비가 1.5미터였다. 튼튼한 밧줄로 묶은 '수르타르브란두르' 들보는 물샐 틈 없이 단단한 바닥을 이루었다. 물에 띄우자, 임시변통으로 급조한 배는 '리덴브로크 해'에 조용히 떠 있었다.

32

뗏목을 타고

8월 13일 목요일, 우리는 아침 일찍 일어났다. 오늘은 빠르고 편안한 새로운 수송 수단을 정식으로 개통할 예정이었다.

두 개의 나무토막을 묶어서 만든 돛대, 활대, 담요로 만든 돛이 우리 뗏목에 갖추어진 장비였다. 밧줄은 부족하지 않았기 때문에 모든 것이 단단했다.

아침 6시에 삼촌이 뗏목에 타라는 신호를 보냈다. 식량과 짐·기구·무기, 바위 틈에서 받은 신선한 물은 이미 뗏목에 실려 있었다.

한스는 바다에 떠 있는 구조물을 조종할 수 있도록 키를 달았다. 그 키는 한스가 잡았다. 나는 뗏목을 해안에 묶어둔 밧줄을 풀었다. 바람을 잘 받도록 돛이 조정되었다. 우리는 아주 빠르게 출발했다.

작은 항구를 떠날 때, 지명을 붙이는 데 강한 애착을 갖고 있는 삼촌은 그 항구에도 이름을 붙이고 싶어했다. 삼촌이 한참 궁리한 끝에 내놓은 이름은 하필 내 이름이었다.

"저는 다른 이름을 제안하고 싶은데요."

"뭔데?"

"그라우벤요. 지도에 그라우벤 항이라고 씌어 있으면 보기 좋을 거예요."

"좋다. 그라우벤 항으로 하자."

이렇게 하여 사랑하는 피어란트 아가씨의 기억이 우리의 파란만장한 탐험과 결부되었다.

바람은 북서쪽에서 불어오고 있었다. 우리는 뒷바람을 받아 빠른 속도로 달렸다. 밀도 높은 대기층은 강한 추진력을 갖고 있어서 돛에 강력한 선풍기 같은 작용을 했다.

한 시간 뒤에 삼촌은 우리의 속도를 비교적 정확하게 추산할 수 있었다.

"현재와 같은 속도로 계속 달리면 24시간마다 적어도 120킬로미터는 갈 수 있으니까, 오래지 않아 건너편 해안에 도착할 수 있을 거야."

나는 뗏목 앞쪽으로 걸어갔다. 북쪽 해안선은 벌써 수평선 너머로 가물가물 사라지고 있었다. 두 팔처럼 양쪽으로 뻗은 해안선이 우리의 출발을 도우려는 듯 넓게 벌어졌다. 눈앞에 드넓은 바다가 펼쳐졌다. 거대한 구름이 수면에 잿빛 그림자를 던지며 우리와 함께 달렸다. 구름의 그림자가 그 음침한 물을 짓누르는 것 같았다. 여기저기서 튀어오르는 물방울에 반사된 은빛 광선이 뗏목이 지나간 자리를 반짝이는 점들로 장식했다. 곧 육지가 시야에서 사라져, 우리는 기준 시점을 잃어버렸다. 뗏목 뒤에서 일어나는 거품이 없었다면 우리가 과연 움직이는 것인지도 확신하지 못했을 것이다.

정오 무렵 수면에 떠 있는 거대한 바닷말이 나타났다. 나는 이 식물의 놀라운 번식력을 알고 있었다. 이 바닷말은 수심이 3600미터가 넘는 깊은 바다에서도 밑바닥을 따라 뿌리를 뻗고, 400기압의 수압도 너끈히 견뎌내고 번식하는가 하면, 배의 진행을 방해할 만큼 거대한 무리를 이룰 때도 많다. 하지만 리덴브로크 해에서 본 것만큼 거대한 바닷말은 세상 어디에도 존재할 수 없었을 것이다.

우리 뗏목은 길이가 1킬로미터나 되는 바닷말 옆을 스치고 지나갔다. 바닷말은 거대한 뱀처럼 수평선 너머로 구불구불 뻗어 있었다. 이제 곧 끝나겠지 생각하면서, 리본처럼 끝없이 이어진 바닷말을 바라보는 것은 무척 재미있었다. 그런데 몇 시간이 지나도 바닷말은 끝날 줄 몰랐다. 나의 놀라움은 점점 커져갔고, 반대로 인내심은 거의 바닥이 났다.

도대체 어떤 자연의 힘이 그런 식물을 창조해낼 수 있었을까? 열기와 습기 때문에 지표면에 식물의 왕국만 번성했던 태초의 지구는 도대체 어떤 모양이었을까?

밤이 왔다. 하지만 전날 저녁에 알아차렸듯이 대기는 여전히 빛을 내고 있었다. 그 밝기는 전혀 줄어들지 않았다. 그 현상은 영원히 계속되리라고 믿어도 좋을 듯싶었다.

저녁을 먹은 뒤에 나는 돛대 밑에 드러누워 공상을 즐기다가 곧 잠이 들었다.

한스는 키 옆에서 꼼짝도 하지 않고 뗏목이 달리도록 내버려두었다. 순풍을 받고 있었기 때문에 한스는 키를 잡을 필요도 없었다.

바닷말은 거대한 뱀처럼 수평선 너머로 구불구불 뻗어 있었다

그라우벤 항을 떠난 뒤, 리덴브로크 교수는 나에게 일거리를 주었다. '항해일지'를 적는 일이었다. 아무리 사소한 점도 남김없이 기록하고, 흥미로운 현상과 풍향, 뗏목의 속도, 뗏목이 달린 거리, 요컨대 이 환상적인 항해에서 일어난 온갖 사건을 빠짐없이 적으라는 분부였다.

따라서 항해일지는 사건을 있는 그대로 기록한 것이기는 하지만, 우리의 항해를 좀더 여실하게 보고하기 위해 그 일지를 여기에 그대로 옮겨 적도록 하겠다.

8월 14일 금요일

북서풍. 꾸준한 산들바람. 뗏목은 일직선으로 아주 빠르게 달리고 있다. 해안은 바람이 불어오는 쪽으로 약 120킬로미터 지점. 수평선에는 아무것도 보이지 않는다. 빛의 강도는 전혀 변화가 없다. 날씨 맑음. 구름은 아주 높이 떠 있고, 가볍고, 양털 같다. 은빛 대기가 구름을 둘러싸고 있다. 기온은 32도.

정오에 한스가 낚싯줄 끝에 낚싯바늘을 묶었다. 낚싯바늘에 고기 조각을 미끼로 끼우고 물 속에 던진다. 두 시간 동안 아무것도 잡히지 않음. 이 바다에는 물고기가 하나도 없나? 아니. 낚싯줄이 홱 당겨진다. 한스가 낚싯줄을 끌어당겨 물고기 한 마리를 낚아 올린다. 물고기가 격렬하게 몸부림치고 있다.

"물고기다." 삼촌이 외친다.

"철갑상어다!" 이번에는 내가 외친다. "이건 분명 철갑상어예요."

삼촌은 그 동물을 유심히 조사하고 있다. 삼촌은 내 말에 동의하지 않는다. 이 물고기는 납작하고 구부러진 대가리를 갖고 있다. 몸통 아랫부분은 뼈 같은 등딱지로 덮여 있고, 입에는 이빨이 하나도 없다. 꼬리 없는 몸뚱이에 잘 발달한 지느러미가 붙어 있다. 이 동물은 분명 철갑상어에 속해 있지만, 여러 가지 기본적인 점에서 철갑상어와는 다르다.

결국 삼촌이 옳았다. 잠시 조사한 뒤에 삼촌이 말했다.

"이 물고기는 오래 전에 멸종해서 지금은 데본기 지층에 화석으로만 남아 있는 과에 속해 있어."

"아니, 그럼 우리가 정말로 원시 바다에서 살았던 동물을 잡았다는 겁니까?"

"그래." 삼촌은 관찰을 계속하면서 말한다. "이 화석 어류가 현존하는 어떤 종과도 다르다는 것은 너도 알아차릴 수 있을 거야. 멸종한 동물의 살아 있는 표본을 입수하는 것은 박물학자에게 커다란 기쁨이지."

"그런데 이 물고기는 어느 계통에 속합니까?"

"경린어목(目) 케팔라스피스과(科). 속명(屬名)은……"

"속명은 뭡니까?"

"프테리크티스. 그래, 틀림없어. 그런데 이놈은 지하 동굴에 사는 어류에서 볼 수 있는 독특한 특징을 갖고 있군."

"그게 뭔데요?"

"눈이 안 보인다는 것."

"놀랍군요!"

"그냥 눈이 안 보이는 게 아니라, 시각 기관이 아예 없어."

나는 물고기를 살펴본다. 정말로 눈이 없다. 하지만 이 물고기만 눈이 없는 기형인지도 모른다. 그래서 다시 낚싯바늘에 미끼를 꿰어 물 속에 던진다. 바다에는 물고기가 우글거리는 모양이다. 두 시간 만에 수많은 프테리크티스를 잡았을 뿐 아니라, 역시 멸종된 디프테리데스과 어류—삼촌은 그것을 정확히 분류하지는 못했다—도 잡았기 때문이다. 이 물고기들은 모두 눈이 없다. 뜻밖에 물고기를 잡은 덕에 식량이 늘어났다.

이 바다에는 지금, 오늘날 화석으로 남아 있는 종의 생물만 살고 있을 가능성이 커 보인다. 이런 종은 어류도 파충류도 오래전에 발생한 것일수록 더 완전한 형태를 갖고 있다.

어쩌면 과학이 뼛조각이나 연골 조직에서 복원하는 데 성공한 공룡도 이곳에서 만날 수 있지 않을까?

나는 망원경을 집어들고 바다를 살펴본다. 바다는 텅 비어 있다. 우리가 아직도 해안에 너무 가까이 있는 모양이다.

나는 고개를 든다. 불멸의 퀴비에*가 복원한 태곳적 새들이 이곳 밀도 높은 대기층에서 날개를 퍼덕이고 있을지도 모른다. 바다에는 물고기가 가득하니까 새들의 먹이는 충분할 것이다. 나는 위쪽 공간을 살피지만, 하늘도 해안처럼 텅 비어 있다.

그런데도 내 상상력은 나를 고생물학의 기상천외한 가설 속으로 데려간다. 나는 몽상에 잠긴다. 떠다니는 섬만큼이나 거대한 태고의 거북인 케르시트들이 수면 위에 떠 있는 것이 보이는 듯하다. 태초의 큰 포유류들이 어두워진 해안을 지나가고 있다. 브라질의 동굴 속에서 발견된 렙토테리움, 시베리아의 빙하지대에서 내려온 메리코테리움. 저 앞에는 피부가 두꺼운 로피오돈이 바위 뒤에 숨어 있다. 거대한 맥처럼 생긴 로피오돈은 아노플로테리움과 먹이 쟁탈전을 벌일 준비를 하고 있다. 아노플로

* 조르주 퀴비에(1769~1832): 프랑스의 비교해부학자 · 고생물학자.

악셀의 꿈

테리움은 코뿔소와 말과 하마와 낙타를 합쳐놓은 듯 기묘하게 생긴 동물이다. 조물주가 세상을 창조할 때 너무 서두른 나머지 여러 동물을 한데 모아 이 동물을 만든 것 같다. 거대한 마스토돈이 기다란 코를 휘두르며 해안의 바윗돌을 엄니로 때려부수고 있다. 거대한 다리로 버티고 선 메가테리움은 먹이를 찾아 땅을 파헤치면서 으르렁대고 있다. 그 소리에 잠자고 있던 화강암의 메아리가 깨어나 멀리까지 울려 퍼진다. 높은 곳에서는 지표면에 나타난 최초의 원숭이인 프로토피테쿠스가 가파른 비탈을 기어오르고 있다. 그보다 더 높은 곳에서는 날개 달린 발톱을 가진 프테로닥틸루스(익룡)가 압축된 대기 위를 거대한 박쥐처럼 날고 있다. 가장 높은 층에는 화식조보다 힘이 세고 타조보다 큰 거대한 새들이 거대한 날개를 펼치고 화강암 천장에 금방이라도 머리를 부딪치려 하고 있다.

이 모든 화석의 세계가 내 상상 속에서 되살아난다. 나는 인간이 태어나기 오래 전, 성경에 나오는 천지창조의 시대, 지구가 아직은 불완전해서 인간을 맞아들일 준비가 되어 있지 않았던 시대로 돌아가고 있다. 이어서 나의 몽상은 동물이 출현하기 전으로 거슬러 올라간다. 포유류가 사라지고, 조류가 사라지고, 중생대의 파충류가 사라지고, 마지막으로 어류와 갑각류와 연체동물과 체절동물이 사라진다. 고생대의 식충류도 사라진다. 지구의 모든 생명이 내 속에서 응축되어, 동물이 사라진 세계에서 고동치는 심장은 오직 내 심장뿐이다! 이곳에는 더 이상 계절도 없고 기후도 없다. 지구 자체의 열이 끊임없이 높아져 태양의 열을 상쇄한다. 식물이 비정상적으로 번식하고 있다. 나는 무지갯빛 이회암과 사암을 불안하게 밟으며 나무고사리 사이를 그림자처럼 지나간다. 거대한 침엽수 줄기에 등을 기댄다. 높이가 30미터나 되는 스페노필룸과 아스테로필룸과 리코포디움(석송) 그늘에 드러눕기도 한다.

수백 년이 며칠처럼 지나가고 있다! 나는 지구의 변화 과정을 거꾸로 거슬러 올라간다. 식물이 사라진다. 화강암이 순수성을 잃는다. 더 강한 열의 작용으로 고체가 액체 상태로 바뀌려 한다. 물이 지표면을 흐르고 있다. 물이 끓어오른다. 물이 승발한다. 수증기가 지구를 뒤덮고 있다. 지구는 차츰 새빨갛게 달구어진 백열 상태의 가스 덩어리로 변한다. 그 가스 덩어리는 태양만큼 크고 태양만큼 눈부시게 빛난다!

오늘날의 지구보다 140만 배나 큰 이 성운이 나를 감싸고 우주 공간으로 데려간다! 내 몸은 순화되고 정화되어, 무한한 공간에 새빨간 궤도를 새기는 이 거대한 구름 속에 무게를 잴 수 없을 만큼 가벼운 원자 하나처럼 섞인다.

얼마나 멋진 꿈인가! 성운은 나를 어디로 데려가고 있는가? 나는 열띤 손으로 그 야릇한 꿈을 자세히 기록한다. 나는 모든 것을 잊어버렸다. 삼촌도, 안내인도, 뗏목도 모두 염두에서 사라졌다. 환각이 내 머리를 사로잡았다…….

"왜 그러냐?"

크게 뜨인 내 눈은 삼촌에게 붙박여 있지만, 삼촌을 보고 있는 것은 아니다.

"조심해, 악셀. 바다에 빠지겠다!"

그 순간 나는 한스의 손아귀에 단단히 붙잡힌 것을 느낀다. 한스가 아니었다면 나는 환상에 사로잡혀 바다로 몸을 던졌을 것이다.

"악셀, 너 미쳐가고 있니?" 삼촌이 외친다.

"왜요?" 나는 겨우 정신을 차리고 되묻는다.

"어디 아프냐?"

"아뇨. 잠깐 환상을 보았어요. 하지만 이제 사라졌어요. 항해는 잘 되고 있나요?"

"그래. 부드러운 산들바람, 멋진 바다. 뗏목은 날듯이 달리고 있다. 내 계산이 틀리지 않는다면 이제 곧 건너편 해안에 상륙할 거야."

이 말에 나는 벌떡 일어나 수평선을 바라본다. 하지만 수평선은 아직도 구름에 가려 있다.

33

공룡들의 싸움

8월 15일 토요일

바다는 한결같이 단조롭다. 육지는 보이지 않는다. 수평선은 아주 멀리 떨어져 있는 것처럼 보인다.

그 환상의 영향이 너무 강해서 머리가 아직도 흐리멍덩하다.

하지만 꿈을 꾸지 않은 삼촌은 기분이 언짢은 모양이다. 삼촌은 망원경으로 공간을 샅샅이 살펴보고, 실망하여 팔짱을 끼고 있다.

나는 리덴브로크 교수가 과거의 급한 성격으로 돌아가려는 것을 알아차리고, 이 상황을 내 항해일지에 기록해둔다. 삼촌이 조금이라도 다정해지려면 내가 위험에 빠지거나 고통을 겪을 필요가 있다. 그런데 지금은 내가 훨씬 좋아졌기 때문에 삼촌의 본래 성격이 다시 주도권을 잡았다. 그런데 삼촌은 왜 짜증을 내는 것일까? 항해는 더없이 좋은 상황에서 순조롭게 진행되고 있는데…… 뗏목은 바람처럼 달리고 있지 않은가?

"삼촌, 무슨 걱정거리라도 있습니까?" 나는 삼촌이 망원경을 눈에서 떼지 못하는 것을 보고 묻는다.

"걱정거리? 그런 거 없다."

"그럼 초조하신가 보군요."

"그야 당연하지!"

"하지만 우리는 빠른 속도로 나아가고 있잖아요. 지금 속도 가……."

"그건 상관없어! 문제는 우리가 느린 게 아니라 바다가 너무 크다는 거야!"

이 말에 나는 항구를 떠나기 전에 삼촌이 이 지중해의 길이를 약 120킬로미터로 추정한 게 생각났다. 우리는 적어도 그 거리 의 세 배를 왔는데, 바다의 남쪽 해안은 나타날 기미도 보이지 않는 것이다.

"우리는 남쪽으로 내려가고 있지 않아. 이건 다 시간 낭비야. 나는 연못에서 뱃놀이를 하러 여기까지 온 게 아니란 말이야!"

삼촌은 이 항해를 뱃놀이라고 부르고, 이 바다를 연못이라고 불렀다!

"하지만 우리는 줄곧 사크누셈이 알려준 길을 따라왔잖아요. 그러니까……."

"바로 그게 문제야. 우리가 정말로 그 길을 따라왔을까? 사크 누셈도 이 거대한 바다를 만났을까? 이 바다를 건넜을까? 우리 가 길잡이로 삼은 그 시냇물이 혹시 우리를 엉뚱한 곳으로 데려 온 건 아닐까?"

"어쨌든 여기까지 온 것을 후회할 수는 없습니다. 이 경치는 정말 웅장하고……."

"경치 구경이 문제가 아니야. 나는 목표를 세웠고, 그 목표를 달성할 작정이야. 그러니까 경치가 어쩌고 하는 얘기는 하지 마!"

삼촌은 이 말을 되풀이할 필요가 없다. 나는 초조해서 입술을 물어뜯고 있는 삼촌을 그냥 내버려둔다. 저녁 6시에 한스가 급료를 달라고 요구. 삼촌은 3릭스달러를 세어서 한스에게 지불.

8월 16일 일요일

새로운 일은 아무것도 일어나지 않음. 날씨도 똑같다. 바람은 조금 강해지는 듯. 내가 잠에서 깨어나 맨 먼저 하는 일은 빛의 강도를 관찰하는 것이다. 나는 전기적 현상인 그 빛이 희미해지다가 꺼져버릴지도 모른다는 두려움 속에 살고 있다. 하지만 그런 일은 일어나지 않는다. 뗏목의 그림자가 해수면에 또렷한 윤곽을 그리고 있다.

이 바다는 정말로 끝이 없다. 지상의 지중해만큼이나 넓은 게 분명하다. 아니, 어쩌면 대서양만큼 넓을지도 모른다. 그렇지 말란 법이 어디 있는가?

삼촌은 여러 번 수심을 재려고 애썼다. 가장 무거운 곡괭이를 밧줄 끝에 매달아 물 속에 넣고 400미터를 풀어준다. 곡괭이가 매달린 밧줄을 다시 끌어올리기가 너무 힘들다.

마침내 곡괭이를 뗏목 위로 끌어올리자, 한스가 곡괭이 표면에 깊이 새겨진 자국을 가리킨다. 쇳덩어리가 단단한 두 개의 물체 사이에 꽉 끼여 있었던 것처럼 보인다.

나는 사냥꾼을 쳐다본다.

"텐데르."

나는 무슨 뜻인지 몰라 삼촌을 돌아보지만, 삼촌은 혼자만의 생각에 몰두해 있다. 삼촌을 방해하고 싶지 않아서 다시 한스에게 고개를 돌린다. 그러자 한스는 입을 몇 번 열었다 닫았다 하는 시늉으로 의사를 전달한다.

"이빨!" 나는 깜짝 놀라서 소리치고, 쇳덩어리를 좀더 유심히 살펴본다.

그렇다. 금속에 새겨진 자국은 이빨 자국이다! 그 이빨이 장식하고 있는 턱은 어마어마한 힘을 가졌을 게 분명하다. 지상에서 사라진 어떤 괴물이 깊은 물 속에서 몸부림치고 있는 것일까? 돔발상어보다 더 굶주리고, 고래보다 더 가공할 그 괴물은 도대체 뭘까? 나는 이빨 자국이 난 쇳덩이에서 눈을 떼지 못한다. 간밤에 본 환상이 실현되려는 것인가?

이런 생각 때문에 온종일 심란하다. 겨우 몇 시간 눈을 붙이지만, 그 동안에도 내 상상력은 좀처럼 진정되지 않는다.

8월 17일 월요일

먼 옛날, 중생대에 살았던 동물들의 특이한 본능을 기억해내려고 애쓴다. 포유류가 아직 지구상에 나타나기 전에 연체동물과 갑각류와 어류에 뒤이어 출현한 이 파충류는 그후 지구에 널리 퍼졌다. 이 괴물들은 쥐라기의 바다를 완전히 지배했다. 자연은 그들에게 가장 완벽한 신체 구조를 주었다. 얼마나 거대한 생물인가! 얼마나 놀라운 힘인가! 공룡의 후손인 오늘날의 악어는, 아무리 크고 대단한 크로커다일이나 앨리게이터도 옛날 조상에 비하면 빈약한 축소판에 불과하다.

나는 이 괴물들을 떠올리며 몸서리를 친다. 어떤 인간도 살아 있는 공룡을 본 적이 없다. 공룡은 인간보다 수천만 년 전에 지구상에 출현했지만, 영국인들이 '라이어스'라고 부르는 청색 점토질 석회암층에서 발견된 화석 덕분에 공룡을 해부학적으로 복원할 수 있었고, 그래서 공룡의 거대한 신체 구조를 알 수 있게 되었다.

나는 함부르크의 자연사 박물관에서 머리부터 꼬리까지의 길이가 10미터나 되는 공룡의 해골을 본 적이 있다. 지상의 주민인 내가 중생대에 사는 한 종족의 대표와 대면하게 되려나? 설마 그럴 리가. 하지만 쇳덩어리에 새겨진 강한 이빨 자국! 그 자국은 악어 이빨처럼 원뿔 모양이다.

내 눈은 공포에 질려 바다를 노려본다. 바다 속 동굴에 서식하는 그 괴물이 느닷없이 나타나지나 않을까 겁이 난다.

리덴브로크 교수도 괴물과 맞닥뜨리는 것을 두려워하지는 않는다 해도, 곡괭이를 조사한 뒤 바다에 눈길을 던지는 것으로 보아 나와 같은 생각을 하는 것 같다.

삼촌은 어째서 바다 깊이를 잴 마음이 들었을까? 삼촌은 해저 동굴에 있는 괴물을 화나게 했다. 그놈이 우리를 공격하면…….

나는 무기를 힐끔 바라보고, 언제든지 쏠 수 있도록 준비되어 있는지 점검한다. 삼촌은 그러는 나를 보고 흡족한 듯 고개를 끄덕인다. 벌써 해수면이 넓게 일렁이고 있다. 그것은 바다 속 깊은 곳에서 거친 물결이 일어나고 있다는 증거다. 위험이 다가오고 있다. 조심해야 한다.

8월 18일 화요일

밤이 온다. 아니, 밤이 온다기보다, 졸음이 와서 눈꺼풀이 감기는 때가 온다. 이 바다에는 밤이 없고, 무자비한 빛이 끊임없이 우리의 눈을 피곤하게 만들기 때문이다. 마치 햇빛을 받으며 북극해를 항해하고 있는 것 같다. 한스는 키를 잡고 있다. 한스가 불침번을 서는 동안 나는 잠이 든다.

두 시간 뒤, 무서운 충격에 잠이 깬다. 형언할 수 없는 엄청난 힘이 뗏목을 파도 위로 들어올려 40미터 저쪽으로 내던진다.

"아니, 무슨 일이지?" 삼촌이 소리친다. "암초에 부딪쳤나?"

한스가 400미터쯤 떨어진 곳에서 꾸준히 위아래로 움직이고 있는 거무튀튀하고 거대한 물체를 가리킨다. 나는 그쪽을 보고 소리친다.

"저건 거대한 돌고래예요!"

"그래. 그리고 저쪽에는 엄청나게 큰 바다도마뱀도 있어."

"저 앞에는 어마어마하게 큰 악어도 있군요. 저 거대한 턱과 무시무시한 이빨 좀 보세요. 아아, 사라졌어요!"

"고래다, 고래야!" 삼촌이 소리친다. "거대한 꼬리가 보여. 저것 봐. 분기공(噴氣孔)으로 공기와 물을 내뿜고 있어!"

두 개의 물기둥이 파도 위로 상당한 높이까지 올라간다. 이 바다 괴물들의 무리를 보고 우리는 놀라움과 두려움에 휩싸여 망연자실할 뿐이다. 괴물들은 믿을 수 없을 만큼 거대하다. 가장 작은 것도 한입에 뗏목을 박살낼 수 있을 것이다. 한스는 순풍을 받아 이 위험지대에서 어서 빨리 달아나려고 키를 조종한다. 하지만 반대쪽에도 역시 가공할 적들이 있다는 것을 알아차린다. 너비가 12미터나 되는 거북과 길이가 10미터에 가까운 뱀이 거대한 대가리를 수면 위로 쑥 내밀고 있다.

달아날 수는 없다. 파충류들이 다가온다. 최고 속도로 달리는

엄청난 힘이 뗏목을 파도 위로 밀어 올렸다

기차도 따라잡을 수 없을 만큼 빠른 속도로 달려와 뗏목 주위를 맴돈다. 파충류들은 동심원을 그리며 뗏목 주위를 헤엄친다. 나는 소총을 집어든다. 하지만 파충류의 몸뚱이를 뒤덮고 있는 비늘에 총알이 무슨 영향을 줄 수 있겠는가?

우리는 공포에 질려 말을 잊는다. 파충류들이 다가오고 있다. 한쪽에는 악어, 다른 한쪽에는 바다뱀. 나머지는 모두 사라졌다. 총을 쏘려고 하자, 한스가 쏘지 말라는 신호를 보낸다. 두 괴물은 뗏목에서 10미터도 채 떨어지지 않은 곳을 지나간다. 그러고는 서로에게 덤벼든다. 악어와 뱀은 서로에게 너무 화가 나서 우리를 보지 못한다.

전투는 뗏목에서 200미터쯤 떨어진 곳에서 벌어진다. 두 괴물이 서로 뒤엉켜 있는 것이 또렷이 보인다.

하지만 이제는 다른 동물들도 싸움에 가담하고 있는 것 같다. 돌고래, 고래, 도마뱀, 그리고 거북까지. 다양한 괴물들이 계속 눈에 띈다. 나는 한스에게 그 괴물들을 가리킨다. 하지만 한스는 고개를 젓는다.

"트바." 한스가 말한다.

"두 마리라고? 한스는 두 마리밖에 없다고 주장하는데요."

"한스 말이 맞아." 삼촌은 망원경을 눈에 댄 채 대답한다.

"그럴 리가!"

"맞아. 첫 번째 괴물은 돌고래의 주둥이와 도마뱀의 대가리와 악어의 이빨을 갖고 있어. 그래서 우리가 착각한 거야. 저건 고대 파충류 중에서도 가장 무시무시한 어룡이야."

"그럼 다른 놈은요?"

"거북의 등딱지 속에 숨은 바다뱀이야. 어룡의 천적인 사경룡

(蛇頸龍)이지."

한스 말이 옳다. 수면을 어지럽히고 있는 괴물은 두 마리뿐이다. 태고의 바다에 살았던 두 마리의 파충류가 내 눈앞에 있다. 사람 머리만큼 커다란 어룡의 핏발선 눈이 보인다. 자연은 어룡에게 서식지인 깊은 물 속에서도 수압을 견딜 수 있는 강력한 시각 기관을 주었다. 어룡은 고래만큼 크고 고래만큼 빨라서 도마뱀 고래라는 별명을 얻었다. 지금 눈앞에 있는 어룡은 몸길이가 최소한 30미터는 되어 보인다. 수직으로 곧추선 꼬리지느러미를 물 밖으로 들어올리는 것을 보면 몸통 둘레가 어느 정도인지 짐작할 수 있다. 턱은 거대하고, 박물학자들의 말에 따르면 이빨이 182개나 된다고 한다.

원통형 몸통에 짧은 꼬리가 달린 사경룡은 배를 젓는 노처럼 생긴 다리를 갖고 있다. 온몸이 단단한 껍데기로 덮여 있고, 백조의 목처럼 유연한 목은 수면 위로 10미터 가까이나 올라온다.

두 괴물은 형언할 수 없는 분노에 사로잡혀 서로 맹렬히 싸우고 있다. 산더미 같은 물결이 일어나 뗏목까지 밀려온다. 뗏목은 스무 번이나 뒤집힐 뻔한다. 쉭쉭거리는 소름끼치는 소리가 귀청을 때린다. 두 괴물은 서로 부둥켜안고 있다. 나는 두 괴물을 구별할 수가 없다. 승자가 사납게 날뛰면 무슨 일이 일어날지 알 수 없다.

한 시간이 지나고 두 시간이 지난다. 그래도 싸움의 기세는 전혀 약해지지 않는다. 두 적은 뗏목으로 다가오기도 하고, 뗏목에서 멀어지기도 한다. 우리는 총을 쏠 준비를 한 채 꼼짝도 하지 않는다.

갑자기 어룡과 사경룡이 사라진다. 넓은 바다에 커다란 소용

두 괴물이 맹렬히 싸우고 있다

돌이가 일어난다. 몇 분이 지난다. 이 전투는 깊은 바다 속에서 끝나려나?

그 순간, 거대한 대가리 하나가 불쑥 올라온다. 사경룡의 대가리다. 이 괴물은 치명상을 입은 모양이다. 거대한 껍데기가 더 이상 보이지 않는다. 기다란 목만 똑바로 곤두섰다가 물을 내리치고, 올라왔다가 다시 구부러져 거대한 채찍처럼 물을 내리치고, 동강난 벌레처럼 몸부림친다. 거대한 물보라가 치솟아 멀리까지 물방울을 튀긴다. 우리는 물보라 때문에 앞이 보이지 않는다. 하지만 파충류의 단말마도 거의 끝나간다. 사경룡의 움직임이 잦아들고 경련이 가라앉는다. 마침내 뱀은 이제 다시 잔잔해진 수면 위에 생명이 없는 덩어리처럼 기다란 몸뚱이를 쭉 뻗는다.

어룡은 바다 속 거대한 동굴에서 쉬려고 내려갔을까? 아니면 수면에 다시 나타날까?

34

큰 고래?

8월 19일 수요일

세차게 부는 바람 덕분에 다행히 싸움터에서 달아날 수 있었다. 한스는 여전히 키를 잡고 있다. 괴물들의 싸움 때문에 깊은 상념에서 벗어났던 삼촌은 이제 다시 초조하게 바다를 응시하고 있다.

우리의 항해는 또다시 한결같고 단조로워진다. 하지만 어제 같은 위험을 무릅쓰면서까지 변화가 일어나기를 바라지는 않는다.

8월 20일 목요일

가벼운 북동풍. 바람의 방향은 변덕스럽다. 기온은 높고, 뗏목의 속도는 8노트.

12시쯤 희미한 소리가 들린다. 그게 무슨 소리인지 설명할 수가 없어서, 그 사실만 여기에 적어둔다. 무언가가 끊임없이 으르렁거리고 있는 듯하다.

"저 멀리 암초나 작은 섬이 있는 게 분명해." 삼촌이 말한다.
"거기에 파도가 부딪쳐서 부서지는 소리야."

한스가 돛대 꼭대기로 올라가지만, 암초가 있다는 신호는 없
다. 바다는 수평선까지 잔잔하다.

세 시간이 지난다. 으르렁거리는 소리는 먼 폭포에서 나는 것
같다.

삼촌에게 말하자, 삼촌은 고개를 젓는다. 하지만 나는 내 생각
이 옳다고 확신한다. 우리는 심연으로 떨어지는 거대한 폭포 쪽
으로 다가가고 있는 게 아닐까? 그런 여행은 수직 여행과 비슷
하니까 삼촌은 좋아하겠지만, 나는…….

어쨌든 으르렁거리는 소리가 아주 커진 것으로 보아, 바람이
불어가는 쪽으로 그리 멀지 않은 곳에서 아주 시끄러운 사건이
일어나고 있는 것은 확실하다. 그 소리는 바다에서 나는 걸까?
아니면 하늘에서 나는 걸까?

나는 공중에 떠 있는 수증기를 쳐다보고, 두꺼운 수증기층 너
머를 꿰뚫어보려고 애쓴다. 하지만 하늘은 맑게 개어 있다. 천장
꼭대기까지 올라간 구름은 꼼짝도 하지 않는 것 같다. 강렬한 빛
살 때문에 구름은 전혀 보이지 않는다. 따라서 하늘이 아닌 다른
곳에서 소리의 원인을 찾아야 한다.

안개가 말끔히 걷힌 수평선을 살펴본다. 겉보기에는 아무 변
화도 없다. 하지만 이 소리가 폭포에서 나고 있다면, 바닷물이
낮은 구덩이로 떨어지고 있다면, 떨어지는 물이 이 으르렁거리
는 소리를 내고 있다면, 반드시 물의 흐름이 있을 것이다. 점점
빨라지는 흐름은 우리에게 얼마나 큰 위험이 닥쳐오고 있는지

를 알려줄 것이다. 나는 흐름을 조사한다. 흐름은 전혀 없다. 빈 병을 바다에 떨어뜨려도 바람이 불어가는 쪽으로 조용히 떠내려갈 뿐이다.

4시쯤 한스가 일어나 돛대를 잡고 꼭대기로 올라간다. 돛대 꼭대기에서 앞쪽을 살피던 한스의 눈이 한곳에 멈춘다. 그의 얼굴은 놀라움을 드러내지 않지만, 시선은 계속 한곳에 박혀 있다.

"한스가 뭔가를 본 모양이군." 삼촌이 말한다.

"그런가 봐요."

한스가 돛대를 내려와 남쪽으로 팔을 뻗는다.

"데르 네레!"

"저쪽이라는 뜻이야." 삼촌이 말하고는 망원경을 집어들어 1분쯤 유심히 그쪽을 살핀다. 그 1분이 나에게는 1년처럼 느껴진다.

"그래. 그래!"

"뭐가 보이나요?"

"거대한 물기둥이 파도 위로 솟구치고 있어."

"그것도 바다 괴물인가요?"

"그럴지도 모르지."

"그럼 좀더 서쪽으로 가죠. 그 괴물들하고 마주치는 게 얼마나 위험한지 알잖습니까."

"곧장 앞으로!" 삼촌이 말한다.

나는 한스를 돌아본다. 한스는 고집스럽게 진로를 유지한다.

하지만 그 괴물과 우리는 적어도 50킬로미터는 떨어져 있는데, 그런데도 분기공에서 뿜어 나오는 물기둥이 또렷이 보인다면, 그 괴물의 크기는 거의 초자연적일 것이다. 따라서 기본적인 분별을 가진 사람이라면 달아나는 것이 당연한 처신이다. 달아

나는 것은 누구나 알 수 있는 경고에 따르는 것이다. 하지만 우리는 신중하게 행동하려고 여기 온 것이 아니다.

그래서 우리는 계속 돌진한다. 거리가 가까워질수록 물기둥은 점점 높아진다. 저렇게 많은 양의 물을 몸 안에 채웠다가 저렇게 쉬지 않고 뿜어낼 수 있는 것은 도대체 어떤 괴물일까?

저녁 8시에 우리는 그 괴물로부터 10킬로미터도 떨어지지 않은 곳에 이른다. 산처럼 거대한 몸뚱이가 섬처럼 바다 위에 누워 있다. 저건 환상일까? 아니면 가공할 괴물일까? 검은 형체의 길이가 적어도 2킬로미터는 됨직하다. 그렇다면 퀴비에와 블루멘바흐*가 꿈도 꾸지 못한 저 고래 같은 괴물은 도대체 무엇일까? 괴물은 잠든 것처럼 꼼짝도 하지 않는다. 바다도 괴물을 움직이지 못하는 것 같다. 움직이는 것은 괴물이 아니라, 괴물 옆구리에서 찰싹거리는 파도다. 150미터 높이까지 치솟는 물기둥은 으르렁거리는 소리를 내면서 물보라로 부서진다. 하루에 고래 100마리를 먹어치워도 양이 차지 않을 것 같은 그 거대한 괴물을 향해서 우리는 미치광이처럼 전진한다.

나는 겁에 질린다. 더 이상 앞으로 가고 싶지 않다. 필요하다면 돛끈을 자를 수도 있다! 나는 삼촌에게 공공연히 반항한다. 삼촌은 아무 대꾸도 하지 않는다.

갑자기 한스가 벌떡 일어나, 그 무시무시한 괴물을 손가락으로 가리킨다.

"홀메."

"섬이다!" 삼촌이 고함을 지른다.

* 요한 프리드리히 블루멘바흐(1752~1840): 독일의 동물학자 · 인류학자.

"섬이라고요?" 나는 어깨를 으쓱하면서 되묻는다.

"틀림없어!" 삼촌은 큰 소리로 웃음을 터뜨리면서 소리친다.

"하지만 물기둥은 어떻게 된 겁니까?"

"가이세르." 한스가 말한다.

"그래, 간헐천." 삼촌이 말한다. "아이슬란드에 있는 것과 같은 간헐천*이야."

나는 내 생각이 틀렸다는 사실을 선뜻 인정할 수가 없다. 섬을 바다 괴물로 착각하다니! 하지만 명백한 증거가 있으니 굴복할 수밖에. 결국 나는 실수를 인정하지 않을 수 없다. 이곳에는 괴물이 아니라 자연 현상이 있을 뿐이다.

가까이 갈수록 물기둥의 높이가 어마어마해진다. 수면 위로 20미터 높이까지 고개를 내민 거대한 고래와 섬은 구별하기 어려울 만큼 비슷하다. 아이슬란드 사람들은 간헐천을 '가이세르'라고 부르는데, '분노'라는 뜻이다. 이런 간헐천이 섬의 한쪽 끝에서 볼 만한 기세로 솟구치고 있다. 이따금 둔탁한 폭발음이 들리고, 격렬한 분노에 사로잡힌 거대한 물줄기가 수증기를 깃털처럼 날리면서 가장 낮은 구름층까지 치솟아오른다. 이 간헐천은 외톨이다. 주위에는 화산 가스를 분출해내는 분기공도 없고 온천도 없다. 화산의 힘은 모두 이 간헐천에 집중되어 있다. 전기적 성질을 띤 광선이 이 눈부신 물기둥과 섞여, 물방울 하나하나가 프리즘의 일곱 빛깔을 띠고 있다.

"상륙하자." 삼촌이 말한다.

하지만 물기둥을 피하려면 조심해야 한다. 뗏목이 물기둥에

---

* [원주] 헤클라 산기슭에 있는 유명한 온천을 말한다. 헤클라 산은 아이슬란드 남부 뮈르달스 요쿨(빙하) 근처에 있으며, 중세 이래 '지옥의 관문'으로 유명했다.

간헐천이 볼 만한 기세로 솟구치고 있다

맞으면 순식간에 가라앉을 것이다. 한스는 뗏목을 솜씨좋게 조종하여 섬 반대쪽 끝으로 우리를 데려간다.

나는 바위 위로 뛰어오른다. 삼촌도 날렵하게 뒤를 따르지만, 사냥꾼은 마치 그런 경이로운 광경에는 초연한 사람처럼 제자리에 남아 있다.

우리는 규산질 응회암이 섞인 화강암 위를 걷는다. 지나치게 과열된 수증기 때문에 몸부림치는 보일러처럼 발 밑의 땅이 부르르 떤다. 바위는 타는 듯이 뜨겁다. 간헐천이 나오는 작은 구덩이가 보인다. 나는 구덩이 한복판에서 부글부글 끓어 넘치는 물 속에 온도계를 찔러넣는다. 온도계 눈금이 163도를 가리킨다!

따라서 이 물은 불타듯이 뜨거운 곳에서 나오고 있다. 이것은 리덴브로크 교수의 이론과 완전히 모순된다. 나는 그 점을 지적하지 않을 수 없다.

"그게 어떻게 내 이론이 틀렸다는 증거가 되지? 그게 증명하는 게 뭐야?"

"아무것도 없습니다." 나는 다루기 힘든 고집불통을 상대하고 있다는 것을 깨닫고 무뚝뚝하게 대답한다.

하지만 지금까지는 우리가 놀랄 만큼 운이 좋았고, 내가 아직도 알 수 없는 이유 때문에 아주 적당한 기온 속에서 여행을 계속하고 있다는 것은 솔직히 인정할 수밖에 없다. 하지만 조만간 지구 내부의 열이 최고에 이르러 온도계로 잴 수 있는 한계를 훨씬 넘어버리는 지역에 도달할 것은 분명해 보인다. 아니, 분명해 보이는 것이 아니라 확실하다.

곧 알게 되겠지. 이 말은 이제 삼촌이 가장 즐겨 쓰는 말이다. 삼촌은 그 화산섬에 조카의 이름을 붙여준 다음, 뗏목에 타라는 신호를 보낸다.

그래도 나는 몇 분 동안 가만히 서서 간헐천을 바라본다. 물줄기의 분출은 불규칙하다. 약해지다가 다시 새로운 활력을 얻어 솟구친다. 내 생각에 그것은 저수지에 생기는 수증기의 압력이 변화하기 때문인 듯하다.

마침내 우리는 섬 남쪽의 깎아지른 암벽을 피해 빙 돌아서 섬을 떠난다. 한스는 잠시 뗏목을 세워둔 틈을 이용하여 뗏목을 다시 정비해놓았다.

하지만 떠나기 전에 나는 지금까지 온 거리를 계산하기 위해 몇 가지 관측을 하고, 그 결과를 항해일지에 기록한다. 우리는 그라우벤 항에서 1080킬로미터를 왔다. 현재 위치는 아이슬란드에서 2480킬로미터 지점, 바로 영국 밑이다.

35

거센 폭풍우

8월 21일 금요일

웅장한 간헐천은 사라졌다. 바람이 점점 강해져, 우리는 악셀 섬에서 빠른 속도로 멀어져간다. 으르렁거리는 소리도 차츰 잦아든다.

이곳에서 날씨라는 말을 쓸 수 있을지는 모르지만, 날씨가 변화할 조짐을 보인다. 대기에 수증기가 늘어나고 있다. 수증기는 소금기 섞인 바닷물이 증발할 때 생기는 전기적 성질을 띠고 있다. 구름 높이가 눈에 띄게 낮아지고, 온통 짙은 녹색을 띠고 있다. 낮게 깔린 구름은 금방이라도 폭풍의 드라마가 시작되려는 단계에 이르렀고, 전기적 성질을 띤 광선은 낮게 드리운 이 불투명한 장막을 거의 뚫지 못한다.

천재지변이 일어나려고 할 때는, 지상의 모든 동물과 마찬가지로 나도 불길한 예감을 느낀다. 남쪽 공중에 층층이 쌓인 적운(積雲)은 악의에 찬 것처럼 험상궂어 보인다. 구름은 폭풍이 시작될 때 흔히 볼 수 있는 '무자비한' 표정을 짓고 있다. 대기는 음산하고 바다는 잔잔하다.

멀리서 보면 구름은 커다란 솜뭉치를 아무렇게나 뒤죽박죽 쌓아놓은 것처럼 보인다. 구름은 차츰 부풀어올라, 솜뭉치의 수는 줄어드는 대신 크기가 커진다. 구름은 너무 무거워, 수평선에서 제 몸뚱이를 들어올리지도 못할 정도다. 하지만 위쪽을 흐르는 공기의 숨결에 구름은 한데 녹아들어 차츰 색깔이 짙어지고, 순식간에 무시무시하게 생긴 한 덩어리의 구름이 된다. 이따금 아직도 빛을 내는 안개 같은 구름 덩어리가 이 회색 융단과 충돌하지만, 뚫고 들어갈 수 없는 거대한 구름 덩어리에 이내 삼켜지고 만다.

대기 전체가 수증기로 포화 상태에 이른 것은 의심할 여지가 없다. 내 몸에도 수증기가 흠뻑 스며들어 있다. 머리카락이 전기 기구 옆에 있는 것처럼 곤두선다. 삼촌이나 한스가 지금 내 몸을 만지면 감전당할 거라는 생각이 문득 머리를 스친다.

오전 10시, 폭풍우가 닥쳐올 조짐이 더욱 뚜렷해진다. 바람은 오히려 약해진다. 잠시 한숨 돌리며 폭풍을 준비하는 것 같다. 구름은 폭풍우를 차곡차곡 모아두는 거대한 가죽 물병과 비슷하다.

하늘의 위협적인 징후를 폭풍이 닥칠 조짐으로 믿고 싶지는 않지만, 삼촌한테 말하지 않을 수 없다.

"아무래도 날씨가 심상치 않은데요."

삼촌은 대답하지 않는다. 눈앞에 끝없이 펼쳐져 있는 바다를 바라보며 기분이 몹시 언짢아져 있다. 내 말에 삼촌은 어깨만 으쓱한다.

"폭풍이 닥쳐올 거예요." 나는 수평선을 가리킨다. "저 구름이 바다 쪽으로 내려오고 있어요. 바다를 짓눌러 찌그러뜨리려는 것처럼."

침묵이 흐른다. 바람도 잔잔해진다. 자연은 숨도 쉬지 않고 죽은 듯이 누워 있다. 돛대에는 벌써 성 엘모의 불*이 보인다. 돛은 느슨하게 접혀서 축 늘어져 있다. 뗏목은 물결도 일지 않는 잔잔한 바다 한복판에서 꼼짝도 하지 못한다. 움직이지 않는 이상, 돛을 올려봤자 무슨 소용이 있겠는가? 폭풍우가 닥쳐왔을 때 돛을 올리고 있으면 끝장이다.

"돛을 내립시다. 돛대도 치우고. 그게 안전해요."

"안 돼, 녀석아!" 삼촌이 소리친다. "그건 절대로 안 돼! 바람아 불어라! 폭풍아 어서 오라! 해안에만 도착할 수 있다면 뗏목이 바위에 부딪쳐 박살이 나도 좋다!"

이 말이 삼촌 입에서 떨어지기가 무섭게 남쪽 수평선의 모양이 갑자기 변한다. 한데 모인 수증기가 물로 변하고, 이 응결로 생긴 허공을 메우기 위해 사납게 빨려들어간 공기는 거칠게 날뛰는 폭풍이 된다. 폭풍은 이 거대한 동굴의 가장 먼 구석에서 불어온다. 주위가 점점 어두워진다. 항해일지도 제대로 적을 수 없다.

뗏목이 올라간다. 펄쩍 뛰어오른다. 삼촌이 저만치 나가떨어진다. 나는 삼촌에게 엉금엉금 기어간다. 삼촌은 밧줄 끝에 필사적으로 매달려, 사슬에서 풀려난 자연이 미친 듯이 날뛰는 장관을 만족스럽게 바라보는 것 같다.

* 성 엘모의 불: 폭풍우가 치는 날 밤에 돛대나 비행기 날개 따위에 나타나는 방전 현상.

한스는 손가락 하나도 까딱하지 않고 있다. 긴 머리카락이 무표정한 얼굴 위에서 세찬 바람에 휘날린다. 머리카락이 반짝이는 깃털장식처럼 곤두서 있다. 그래서 그 무시무시한 얼굴은 노아의 홍수 이전의 인간, 어룡과 메가테리움의 동시대인을 생각케 한다.

그러나 돛대는 아직 버티고 있다. 돛은 금방이라도 터질 듯한 거품처럼 팽팽하다. 뗏목은 속도를 짐작할 수도 없을 만큼 쏜살같이 돌진하지만, 뗏목 밑에서 움직이는 물에 비하면 아직도 느린 편이다. 뗏목은 똑바른 일직선을 그리며 빠른 속도로 달린다.

"돛! 돛!" 나는 돛을 내려야 한다는 손짓을 하면서 소리친다.

"안 돼!"

"네이." 한스도 고개를 저으며 말한다.

이제 빗줄기는 우리가 미치광이처럼 달려가는 수평선 앞에서 으르렁대는 폭포를 이룬다. 하지만 우리가 거기에 도착하기 전에 구름의 장막이 찢어진다. 바다가 끓기 시작하고, 구름 위에서 일어난 어마어마한 화학작용으로 발생한 전기가 활동하기 시작한다. 눈부신 번개가 무시무시한 우레 소리와 결합한다. 우르르 쾅쾅 하는 요란한 소리에 섞여 수많은 섬광이 교차한다. 수증기 덩어리는 뜨겁게 달구어져 백열 상태가 된다. 우박이 우리의 금속제 연장과 무기에 맞아 불꽃을 튀긴다. 굽이치는 파도는 분출하는 화산 같다. 그 속에서는 불이 타오르고, 꼭대기에는 불꽃이 깃털장식처럼 얹혀 있다.

빛이 너무 강렬해서 눈이 부시다. 우레 소리에 귀가 먹먹하다. 나는 폭풍의 위력 앞에 갈대처럼 휘청이는 돛대에 매달릴 수밖에 없다.

한스의 머리카락이 반짝이는 깃털장식처럼 곤두서 있다

·················

〔항해일지는 여기서 매우 불완전해진다. 기계적으로 적은 관찰 기록이 한두 개 보일 뿐이다. 하지만 짧고 지리멸렬한 그 기록에는 당시 나를 지배한 느낌이 고스란히 담겨 있어서, 당시의 내 기분을 내 기억보다 더 생생히 전달해준다.〕

·················

8월 23일 일요일

여기가 어디일까? 뗏목은 엄청난 속도로 달리고 있다.

끔찍한 밤이었다. 폭풍은 가라앉을 기미를 보이지 않는다. 모두 귀에서 피를 흘리고 있다. 말은 한 마디도 나눌 수 없다.

쉬지 않고 번개가 친다. 번개가 지그재그로 내려오면서 번득이다가 다시 위로 올라가 화강암 둥근 천장에 부딪친다. 천장이 무너지면 어떡하지? 내려오면서 갈라지거나 불덩어리가 되어 포탄처럼 터지는 번개도 있다. 그래도 전반적으로는 소음이 더 심해지는 것 같지 않다. 소음은 이미 인간의 귀가 감지할 수 있는 한계를 넘어섰기 때문이다. 세상의 모든 화약고가 한꺼번에 터진다 해도 그 폭발음이 이보다 더 커지지는 않을 것이다.

구름 표면에서는 끊임없이 빛이 만들어진다. 구름의 입자들은 쉬지 않고 전기를 띤 물질을 내보낸다. 공기를 이루는 기체의 성분이 바뀌었다. 수많은 물기둥이 공중으로 뛰어올랐다가 거품을 내며 떨어진다.

우리는 어디로 가고 있을까? 삼촌은 여전히 뗏목 가장자리에 납작 엎드려 있다.

더위가 훨씬 심해진다. 나는 온도계를 본다. 눈금은…… 〔숫

자가 지워졌다.〕

8월 24일 월요일

이 폭풍이 끝나기는 할까? 이렇게 공기 밀도가 높은 상태는
일단 변화하면 영원히 지금과 같은 상태를 유지할 수도 있지 않
은가?

우리는 피로 때문에 쇠약해져 있다. 한스는 여느 때와 마찬가
지다. 뗏목은 끝없이 남동쪽으로 달리고 있다. 악셀 섬을 떠난
뒤 벌써 800킬로미터를 달렸다.

12시에 폭풍이 태풍으로 바뀐다. 모든 짐을 밧줄로 꽁꽁 묶을
수밖에 없다. 우리 몸도 뗏목에 묶는다. 파도가 머리 위를 지나
간다.

지난 사흘 동안 한 마디도 말을 나누지 못했다. 입을 벌리고
입술을 움직이지만, 알아들을 수 있는 소리는 전혀 나오지 않는
다. 귀에다 입을 대고 소리를 질러도 마찬가지다.

삼촌이 다가와 뭐라고 말한다. "우리는 길을 잃었다"고 말한
것 같지만, 확실치는 않다.

나는 마음을 다잡고 종이에 몇 자 적어 삼촌에게 내민다. "돛
을 내립시다."

삼촌이 동의한다는 뜻으로 고개를 끄덕인다.

삼촌의 머리가 원래 위치로 돌아가기도 전에 불덩어리가 뗏
목 가장자리에 나타난다. 돛대와 돛이 한꺼번에 날아간다. 돛대
와 돛은 태곳적 지구에 살았던 괴조(怪鳥)인 익룡처럼 공중으로
까마득히 날아오른다.

우리는 공포로 얼어붙는다. 불덩어리는 크기가 10인치 포탄

만하고, 반은 하얗고 반은 푸르스름하다. 불덩어리는 천천히 움직이지만, 폭풍의 채찍을 받아 놀랄 만큼 빠른 속도로 빙글빙글 돈다. 불덩어리는 여기저기 뛰어다니고, 뗏목의 가로대 위로 기어오르는가 하면, 식량 자루에도 덤벼든다. 그러다가 다시 펄쩍 뛰어 화약 상자를 가볍게 건드린다. 우리는 공포에 질린다. 화약이 폭발하겠어! 하지만 화약은 터지지 않는다. 눈부신 불덩어리는 한쪽으로 움직여 한스에게 다가간다. 한스는 눈도 깜박거리지 않고 불덩어리를 노려본다. 불덩어리가 이번에는 삼촌에게 다가간다. 삼촌은 불덩어리를 피하려고 털썩 무릎을 꿇는다. 이번에는 불덩어리가 내 쪽으로 다가온다. 나는 하얗게 질린 얼굴로 멍하니 서 있다. 눈부신 빛과 열 속에서 부들부들 떨고 있다. 불덩어리는 내 발치에서 급회전한다. 나는 뒤로 물러서려 하지만 몸이 말을 듣지 않는다.

아질산 가스 냄새가 공기를 채운다. 그 기체가 우리의 목구멍을 통해 허파로 뚫고 들어온다. 숨이 막힌다.

왜 발을 움직일 수 없을까. 뗏목에 못박혀버렸나? 아아! 전기를 띤 불덩어리가 뗏목 위에 있는 쇠붙이를 죄다 자석으로 만들어버렸다. 계기도 무기도 연장도 모두 이리저리 부딪쳐 쇳소리를 내고 있다. 내 구두에 박힌 징이 목재 속에 박아넣은 철판에 찰싹 달라붙어 있다. 그래서 발을 떼어놓을 수 없는 것이다.

빙글빙글 도는 불덩어리가 내 발을 움켜잡고 끌고 가려는 순간, 나는 젖 먹던 힘까지 짜내어 겨우 발을 뗀다. 만약······.

아아, 얼마나 강렬한 빛인가! 불덩어리가 폭발한다! 홍수처럼 쏟아지는 불똥이 우리를 덮친다!

그리고 모든 것이 사라진다. 삼촌은 바닥에 널브러져 있고, 한

불덩이가 빠른 속도로 빙글빙글 돌고 있다

스는 전기가 꿰뚫고 지나는 바람에 '불을 토하면서도' 여전히 키를 잡고 있다.

우리는 어디로 가게 될까? 어디로?

....

8월 25일 화요일

나는 오랫동안 기절해 있다가 방금 깨어났다. 폭풍은 여전히 계속되고 있다. 번개는 공중에 풀어놓은 수많은 뱀처럼 보인다.

아직도 바다에 있나? 그렇다. 여전히 측정할 수 없을 만큼 빠른 속도로 떠내려가고 있다. 우리는 영국 밑을 지났고, 도버 해협 밑을 지났고, 프랑스 밑을 지났고, 아마 유럽 전체를 땅 속에서 가로질렀을 것이다!

....

새로운 소리가 들린다. 분명 파도가 바위에 부딪치는 소리다. 하지만…… 그렇다면……

....

36

도착한 곳은?

나의 '항해일지'는 여기서 끝난다. 다행히도 난파에서 구조되었기 때문이다. 앞으로는 전처럼 이야기를 계속하겠다.

뗏목이 암초에 부딪쳤을 때 무슨 일이 일어났는지는 나도 모르겠다. 나는 바다 속으로 처박히는 것을 느꼈다. 내가 죽음을 면한 것은, 내 몸뚱이가 날카로운 바위에 박살나지 않은 것은 한스가 그 힘센 팔로 나를 심연에서 끌어내준 덕택이다.

그 용감한 아이슬란드인은 나를 파도가 미치지 않는 곳까지 데려와서 뜨거운 모래 위에 눕혀놓았다. 정신을 차리고 보니 나는 삼촌과 나란히 누워 있었다.

나를 끌어낸 다음 한스는 암초로 돌아갔다. 성난 파도가 암초를 때리고 있었지만, 난파된 뗏목에서 흩어진 물건을 건지러 간 것이다. 나는 말을 할 수가 없었다. 공포와 피로 때문에 입을 열 기력도 없었다. 내가 기운을 차릴 때까지는 한 시간이 넘게 걸렸다.

비는 계속 쏟아지고 있었다. 진짜 홍수였다. 하지만 그 맹렬한 기세는 폭풍우가 끝나고 있음을 알리는 전조였다. 높이 쌓인 바위는 하늘에서 억수같이 쏟아지는 비를 막아주었다. 한스가 음식을 준비했지만 나는 손도 대지 못했다. 사흘 밤이나 잠을 자지 못해서 녹초가 된 나는 불안한 잠 속으로 빠져들었다.

이튿날은 날씨가 기막히게 좋았다. 바다와 하늘은 약속이나 한 것처럼 평온을 되찾았다. 폭풍우의 흔적은 말끔히 사라졌다. 내가 잠에서 깨어나자 삼촌이 쾌활하게 인사를 했다. 기분이 무척 좋아 보였다.

"그래, 잘 잤니?"

모르는 사람이 들었다면 우리가 쾨니히 가의 낡은 집에 있고, 내가 아침을 먹으러 아래층으로 내려가고 있고, 바로 그날 귀여운 그라우벤과 나의 결혼식이 거행되는 모양이라고 생각하지 않았을까?

아아, 폭풍이 뗏목을 동쪽으로 몰고 가기만 했다면 우리는 독일 밑을, 내가 사랑하는 도시 함부르크 밑을, 내가 세상에서 제일 사랑하는 모든 것이 모여 있는 거리 밑을 지나왔을지도 모른다. 그랬다면 그라우벤과 나 사이는 거리가 160킬로미터도 채 안 되었을 것이다. 하지만 그 160킬로미터는 암벽으로 가로막힌 수직 거리였고, 실제로는 수천 킬로미터가 넘는 거리를 돌아가야 한다!

삼촌의 물음에 대답하기 전에 이런 생각들이 내 머리를 스치고 지나갔다.

"왜 그래?" 삼촌이 다시 물었다. "어떻게 잤는지도 몰라?"

"아주 잘 잤어요. 온몸의 뼈마디가 욱신거리지만, 곧 좋아지겠죠 뭐."

"그럼. 금방 말짱해질 거야. 좀 피곤하지만 그것뿐이야."

"삼촌은 기분이 무척 좋으신가 봐요."

"좋다마다. 아주 좋아! 마침내 도착했으니까."

"탐험의 목적지에 도착했단 말씀이세요?"

"아니. 끝이 없어 보이던 바다 끝에 도착했다는 뜻이야. 앞으로는 다시 육로로 여행을 계속할 거야. 그리고 정말로 지구의 핵심으로 뚫고 들어갈 거야."

"한 가지 여쭈어봐도 될까요?"

"얼마든지."

"어떻게 돌아갈 건데요?"

"돌아가? 아직 목적지에 도착하지도 않았는데 벌써부터 돌아갈 생각을 하다니!"

"그게 아니라, 어떻게 돌아갈 건지 궁금해서 그래요."

"아주 간단해. 일단 지구의 중심에 도착하면 지표면으로 올라가는 새 길을 찾거나, 아니면 좀 지루하긴 하겠지만 발길을 돌려서 왔던 길을 되짚어갈 거야. 우리가 지나온 길이 그 동안 막히지는 않았겠지."

"그러면 뗏목을 수리하는 문제를 생각해야겠군요."

"물론이지."

"하지만 식량은 어떡하죠? 그렇게 엄청난 여행을 해낼 수 있을 만큼 식량이 남아 있나요?"

"아마 그럴걸. 한스는 재주 많은 녀석이니까 짐을 거의 다 구해냈을 거야. 자, 직접 가서 살펴보자꾸나."

우리는 바람이 그대로 들어오는 이 동굴을 떠났다. 나는 희망을 가졌지만, 그 희망은 두려움이기도 했다. 뗏목이 상륙할 때 바위에 호되게 부딪쳤는데, 뗏목에 실려 있던 짐들이 무사할 가능성은 없어 보였다. 하지만 그것은 오산이었다. 해안에 도착해서 보니, 한스가 가지런히 정돈된 수많은 물건 한복판에 서 있었다. 삼촌은 고마워 어쩔 줄 몰라하면서 사냥꾼의 두 손을 힘껏 움켜잡았다. 아무도 따라갈 수 없을 만큼 충직하고 초인적일 만큼 헌신적인 이 남자는 우리가 자는 동안에 목숨을 걸고 귀중한 물건들을 구해낸 것이다.

그래도 손실이 적지 않았다. 예컨대, 무기를 잃었다. 하지만 무기는 없어도 괜찮을 것이다. 폭풍우 속에서 간신히 폭발을 면한 화약은 무사히 남아 있었다.

삼촌이 말했다. "총이 없으니 사냥은 포기해야겠군."

"그래요. 하지만 기구들은 어떻게 됐죠?"

"압력계는 여기 있어. 가장 유용한 기구지. 이것만 있으면 나머지는 모두 포기해도 좋아. 이게 있으면 깊이를 계산할 수 있으니까, 우리가 지구의 중심에 도착했는지 여부를 알 수 있지. 이게 없으면 너무 멀리 가서 지구 반대편으로 나가버리게 될지도 몰라!"

삼촌은 무척 기분이 좋았다.

"나침반은요?"

"이 바위 위에 있어. 말짱하군. 크로노미터와 온도계도 무사해. 한스는 정말 대단한 녀석이야!"

이 말에는 동의할 수밖에 없었다. 기구는 하나도 잃어버리지 않았다. 연장은 어떻게 됐나 하고 살펴보니, 사다리와 밧줄·곡괭이·피켈 따위가 모래밭에 흩어져 있었다.

그러나 식량 문제가 남아 있었다.

"식량은요?"

"어디 한번 살펴보자."

해안을 따라 가지런히 놓여 있는 식량 상자들은 보존 상태가 완벽했다. 속에 든 내용물도 거의 피해를 입지 않았다. 따라서 우리에게는 아직도 넉 달 동안 먹을 수 있는 건빵과 소금에 절인 고기와 진과 말린 생선이 남아 있었다.

"넉 달이야!" 삼촌이 소리쳤다. "이 정도면 충분히 목적지에 갔다가 돌아올 수 있어. 남은 음식으로는 요한네움의 동료들한테 성대한 만찬을 베풀어줄 작정이야!"

이때쯤에는 삼촌의 성격에 익숙해졌을 만도 한데, 삼촌은 여전히 나를 놀라게 했다.

"자, 이제 물을 보충해야 돼. 화강암반의 우묵한 곳에 고인 빗물을 이용하자꾸나. 갈증에 시달릴 걱정은 전혀 없어. 뗏목은 한스한테 수리해달라고 부탁할 거야. 뗏목이 또다시 필요할 것 같지는 않지만."

"왜요?"

"왠지 그런 예감이 든다. 들어온 구멍으로 다시 나갈 것 같지는 않아."

나는 미심쩍은 눈으로 삼촌을 쳐다보았다. 삼촌이 미친 게 아닐까 하는 생각이 들었다. 하지만 이때만 해도 삼촌은 말이 씨가 된다는 것을 모르고 있었다.

"아침을 먹으러 가자꾸나." 삼촌이 말했다.

삼촌이 사냥꾼에게 몇 가지 지시를 내린 뒤, 나는 삼촌을 따라 높은 곳으로 갔다. 그곳에서 우리는 말린 고기와 건빵과 차로 멋

진 식사를 했다. 감히 말하건대, 내 평생에 가장 훌륭한 식사였
다. 허기, 상쾌한 공기, 흥분이 지나고 난 뒤의 조용한 평화, 이
모든 것들이 나의 식욕을 돋우어주었다.

나는 아침을 먹으면서, 여기가 어디쯤인지 아느냐고 삼촌에
게 물어보았다. 그러고는 이렇게 덧붙였다. "계산하기가 좀 어
려울지 몰라요."

"정확히 계산하기는 어려울지도 모르지. 아니, 불가능할 수도
있어. 폭풍우가 몰아친 사흘 동안 뗏목의 속도나 방향을 전혀 기
록할 수 없었으니까. 그래도 현재 위치를 대충 어림할 수는 있
다."

"우리가 마지막으로 관측한 곳은 간헐천 섬이었어요."

"'악셀 섬'이라니까! 지구 속에서 발견한 최초의 섬에다 네
이름을 붙이는 명예를 거절하지 마라."

"좋습니다. 악셀 섬은 북쪽 해안에서 1080킬로미터 지점에
있었으니까, 아이슬란드에서는 2400킬로미터가 넘었습니다."

"좋아. 그럼 그 지점에서 출발해보자. 그후 나흘 동안 폭풍이
몰아쳤는데, 그 동안 우리 속도는 하루에 300킬로미터를 밑돌
았을 리가 없어."

"그렇겠지요. 그렇다면 최소한 1200킬로미터를 더 왔다는 얘
기가 됩니다."

"그래. 그렇다면 리덴브로크 해는 너비가 2400킬로미터에 가
까울 거야! 그게 지중해만큼 크다는 걸 알겠니?"

"그럼요. 우리가 리덴브로크 해를 횡단했을 뿐이고, 전체를
종단한 게 아니라면 더욱 그렇죠!"

"그럴 가능성이 아주 커."

"그런데 불가사의한 건, 우리 계산이 옳다면 지금 이 순간 우리 머리 위에는 지중해가 있다는 겁니다."

"그렇게 생각하니?"

"예. 우리는 레이캬비크에서 3600킬로미터를 왔으니까요."

"정말 멀리도 왔군. 하지만 우리가 지금 지중해 밑에 있는지 터키 밑에 있는지 대서양 밑에 있는지는 우리가 항상 일정한 방향을 유지했을 때에만 확인할 수 있어."

"풍향은 늘 일정했던 것 같습니다. 제 생각에 이 해안은 그라우벤 항의 남동쪽에 있을 게 분명합니다."

"그건 나침반을 보면 쉽게 확인할 수 있지. 그러니까 가서 나침반을 확인해보자!"

삼촌은 한스가 기구들을 놓아둔 바위로 걸어갔다. 삼촌은 쾌활하고 태평했다. 손을 맞비비고 거드름을 피웠다. 젊은이처럼 생기발랄했다. 나는 내 짐작이 옳은지를 알고 싶어서 삼촌을 따라갔다.

바위에 이르자마자 삼촌은 나침반을 집어들어 평평한 곳에 놓고 자침을 들여다보았다. 자침은 잠시 흔들리다가, 자기의 영향으로 정해진 위치에 멈추었다.

삼촌은 자침을 들여다보다가 눈을 비비고 다시 보았다. 그러고는 당황한 표정으로 나를 돌아보았다.

"왜 그러세요?"

삼촌이 나침반을 가리켰다. 나는 나침반을 살펴보았다. 내 입에서 놀란 외침소리가 터져나왔다. 자침은 북쪽을, 그러니까 우리가 남쪽으로 생각한 방향을 가리키고 있었다! 리덴브로크 해가 아니라 해안 쪽을 가리키고 있었던 것이다!

나는 나침반을 흔들고 다시 조사해보았다. 그러나 나침반의 상태는 완벽했다. 어떤 위치에 놓아도 자침은 고집스럽게 같은 방향으로 돌아왔다.

더 이상 의심할 여지가 없었다. 폭풍이 몰아치는 동안, 우리가 모르는 사이에 바람이 갑자기 방향을 바꾸어, 영영 떠난 줄 알았던 해안으로 우리 뗏목을 다시 몰고 간 것이다.

뼈의 평원

그때 리덴브로크 교수를 뒤흔든 감정의 변화는 도저히 묘사할 수 없을 것이다. 아연실색, 믿을 수 없다는 기분, 그리고 분노가 차례로 삼촌을 덮쳤다. 처음에는 그렇게 풀이 죽었다가 나중에는 그렇게 격렬한 노여움을 터뜨리는 사람을 나는 이제껏 본 적이 없다. 온갖 위험을 겪으며 그처럼 힘겹게 바다를 건넜는데, 그것을 처음부터 다시 시작해야 하다니! 앞으로 전진하는 대신, 뒤로 후퇴한 것이다.

그러나 삼촌은 금세 다시 쾌활해졌다.

"아아, 운명의 여신이 나에게 이런 장난을 치다니! 자연의 힘들이 나를 상대로 음모를 꾸미고 있어. 바람과 불과 물이 합세해서 내가 목적지에 도착하지 못하도록 방해하고 있는 거야. 좋아. 그렇다면 내 의지력을 보여주지. 나는 절대로 굴복하지 않아. 한 치도 물러서지 않을 거야. 어디 한번 두고 보라지. 인간이 이기는지 자연이 이기는지!"

오토 리덴브로크 교수는 바위 위에 올라서서, 무모한 아이아스*처럼 성난 얼굴로 신들에게 도전하는 것 같았다. 나는 삼촌과 신들 사이에 끼어들어 이 무모한 열정에 제동을 거는 것이 좋겠다고 판단했다.

"제 말 좀 들어보세요." 나는 단호한 목소리로 말했다. "이 세상의 모든 야망에는 한계가 있어야 합니다. 불가능한 것에 도전해서는 안 됩니다. 우리한테는 또다시 항해할 장비가 없어요. 담요를 돛으로 달고 지팡이를 돛대로 세운 허술한 뗏목을 타고는, 고삐 풀린 역풍을 거슬러 2000킬로미터를 항해할 수 없습니다. 키를 조종할 수도 없으니 폭풍의 장난감이 될 게 뻔한데, 그 힘든 항해를 또다시 시도하는 건 미친 짓입니다."

나는 반론의 여지가 없는 이치를 10분 동안에 걸쳐 누구의 방해도 받지 않고 전개할 수 있었다. 하지만 그것은 오로지 삼촌의 무관심 때문이었다. 삼촌은 내 말을 한 마디도 듣지 않았다.

"뗏목으로!" 삼촌이 외쳤다.

이것이 삼촌의 반응이었다. 나는 애원하고 화를 내보기도 했지만 허사였다. 삼촌의 의지는 화강암보다도 더 단단했다.

한스는 뗏목 수리를 막 끝낸 참이었다. 이 놀라운 사내는 삼촌의 계획을 미리 짐작하고 있었던 것처럼 보일 정도였다. 한스는 '수르타르브란두르' 몇 개로 뗏목을 보강했다. 돛은 이미 올라가 바람에 나부끼고 있었다.

삼촌이 안내인에게 뭐라고 말하자, 이 안내인은 당장 짐을 뗏

---

* 아이아스: 그리스 신화에 나오는 트로이 전쟁의 영웅. 폭풍으로 난파하자 암초에 올라가 신들을 저주했다. 그러자 아테네 여신이 포세이돈의 삼지창으로 바위를 깨뜨려 익사시켰다.

목에 싣고 떠날 준비를 했다. 이제는 공기도 맑아졌고, 북서풍이 꾸준히 불고 있었다.

내가 무엇을 할 수 있겠는가? 혼자서 두 사람에게 저항한다고? 불가능한 일이다. 한스가 나를 편들어준다면 모를까. 하지만 그것은 도저히 바랄 수 없다. 저 아이슬란드 사냥꾼은 의지를 모두 내팽개치고, 주인을 위해 자신을 희생하겠다고 맹세한 모양이다. 주인에게 봉건적으로 무조건 복종하는 하인에게 무엇을 기대할 수 있는가. 앞으로 나아가는 것 외에는 길이 없었다.

그래서 나는 뗏목의 내 자리로 걸어갔다. 하지만 그때 삼촌이 손으로 나를 제지했다.

"내일 떠날 거야."

나는 모든 것을 체념한 사람 같은 몸짓을 했다.

"어떤 기회도 무시하면 안 돼. 운명의 여신이 나를 이 해안에 던져놓았다면, 그것은 나더러 이곳을 탐험해보라는 뜻일 거야."

삼촌의 말을 이해하기 위해서는 우리가 북쪽 해안으로 돌아오기는 했지만 출발점과 같은 지점으로 돌아오지는 않았다는 점을 설명할 필요가 있다. 그라우벤 항은 분명 서쪽에 있을 것이다. 따라서 새로운 육지를 주의 깊게 조사하는 것은 무엇보다 지당한 일이었다.

"좋습니다. 정찰하러 갑시다!"

그래서 우리는 한스를 일거리와 함께 남겨놓고 출발했다. 만조 때의 최고 수위점과 절벽 기슭의 사이는 상당히 넓었다. 해안에서 암벽까지 걸어가려면 30분은 걸릴 터였다. 고대 동물들이 서식했던 수많은 조가비가 발 밑에서 부서졌다. 조가비의 모양과 크기는 다양했다. 지름이 5미터 가까이나 되는 거대한 조가비도 있었다. 이런 껍질은 플라이오세에 살았던 거대한 글립토돈*의 갑피였다. 오늘날의 거북은 글립토돈의 축소판일 뿐이다. 땅은 그밖에도 수많은 돌멩이로 덮여 있었다. 파도에 씻겨 동글동글해진 자갈들이 널려 있었다. 옛날에는 이 땅도 바다였을 거라는 결론에 도달했다. 이제 파도가 닿지 않는 곳에 흩어져 있는 바위에는 파도가 지나간 흔적이 또렷이 남아 있었다.

이것은 지하 160킬로미터 깊이에 이렇게 큰 바다가 존재하는 이유를 어느 정도는 설명해줄 수 있을 것이다. 내 짐작에 따르면 이 바다를 채우고 있는 물은 지표에서 지구의 내장 속으로 조금씩 흘러들어왔다. 아마 바닷물이 암석의 갈라진 틈새를 통해 목적지에 이르렀을 것이다. 하지만 이 틈새는 이제 막혔다고 생각할 수밖에 없었다. 물이 틈새로 계속 흘러들었다면, 동굴이라기보다 거대한 지하 저수조라고 해야 할 이곳은 벌써 물로 가득 찼을 테니까 말이다. 물은 지하의 불과 싸워야 했을 테고, 그래서 일부가 증발했을 것이다. 증발한 수증기는 위에 걸려 있는 구름이 되었고, 지구 내부에 폭풍우를 일으키는 전기도 방출되었다.

우리가 경험한 현상을 설명하는 이 가설이 내게는 썩 만족스럽게 여겨졌다. 자연의 경이가 아무리 놀랄 만한 것이라 해도, 그 경이는 반드시 물리적 이유로 설명할 수 있기 때문이다.

따라서 우리는 일종의 퇴적층 위를 걷고 있었다. 이 퇴적층은 그 시대의 수많은 지반과 마찬가지로 물이 빠지면서 형성된 지층으로, 지구 표면에 광범위하게 분포되어 있었다. 삼촌은 암석

* 글립토돈: 신생대 플라이오세에 아메리카 대륙에 살았던, 아르마딜로와 비슷하게 생긴 화석 포유류.

의 모든 틈새를 하나하나 주의 깊게 조사했고, 구멍이 있으면 반드시 그 깊이를 쟀다.

리덴브로크 해의 연안을 따라 2킬로미터쯤 갔을 때, 갑자기 지형이 달라졌다. 아래 지층이 별안간 밀려 올라와 위아래가 거꾸로 뒤집힌 것 같았다. 곳곳에 우묵한 구덩이와 작은 언덕이 있고, 그곳에는 지층의 위치가 뒤죽박죽되었다는 증거가 남아 있었다.

부싯돌과 석영과 충적토가 섞여 있는 깨진 화강암 위를 힘들게 나아가자, 눈앞에 갑자기 들판이, 그냥 들판이 아니라 뼈로 뒤덮인 대평원이 나타났다. 그것은 마치 수십 세기에 걸친 수많은 세대가 유해를 계속 남긴 드넓은 공동묘지 같았다. 뼈로 이루어진 언덕이 멀리까지 이어져 있고, 지평선 너머까지 굽이치며 흐릿한 안개 속으로 사라지고 있었다. 인간이 살고 있는 세계의 최근 지층에서는 볼 수 없는 동물계의 역사가 8제곱킬로미터쯤 되어 보이는 그 지역에 고스란히 축적되어 있었다.

우리는 격렬한 호기심에 사로잡혔다. 선사시대 동물들의 뼈는 대도시 박물관들이 한 조각이라도 얻으려고 다툴 만큼 희귀하고 값지다. 그런 귀중한 유해가 우리 발 밑에서 메마른 소리를 내며 부서졌다. 퀴비에 같은 학자가 천 명이 덤벼들어도, 그 웅장한 묘지에서 잠자고 있는 동물들의 뼈를 모두 원래대로 짜맞추지는 못했을 것이다.

나는 너무 놀라서 말이 나오지 않았다. 삼촌은 우리의 하늘인 화강암 천장을 향해 두 팔을 번쩍 들어올렸다. 삼촌의 입은 딱 벌어져 있었고, 눈은 두꺼운 안경 렌즈 뒤에서 이글이글 타올랐고, 머리는 상하좌우로 계속 움직이고 있었다. 모든 표정이 완전

눈앞에 뼈로 뒤덮인 대평원이 나타났다

한 놀라움을 나타내고 있었다. 삼촌 앞에 놓여 있는 것은 가치를 따질 수 없을 만큼 귀중한 자료였다. 렙토테리움 · 메리코테리움 · 로피오돈 · 아노플로테리움 · 메가테리움 · 마스토돈 · 프로토피테쿠스 · 프테로닥틸루스 등, 태고의 모든 괴물들이 오로지 삼촌을 기쁘게 해주기 위해 무더기로 쌓여 있었다. 오마르*가 불태워버린 그 유명한 알렉산드리아 도서관**이 갑자기 기적적으로 잿더미에서 되살아났다고 상상해보라. 그리고 도서 수집광을 그곳으로 데려가보라. 리덴브로크 삼촌이 바로 그런 모습이었다!

하지만 삼촌의 경외감이 절정에 이르렀을 때, 묘지를 가로질러 달리던 삼촌이 해골 하나를 집어들고는 떨리는 목소리로 외쳤다.

"악셀! 악셀! 이건 사람 머리야!"

"사람 머리요?" 나는 삼촌 못지않게 놀라서 대답했다.

"그래. 아아, 밀른 에드워즈여. 아아, 카트르파주여.*** 당신들도 나와 함께, 이 오토 리덴브로크와 함께 이곳에 있다면 얼마나 좋으랴!"

---

* 오마르(592~644): 이슬람 제국의 건설자. 이라크 · 시리아 · 이집트를 정복했다.
** 알렉산드리아 도서관: 고대 세계 최대 규모의 도서관. 실제로 이 도서관은 389년에 기독교 사제인 테오필로스 주교에 의해 소실되었다.
*** 앙리 밀른 에드워즈(1800~85): 프랑스의 박물학자. 장 루이 아르망 카트르파주(1810~92): 프랑스의 박물학자 · 인류학자.

38

지구 속 인간

삼촌이 그 저명한 두 학자의 이름을 부른 까닭을 이해하려면, 우리가 떠나기 몇 달 전에 고생물학계에 일어난 중요한 사건을 알아둘 필요가 있다.

1863년 3월 28일, 프랑스 솜 주* 아브빌 근처의 물랭키뇽 채석장에서, 부셰 드 페르트** 씨가 이끄는 발굴단이 지하 4미터 깊이에 묻혀 있는 인간의 턱뼈를 발견했다. 이것은 이런 종류의 인골 가운데 처음으로 햇빛을 본 화석이었다. 턱뼈 근처에는, 장구한 세월이 흐르면서 온통 녹청색으로 뒤덮인 돌도끼와 가공된 부싯돌도 놓여 있었다.

이 발견은 프랑스만이 아니라 영국과 독일에서도 엄청난 뉴스가 되었다. 밀른 에드워즈 씨와 카르트르파주 씨를 비롯한 프랑스 학사원의 많은 학자들이 이 사건을 대단히 중요하게 생각하

---

* 솜 주: 프랑스 북부. 주도는 쥘 베른이 후반생을 보낸 아미앵.
** 부셰 드 페르트(1788~1868): 프랑스의 고고학자·인류학자.

고, 문제의 뼈가 틀림없는 진짜임을 입증했다. 그래서 그들은 영국에서 '턱뼈 사건'이라고 불린 재판에서 가장 열렬한 피고측 증인이 되었다.

이 턱뼈가 틀림없는 진짜라고 생각한 영국의 지질학자들 — 팰커너 씨, 버스크 씨, 카펜터* 씨 등 — 만이 아니라 독일의 학자들도 가세했는데, 독일의 학자들 중에서 가장 유명하고 가장 열정적이고 가장 활약한 사람이 바로 리덴브로크 교수였다.

따라서 신생대 제4기 지층에서 발견된 인간 화석이 진짜임은 한치의 의혹도 없이 입증되었다.

이런 견해에 대해 엘리 드 보몽** 씨가 맹렬히 도전하고 나섰다. 나름대로 권위와 인망을 갖춘 이 과학자는, 물랭키뇽의 지층이 홍적세가 아니라 그보다 훨씬 최근의 지층이라고 주장했다. 더욱이 그는 퀴비에의 견해에 동조하면서, 인류가 제4기 동물들과 같은 시대에 존재했을 리가 없다고 주장했다. 하지만 리덴브로크 교수는 대다수 지질학자들과 함께 자신의 입장을 고수하면서 논쟁과 토론을 벌였다. 엘리 드 보몽 씨도 자신의 견해를 굽히지 않고 여전히 소수파로 남아 있었다.

삼촌과 나는 이 사건의 자초지종을 잘 알고 있었다. 하지만 우리가 떠난 뒤 문제가 새로운 방향으로 전개된 사정은 알 턱이 없었다. 프랑스와 스위스와 벨기에에 있는 동굴의 푸석푸석한 회색토 속에서, 유형과 민족은 다르지만 같은 종류의 턱뼈가 발견된 것이다. 무기와 연장과 생활용품, 아이와 청소년과 어른과 노

* 휴 팰커너(1808~65): 영국의 고생물학자. 조지 버스크(1807~86): 영국의 고생물학자. 윌리엄 밴저민 카펜터(1813~85): 영국의 생리학자.
** 엘리 드 보몽(1798~1874): 프랑스의 지질학자.

인의 뼈도 함께 발견되었다. 따라서 제4기에 인류가 존재했다는 것은 날이 갈수록 분명해졌다.

그것만이 아니었다. 제3기의 플라이오세 지층에서 새로 발굴된 뼛조각 덕분에 과학자들은 훨씬 자유분방한 상상력을 발휘하여 인류의 기원을 훨씬 옛날로 끌어올릴 수 있었다. 사실 이 뼛조각들은 인골이 아니라, 인간의 노력이 낳은 산물에 불과했다. 그것은 화석 동물의 경골과 대퇴골이었는데, 거기에 규칙적으로 새겨진 홈은 분명 인간의 손길이 닿은 증거였다.

그리하여 인류는 시간의 사다리를 단번에 수십 세기나 뛰어올랐다. 인간은 이제 마스토돈을 앞섰고, '엘레파스 메리디오날리스'*와 동시대에 존재한 동물이 되었다. 인류의 기원은 10만 년 전으로 거슬러 올라갔다. 플라이오세 지층은 10만 년 전에 형성되었다는 것이 지질학자들의 견해였기 때문이다.

이것이 당시에 고생물학이 놓여 있던 상황이다. 우리가 탐험을 떠나기 전에 알고 있었던 사실만으로도, '리덴브로크 해' 옆에서 뼈무덤을 발견하고 우리가 왜 그런 반응을 보였는지는 충분히 설명될 것이다. 특히 스무 걸음 앞에서 제4기 인류의 표본과 대면했을 때 삼촌이 그토록 놀라고 반가워한 것은 쉽게 이해할 수 있을 것이다.

그것은 분명히 인간의 신체였다. 이곳의 토양은 보르도의 생미셸 묘지처럼 수세기 동안 시체가 썩지 않고 보존되는 특이한 성질을 가지고 있을까? 그것은 알 수 없지만, 어쨌든 우리 눈앞에 있는 시체는 살아 있을 때와 똑같은 상태였다. 양피지처럼 팽

---

* 엘레파스 메리디오날리스: 제4기에 유라시아 대륙에 살았던 '남쪽 코끼리'.

그것은 분명히 인간의 신체였다

팽한 피부, 아직도 살이 붙어 있고 적어도 겉보기에는 부드러워 보이는 팔다리, 잘 보존된 치아, 꽤 많이 남아 있는 머리털, 놀랄 만큼 긴 손톱과 발톱까지 갖추고 있었다.

나는 다른 시대에서 온 이 유령을 보고 너무 놀란 나머지, 벌어진 입이 다물어지지 않았다. 평상시에는 무엇에 대해서든 일장연설을 하고 싶어 안달하는 삼촌도 지금은 말문이 막혔는지, 침묵하고 있었다. 우리는 미라를 바위에 기대어 세워놓았다. 미라는 텅 빈 눈구멍으로 우리를 바라보았다. 미라를 움직이자, 공명상자 같은 가슴속에서 윙 하는 소리가 울렸다.

잠시 침묵이 흐른 뒤 삼촌은 오토 리덴브로크 교수로 돌아갔다. 분명 미라에 넋을 잃고, 우리 여행의 상황도, 지금 우리 주위에 펼쳐져 있는 환경도, 우리가 들어와 있는 거대한 동굴도 까맣게 잊어버렸다. 교수다운 말투로 상상 속의 청중을 향해 말하기 시작한 것을 보면, 요한네움 학원에서 학생들에게 강의를 하고 있다고 생각한 모양이다.

"여러분, 신생대 제4기의 인간을 여러분에게 소개하게 된 것을 기쁘게 생각합니다. 몇몇 고명한 학자들이 제4기에는 인류가 존재하지 않았다고 주장했지만, 그에 못지않게 유명한 다른 학자들은 그때 이미 인류가 존재했다고 주장했습니다. 고생물학계의 성 토마* 같은 자들이 이 자리에 있다면 손으로 직접 이 미라를 만져볼 수 있을 것이고, 그리하여 자신의 잘못을 인정할 수밖에 없을 것입니다. 과학은 이런 발견에 대해서 늘 경계심을 가

---

* 성 토마: 예수의 열두 제자 가운데 하나. 〈요한복음〉에 따르면, 토마는 의심이 많아서 예수를 직접 보지 않고는 예수 부활을 믿지 않겠다고 고집을 부리다가 예수의 상처를 만져본 뒤에야 믿게 되었다고 한다.

져야 한다는 것은 나도 잘 알고 있습니다. 이 세계의 바넘* 같은 사기꾼들이 화석 인간을 부당하게 이용한 것도 물론 알고 있습니다. 아이아스의 무릎뼈, 스파르타인들이 발견했다고 전해지는 오레스테스*의 유해, 키가 5미터나 된다고 파우사니아스*가 묘사한 거인 아스테리우스*의 유해 이야기도 잘 알고 있습니다. 14세기에 트라파니*에서 발견된 해골에 대한 보고서도 읽었습니다. 사람들은 이 해골을 외눈박이 거인 폴리페모스*라고 믿고 싶어했지요. 16세기에 팔레르모* 근처에서 발굴된 거인에 대한 보고서도 물론 읽었습니다. 저명한 의사 펠릭스 플라터*가 신장이 6미터나 되는 거인의 뼈라고 주장한 거대한 해골에 대해서 1577년에 루체른*에서 조사가 실시된 것은 여러분도 알고 있을 것입니다. 나는 카사니옹*의 논문도 읽었고, 1613년에 프랑스 도피네 지방의 모래 채취장에서 발견된, 갈리아를 침략한 킴브리족*의 왕 테우토보쿠스의 유골에 관해서도 지금까지 출판된

---

* 피니어스 테일러 바넘(1810~91): 미국의 유명한 흥행사.
* 오레스테스: 그리스 신화에 나오는 영웅. 아버지 아가멤논이 어머니 클리타임네스트라와 그녀의 정부에게 살해되자 누이 엘렉트라와 함께 아버지의 원수를 갚는 이야기는 아이스킬로스, 에우리피데스, 소포클레스의 비극으로 유명하다.
* 파우사니아스: 2세기에 활동한 그리스의 여행가 · 지리학자.
* 아스테리우스: 그리스 신화에 나오는 기간테스(사람의 얼굴과 용의 몸을 가진 거인족)의 일원으로, 대지의 여신 가이아의 아들 아낙스의 아들이다.
* 트라파니: 시칠리아 섬의 항구도시.
* 폴리페모스: 그리스 신화에 나오는 외눈박이 거인. 포세이돈의 아들이다.
* 팔레르모: 시칠리아 섬의 중심 도시.
* 펠릭스 플라터(1536~1614): 스위스의 생리학자 · 의사.
* 루체른: 스위스 중부의 중심 도시.
* 장 카사니옹: 갈리아의 거인 부족에 관한 책이 1580년 스위스 바젤에서 출간.
* 킴브리족: 게르만의 한 부족. 기원전 2세기 말부터 유틀란트 반도에서 남하하여 갈리아를 침입했다.

논문과 소책자, 찬반 양론의 주장을 다 읽었습니다. 지금이 18세기라면, 아담 이전에 인류가 존재했다는 쇼이흐처의 주장에 강력히 반대한 페터 캄퍼*와 맹렬히 싸웠을 것입니다! 내가 입수한 책은 제목이 기……."

대중 앞에서는 복잡한 낱말을 쉬 발음하지 못하는 삼촌의 선천적 언어장애기 여기서 다시 니타났다.

"그 책은 제목이 기, 기, 기간스……."

거기서 더 이상은 앞으로 나가지 못한다.

"기, 간, 테오……."

역시 안 된다. 그 빌어먹을 낱말이 목구멍에 걸려 나오지 않는 것이다! 여기가 요한네움 학원이었다면, 이 대목에서 와르르 웃음이 터졌을 것이다.

"기간토스테올로기."** 리덴브로크 교수는 욕설을 내뱉은 다음 마침내 책 이름을 발음하고 다시 욕설을 내뱉었다.

그러고 나서는 훨씬 말이 유창해져서 활기차게 강의를 계속했다.

"여러분, 나는 이 문제를 잘 알고 있습니다. 퀴비에와 블루멘바흐가 그 뼈를 제4기의 매머드나 그밖의 동물 뼈로 확인한 것도 알고 있습니다. 그러나 이 미라를 의심하는 것은 과학을 모독하는 행위가 될 것입니다! 여기 미라가 있습니다. 여러분이 직접 살펴보고 손으로 만져봐도 좋아요. 이건 단순한 해골이 아니라, 오로지 인류학적 목적을 위해 보존된 완전한 인체입니다!"

---

* 요한 야코프 쇼이흐처(1672~1733): 스위스의 박물학자. 페터 캄퍼(1722~89): 네덜란드의 해부학자.
** 기간토스테올로기: 거대골학(巨大骨學).

나는 이 주장에 굳이 반대하지 않았다.

"황산 용액으로 이 미라를 씻을 수 있다면, 피부에 묻어 있는 흙과 조가비를 모두 제거할 수 있을 것입니다. 그러나 지금은 그 귀중한 용액을 구할 수가 없군요. 그래도 이 미라는 지금 상태로도 자신의 이야기를 해줄 것입니다."

여기서 리덴브로크 교수는 화석이 된 시체를 들어올려, 장터의 홍행사처럼 그것을 능숙하게 다루었다.

"보시다시피 이 미라는 키가 180센티미터도 안 됩니다. 이른바 거인과는 거리가 멀어요. 인종은 분명 코카소이드, 흔히 말하는 백인종, 우리와 같은 인종입니다. 두개골은 타원형이고 균형이 잘 잡혀 있습니다. 광대뼈는 별로 발달하지 않았고, 턱이 튀어나오지도 않았습니다. 안면각*을 변화시키는 돌악의 징후는 전혀 없어요. 이 각도를 재보면 거의 90도에 가깝습니다. 나는 이 연역법을 계속 추진하여, 이 인체 표본은 인도 아대륙에서 서유럽 끝까지 퍼져 있는 야벳족**에 속한다고 감히 말하겠습니다. 웃지 마세요!"

아무도 웃고 있지 않았지만, 리덴브로크 교수는 학술적인 열변을 토할 때마다 사람들의 얼굴에 미소가 번지는 데 익숙해져 있었다.

"그렇습니다." 삼촌은 다시 활기차게 말을 이었다. "이것은 화석 인간입니다. 이 강당에는 마스토돈의 뼈가 가득한데, 그 마스

* 〔원주〕 안면각(顔面角)이란 이마와 앞니를 잇는 수직면과, 귓구멍과 비강을 잇는 수평면이 교차하면서 만들어내는 각도를 말한다. 안면각을 변화시킬 만큼 턱뼈가 튀어나온 것을 인류학 용어로 '돌악(突顎)'이라고 부른다.
** 야벳족(族) : 아리아인을 일컫는 말로, 오래된 인종 개념이다.

토돈과 동시대인이죠. 하지만 이 화석 인간이 어떤 경로로 여기에 도착했는지, 이 화석 인간이 갇힌 지층이 어떻게 지구 내부의 이 거대한 동굴 속으로 미끄러져 내려왔는지, 그것은 나도 모릅니다. 하지만 제4기에도 여전히 지구 내부에서 상당한 규모의 지각 변동이 일어나고 있었던 것은 분명합니다. 지구가 서서히 식으면서 균열과 단층 작용이 일어났고, 그 틈새로 위쪽 지층의 일부가 함몰했을 것입니다. 단정할 수는 없지만, 어쨌든 이 남자는 여기에 있고 자기 손으로 만든 물건들에 둘러싸여 있습니다. 돌도끼와 가공된 부싯돌은 석기시대를 규정하는 대표적인 유물이지요. 이 남자가 관광객이나 학문의 개척자로 여기 오지 않았다면, 이 사람이 진짜 고대 인류인 것은 의심할 수 없습니다."

교수는 연설을 멈추었고, 나는 만장의 박수를 쳤다. 사실 삼촌의 말이 옳았다. 나보다 박식한 사람도 삼촌의 말에 반대하기는 어려웠을 것이다.

또 한 가지 단서가 있었다. 화석이 된 인체는 이 거대한 공동 묘지에 하나만이 아니었다. 걸음을 옮길 때마다 다른 유해와 부딪쳤다. 삼촌은 그 중에서 아무리 회의적인 사람도 납득시킬 수 있을 만큼 훌륭한 표본을 고를 수 있었다.

숱한 세대에 걸친 인간과 동물이 이 묘지에 뒤섞여 있는 광경은 정말 놀라웠다. 하지만 그때 우리가 풀 수 없는 수수께끼 하나가 떠올랐다.

이 동물들과 인간들은 이미 죽은 뒤에 지각 변동으로 이곳 리덴브로크 해안에 미끄러져 내려왔을까? 아니면 이 지하 세계에서 평생을 보냈을까? 지상의 주민들과 마찬가지로, 이 부자연스러운 하늘 아래에서 태어나고 죽었을까? 이제까지는 바다의 괴물과 물고기들만 살아 있는 형태로 우리 앞에 모습을 나타냈지만, 어쩌면 심연의 인간도 이 쓸쓸한 바닷가를 어슬렁거리고 있지 않을까?

39

3백 년 전의 단검

그후에도 우리는 30분 동안 층층이 쌓인 뼈를 밟으며 걸어갔다. 불타는 호기심에 사로잡혀 앞으로 곧장 나아갔다. 이 동굴에는 또 어떤 놀라운 것이 숨어 있을까. 어떤 과학의 보물이 감추어져 있을까? 내 눈은 놀라운 것이 나타나기를 기대했고, 내 마음은 놀라운 일이 일어나기를 기다렸다.

해안은 해골 언덕 너머로 사라진 지 오래였다. 무모한 삼촌은 길을 잃는 것도 아랑곳하지 않고 계속 앞으로 걸어갔다. 우리는 전기의 빛을 받으며 말없이 걸었다. 뭐라고 설명할 수 없는 현상 때문에 그 빛은 균일하게 흩뿌려져 물체의 모든 면을 똑같이 비추고 있었다. 빛은 더 이상 공간의 한 점에서 나오지 않았고, 따라서 그림자도 전혀 없었다. 한여름날 정오에 적도지대 한복판에서 수직으로 내리쬐는 햇빛을 받고 있는 것 같았다. 안개는 말끔히 사라졌다. 바위와 멀리 있는 산들, 멀리 떨어져 있는 숲, 이 모든 것들이 균일하게 퍼지는 빛 속에서 묘한 양상을 띠고 있었다. 호프만*의 소설에 그림자를 잃어버린 기상천외한 인물이 나오는데, 우리가 꼭 그 주인공 같았다.

2킬로미터쯤 걸어가자 거대한 숲이 나타났다. 그런데 그라우벤 항 근처에서 보았던 버섯 숲과는 전혀 다른 양상의 숲이었다.

그 숲에는 제3기 식물들이 장관을 이루고 있었다. 이제는 멸종된 거대한 종려나무, 웅대한 야자나무·소나무·주목·사이프러스는 침엽수를 대표했고, 도저히 뚫고 들어갈 수 없을 만큼 촘촘하게 뒤엉킨 덩굴식물이 그 나무들을 한 덩어리로 묶어놓고 있었다. 바닥에는 이끼와 노루귀가 융단처럼 푹신하게 깔려 있었다. 이곳에는 그림자가 없으니까 나무 그늘이라는 말을 쓸 수 있는지 모르겠지만, 어쨌든 나무 그늘에는 시냇물이 졸졸 흐르고 있었다. 시냇가에는 지상의 온실에서 잘 자라는 나무고사리가 무성했다. 하지만 이곳의 나무와 관목과 풀은 생기의 원천인 태양열을 박탈당했기 때문에 색깔이 없었다. 시들어버린 것처럼 한결같이 바랜 갈색을 띠고 있었다. 잎도 초록빛이 아니었고, 제3기에 처음 출현했을 때는 그토록 풍성했던 꽃도 지금은 빛깔과 향기를 잃고, 공기의 영향으로 누렇게 바랜 종이꽃처럼 보였다.

삼촌은 이 거대한 숲속으로 용감하게 들어갔다. 나도 뒤를 따랐지만, 불안한 기분이 전혀 없지는 않았다. 자연이 초식을 이렇게 많이 차려놓은 곳이니까 무서운 포유류를 만날 수도 있지 않은가? 세월이 나무를 쓰러뜨리고 갉아먹은 곳에는 넓은 빈터가 생겨 있었다. 이곳에서 나는 콩과식물과 지치류를 비롯하여, 모

---

* E. T. A. 호프만(1776~1822): 독일의 작가. 그러나 이 대목에 나오는 인물은 아달베르트 폰 샤미소(1781~1838)의 소설 《그림자를 판 사나이》의 주인공 페터 슐레밀이다.

숲에는 제3기 식물들이 장관을 이루고 있었다

든 시대의 반추동물들이 즐겨 먹는 수천 종의 식용 관목을 보았다. 이어서 지상에서는 서로 다른 지방에서 자라는 나무들이 모두 한데 뒤섞인 상태로 나타났다. 야자나무 옆에 참나무가 자라고 있고, 오스트레일리아의 유칼립투스가 노르웨이의 전나무에 몸을 기대고 있고, 북반구의 자작나무 가지와 뉴질랜드의 카우리 소나무 가지가 서로 얽혀 있는 식이었다. 아무리 창의성이 풍부한 식물 분류학자도 이곳에서는 정신이 혼란스러울 것이다.

나는 걸음을 우뚝 멈추고 삼촌을 뒤로 잡아당겼다.

깊은 숲속이었지만, 균일한 빛 덕분에 아무리 작은 것도 똑똑히 볼 수 있었다. 나는 나무 아래를 어슬렁거리는 거대한 형체를 본 것 같았다. 아니, 틀림없이 보았다. 그것은 거대한 마스토돈 무리였다. 1801년에 미국 오하이오 주 늪지대에서 화석으로 발견된 동물과 비슷했지만, 이것은 화석이 아니라 완전히 살아 있는 마스토돈이었다. 나는 그 거대한 코끼리 떼를 유심히 지켜보았다. 기다란 코가 나무 아래에서 뱀처럼 이리저리 움직이고 있었다. 오래된 나무줄기를 거대한 상아로 찔러 껍질을 벗기는 소리가 들렸다. 나뭇가지가 우지끈 부러지고, 나뭇잎이 무더기로 떨어져 괴물의 거대한 입 속으로 사라졌다.

제3기와 제4기의 세계가 고스란히 되살아났다. 내 꿈이 마침내 실현된 것이다! 그리고 우리는 지구의 내장 속에서, 그 세계에 살고 있는 사나운 짐승들 앞에 단둘이 서 있었다!

삼촌은 마스토돈 무리를 뚫어지게 바라보고 있었다.

그러다가 갑자기 내 팔을 붙잡고 소리쳤다.

"가자! 앞으로, 앞으로!"

"안 돼요, 삼촌! 우리는 무기도 없어요! 저 거대한 짐승들 틈에서 우리가 뭘 할 수 있겠어요? 돌아가요, 삼촌. 어서 돌아가요! 저 괴물들을 화나게 했다가는 어떤 인간도 무사할 수 없어요!"

"어떤 인간도? 아니야, 악셀! 저기를 봐. 살아 있는 동물이 또 있는 것 같아. 우리와 비슷한 동물. 그래, 인간이야!"

나는 어깨를 으쓱하며 절대 믿지 않기로 결심하고 삼촌이 가리키는 쪽을 바라보았다. 하지만 아무리 믿지 않으려고 발버둥 쳐도 명백한 증거 앞에는 굴복할 수밖에 없었다.

4백 걸음도 떨어지지 않은 곳에 사람이 있었다. 이 지하 세계의 프로테우스,* 넵투누스**의 새로운 아들인 인간이 거대한 소나무 줄기에 기댄 채 헤아릴 수 없이 많은 그 코끼리 떼를 지키고 있었다!

Immanis pecoris custos, immanior ipse!***
(무서운 짐승들의 파수꾼, 그 자신은 더 무섭구나!)

정말 그렇다! 그는 우리가 전에 뼈무덤에서 본 화석 인간이 아니라, 이 거대한 괴물들을 지배할 수 있는 거인이었다. 키는 4미터에 가까웠고, 들소 머리만큼이나 커다란 머리통은 더부룩한 머리털에 반쯤 가려져 있었다. 그것은 머리털이라기보다 갈기

* 프로테우스: 그리스 신화에 나오는 바다의 신. 포세이돈의 부하로, 바다표범을 보호·감시했다.
** 넵투누스: 로마 신화에 나오는 바다의 신. 그리스 신화의 포세이돈과 같다.
*** 빅토르 위고의 《노트르담의 꼽추》에서 인용한 구절이며, 이것은 베르길리우스의 〈전원시〉에 나오는 구절 'formosi pecoris custos, formosior ipse' (아름다운 짐승들의 파수꾼, 그 자신은 더 아름답구나)를 패러디한 것이다.

같았다. 마스토돈의 몸뚱이를 뒤덮은 긴 털과 비슷했다. 거인은 나뭇가지를 손에 쥐고 휘둘렀다. 굵은 나뭇가지는 노아의 홍수 이전의 이 목동에게 썩 잘 어울리는 지팡이였다.

우리는 멍하니 선 채 꼼짝도 하지 못했다. 하지만 거인이 우리를 발견할지도 모른다. 들키기 전에 빨리 달아나야 한다.

"도망쳐요!" 나는 삼촌을 끌면서 소리쳤다. 삼촌은 난생 처음으로 저항하지 않았다.

15분 뒤에 우리는 이 가공할 적의 시야에서 벗어났다.

지금은 내 마음에 평화가 돌아왔고, 이 기묘하고 초자연적인 존재와 마주친 지도 벌써 여러 달이 지났기 때문에 그때 일을 차분히 생각해볼 수 있게 되었다. 그 일을 어떻게 생각해야 할까? 무엇을 믿어야 할까? 아니, 절대 있을 수 없는 일이다! 우리의 감각이 잘못된 게 분명하다. 시각이 고장나서, 존재하지도 않는 것을 보았을 것이다! 우리 눈이 본 것이 거기에 실제로 존재했을 리가 없다! 그 지하 세계에는 어떤 인간도 살지 않는다. 어떤 인종도 그 깊은 동굴 속에서 지상의 인간들과는 무관하게, 어떤 식으로도 지상의 인간들과 소통하지 않고 살 수는 없다.

그건 미친 짓이다. 완전히 미친 짓이야!

그것은 인간이 아니라 인간과 비슷한 신체 구조를 가진 동물, 가령 원시시대의 원숭이, 메소피테카, 또는 라르테* 씨가 상상** 의 화석 지층에서 발견한 프로토피테쿠스를 사람으로 잘못 보았다고, 나는 그렇게 믿고 싶었다. 하지만 그 거인은 근대 고생물학이 치수를 잰 어떤 원숭이보다 훨씬 컸다. 아니, 그런 건 아

* 에두아르 라르테(1801~71): 프랑스의 고고학자.
** 상상: 프랑스 남서부 도르도뉴 지방의 마을.

지하 세계의 프로테우스

무래도 좋다. 있을 법하지 않은 일이긴 하지만, 그건 원숭이였을 것이다! 인간이, 살아 있는 인간이 지구의 내장 속에서 숱한 세대에 걸쳐 살고 있다니! 그런 일은 결코 있을 수 없다.

어쨌든 우리는 맑고 밝은 그 숲을 떠났다. 삼촌도 나도 충격 때문에 말문이 막혔다. 우리는 이성을 잃을 만큼 공포에 짓눌려 무작정 달리지 않을 수 없었다. 그것은 진짜 도주였다. 정신없이 달렸다. 이따금 악몽을 꿀 때는 몸이 무의식적으로 움직여 자동적인 반사 행동을 하게 되는데, 그것과 비슷했다. 우리는 본능적으로 리덴브로크 해를 향해 달렸다. 그때 내가 좀더 실제적인 관찰에 마음을 빼앗기지 않았다면, 내 정신은 터무니없는 망상에 빠져들었을 것이다.

내가 지금 달리고 있는 곳은 한 번도 와본 적이 없는 곳이 분명한데, 그라우벤 항을 생각나게 하는 바위가 계속 눈에 띄었다. 사실 이것은 나침반이 알려준 정보 — 우리가 본의 아니게 리덴브로크 해 북쪽으로 되돌아왔다는 것 — 를 뒷받침하는 것이었다. 때로는 모든 것이 기분 나쁠 만큼 비슷해 보였다. 수백 개의 시내와 폭포가 바위에서 흘러내리고 있었다. 층층이 쌓인 '수르타르브란두르', 우리의 충실한 길잡이인 '한스 천' — 내가 정신을 차렸던 동굴로 되돌아가는 느낌이 들었다. 그런데 몇 미터 앞에 있는 절벽의 배치, 시냇물의 모양, 바위의 낯선 윤곽을 보고 나는 다시 의혹에 사로잡혔다.

나는 여기가 어디인지 판단할 수가 없다고 삼촌에게 말했다. 삼촌도 나처럼 의아해하고 있었다. 어디나 똑같아 보이는 풍경 속에서 삼촌도 길을 찾지 못하고 있었다.

"출발점으로 되돌아오지는 않은 모양입니다. 폭풍에 밀려서 출발점보다 조금 아래쪽에 닿은 게 분명해요. 그러니까 해안을 따라가면 그라우벤 항으로 돌아갈 수 있을 거예요."

"그렇다면 이 탐험을 계속하는 건 아무 의미도 없겠군. 뗏목으로 돌아가는 게 좋겠어. 하지만 길을 잘못 들지 않은 건 확실하겠지?"

"확실히 말하기는 어렵습니다. 이 바위들은 모두 비슷비슷해 보이니까요. 하지만 저기 저 곳은 한스가 뗏목을 만들던 바로 그 곳인 것 같아요." 나는 눈에 익은 듯한 후미를 바라보면서 덧붙였다. "그러니까 그라우벤 항은 틀림없이 이 근처 어딘가에 있을 겁니다."

"그렇다면 적어도 우리 발자국은 보여야 할 텐데, 아무것도 안 보여."

"저는 보이는데요!" 나는 모래톱 위에서 반짝이는 물체를 향해 달려가면서 외쳤다.

"그게 뭐지?"

"자, 보세요!"

나는 모래에서 집어든 녹슨 칼을 삼촌에게 보여주었다.

"아니, 이런! 네가 갖고 있었던 거냐?"

"천만에요. 삼촌이 갖고 계셨던 거 아닌가요?"

"아니, 나는 전혀 모르는 일이야. 일부러 이런 걸 몸에 지닌 적은 한번도 없어."

"그렇다면 정말 이상하군요."

"이상할 것 없어. 아이슬란드 사람들은 대개 이런 무기를 지니고 다니니까, 한스의 칼일 거야. 아마 모르고 떨어뜨렸겠지."

나는 고개를 저었다. 한스는 결코 이런 칼을 지니고 있지 않았다.

"그렇다면 노아의 홍수 이전에 살았던 어느 전사의 무기일까요? 아까 본 그 덩치 큰 목동처럼 석기시대에 살고 있는 사람일까요? 아니, 그럴 리가 없어요. 이건 석기시대의 물건이 아니에요. 청동기시대도 아니에요. 이 칼날은 쇠로 만들어졌고……."

삼촌은 또다시 엉뚱한 방향으로 치닫고 있는 나를 가로막고 냉정한 투로 말했다.

"진정해라, 악셀. 정신차려. 이 칼은 16세기에 만들어진 진짜 단검이야. 귀족들이 적의 숨통을 끊기 위해 허리띠에 차고 다닌 물건이지. 이건 스페인에서 만들어진 거야. 내 칼도 아니고, 네 칼도 아니고, 한스의 칼도 아니고, 이 지구 속에 살고 있을지 모르는 어느 인간의 칼도 아니야."

"그렇다면……?"

"이 칼날을 잘 봐. 사람의 목을 베었다고 해서 이런 식으로 이가 빠지지는 않아. 게다가 녹으로 완전히 덮여 있어. 백 년 동안 여기에 놓여 있었다 해도 이처럼 두껍게 녹이 슬지는 않아."

언제나 그렇듯이 삼촌은 상상력을 발휘하는 동안 차츰 흥분하기 시작했다.

"악셀, 위대한 발견이 우리 눈앞에 놓여 있다. 이 칼은 백 년, 2백 년, 3백 년 동안 모래 위에 놓여 있었어. 칼날이 이렇게 이가 빠진 건 이 땅 속 바닷가에 있는 바윗돌과 그 동안 무수히 부딪쳤기 때문이야."

"하지만 칼 혼자 여기 올 수는 없었을 겁니다. 그렇다면 누군가가 우리보다 먼저 이곳에 온 게 분명해요."

"그래, 인간이지."

"그게 누구일까요?"

"이 칼로 바위에 제 이름을 새긴 사람. 그 목적은 지구의 중심으로 가는 길에 다시 한번 자신의 흔적을 남기는 것이었어. 어디 한번 찾아보자."

우리는 흥분하여 높은 절벽을 따라 걸으면서 지구의 중심으로 이어지는 통로를 찾았다. 통로가 될 만한 틈새라면 아무리 작은 구멍도 빠짐없이 살펴보았다.

우리는 해안이 점점 좁아지는 곳에 이르렀다. 바다가 벼랑 기슭에 바싹 다가와 있어서, 해안의 너비는 2미터도 채 안 되었다. 불쑥 튀어나온 두 개의 바위 사이에 어두운 통로의 입구가 나타났다.

그곳 화강암 위에 신비로운 글자 두 개가 새겨져 있었다. 비바람에 마멸된 그 글자는 대담하고 기상천외한 그 나그네의 머리글자였다.

$$\cdot \; \text{Ⴧ} \cdot \text{Ⴧ} \cdot$$

"A. S." 삼촌이 외쳤다. "아르네 사크누셈! 역시 아르네 사크누셈이야!"

40

장애물

이 여행을 시작한 뒤 나는 놀라운 일을 수없이 겪었다. 그래서 이제는 면역이 생겨, 어지간한 일에는 놀라지 않고 시큰둥할 줄 알았다. 하지만 3백 년 전에 이 자리에 새겨진 두 글자를 보고는 망연자실할 만큼 놀랐다. 바위에 새겨진 연금술사의 서명을 또렷이 읽을 수 있었을 뿐 아니라, 그 연금술사가 자신의 이름을 새기는 도구로 사용한 칼도 내 손에 쥐어져 있었기 때문이다. 나 자신에게 조금이라도 정직하다면, 이제 더 이상 그 여행자의 존재를 의심할 수도 없었고, 또 그가 지구 속을 여행한 사실도 의심할 수 없었다.

이런 생각이 내 머릿속에서 소용돌이치는 동안, 리덴브로크 교수는 아르네 사크누셈을 다소 지나칠 정도로 찬양하는 데 몰두해 있었다.

"아아, 놀라운 천재여! 당신은 지구 속으로 들어가는 길을 다른 사람들에게 열어주려고 모든 노력을 아끼지 않았습니다. 이

제 당신의 동지들은 3백 년 전에 당신의 발걸음이 이 지하 통로
에 남겨놓은 흔적을 따라갈 수 있게 되었습니다! 당신은 다른
사람에게도 이 경이로움을 보여주기로 마음먹었습니다! 구간마
다 새겨져 있는 당신의 이름은 당신의 발자취를 따라갈 만큼 대
담한 여행자를 목적지로 곧장 이끌어줍니다. 우리 지구의 중심
에도 당신은 또다시 당신 손으로 이름을 새겨놓았을 것입니다!
나도 여기에, 이 화강암의 마지막 페이지에 내 이름을 새겨놓을
작정입니다. 하지만 당신이 처음 발견한 이 바다에서 당신이 처
음 본 이 곳은 앞으로 사크누셈 곶이라는 이름으로 알려질 것입
니다!"

　이것이 내가 들은 말이었다. 꼭 그대로는 아니지만, 대충 비슷
했다. 여기에 담겨 있는 열정이 나에게도 전염되는 듯한 느낌이
들었다. 가슴속에서 불이 활활 타오르기 시작했다. 나는 모든 것
을 잊어버렸다. 여행의 위험도, 어떻게 돌아가나 하는 걱정도 다
잊어버렸다. 다른 사람이 한 일이라면 나도 해보고 싶었고, 남이
할 수 있었던 일을 나라고 못할 게 뭐냐 하는 생각도 들었다.

　"갑시다! 전진!"

　내가 앞뒤 생각 없이 어두운 통로를 향해 달려가고 있을 때 삼
촌이 나를 말렸다. 여느 때 같으면 금방 열중하여 넋을 잃는 양
반이 이번에는 인내심을 가지고 침착하게 행동하라고 타이르고
있었다.

　"우선 가서 한스를 찾아보자. 그런 다음 뗏목을 이리로 가져
오자."

　나는 내키지 않았지만 삼촌의 말에 복종하여 해안의 바위 틈
으로 돌아왔다.

나는 삼촌과 나란히 걸으면서 말했다.

"삼촌, 지금까지는 운이 아주 좋았다고 생각지 않으세요?"

"넌 그렇게 생각하니?"

"네. 폭풍우조차도 우리를 도와주었어요. 우리를 옳은 길로 데려다주었으니까요. 폭풍 만세! 폭풍이 우리를 이 해안으로 데려왔어요. 날씨가 좋았다면 이렇게 되지는 않았겠죠. 뗏목이 리덴브로크 해의 남쪽 해안에 닿았다면 우리가 어떻게 되었을지 상상해보세요. 사크누셈의 이름도 발견하지 못했을 테고, 지금쯤은 빠져나갈 길이 전혀 없는 해안에서 어쩔 줄 모른 채 발만 동동거리고 있을 거예요."

"그래. 남쪽으로 가고 있었는데 북쪽으로 돌아와서 사크누셈 곶을 발견한 데에는 분명 신의 섭리가 작용한 것 같아. 정말 놀랍기 짝이 없는 일이야. 여기에는 도저히 설명할 수 없는 무언가가 있어."

"설명 같은 건 중요하지 않아요. 중요한 건 사실을 설명하는 게 아니라 이용하는 거예요."

"그래. 하지만……"

"이제 우리는 북유럽 국가들 밑을 지나 다시 북쪽으로 가게 될 거예요. 스웨덴 밑을 지나고, 어쩌면 시베리아까지 지나게 될지도 모르죠! 아프리카의 사막이나 대서양의 파도 밑으로 뛰어들지는 않을 거예요. 전 그것만 알면 충분해요!"

"그래, 네 말이 맞아. 만사가 순조롭게 되어가고 있어. 어디까지나 수평으로 뻗어 있는 이 바다와도 이제는 작별이니까. 이제 우리는 다시 아래를 향해 계속 내려갈 거야. 지구의 중심까지는 6200킬로미터도 채 남지 않았어."

"그 정도는 아무것도 아니에요! 갑시다. 어서요!"

이런 어처구니없는 대화를 나누고 있는 동안 우리는 한스가 있는 곳에 이르렀다. 당장이라도 출발할 수 있도록 모든 준비가 갖추어져 있었다. 짐도 모두 뗏목에 실려 있었다. 우리는 뗏목에 올라타고 돛을 올렸다. 한스가 키를 잡고, 해안을 따라 사크누셈 곶 쪽으로 뗏목을 몰았다.

풍향은 바람을 거슬러 나아갈 수 없는 이런 종류의 배에 유리하다고는 말할 수 없었다. 그래서 지팡이를 삿대처럼 이용하여 앞으로 나아가야 할 때도 많았다. 수면 밑에 숨어 있는 암초 때문에 멀리 돌아가야 할 때도 많았다. 세 시간의 항해 끝에 오후 6시쯤 마침내 상륙하기 좋은 곳에 이르렀다.

내가 먼저 해안으로 뛰어내리자, 삼촌과 한스도 내 뒤를 따랐다. 이 항해도 나를 진정시키지는 못했다. 나는 퇴로를 모두 차단하고 배수진을 치기 위해 '우리 배를 불태워버리자' 고 제의하기까지 했다. 하지만 삼촌이 반대했다. 삼촌은 왠지 열의가 없어 보였다.

"잠시도 시간을 낭비하지 말고 당장 출발합시다."

"그래. 하지만 사다리를 준비할 필요가 있는지 여부를 판단하려면 우선 새 통로를 한번 살펴봐야 돼."

삼촌은 룸코르프 램프를 켰다. 뗏목은 해안에 묶인 채 방치되었다. 통로 입구는 20미터도 채 떨어져 있지 않았다. 나는 앞장서서 작은 탐험대를 이끌고 곧장 그쪽으로 다가갔다.

둥근 입구는 지름이 1.5미터 정도였다. 어두운 통로는 자연 그대로인 바위에 뚫려 있었다. 옛날 그곳을 지나간 용암이 뚫어 놓은 천연 동굴이었다. 바닥은 지면과 거의 같은 높이여서 쉽게 들어갈 수 있었다.

거의 수평으로 이어진 통로를 따라 대여섯 걸음 들어가자 거대한 장애물이 앞을 막아섰다.

"제기랄!" 나는 그 넘을 수 없는 장애물에 낙담하여 소리쳤다.

빠져나갈 길이 없을까 하고 상하좌우를 모두 살펴보았지만, 길은 전혀 없었다. 나는 심한 좌절감에 빠졌다. 장애물의 존재를 도저히 받아들일 수가 없었다. 나는 허리를 굽혀 거대한 바위 아래쪽을 살펴보았지만, 갈라진 틈새 하나 없었다. 위쪽도 마찬가지였다. 장애물은 거대한 화강암 덩어리였다. 한스가 램프로 벽을 샅샅이 비추었다. 하지만 벽도 틈새 하나 없이 완전히 이어져 있었다. 장애물을 통과할 수 있을지도 모른다는 희망은 버릴 수밖에 없었다.

나는 땅바닥에 주저앉았다. 삼촌은 통로 안을 큰 걸음으로 오락가락하고 있었다.

"사크누셈은 어떻게 된 거죠?" 내가 소리쳤다.

"사크누셈도 이 돌문에 가로막혔을까?"

"아니에요! 이 바위는 지진이나 그 비슷한 현상 때문에 굴러 떨어졌을 거예요. 통로는 갑자기 막힌 게 분명해요. 사크누셈이 지상으로 돌아간 뒤에도 한참 뒤에 이 바위가 떨어졌을 거예요. 이 통로가 전에 용암이 지나간 길이고, 화산 분출물이 이 통로를 자유롭게 흐른 것은 분명하잖아요? 보세요. 저 화강암 천장의 갈라진 틈새는 최근에 생긴 거예요. 천장은 휩쓸려온 거대한 바위로 되어 있어요. 거인의 손이 공들여 만들어놓은 것 같아요. 그런데 어느날 수직 압력이 너무 강해져서, 아치 꼭대기에 쐐기처럼 끼워져 있던 이 돌덩어리가 바닥으로 떨어져 통로를 완전

대여섯 걸음 들어가자 거대한 걸림돌이 앞을 가로막았다

히 막아버린 거예요. 이건 우연한 장애물이고, 사크누셈은 이 장애물을 만나지 않았어요. 이 난관을 극복하지 못하면 우리는 세계의 중심에 도달할 자격이 없어요!"

나는 이런 식으로 이야기했다. 삼촌의 영혼이 나에게 완전히 넘어와 있었다. 발견에 대한 열정이 나를 몰아대고 있었다. 나는 과거를 잊어버렸다. 미래도 염두에 두지 않았다. 빙글빙글 도는 그 타원체의 가슴속으로 파고들어간 나에게 지상의 것은 아무것도 존재하지 않았다. 도시도 시골도, 함부르크도 쾨니히 가도, 귀여운 그라우벤조차도 존재하지 않았다. 그라우벤은 내가 지구의 내장 속으로 영원히 사라져버렸다고 생각할 것이다.

"곡괭이로 길을 뚫어보자." 삼촌이 말했다.

"곡괭이로 부수기에는 벽이 너무 단단해요."

"그럼 얼음 끌로 구멍을 뚫어볼까."

"끌로 뚫기에는 바위가 너무 두꺼워요."

"하지만……."

"그렇다면 화약밖에 없군요. 그래요. 폭파하는 겁니다! 장애물에 구멍을 뚫고 화약을 재서 폭파합시다!"

"폭파한다고?"

"바위를 조금만 깨부수면 돼요!"

"좋아!" 삼촌이 소리쳤다. "한스, 준비해!"

한스는 뗏목으로 돌아가서, 폭약 구멍을 뚫는 데 쓸 곡괭이를 들고 돌아왔다. 쉬운 일은 아니었다. 면화약 20킬로그램을 재려면 상당히 큰 구멍을 뚫어야 했기 때문이다. 면화약의 폭발력은 보통 화약보다 네 배나 강하다.

나는 극도의 흥분 상태에 빠져 있었다. 한스가 일하는 동안 나는 열심히 삼촌을 거들었다. 삼촌은 축축하게 적신 화약을 헝겊으로 싸서 긴 도화선을 만들고 있었다.

"해낼 수 있을 겁니다!"

"물론이지."

광부 일은 한밤중에 끝났다. 바위에 뚫은 구멍에다 화약을 채워넣고, 도화선을 통로 밖으로 끌어냈다.

이제 도화선에 불만 댕기면 이 인상적인 장치를 가동할 수 있었다.

"내일까지 기다리자." 삼촌이 말했다.

나는 무려 여섯 시간의 지루한 기다림을 감수해야 했다!

41

폭발

이튿날인 8월 27일 목요일은 우리의 지하 여행에서 중요한 날이었다. 지금도 그날을 생각하면 공포가 되살아나서 심장 박동이 빨라지곤 한다. 그 순간부터 우리의 이성과 판단력과 창의력은 전혀 쓸모가 없어졌고, 우리는 지구에 농락당하는 장난감 신세가 되고 말았다.

우리는 아침 6시에 일어났다. 화강암 덩어리를 폭파하여 길을 뚫을 순간이 왔다.

나는 도화선에 점화하는 영광을 달라고 요구했다. 불을 붙이고 나면 곧바로 삼촌과 한스가 있는 뗏목으로 달려가기로 했다. 뗏목에는 아직 짐이 실려 있었다. 우리는 폭발의 위험을 피해 뗏목을 타고 바다로 나갈 계획이었다. 폭발은 갱도 밖에까지 영향을 미칠 수 있었기 때문이다. 우리가 계산한 바로는 도화선이 다 타는 데 걸리는 시간은 10분 정도였다. 도화선에 불을 붙이고 나서 10분 뒤에야 화약이 폭발할 것이다. 따라서 내가 뗏목으로 돌아갈 시간은 충분했다. 그래도 내가 맡은 역할을 준비하는 동안 불안한 기분을 완전히 떨쳐버릴 수는 없었다.

서둘러 아침을 먹은 뒤에 삼촌과 한스는 뗏목에 올라탔다. 나는 해안에 남았다. 손에는 불이 켜진 등잔을 들고 있었다. 이것으로 도화선에 불을 붙일 작정이었다.

"갈 시간이야, 악셀." 삼촌이 말했다. "불을 붙이면 곧장 돌아와야 한다."

"걱정 마세요. 쓸데없이 빈둥거리지는 않을 테니까."

나는 곧장 통로 입구로 걸어갔다. 등잔을 열고 도화선 끝을 집어들었다. 삼촌은 손에 크로노미터를 들고 있었다.

"준비됐니?" 삼촌이 소리쳤다.

"예."

"그럼, 점화!"

나는 도화선 끝을 재빨리 불꽃 속에 밀어넣었다. 도화선이 칙칙 소리를 내며 타기 시작하자 나는 해안으로 달음박질쳤다.

"어서 타거라." 삼촌이 말했다. "자, 바다로 떠나자."

한스가 힘껏 뗏목을 밀어냈다. 뗏목은 해안에서 40미터쯤 밀려나갔다. 긴장된 순간이었다. 삼촌은 크로노미터 바늘을 들여다보고 있었다.

"5분 남았다…… 4분…… 3분……."

내 심장은 1초에 두 번씩 뛰고 있었다.

"2분…… 1분…… 바위산아, 무너져라!"

다음에 무슨 일이 일어났냐고? 실제로 폭발음을 들은 것 같지는 않다. 하지만 바위의 모양새가 내 눈앞에서 확 달라졌다. 암벽이 커튼처럼 쫙 갈라졌다. 나는 해안에 깊이를 알 수 없는 구

"바위산아, 무너져라!"

덩이가 입을 딱 벌린 것을 언뜻 보았다. 혼란에 빠진 바다는 하나의 거대한 파도가 되었다. 뗏목은 그 파도의 물마루 위로 곧장 올라갔다.

우리 세 사람은 모두 쓰러졌다. 순식간에 빛이 캄캄한 어둠으로 바뀌었다. 이어서 나는 단단한 토대가 사라지는 것을 느꼈다. 내 빌이 아니라 뗏목 자체를 떠받치고 있던 토대가 사라졌다. 처음에는 뗏목이 가라앉고 있는 줄 알았다. 하지만 곧 그럴 리가 없다는 것을 깨달았다. 나는 삼촌에게 말을 걸려고 애썼지만, 으르렁대는 파도 소리 때문에 삼촌한테는 내 목소리가 들리지 않았다. 어둠과 소음, 놀라움과 흥분 속에서도 나는 무슨 일이 일어났는지를 금세 알아차렸다. 폭발한 바위 너머에는 깊은 심연이 있었다. 폭발은 이미 흔들린 땅에 일종의 지진을 일으켰다. 그래서 깊은 균열이 생겼고, 바다는 거대한 강으로 변하여 우리를 그 틈새로 데려간 것이다. 나는 이제 끝장이라고 생각했다.

한 시간이나 두 시간—글쎄 내가 어떻게 시간을 알겠는가?—이 이런 식으로 지나갔다. 우리는 뗏목에서 떨어지지 않도록 서로 손을 잡았다. 뗏목은 암벽에 부딪칠 때마다 격렬하게 요동쳤다. 하지만 그런 충돌은 드물었고, 그래서 나는 통로가 상당히 넓어지고 있는 모양이라고 생각했다. 여기가 사크누셈이 지나간 길인 것은 의심할 여지가 없었다. 하지만 우리는 우리끼리만 그 길을 따라가고 있는 것이 아니라, 부주의 때문에 바다 전체를 그 길로 끌어들인 꼴이었다.

이런 생각들이 안개에 싸인 듯 몽롱한 상태로 내 머릿속을 스치고 지나갔다. 깊은 심연 속으로 떨어지는 동안 어지러운 머리에 떠오른 생각들을 정리하기는 어려웠다. 그것은 하강이라기보다 자유 낙하에 더 가까웠다. 공기가 내 얼굴을 채찍처럼 때리는 것으로 보아, 낙하 속도는 급행열차보다도 빠른 게 분명했다. 그런 상황에서는 횃불을 켤 수도 없었을 것이다. 우리에게 마지막 남은 전등은 폭발로 망가져버렸다.

그래서 내 옆에 갑자기 빛이 나타난 것을 보았을 때 나는 깜짝 놀랐다. 한스의 침착한 얼굴이 나타났다. 손재주가 좋은 사냥꾼이 등잔에 불을 켠 것이다. 불꽃은 금방이라도 꺼질 것처럼 깜박거렸지만, 무서운 어둠 속에 빛을 던져주었다.

예상했던 대로 통로는 상당히 넓었다. 약한 불빛으로는 양쪽 벽을 동시에 비출 수 없을 정도였다. 뗏목을 실어 나르는 물결의 기울기는 미국에서 가장 정복하기 힘든 급류보다 더 가팔랐다. 수면은 강력한 힘으로 발사된 무수한 화살 다발처럼 보였다. 그때 내가 받은 느낌을 이보다 더 정확하게 비유할 수는 없다. 뗏목은 소용돌이에 휘말리며 천천히 돌면서 계속 떠내려갔다. 뗏목이 통로 벽에 가까워졌을 때 나는 등불을 벽에 비추어보았다. 바위의 돌출 부분이 연속된 선처럼 보여서, 움직이는 줄무늬가 우리를 둘러싸고 있는 것 같았다. 이것을 보고 나는 낙하 속도를 대충 짐작할 수 있었다. 내가 어림한 속도는 시속 120킬로미터였다.

삼촌과 나는 가운데가 뚝 부러져버린 돛대에 등을 기댄 채 충혈된 눈으로 서로를 바라보았다. 우리는, 인간의 힘으로는 도저히 통제할 수 없는 맹렬한 속도에 질식하지 않으려고 바람이 약한 쪽으로 고개를 돌렸다.

그러는 동안에도 시간은 계속 흘러갔다. 사고 때문에 복잡해지기는 했지만, 기본적인 상황은 마찬가지였다.

나는 짐을 정리하려다가 뗏목에 실어둔 짐이 대부분 사라진 것을 알았다. 폭발의 파문이 우리를 덮쳤을 때 떠내려간 것이다. 나는 무엇이 얼마나 남아 있는지 정확하게 알고 싶어서 등잔을 든 채 조사하기 시작했다. 계기류 중에서는 나침반과 크로노미터만 남아 있었다. 사다리와 밧줄은 다 없어지고, 돛대에 감긴 밧줄 끝부분만 남아 있었다. 곡괭이도, 끌도, 망치도 다 없어졌다. 게다가 식량은 하루 치밖에 남아 있지 않았다.

나는 뗏목의 틈새도 샅샅이 조사했다. 들보와 가로대 사이의 좁은 틈새까지도 조사했다. 아무것도 없었다! 남은 식량은 말린 고기 한 덩어리와 건빵 몇 개뿐이었다.

나는 얼마 남지 않은 식량을 멍하니 바라보았다. 그게 무엇을 의미하는지 알고 싶지도 않았다. 하지만 내가 지금 걱정하고 있는 위험이 도대체 뭐란 말인가? 이 무자비한 급류가 우리를 심연으로 데려가고 있는데, 식량이 몇 달, 아니 몇 년 치가 남아 있다 한들 그게 무슨 소용이란 말인가? 저승사자가 벌써 온갖 형태로 모습을 드러내고 있는데, 굶주림의 고통을 걱정해봤자 무슨 의미가 있단 말인가? 굶주림으로 쇠약해진 끝에 죽을 시간이나마 우리에게 주어질까?

이런저런 상념 덕분에 나는 눈앞의 위험을 잊고 있었다. 미래에 닥칠 위험이 너무나 무서워 보였기 때문이다. 어쨌든 눈앞의 위험에서는 벗어날 가능성도 있지 않은가. 어쩌면 강물의 분노에서 벗어나 지상으로 돌아갈 수 있을지도 모른다. 어떻게? 그건 나도 모른다. 어디로? 그건 중요하지 않다. 천에 하나, 만에 하나밖에 없는 가능성이라 해도, 가능성인 것은 다름이 없다. 하지만 굶어죽는 것은 실낱같은 희망의 가능성조차 남겨주지 않는다.

삼촌에게 모든 것을 털어놓고, 얼마 안 남은 식량도 보여주고, 앞으로 얼마나 살 수 있는지, 그 정확한 날수를 한번 계산해볼까 하는 생각도 들었지만, 나는 용기를 내어 침묵을 지켰다. 그랬다가 삼촌이 자제심이라도 잃게 되면 그보다 더한 낭패가 없겠기 때문이다.

그 순간, 등불이 서서히 희미해지더니 완전히 꺼져버렸다. 심지가 다 타버린 것이다. 완전한 어둠이 찾아왔다. 도저히 뚫고 들어갈 수 없는 이 칠흑 같은 어둠을 줄이려고 애써봤자 아무 소용도 없었다. 횃불이 하나 남아 있긴 했지만, 횃불을 켜도 금세 꺼져버렸을 것이다. 그래서 나는 아예 어둠을 보지 않으려고 어린애처럼 눈을 질끈 감았다.

얼마나 시간이 흘렀을까. 물의 속도가 훨씬 빨라졌다. 나는 얼굴을 때리는 공기의 힘이 더욱 거세진 것을 보고 그것을 깨달았다. 물의 기울기도 더욱 가팔라졌다. 우리는 이제 미끄러지는 것이 아니라 떨어지고 있는 것 같았다. 내 몸이 거의 수직으로 떨어지는 감각을 분명히 느낄 수 있었다. 내 팔을 잡은 삼촌과 한스의 손에 더욱 힘이 들어갔다.

또 얼마나 시간이 흘렀을까. 갑자기 나는 충격 같은 것을 느꼈다. 뗏목이 단단한 물체에 충돌한 것도 아닌데 갑자기 낙하를 멈춘 것이다. 용오름처럼 거대한 물기둥이 뗏목 위로 부서져 내렸다. 나는 숨이 막혔다. 익사할 것만 같았다…….

하지만 이 홍수는 오래 지속되지 않았다. 몇 초 뒤에 나는 다시 공기를 들이마시고 있었다. 삼촌과 한스가 내 팔을 꽉 움켜잡고 있었다. 그리고 뗏목은 여전히 우리 세 사람을 태우고 있었다.

42

절체절명!

밤 10시쯤이었을 것이다. 이 최후의 공격을 받은 뒤, 내 감각기관 가운데 맨 먼저 활동을 시작한 것은 청각이었다. 공격이 끝나자마자 나는 오랫동안 내 귀에 가득 차 있던 굉음을 밀어내고 통로에 내리덮이는 정적을 들었다. 정적을 들은 것은 분명한 사실이다. 마침내 삼촌의 목소리가 속삭임처럼 들려왔다.

"올라가고 있어!"

"무슨 말씀이세요?"

"뗏목이 올라가고 있다고! 정말로 올라가고 있어!"

나는 팔을 뻗어 벽을 만져보았다. 손에서 피가 났다. 우리는 어마어마한 속도로 올라가고 있었다.

"횃불, 횃불!" 삼촌이 고함을 질렀다.

한스가 간신히 횃불을 켰다. 우리가 위로 올라가고 있는데도 횃불은 위쪽으로 타오르면서 넉넉한 빛을 퍼뜨려 주위를 밝게 비추었다.

횃불은 넉넉한 빛을 퍼뜨려 주위를 밝게 비추었다

"내가 생각한 대로야. 여기는 폭이 8미터도 안 되는 좁은 통로야. 물은 통로 바닥에 이르자 다시 올라가기 시작했고, 물과 함께 우리도 올라가고 있어."

"어디로요?"

"나도 몰라. 하지만 모든 가능성에 대비해야 할 거야. 우리의 속도는 1초에 4미터, 1분에 240미터, 시속으로는 약 14킬로미터야. 이런 속도로 계속 올라가면 성공할 수 있어!"

"그래요. 도중에 멈추지 않는다면, 그리고 이 통로에 밖으로 나가는 출구가 있다면 성공할 수도 있겠죠. 하지만 통로가 막혀 있다면, 공기가 물기둥의 압력으로 점점 압축되면, 우리가 납작 짓눌린다면!"

"그래. 상황은 물론 절망적이지만, 희망이 전혀 없는 것도 아니야. 살아날 가능성도 있다는 얘기지. 내가 검토하고 있는 것은 바로 그 가능성이야. 우리는 언제든지 죽을 수 있지만, 언제든지 살아날 수도 있어. 그러니까 아무리 작은 기회라도, 기회가 오면 즉각 잡을 수 있도록 준비를 해두는 게 좋겠다."

"하지만 우리가 할 수 있는 일이 뭔데요?"

"먹어서 힘을 비축해두는 거야."

나는 이 말에 당황하여 삼촌을 바라보았다. 아까는 차마 털어놓을 수 없었지만, 지금은 사실대로 말할 수밖에 없었다.

"먹어요?"

"그래. 지금 당장."

삼촌이 덴마크어로 몇 마디 했다. 그러자 한스는 고개를 저었다.

"뭐?" 삼촌이 소리쳤다. "식량이 어떻게 됐다고?"

"남은 게 이것뿐이에요. 말린 고기 한 토막."

삼촌은 기가 막힌다는 표정으로 나를 바라보았다.

"이래도 우리가 살아날 수 있을 거라고 생각하세요?"

삼촌은 아무 대답도 하지 않았다. 한 시간이 지났다. 나는 심한 배고픔을 느끼기 시작했다. 삼촌과 한스도 나와 똑같은 고통을 맛보고 있었다. 하지만 아무도 그 빈약한 식량에 감히 손대려하지 않았다. 우리는 여전히 빠른 속도로 올라가고 있었다. 때로는 급상승하는 기구에 타고 있는 것처럼 숨도 제대로 쉴 수가 없었다. 하지만 기구에 탄 사람들은 위로 올라갈수록 추위를 느끼는데, 우리는 정반대 현상을 경험하고 있었다. 기온이 걱정될 만큼 올라가, 거뜬히 40도에 도달해버린 것이다.

이런 변화는 무엇을 의미하는 것일까? 지금까지 리덴브로크 교수와 데이비의 이론은 증거로 확인되었다. 지금까지는 내화성 암석과 전기와 자기 등의 특별한 조건이 일반적인 자연 법칙을 변화시켜, 기온이 그럭저럭 견딜 만한 수준을 유지하고 있었다. 내 생각에는 지구의 중심에 불이 있다는 이론이 타당하고 이치에 맞는 유일한 이론이었지만, 정말로 이 이론이 맞다면 우리는 자연 법칙이 엄밀하게 적용되어 암석이 열에 완전히 녹아버린 곳으로 돌아가고 있는 것은 아닐까? 아무리 생각해도 그런 것 같아서, 삼촌한테 이렇게 말했다.

"물에 빠져 죽거나 갈기갈기 찢겨 죽지 않더라도, 그리고 굶어 죽지 않더라도, 산 채로 불에 타서 죽을 가능성은 아직 남아 있습니다."

삼촌은 어깨만 으쓱하고 다시 생각에 잠겼다.

기온이 조금 올라간 것 말고는 아무 일도 일어나지 않은 채 한 시간이 지났다. 마침내 삼촌이 침묵을 깨뜨렸다.

"결단을 내려야 해."

"결단요?"

"그래. 우리는 체력을 유지해야 돼. 남은 음식을 조금씩 아껴 먹으면서 목숨을 몇 시간 더 부지하려 한다면, 마지막까지 기운을 차리지 못하고 결국은 죽게 될 거야."

"그래요. 마지막까지는 얼마 남지 않았어요."

"그렇다면 살아날 기회가 왔을 때, 행동할 필요가 생겼을 때, 굶주림으로 체력이 떨어져 있다면 어디서 힘을 얻지?"

"하지만 이 고기 토막을 몽땅 먹어버리면 뭐가 남죠?"

"아무것도 안 남아. 하지만 눈으로 먹으면 영양분을 더 많이 얻을 수 있나? 네 주장은 의지력도 없고 행동력도 없는 인간의 사고방식이야!"

"그럼 삼촌은 아직도 포기하지 않았나요?" 나는 짜증스럽게 소리쳤다.

"물론이지!" 삼촌은 단호하게 대답했다.

"뭐라고요? 아직도 우리가 살아날 가망이 있다고 생각하세요?"

"그렇고말고! 심장이 뛰고 있는 한, 몸뚱이가 움직이는 한, 의지력을 가진 사람은 절망에 굴복하지 않을 거야."

맙소사! 이런 상황에서 이런 말을 하는 사람은 여간 배짱 좋은 사람이 아니다.

"그럼 어쩌자는 겁니까?"

"남은 음식을 몽땅 먹고 체력을 되찾는 거야. 물론 그게 우리의 마지막 식사가 되겠지. 하지만 먹고 나면 시체처럼 축 늘어지는 대신 다시 인간다워질 거야."

"좋습니다. 그럼 먹읍시다!" 나는 소리쳤다.

삼촌은 뗏목이 난파했을 때도 무사했던 고기 토막과 건빵 몇 개를 꺼내, 똑같이 삼등분해서 나누어주었다. 각자에게 돌아간 양은 500그램 정도였다. 삼촌은 열에 들뜬 것처럼 게걸스럽게 먹었다. 나는 배가 고팠지만, 먹는 것이 즐겁기는커녕 혐오스러울 정도였다. 한스는 음식을 조금씩 입에 넣고 소리 없이 씹으면서, 장래 문제 따위는 전혀 걱정하지 않는 사람처럼 조용히 음미하고 있었다. 한스는 사방을 둘러보다가 진이 반쯤 남아 있는 물병을 찾아내어 우리에게 내밀었다. 이 고마운 음료 덕분에 나는 조금 기운을 차렸다.

"푀르트라플리그!" 한스가 자기한테 차례가 돌아온 술을 마시면서 말했다.

"맛있대!" 삼촌이 나한테 말했다.

나는 다시금 한 가닥 희망을 찾았다. 하지만 이것으로 우리의 마지막 식사도 끝나버렸다. 아침 5시였다.

인간의 건강 상태는 순전히 부정적인 효과만 갖게끔 되어 있다. 일단 식욕이 충족되고 나면 굶주림이 얼마나 무서운 것인지 상상하기 어려워진다. 굶주림의 공포를 이해하려면 그것을 직접 경험해야 한다. 그래서 우리도 오랫동안 굶다가 고기 몇 점과 건빵 몇 개를 먹고 나자, 그때까지의 고통은 깨끗이 잊어버렸다.

식사가 끝난 뒤 우리는 저마다 상념에 잠겼다. 서양의 서쪽 끝에 있는 아이슬란드 출신임에도 동양적 숙명론을 받아들이고 있는 한스는 도대체 무슨 생각을 하고 있을까? 나는 오로지 추억에만 잠겨 있었다. 추억은 내가 결코 떠나지 말았어야 할 지상으로 나를 데려갔다. 쾨니히 가의 낡은 집, 귀여운 그라우벤, 하녀 마르테가 환상처럼 눈앞을 지나갔다. 암벽을 뚫고 들려오는 덜거덕거리는 소리 속에서 지상에 있는 도시들의 소리가 들려오는 듯했다.

언제나 자신의 직업에 충실한 삼촌은 횃불을 들고 지층의 성질을 유심히 조사하고 있었다. 우리가 어느 지층에 있는지를 알아내려고 애쓰는 모양이었다. 이것은 계산이라기보다 추정이었고, 기껏해야 어림짐작이 될 수밖에 없었다. 하지만 학자는 영원히 학자다. 적어도 자제력을 유지하는 동안은 언제나 학자일 수 있다. 리덴브로크 교수는 이 자질을 놀랄 만큼 많이 가지고 있었다.

삼촌이 지질학 용어를 중얼거리는 소리가 들렸다. 나는 그 말을 알아듣고, 이 마지막 연구에 흥미를 느끼지 않을 수 없었다.

삼촌은 이렇게 말하고 있었다.

"분출한 화강암. 우리는 아직 원생대 지층에 있지만, 계속 올라가고 있어! 이렇게 올라가다 보면 또 누가 알아?"

누가 아느냐고? 삼촌은 아직도 희망을 버리지 않았다. 삼촌은 벽을 만지고 있다가, 잠시 뒤에 다시 중얼거렸다.

"편마암, 운모편암. 좋아! 이제 곧 고생대 지층이 나올 거야. 그 다음에는……."

도대체 무슨 뜻일까? 삼촌은 우리 위에 있는 지각의 두께를 잴 수 있나? 이 계산을 정당화할 수 있는 근거라도 있나? 아니, 그럴 리가 없다. 압력계도 없는데 어떻게 깊이를 판단할 수 있겠는가?

그러는 동안에도 기온은 엄청나게 올라가고 있었다. 타는 듯이 뜨거운 대기가 우리를 휩싸고 있었다. 그 열기와 견줄 수 있는 것이 있다면, 주물공장의 용광로가 내용물을 토해낼 때 내뿜는 열기뿐이다. 한스와 삼촌과 나는 재킷과 조끼를 차례로 벗었다. 조금이라도 옷을 걸치고 있으면 불편하고 고통스럽기까지 했다.

"뜨거운 용광로 쪽으로 가고 있는 게 아닐까요?" 열기가 더욱 심해진 순간, 나는 참다못해 소리쳤다.

"아니야. 그럴 리가 없어! 절대로 그럴 리가 없어!"

"하지만……" 나는 벽을 만져보면서 말했다. "이 벽은 타는 듯이 뜨거운데요!"

이렇게 말하는 순간 내 손이 수면에 닿았다. 나는 급히 손을 거두어들였다.

"물이 펄펄 끓고 있어요!"

삼촌은 아무 말도 하지 않고 성난 몸짓만 해 보였다.

끔찍한 공포가 내 마음을 사로잡은 채 놓아주려고 하지 않았다. 나는 아무리 대담한 상상력도 감히 상상할 수 없는 무서운 파멸이 닥쳐오고 있음을 느꼈다. 처음에는 막연하고 불확실했던 생각이 내 마음속에서 서서히 확신으로 변해갔다. 나는 그 생각을 물리쳤지만, 그 생각은 끈질기게 계속 되돌아왔다.

그 생각을 나는 감히 말로 표현할 수가 없었다. 하지만 본의 아니게 눈에 들어온 수많은 사실들이 내 생각을 뒷받침해주었다. 어른거리는 횃불빛 속에서 나는 화강암층이 진동하는 것을 알아보았다. 전기와 관련된 자연 현상이 일어나려는 게 분명했다. 하지만 이 끔찍한 열기, 부글부글 끓는 물…… 나는 나침반을 보기로 했다.

그런데 나침반이 미쳐버렸다!

우리는 옷가지를 하나씩 벗었다

43

분화

그렇다. 미쳐버렸다! 바늘이 격렬하게 요동치며 이쪽저쪽으로 흔들리고, 완전히 당황한 것처럼 문자반 위를 빙글빙글 돌고 있었다.

널리 인정되고 있는 이론에 따르면, 광물로 이루어진 지각은 결코 완전하게 안정된 상태를 유지하지 못한다. 지각 위에 살고 있는 동물은 지각이 움직이고 있다는 것을 전혀 모르지만, 내부 물질의 분해에 따른 변화, 넓은 바다의 조류가 일으킨 진동, 그리고 자기력의 활동이 지각을 끊임없이 흔들어대고 있다. 나는 물론 이것을 알고 있었다. 따라서 이 현상뿐이라면 나는 별로 놀라지 않았을 것이다. 아니, 적어도 내 머릿속에 무서운 의혹이 떠오르지는 않았을 것이다.

하지만 전혀 다른 단서를 보내고 있는 또 다른 현상들은 더 이상 무시할 수 없었다. 폭발이 점점 격렬하게 일어나고 있었다. 그 폭발음과 비교할 수 있는 것은 수십 대의 수레가 자갈길을 쏟살같이 달리면서 내는 소리뿐이다. 우레 같은 폭발음은 쉬지 않고 계속되었다.

전기 현상 때문에 미친 듯이 흔들리는 나침반도 내 판단을 도와주었다. 지구의 지각이 터지려 하고 있었다. 그와 함께 화강암 덩어리도 갈라지고, 갈라진 틈새가 메워지고, 텅 빈 공간이 채워지고— 보잘것없는 분자에 불과한 우리는 그 틈새에 끼여 으깨지려 하고 있다!

"삼촌! 이젠 틀렸어요!"

"이번엔 또 무슨 일이냐?" 삼촌이 놀랄 만큼 침착하게 대답했다. "도대체 왜 그래?"

"왜냐고요? 흔들리고 있는 이 벽을 보세요. 갈라지고 있는 이 바위, 타는 듯한 이 열기, 펄펄 끓고 있는 이 물, 점점 자욱해지고 있는 이 수증기, 미친 듯이 움직이는 나침반 바늘, 이건 모두 지진이 임박한 징후라고요!"

삼촌은 조용히 고개를 저었다.

"지진?"

"예."

"네가 잘못 생각한 것 같구나."

"뭐라고요? 삼촌은 이런 징후들이……."

"지진의 징후라고? 나는 그보다 훨씬 나은 것을 기대하고 있다!"

"무슨 뜻입니까?"

"분화를 기대하고 있다는 얘기야."

"분화라고요! 설마 우리가 활화산의 분출 통로에 있는 건 아니겠죠?"

"아니긴. 나는 여기가 용암 통로라고 생각한다." 삼촌은 빙긋 웃으면서 말했다. "분화야말로 우리한테는 가장 바람직한 행운이야!"

행운이라고? 삼촌이 미쳐버렸나? 도대체 무슨 뜻으로 그런 말을 한 걸까? 어떻게 삼촌은 이런 상황에서 저렇게 침착하고 즐거울 수 있을까?

"뭐라고요?" 나는 소리쳤다. "그럼 우리는 화산 한복판에 있군요! 운명이 우리를 시뻘건 용암과 뜨거운 암석과 펄펄 끓는 물과 그밖의 온갖 분출물이 지나는 통로에 던져버린 거예요! 우리는 엄청나게 많은 바위와 소나기처럼 쏟아지는 화산재와 함께 불길의 소용돌이에 섞여 공중으로 발사될 거예요! 화산은 우리를 쫓아내고, 내던지고, 게워내고, 토해내고, 뱉어낼 거예요! 그런데 그게 가장 바람직한 행운이라고요?"

"그래." 삼촌은 안경테 너머로 나를 바라보면서 말했다. "왜냐하면 그게 우리가 지상으로 돌아갈 수 있는 유일한 기회니까!"

그 짧은 순간 내 머릿속에는 오만가지 생각이 떠올랐지만, 여기서는 생략하겠다. 삼촌이 옳았다. 전적으로 옳았다. 분화의 가능성을 계산하면서 침착하게 때를 기다리고 있는 이 순간만큼 삼촌이 대담하고 자신만만해 보인 적은 없었다.

그러는 동안에도 우리는 계속 올라가고 있었다. 아무 변화도 일어나지 않은 채 밤이 지나갔다. 사방에서 들리는 소리만 점점 커졌을 뿐이다. 나는 거의 질식할 것 같았다. 드디어 마지막 순간이 다가왔다는 생각이 들었다. 하지만 상상력은 정말 야릇한 것이어서, 나는 어린애 같은 생각에 빠져버렸다. 내 생각을 마음대로 통제하지 못하고, 오히려 생각에 질질 끌려가고 있었다!

우리가 분화의 압력에 밀려 올라가고 있는 것은 분명했다. 뗏목 밑에는 부글부글 끓는 물이 있었고, 그 밑에는 끈적거리는 용암과 거대한 암석 집합체가 있었다. 그것이 분화구 꼭대기에 이르면 사방팔방으로 내던져질 것이다. 우리는 화산의 용암 통로에 있었다. 그것은 의심할 여지가 없었다.

하지만 이번에 우리가 상대하고 있는 화산은 사화산인 스네펠스가 아니라 활발하게 활동하고 있는 활화산이었다. 그래서 나는 이 화산이 어떤 산인지, 우리가 세계의 어느 지역으로 내던져질 것인지 궁금했다.

물론 북쪽 지역일 것이다. 나침반은 미쳐버리기 전에 일관되게 그쪽을 가리키고 있었다. 사크누셈 곶을 떠난 뒤에 우리는 수천 킬로미터나 정북 방향으로 떠밀려왔다. 아이슬란드 지하로 다시 돌아왔을까? 우리가 튀어나갈 분화구는 헤클라 산일까? 아니면 아이슬란드 섬에 있는 다른 일곱 화산 가운데 하나일까? 아이슬란드에서 서쪽으로 반경 2000킬로미터 이내에 있고 위도가 같은 화산이라면 미국 북서 해안에 있는 잘 알려지지 않은 화산들밖에 생각나지 않았다. 동쪽으로 북위 80도선 아래에는 활화산이 하나밖에 없었다. 노르웨이의 스피츠베르겐 섬에서 그리 멀지 않은 얀마옌 섬의 에스크 산이다. 확실히 분화구는 얼마든지 있었고, 모두 완전무장한 군대를 통째로 토해낼 수 있을 만큼 넓었다. 나는 그 중에서 어떤 분화구가 우리의 출구 역할을 하게 될지 짐작해보려고 애썼다.

아침이 가까워지자 상승 속도가 더욱 빨라졌다. 지표면에 가까워질수록 온도가 내려가기는커녕 더 올라가고 있었다. 화산의 영향으로 이 지역만 온도가 올라간 게 분명했다. 우리를 나르고 있는 수송 수단이 무엇인지는 더 이상 의심할 여지가 없었다. 지구 내부에 모인 수증기가 만들어낸 수백 기압의 압력이 저항할 수 없는 엄청난 힘으로 우리를 밀어 올리고 있었다. 하지만 그것 때문에 우리는 끔찍한 위험을 얼마나 많이 겪어야 할까?

이윽고 수직 통로의 벽에 불타는 듯한 빛이 비쳐들었다. 통로는 이제 차츰 넓어지고 있었다. 양쪽에 깊은 통로가 보였다. 거대한 터널 같은 통로가 자욱한 수증기와 연기를 내보내고, 시뻘건 불길이 딱딱 소리를 내고 혀를 날름거리며 벽을 핥았다.

"삼촌, 저것 보세요!"

"그래. 유황 불꽃이야. 화산이 분화할 때는 지극히 자연스러운 현상이지."

"하지만 저 불길이 다가와서 우리를 공격하면 어쩌죠?"

"그러지 않을 거야."

"가스에 질식하면 어떡하죠?"

"그러지 않을 거야. 통로는 점점 넓어지고 있어. 필요하다면 뗏목에서 뛰어내려 틈새로 피난하면 돼."

"하지만 물은 어떡하죠! 물이 계속 올라오고 있어요!"

"아니야. 물은 하나도 남아 있지 않아. 지금 우리를 밀어 올리고 있는 것은 끈적끈적한 용암류일 뿐이야."

물이 사라진 것은 사실이었다. 하지만 물을 대신한 것은 역시 부글부글 끓고 있는 화산 분출물이었다. 기온은 참을 수 없을 정도로 올라가고 있었다. 온도계가 있었다면 아마 70도 이상을 가리켰을 것이다. 나는 온몸이 땀에 흠뻑 젖어 있었다. 빠른 속도로 올라가지 않았다면 우리는 분명 질식했을 것이다.

삼촌은 뗏목을 버리자는 제안을 실행하지 않았다. 아마 그

편이 나왔을 것이다. 대충 짜맞춘 들보는 단단한 발판이 되어주었다. 뗏목이 없었다면 어디에서도 이런 발판을 얻지 못했을 것이다.

아침 8시쯤 처음으로 새로운 사건이 일어났다. 위로 올라가던 뗏목이 갑자기 멈춘 것이다. 이제 뗏목은 꼼짝도 하지 않았다.

"무슨 일이죠?" 나는 뗏목이 무언가에 부딪친 것처럼 갑자기 멈춘 데 놀라서 물었다.

"막간 휴식이야."

"분화 속도가 느려지고 있나요?"

"그렇지 않아야 할 텐데."

나는 일어서서 주위를 둘러보려고 했다. 어쩌면 뗏목이 튀어나온 바위에 걸려, 잠시 화산 분출물의 흐름을 막고 있는지도 모른다. 만약 그렇다면 당장 뗏목을 풀어주어야 한다.

하지만 뗏목은 어디에도 걸려 있지 않았다. 화산재와 암재, 암석과 파편으로 이루어진 기둥 자체가 움직임을 멈추고 있었다.

"분화가 멈추었나요?"

"아아! 그러니까 네놈이 걱정하고 있는 건 그거로구나. 하지만 안달하지 마라. 이건 일시적인 소강 상태일 뿐이니까. 이 상태가 벌써 5분이나 계속되었으니까, 이제 곧 분화구 쪽으로 다시 올라가게 될 거다."

삼촌은 이렇게 말하면서 크로노미터를 들여다보았다. 삼촌의 이 예언도 옳았다는 것이 곧 밝혀졌다. 뗏목은 다시 거칠고 빠른 흐름에 휩쓸렸고, 이 흐름은 약 2분 동안 계속되다가 다시 멈추었다.

"좋아." 삼촌은 시간을 재면서 말했다. "10분 뒤에 다시 시작할 거야."

"10분요?"

"그래. 이 화산의 분출은 주기적이야. 자기도 한숨 돌리면서
우리도 쉬게 해주고 있어."

삼촌 말이 옳았다. 정해진 시간에 우리는 다시 엄청난 속도로
올라갔다. 뗏목의 들보에 찰싹 달라붙지 않았다면 밖으로 내동
댕이쳐졌을 것이다. 그러다가 뗏목이 또다시 멈추었다.

그후 나는 이 놀라운 현상을 자주 생각해보았지만, 만족할 만
한 설명을 찾지는 못했다. 하지만 우리가 화산 분출의 간선도로
가 아니라 옆골목에 있었던 것은 분명해 보인다.

이런 과정이 몇 번 되풀이되었는지는 나도 모르겠다. 확실한
것은 뗏목이 다시 움직이기 시작할 때마다 더 강한 힘이 우리를
내던졌다는 것뿐이다. 우리는 진짜 대포로 발사된 포탄처럼 휙
올라가곤 했다. 뗏목이 멈추어 있는 동안에는 숨이 막혔다. 움직
이고 있을 때는 타는 듯이 뜨거운 공기 때문에 숨을 쉴 수가 없
었다. 영하 30도의 북극지방에 갑자기 뚝 떨어진다면 얼마나 황
홀할까. 나는 그 황홀한 기분을 잠시 상상해보았다. 상상 속에서
나는 북극의 눈덮인 얼음 위를 돌아다니고, 북극의 얼어붙은 융
단 위에서 데굴데굴 구를 수 있는 순간이 오기를 갈망했다. 하지
만 거듭된 충격으로 혼란에 빠진 내 머리는 점점 어지러워지다
가 결국 활동을 완전히 포기했다. 한스가 붙잡아주지 않았다면
내 두개골은 여러 번 화강암 벽에 내던져졌을 것이다.

그래서 나는 그후 몇 시간 동안 일어난 일을 확실하게 기억하
지 못한다. 끝없는 폭발음이 들리고 땅이 뒤흔들리고 뗏목이 소
용돌이친 것을 어렴풋이 기억하고 있을 뿐이다. 뗏목은 비처럼

쏟아지는 화산재 속에서 용암 파도를 타고 오르내렸다. 뗏목은 으르렁대는 불길에 포위되어 있었다. 거대한 선풍기에서 나오는 듯한 강풍이 땅 속의 불을 부채질했다. 불꽃이 내뿜는 빛 속에서 나는 마지막으로 한스의 얼굴을 보았다. 내가 마지막으로 생각한 것은 대포 주둥이에 묶인 채 포탄이 발사되어 팔다리를 공중으로 날려보낼 순간을 기다리는 시형수의 끔찍한 비극이었다.

뗏목은 용암의 파도를 타고 오르내렸다

44

여기가 어디지?

다시 눈을 떴을 때, 나는 한스의 억센 손이 내 허리띠를 꽉 움켜잡고 있는 것을 느꼈다. 한스는 다른 손으로는 삼촌을 움켜잡고 있었다. 나는 그렇게 대단한 상처는 입지 않았다. 온몸에 멍이 들어 욱신거릴 뿐이었다. 나는 산비탈에 누워 있었다. 바로 코앞에 깎아지른 벼랑이 있어서, 조금이라도 움직이면 낭떠러지 아래로 떨어질 판이었다. 분화구 옆면을 굴러 떨어지고 있는 나를 한스가 아슬아슬한 순간에 죽음에서 구해준 것이었다.

"여기가 도대체 어디지?" 삼촌이 물었다. 지상으로 돌아온 게 짜증스럽다는 투였다.

안내인은 자기도 모르겠다는 듯 어깨를 으쓱했다.

"아이슬란드예요." 나는 과감하게 말했다.

"네이." 한스가 대꾸했다.

"아니라니, 그게 무슨 소리지?" 삼촌이 소리를 질렀다.

"한스가 잘못 생각한 거예요." 나는 일어나면서 말했다.

이 여행에서는 이미 놀라운 일을 숱하게 겪었는데, 또 다른 놀라움이 우리를 기다리고 있었다. 나는 만년설에 덮인 원뿔 모양의 산봉우리가 북극권의 황량한 불모지 한복판에 북극 하늘의 창백한 빛을 받고 서 있는 광경을 보게 될 줄 알았다. 그런데 내 예상과는 정반대로 우리 세 사람은 뜨거운 햇볕에 탄 산중턱에 누워, 강렬한 햇빛에 몸을 그을리고 있었다.

나는 내 눈을 믿을 준비가 되어 있지 않았다. 하지만 내 몸이 쨍쨍 내리쬐는 햇볕에 타고 있는 것은 분명한 사실이었다. 분화구에서 나올 때 우리는 반벌거숭이였지만, 우리가 두 달 동안 한 번도 보지 못한 태양이 이제 열과 빛을 우리에게 아낌없이 쏟아 붓고 있었다. 찬란한 빛의 파도가 홍수처럼 밀려왔다.

이 익숙지 않은 눈부심에 눈이 적응하자, 나는 눈을 이용하여 내 부족한 상상력을 벌충하려고 했다. 아이슬란드가 아니라면 스피츠베르겐 섬이 분명하다고 생각했다. 내 의견을 쉽게 포기할 마음은 나지 않았다.

삼촌이 먼저 입을 열었다.

"확실히 아이슬란드처럼 보이진 않는군."

"그럼 얀마옌 섬일까요?"

"아닐 거야. 북극권의 화산이라면 봉우리가 화강암이고 꼭대기가 눈에 덮여 있을 텐데, 이 산은 그렇지 않아."

"하지만……."

"봐라, 악셀. 저것 좀 봐!"

우리 머리 위로 150미터도 채 떨어지지 않은 곳에 화산 분화구가 있었다. 거기에서는 15분마다 경석과 화산재와 용암이 뒤섞인 높은 불기둥이 귀가 먹먹해지는 폭음과 함께 솟아오르고 있었다. 산이 숨을 내쉬면서 고래처럼 거대한 분기공으로 불과 공기를 내뿜을 때마다 산 전체가 진동하는 것을 느낄 수 있었다. 아래쪽 가파른 비탈에는 층층이 쌓인 분출물이 200미터 내지 250미터 아래까지 뻗어 있는 것이 보였다. 그렇다면 이 화산의 높이는 기껏해야 600미터밖에 안 된다는 얘기다. 산기슭은 여러 종의 초록빛 나무로 덮여 있었다. 나는 올리브나무와 무화과나무를 알아보았고, 보랏빛 열매가 주렁주렁 매달린 포도나무도 보였다.

북극권의 풍경과는 전혀 다르다는 것을 인정할 수밖에 없었다.

산기슭을 고리처럼 에워싼 초록빛 나무들 너머로 눈길을 던지자, 아름다운 바다나 호수가 펼쳐져 있는 것이 보였다. 그것을 보고, 이 매혹적인 섬이 너비가 몇 킬로미터밖에 안 되는 작은 섬이라는 것을 알 수 있었다. 동쪽에 작은 항구가 보이고, 그 주위에 집이 몇 채 모여 있었다. 특이하게 생긴 배들이 파란 잔물결에 조용히 흔들리고 있었다. 그 너머에는 작은 섬들이 평원처럼 잔잔한 수면 위에 솟아 있었다. 작은 섬들은 수가 너무 많아서 하나의 거대한 개미탑처럼 보였다. 서쪽으로 눈을 돌리자, 먼 수평선에 둥그스름한 해안들이 보였다. 어떤 해안에는 아름다운 윤곽을 가진 푸른 산이 솟아 있고, 더 멀리 떨어진 해안에는 헤아릴 수 없이 많은 봉우리가 보였다. 높은 꼭대기 위에 새털구름이 떠 있었다. 북쪽에는 드넓은 바다가 햇빛에 반짝이고, 돛대나 바람에 부풀어오른 돛이 여기저기 보였다.

그런 광경을 보게 되리라고는 전혀 예상치 못했기 때문에, 더욱 멋지고 아름다워 보였다.

"여기가 도대체 어디지?" 나는 중얼거렸다.

한스는 무심하게 눈을 감았고, 삼촌은 이해할 수 없다는 눈으로 전망을 바라보고 있었다. 그러다가 마침내 입을 열었다.

"이 산이 어떤 산인지는 모르지만, 좀 뜨겁군. 폭발이 아직도 계속되고 있어. 여기 이렇게 있다가 날아오는 돌멩이에 머리가 박살이라도 나면, 모처럼 분화구로 튀어나온 보람이 없지. 그러니까 내려가서 여기가 어디인지 알아보는 게 좋겠다. 게다가 나는 배고프고 목이 말라서 죽을 지경이야."

삼촌은 확실히 아름다운 경치에 넋을 잃을 사람이 아니었다. 나는 모든 욕구와 피로도 잊은 채 그 자리에 몇 시간이고 더 머무를 수 있었지만, 일행을 따라 아래로 내려갈 수밖에 없었다.

화산 비탈은 몹시 가팔랐다. 우리는 불타는 뱀처럼 산비탈을 구불구불 흘러내리는 용암류를 피해 화산재 속으로 미끄러져 들어갔다. 화산재는 흐르는 모래 같아서, 잘못 발을 들여놓으면 몸이 쑥 빨려들어갔다. 힘들게 내려가는 동안 나는 쉬지 않고 재잘거렸다. 머리가 온갖 상상으로 가득 차서 말로 내뱉지 않고는 배길 수가 없었기 때문이다.

"여기는 아시아예요. 인도 해안이나 말레이 제도, 아니면 남태평양 한복판인지도 몰라요! 우리는 지구를 완전히 횡단해서 반대쪽으로 나온 거예요!"

"그럼 나침반은?" 삼촌이 물었다.

"아아, 나침반." 나는 당황하여 말했다. "나침반을 믿는다면, 우리는 줄곧 북쪽으로 갔다고 생각하겠지만……."

"그럼 나침반이 거짓말을 했다는 거냐?"

"거짓말요? 아니, 꼭 그렇지는 않아요."

"그럼 여기가 북극이냐?"

"아니, 북극은 아니에요. 하지만……."

설명하기 어려운 무언가가 있었다. 나는 어떻게 생각해야 할지 알 수가 없었다.

그러는 동안, 산 위에서 그렇게 매력적으로 보였던 숲이 가까워졌다. 나는 갈증과 허기에 시달리고 있었다. 다행히 두 시간을 걷자 아름다운 시골이 보이기 시작했다. 그곳은 특별히 임자가 있는 것 같지도 않은 올리브와 석류와 포도나무로 뒤덮여 있었다. 거지나 다름없는 우리가 공짜를 마다할 리 없었다. 맛있는 과일을 입에 대고 보랏빛 포도송이를 통째로 덥석 깨물었을 때는 얼마나 황홀했던가! 나는 그리 멀지 않은 나무 그늘 아래 풀숲에서 맑은 샘물을 찾아냈다. 우리는 뛸 듯이 기뻐하며 차가운 샘물에 손과 얼굴을 담갔다.

우리가 이렇게 휴식을 즐기고 있을 때, 올리브 숲 사이에서 한 아이가 나타났다.

"이 축복받은 땅에 사람이 살고 있었군!" 나는 소리를 질렀다.

아이는 다 떨어진 누더기를 걸치고 좀 병약해 보이는 우리를 보고 깜짝 놀란 것 같았다. 사실 우리는 반쯤 벌거숭이인 데다 수염까지 텁수룩하게 자라 있었으니, 실로 괴상해 보였을 것이다. 여기가 강도들만 사는 고장이 아니라면, 원주민들이 우리를 보고 겁을 먹는 것은 당연했다.

꼬마가 달아나려 할 때 한스가 재빨리 달려가서 아이를 붙잡았다. 그러고는 아이가 발로 걷어차고 비명을 지르는데도 아랑곳하지 않고 우리에게 데려왔다.

삼촌은 우선 아이를 달랜 다음, 유창한 독일어로 물었다.

"애야, 이 산 이름이 뭐니?"

아이는 대답하지 않았다.

"좋아. 여긴 독일이 아니야."

삼촌이 말하고는, 영어로 똑같은 질문을 했다.

이번에도 아이는 대답하지 않았다. 나는 아이와 삼촌 사이에 벌어지는 장면을 흥미롭게 지켜보았다.

여러 언어를 구사할 줄 아는 것이 큰 자랑인 삼촌은 이번에는 프랑스어로 같은 질문을 되풀이했다.

아이는 여전히 묵묵부답이었다.

"그럼 이번엔 이탈리아어로 물어보자. 도베 시아모?"

"그래. 여기가 어디지?" 나는 약간 짜증스럽게 삼촌의 질문을 되풀이했다.

아이는 아무 말도 하지 않았다.

"어서 대답해!" 삼촌은 차츰 화가 나서 아이의 귀를 잡아 흔들며 고함을 질렀다. "코메 시 노마 퀘스타 이솔라(이 섬의 이름이 뭐지)?"

어린 양치기 소년은 한스의 손아귀에서 빠져나가 올리브나무 사이로 달아나면서 대답했다.

"스트롬볼리."

우리는 더 이상 아이에게 신경을 쓰지 않았다. 스트롬볼리! 전혀 예기치 않은 이 이름은 내 마음에 어떤 영향을 미쳤던가! 우리는 지중해 한복판에 신화와 전설의 섬인 리파리 제도*에 둘

---

* 리파리 제도: 이탈리아 남부 시칠리아 섬 북쪽 해상에 위치한 화산섬 무리. 활화산인 스트롬볼리를 포함한 일곱 섬으로 이루어져 있으며, 호메로스의 《오디세이아》에서는 바람의 지배자 아이올로스가 사는 섬이라 하여 에올리에 제도라고 하였다. 스트롱길레는 스트롬볼리의 라틴어 명칭.

러싸여 있었다. 스트롬볼리는 바람의 지배자 아이올로스가 태풍을 붙잡아 사슬로 묶어둔 고대의 스트롱길레였다! 그리고 동쪽의 푸르스름하고 둥근 산들은 칼라브리아 산맥이었다! 남쪽 수평선에 보이는 저 산은 에트나, 그 무시무시한 에트나 화산*이었다!

"스트롬볼리, 스트롬볼리!" 나는 몇 번이고 그 이름을 되뇌었다.

삼촌도 말과 몸짓으로 나에게 장단을 맞추었다. 우리는 똑같은 가락으로 노래를 부르고 있는 합창단 같았다.

아아, 얼마나 멋진 여행인가! 얼마나 놀라운 여행인가! 우리는 화산으로 들어가서 다른 화산으로 나왔는데, 이 화산은 세계의 바깥쪽 끝인 아이슬란드의 황량한 해안에 있는 스네펠스 산에서 거의 5000킬로미터나 떨어져 있었다! 이 탐험은 우연히도 우리를 세상에서 가장 아름답고 혜택받은 고장으로 데려다주었다! 우리는 만년설에 덮여 있는 땅을 떠나, 무성한 초목으로 덮여 있는 땅에 왔다. 이제 우리 머리 위에 있는 것은 얼어붙은 듯이 추운 황무지의 잿빛 안개가 아니라, 시칠리아의 짙푸른 하늘이었다!

맛있는 과일과 시원한 샘물로 즐거운 식사를 마친 뒤, 우리는 스트롬볼리 항구를 향해 출발했다. 우리가 어떻게 이 섬에 도착했는지는 아무한테도 말하지 않았다. 이탈리아 사람들은 미신적인 경향이 있기 때문에, 틀림없이 우리를 지옥의 불 속에서 튀어나온 악마로 생각했을 것이다. 그래서 우리는 불쌍한 조난자

---

* 에트나 화산: 이탈리아 시칠리아 섬 동부 카타니아 지방에 있는 지중해 화산대의 대표적인 활화산. 유럽에서 가장 높고 활발한 화산이며, 최근에는 1984년에 분화했다.

스트롬볼리 꼭대기에서

행세를 했다. 화려하거나 매력적이지는 않지만 보다 안전했다.

도중에 삼촌이 중얼거리는 소리가 들렸다.

"그런데 나침반은 어떻게 된 거지? 나침반은 분명히 북쪽을 가리키고 있었는데 말야! 도대체 이유가 뭘까?"

"그건 굳이 해명하려 들지 않는 게 훨씬 속편합니다!"

"뭐라고? 요힌네움 교수가 자연계에서 일어난 현상의 원인을 찾아내지 못한다면 그건 수치스러운 일이야!"

반쯤 벌거숭이에다 가죽 허리띠를 두르고 코에 안경을 얹은 삼촌은 그렇게 말하면서 다시 무서운 광물학 교수로 돌아갔다.

우리는 올리브 숲을 떠난 지 한 시간 만에 산빈첸초 항구에 도착했다. 여기서 한스는 13주일째 급료를 청구하여, 급료와 함께 진심 어린 악수까지 덤으로 받았다. 그 순간 한스는, 우리와 똑같은 자연스러운 감정을 느끼지는 않았다 해도, 지극히 이례적으로 감정을 드러냈다.

손가락 끝으로 우리 손을 가볍게 쥐면서 싱긋 미소를 지은 것이다.

반쯤 벌거숭이에다 안경을 코에 얹은 삼촌……

45

귀국

이제 이야기를 끝맺을 때가 되었다. 어떤 일에도 놀라지 않겠다고 단단히 작심한 사람들조차 이 이야기는 믿으려 하지 않겠지만, 나는 사람들의 의심에 대비하여 미리 마음의 무장을 하고 있다.

스트롬볼리의 어부들은 우리를 조난자로 따뜻하게 맞아주고, 음식과 옷을 주었다. 이틀을 꼬박 기다린 뒤, 8월 31일에 우리는 작은 배를 타고 메시나*로 갔다. 그리고 메시나에서 며칠 쉬면서 쌓인 피로를 풀었다.

9월 4일 금요일, 우리는 프랑스 제국의 우편선인 '볼튀른' 호를 타고 사흘 뒤에 마르세유**에 상륙했다. 단 하나 마음에 걸리는 것은 그 빌어먹을 나침반 문제였다. 뭐라고 설명할 수 없는 이 문제는 계속 나를 괴롭혔다. 9월 9일 저녁에 우리는 함부르

* 메시나: 이탈리아 시칠리아 섬 북동쪽 끝에 있는 도시.
** 마르세유: 프랑스 남부 지중해 연안의 항구 도시.

392

크에 도착했다.

마르테가 얼마나 놀라고 그라우벤이 얼마나 기뻐했는지는 구태여 말하지 않겠다.

"악셀." 사랑스러운 약혼녀가 말했다. "당신은 이제 영웅이니까, 다시는 내 곁을 떠나지 않아도 될 거예요."

나는 그라우벤을 바라보았다. 그라우벤은 울면서 웃고 있었다.

리덴브로크 교수의 귀향이 함부르크에 얼마나 커다란 흥분을 불러일으켰는지는 상상에 맡기겠다. 마르테가 경솔하게 입을 놀린 덕분에, 리덴브로크 교수가 지구의 중심으로 떠났다는 소식은 전세계로 퍼져 나갔다. 사람들은 믿지 않으려 했고, 리덴브로크 교수가 돌아온 것을 보고는 더욱 믿으려 하지 않았다.

하지만 한스의 존재와 아이슬란드에서 날아온 몇 가지 소식이 여론을 바꾸었다.

결국 삼촌은 위대한 인물이 되었고, 위대한 인물의 조카인 나는 그것만으로도 벌써 대단한 존재가 되었다. 함부르크 시에서는 우리를 위해 시민 환영회를 열어주었다. 요한네움 학원에서는 공식 보고회가 열렸다. 여기서 삼촌은 나침반 사건만 빼고 우리의 탐험을 상세히 보고했다. 같은 날 삼촌은 함부르크 시의 공문서 보관소에 사크누셈의 고문서를 기탁하고, 자신의 의지력으로는 어찌할 수 없는 상황 때문에 아이슬란드 탐험가의 발자취를 따라 지구의 중심까지 갈 수 없었던 아쉬움을 표현했다. 삼촌은 명예를 얻고도 겸손했기 때문에 평판이 더욱 높아졌다.

물론 그렇게 많은 명예를 얻으면 시샘하는 사람이 생기게 마련이다. 삼촌도 당연히 질시의 대상이 되었다. 확실한 사실에 바탕을 둔 삼촌의 이론은 지구의 중심에 불이 있다는 학설을 정면으로 부인했기 때문에, 삼촌은 모든 나라의 과학자들과 글이나 말로 논쟁을 벌였다.

나는 지구 냉각설을 받아들일 수 없다. 내 눈으로 직접 보고 왔지만, 역시 지구의 중심에는 열이 있다는 학설을 믿고 앞으로도 생각을 바꾸지 않을 것이다. 하지만 아직 충분히 설명되지 않은 상황 때문에 이 법칙은 자연 현상의 영향으로 수정될 수도 있을 것이다.

이런 문제가 아직 뜨거운 논쟁거리가 되고 있을 때 삼촌은 큰 슬픔을 겪었다. 삼촌이 같이 지내자고 그렇게 간청했는데도 한스가 함부르크를 떠나기로 결심한 것이다. 우리 목숨을 구해준 이 은인은 은혜를 갚을 기회를 우리에게 주려 하지 않았다. 한스는 향수병을 앓고 있었다.

"파르벨."

어느날 한스는 이 한 마디 작별 인사를 남기고 레이캬비크로 떠났다.

우리는 그 뛰어난 솜털오리 사냥꾼과 야릇한 애정으로 묶여 있었다. 한스는 이제 우리 곁에 없지만, 그 덕분에 목숨을 구한 사람들은 영원히 그를 잊지 못할 것이다. 나는 죽기 전에 반드시 그를 다시 한번 만날 작정이다.

끝으로, 이 《지구 속 여행》이 전세계에 엄청난 센세이션을 일으켰다는 사실을 덧붙여두겠다. 이 책은 모든 언어로 번역 출간되었다. 중요한 신문들은 이 여행에서 일어난 주요 사건들을 앞다투어 게재했고, 우리 여행을 믿는 사람이건 믿지 않는 사람이건 똑같이 열렬하게 그것을 논평하고 토론하고, 공격 또는 옹호했다. 보기 드문 일이지만 삼촌은 평생 동안 명성을 누렸고, 홍행사인 바넘 씨는 '삼촌의 명성에 걸맞은 막대한 보수를 지불하고' 삼촌을 미국 전역에 '전시' 하고 싶다고 제의하기까지 했다.

그러나 이런 명성 속에는 거의 고통이라고 말할 수 있는 걱정 거리 하나가 박혀 있었다. 한 가지 사실이 여전히 풀리지 않는 수수께끼로 남아 있었던 것이다. 바로 나침반 문제였다. 해명할 수 없는 사실은 과학자에게는 정신적 고문이다. 하지만 하늘은 삼촌에게 완전한 행복을 주는 것을 유보하고 있었다.

어느날 나는 삼촌의 서재에서 광물 표본을 정리하다가, 수많은 논란의 대상이 된 나침반을 발견하고 그것을 다시 조사하기 시작했다.

나침반은 자기가 어떤 소동을 일으키고 있는지는 꿈에도 모른 채, 여섯 달 동안 구석에 처박혀 있었다.

나는 깜짝 놀랐다. 그리고 소리를 질렀다. 삼촌이 달려왔다.

"왜 그래?"

"나침반이……."

"나침반이 왜?"

"바늘이 북쪽이 아니라 남쪽을 가리키고 있어요!"

"도대체 무슨 소리를 하려는 거냐?"

"보세요. 남극과 북극이 뒤바뀌었어요!"

"뒤바뀌었다고?"

삼촌은 그 나침반을 들여다보고 재빨리 다른 나침반과 비교해본 다음, 집 전체가 뒤흔들릴 만큼 공중으로 펄쩍 뛰어올랐다.

삼촌의 마음과 내 마음에 동시에 광명이 비쳤다!

"그러니까……" 다시 말을 할 수 있게 되자 삼촌이 소리쳤다. "우리가 사크누셈 곶에 도착했을 때 이 빌어먹을 나침반 바늘은 북쪽이 아니라 남쪽을 가리키고 있었구나?"

"틀림없습니다."

"그렇다면 우리가 잘못 생각한 것도 설명이 돼. 하지만 도대체 무엇 때문에 남극과 북극이 뒤바뀌었을까?"

"그건 아주 간단합니다."

"분명히 설명해봐."

"리덴브로크 해에서 폭풍을 만났을 때 불덩어리가 뗏목에 있는 쇠붙이를 몽땅 자석으로 만들었고, 그래서 우리 나침반의 극을 간단히 바꾸어버린 겁니다."

"아아!" 삼촌은 소리를 지르고는 이내 웃음을 터뜨렸다. "그러니까 이게 다 전기가 저지른 장난이었군 그래."

그날부터 삼촌은 세상에서 가장 행복한 과학자가 되었다. 그리고 나는 세상에서 가장 행복한 남자가 되었다. 아름다운 피어란트 아가씨가 피후견인의 지위를 버리고, 쾨니히 가의 집에서 내 아내이자 삼촌의 질녀라는 두 가지 자격으로 가족의 일원이 되었기 때문이다. 그라우벤의 삼촌이 여섯 개 대륙의 모든 과학 학회와 지질학회 및 광물학회의 객원 회원인 저 유명한 오토 리덴브로크 교수라는 것은 새삼 덧붙일 필요도 없을 것이다.

"쥘 베른은 과거의 낭만주의와
미래의 사실주의가 만나는
문학의 교차로에 서 있었다."

빅터 코헨, 〈컨템퍼러리 리뷰〉(1966년)에서

1. 쥘 베른과 그의 시대

쥘 베른(Jules Verne)은 과학의 시대가 시작될까 말까 한 1828년에 태어나 20세기가 막 시작된 1905년에 세상을 떠났다. 그러니 그는 19세기 사람이었다. 게다가 그는 기술자도 아니고 과학자도 아니었다. 그런데도 그는 20세기에 이룩된 놀라운 과학기술의 진보에 실질적으로 참여했다. 그는 영감을 받은 몽상가, 앞으로 인류에게 일어날 일을 오래전에 미리 '보고' 글로 쓴 예언자였기 때문이다.

베른의 주요 업적은 분명 동시대인들의 과학적·낭만적 열망을 표출한 것이었다. 그는 언뜻 보기에 불가능해 보일 수도 있는 것에다 기존 지식과 그럴듯한 추론을 적용하여, 독자 대중이 미래를 미리 맛볼 수 있게 해주었다. 하지만 그는 거기에서 그치지 않았다. 베른은 진보와 과학과 산업주의에 대한 믿음을 자극하는 한편, 산업시대와 불가피하게 결부될 것으로 여겨진 비인간성과 비참한 사회 현실에서 벗어날 수 있는 탈출구를 제공했다.

하지만 무엇보다도 그는 뛰어난 몽상가였다. 그는 내면의 눈으로 본 장면들을 놀랄 만큼 정확하고 생생하게 묘사했기 때문에, 수많은 독자들도 저자만큼 또렷하게 그 장면들을 볼 수 있을 정도였다. '경이의 여행'(Voyages extraordinaires) 시리즈를 이루고 있는 60여 편(중편과 작가 사후에 발표된 작품을 포함하면 80편에 이른다)의 책을 보면, 지상이나 지하나 하늘에 그가 묘사하지 않은 곳이 한 군데도 없고, 실제 과학에서 이루어진 발전들 가운데 그가 풍부한 상상력으로 미래의 상황을 정확하게 예측하고 과감하게 이용하지 않은 것이 하나도 없었다.

간단히 말해서 쥘 베른은 이 세상에 'SF'(Science Fiction)를 가져다주었다. 물론 신기한 이야기는 오래전부터 존재해왔다. 베른이 한 일은 당시의 과학적 성취를 넘어서지만 인간의 꿈을 이루는 아이디어를 진지하게 다루고 체계적으로 개발한 것이었다. 그는 정보와 이야기를 결합했고, 이 새로운 공식을 근대 테크놀로지의 테두리 안에 도입함으로써 모험과 판타지를 과학소설로 변화시켰다.

하지만 베른이 문학에 이바지한 것이 과학소설뿐이라고 생각하는 것은 잘못이다. 좀더 자세히 살펴보면, 모험소설 작가들도 모두 베른에게 큰 빚을 지고 있다는 것을 알 수 있기 때문이다. 베른의 소설을 읽다 보면 작가는 동시대의 과학자나 탐험가들을 실명 그대로 등장시켜, 그들의 현재진행형 업적을 끊임없이 독자들에게 일깨운다. 그럼으로써 베른이 만들어낸 허구의 과학자들과 그들의 장래 계획도 독자들이 믿지 않을 수 없게 한다. 현재의 과학을 언급함으로써 미래의 과학을 '실재'시킨다고나 할까. 베른 연구의 권위자인 I.O. 에번스는 이런 기법의 소설을 일컬어 '테크니컬 픽션'이라고 불렀다.

이렇게 놀라운 상상력과 천재적인 통찰력을 가진 작가 쥘 베른은 어떤 사람이었는가? 그는 어떤 인생을 살았을까? 사실은 놀랄 만큼 평범하다.

쥘 베른은 1828년 2월 8일에 프랑스 북서부의 항구도시 낭트의 페이도 섬에서 태어났다. 낭트는 1598년에 앙리 4세가 '낭트 칙령'을 발표하여 36년간에 걸친 종교전쟁에 마침표를 찍은 곳으로 유명하지만, 대서양으로 흘러드는 루아르 강 연안에 위치한 지리적 여건 때문에 예로부터 해외무역 기지로 발달한 도시다. 특히 18세기 초에는 프랑스의 잡화와 아프리카의 노예와 아메리카 대륙의 산물을 교환하는 이른바 '삼각무역'으로 프랑스 제1의 무역항이 되어 번영을 누렸다.

쥘 베른의 외가는 15세기에 귀족의 지위를 얻은 지방 명문 집안이지만, 일찍부터 낭트로 나와 해운업과 무역업에 종사하고 있었다. 쥘의 어머니 소피 드 라 퓌의 친할아버지는 유복한 선주였고 외할아버지는 항해사였다고 한다. 한편 베른 집안은 대대로 법관을 배출한 법률가 가문인데, 원래 낭트에 연고가 있었던 것은 아니지만 1825년에 쥘의 아버지 피에르가 낭트에 법률사무소를 차리고 이곳으로 이주했다. 이렇게 낭트에서 두 집안이 인연을 맺어, 이윽고 쥘이 태어나게 된 것이다.

그 무렵 낭트는 혁명기의 내란과 동인도회사 폐지 등의 영향으로 100년 전의 활기는 잃어버렸지만, 이국정서가 풍부한 항구도시로서 번영의 흔적을 간직하고 있었다. 그런 환경 속에서 태어나 자란 덕에 쥘 소년의 마음에도 일찍부터 바다와 이국에 대한 동경이 싹튼 모양이다.

그의 생애를 이야기할 때면 반드시 인용되는 에피소드가 하나 있다. 열한 살 때인 1839년, 동갑내기 사촌누이에게 연정을 품고 있던 쥘은 산호목걸이를 구해다 선물하려고 인도로 가는 원양선에 몰래 탔다가 배가 프랑스 해안을 벗어나기 직전에 루아르 강어귀에서 아버지에게 붙잡혀 호된 꾸지람을 들었다. 그때 소년은 "앞으로는 상상 속에서만 여행하겠다"고 맹세했다고 한다. 이 유명한 '전설'이 사실인지 아닌지는 알 수 없지만, 낭만적인 꿈을 좇아 미지의 나라로 여행을 떠나려는 소년의 모습은 과연 쥘 베른답다는 생각이 든다.

현실의 여행을 금지당한 쥘은 집안의 전통과 아버지의 뜻에 따라 법조계에 진출하려고 파리로 나와 법률 공부를 시작한다. 베른 집안처럼 법조계와 관계가 깊은 가문이 아니더라도 19세기 부르주아 집안의 자제들은 법률가가 되는 것이 일반적인 진로의 하나였다. 유명한 작가들 중에도 발자크, 메리메, 플로베르, 모파상 등이 젊은 시절에 법률을 공부했다.

파리로 나온 베른은 샤토브리앙(프랑스 낭만주의의 선구적 작가)의 누나와 결혼한 삼촌의 소개로 문학 살롱에 드나들게 되었고, 거기서 알렉상드르 뒤마(아버지)와 사귀게 되었다. 뒤마는 《삼총사》와 《몬테크리스토 백작》의 작가로 유명하지만, 무엇보다도 연극계의 거물이었다. 소년 시절부터 문학(특히 극작)에 관심을 가지고 있었던 베른은 1849년에 법학사 학위를 받았지만, 낭트로 돌아가지 않고 문학의 길을 걷기로 결심한다. 20대 초반부터 30대 초반까지 그는 희극이나 중편소설, 특히 오페레타의 대본을 쓰고, 셰익스피어와 에드거 앨런 포의 작품, 여행기, 과학서 등 많은 책을 읽었다. 베른에게는 화려한 비약을 앞둔 수련기였다.

1857년에 베른은 두 아이가 딸린 젊은 과부 오노린과 결혼했다.

이 결혼에는 수수께끼 같은 부분이 많고, 그후의 생활에 대해서도 베른 자신은 거의 언급하지 않았다. 이윽고 아들도 태어나고, 겉보기에는 죽을 때까지 평온한 가정생활이 계속되지만, 여러 가지 점으로 보아 그에게는 여성과 결혼을 혐오하는 경향이 있었던 것 같다. 작품의 등장인물을 보아도 독신 남자가 압도적으로 많고, 여성 등장인물은 거의 판에 박힌 조역에 머물러 있다.

어쨌든 이 결혼으로 베른의 생활은 가정 밖에서도 크게 달라지게 되었다. '생계를 위해' 처남의 소개로 증권거래소에 취직한 것이다. 베른과 주식은 전혀 어울리지 않는 듯 보이지만, 19세기 후반부터 20세기 초까지 주식시장의 발전과 함께 투자는 대중적으로 널리 보급되어 있었고, 당시 문인들 중에도 주식에 관여한 사람이 많았다. 베른도 주식거래를 통해 과학기술과 산업의 발전 및 사회생활의 변화를 실감하고, 전 세계의 정보를 간접적으로 얻고 있었다. 그런 관점에서 생각하면 당시 문인과 주식의 관계는 재미있는 연구 과제가 될지도 모른다.

증권거래소에 드나들면서도 베른의 문학 활동은 계속되었다. 작품은 역시 가벼운 희곡이 중심이었지만, 〈가정박물관〉이라는 잡지가 그의 주된 활동 무대였다. 이 월간지는 가족용 교양오락잡지로서, 문학 이외에 과학이나 지리적 발견을 삽화와 함께 게재하고 있었다. 베른은 나중에 소설의 원형이나 소재가 될 만한 이야기를 이 잡지에 많이 발표했다.

1862년, 베른은 기구를 타고 아프리카를 탐험하는 이야기를 썼다. 기구는 당시 사람들의 관심을 모으고 있었고, 특히 유명한 사진작가이자 소설가 · 저널리스트 · 평론가 · 만화가로도 활약한 나다르 (Nadar, 1820~1910)가 1863년에 열기구 '거인호'로 실험 비행을 한 것은 엄청난 센세이션을 불러일으켰다. 베른과 나다르는 기구에 대한 열정을 계기로 의기투합하여 평생 친구가 되었지만, 나다르의 비행 계획은 유럽 전역에서 큰 반향을 얻은 반면 베른의 소설은 출판할 전망조차 보이지 않았다. 그는 원고를 들고 여기저기 출판사를 찾아다니는 형편이었다. 그 무렵, 베른의 생애에서 가장 중요한 만남이 이루어진다. 피에르 쥘 에첼(Pierre-Jules Hetzel, 1814~86)과의 만남이었다.

에첼은 단순한 출판업자가 아니었다. 직접 펜을 들고 많은 작품을 쓴 작가였고, 철저한 공화주의자로서 2월혁명 이후 수립된 임시정부에서는 각료급 요직을 맡기도 했다. 출판에서는 빅토르 위고나 조르주 상드 같은 위대한 낭만주의 작가들의 보급판 책을 펴내고 있었지만, 나폴레옹 3세의 제2제정이 시작되자 벨기에로 잠시 망명했다가 파리로 돌아온 뒤에는 아동도서 출판에 힘을 쏟게 된다. 당시 프랑스에서는 교회가 아동 교육을 지배하고 있었다. 프랑스의 미래는 교육에 달려 있다고 생각한 에첼은 젊은 두뇌가 시대에 뒤떨어진 교육에 묶여 있는 현실을 개탄하고, '재미있고 유익한 책', 특히 당시의 교회 교육에서는 무시되고 있던 유용한 과학 지식을 알기 쉽게 가르치는 서적을 출판하여 새 시대에 어울리는 아이들을 키우려고 한 것이다.

1862년 당시, 에첼은 청소년용 잡지인 〈교육과 오락〉을 창간할 계획을 세우고 집필자를 찾고 있었다. 따라서 두 사람의 만남은 양쪽에 결정적인 사건이 되었다. 에첼은 아직 다듬어지지 않은 베른의 원고를 읽고 그 재능을 간파하여 장기 계약을 제의했다. 베른은 물론 크게 기뻐하며 승낙하고, 이리하여 소설가 베른이 탄생하게 된 것이다.

베른의 원고는 에첼의 조언에 따라 수정된 뒤, 1863년에《기구를 타고 5주간》이라는 제목으로 출판되어 대성공을 거두었다. 그후 풍부한 결실을 맺은 2인3각의 활동이 시작된다. 베른은 쌓여 있던 것을 토해내듯 차례로 작품을 써냈고, 그의 작품은 대부분 〈교육과 오락〉을 비롯한 잡지나 신문에 연재된 뒤 에첼의 출판사에서 단행본으로 간행되고, 다시 삽화를 넣은 선물용 호화장정본으로 재출간된다. 수많은 판화로 장식된 호화장정본은 당시 선물용으로 인기를 끌었을 뿐 아니라 지금도 애호가들이 군침을 흘리는 대상이고, 파리에는 '쥘 베른'이라는 전문 고서점까지 있을 정도다.

이리하여 '경이의 여행' 시리즈로 지금도 전 세계 독자들에게 사랑받고 있는 걸작들이 1년에 두세 권이라는 놀랄 만한 속도로 잇따라 태어났다. '알려져 있는 세계와 알려지지 않은 세계'라는 부제로도 알 수 있듯이 '경이의 여행'은 인간이 아직 발을 들여놓지 않은 미개지, 망망대해에 떠 있는 무인도로의 여행으로 끝나는 것은 아니다. 지구의 중심으로 들어가거나, 극지방으로 가거나, 공중으로 떠오르거나, 바다 밑바닥으로 내려가거나, 지구의 대기권을 뚫고 우주로 날아가는 등 웅장한 규모를 갖는 모험 여행이다. '경이의 여행'에는 지리학·천문학·동물학·식물학·고생물학 등 많은 정보와 지식이 들어 있기 때문에 '백과사전 여행'으로도 볼 수 있다. 또한 인간 형성의 통과의례가 아니라 유럽인의 근저에 숨어 있는 신화나 종교에 도달하기 위한 '통과의례 여행'이기도 하다.

'경이의 여행'은 요즘 말하는 SF의 선구이기도 했다. 실제로 잠수함, 포탄에 의한 우주여행, 비행기계, 입체 영상 장치, 움직이는 해상 도시 등 현실보다 앞선 작품 속에서 '발명'되거나 실용화된 기계와 장치도 많다. 그런 것이 등장하지 않는 경우에도 베른의 작품은 언제나 학문적인 지식이나 기술적인 정보를 많이 담고 있어서, 계몽적 과학소설의 면모를 갖추고 있다.

이런 작품들이 태어난 배경에는 물론 당시의 과학기술이나 산업의 발달, 그에 수반되는 세계의 확대, 정보량의 증가 등의 현상이 있다. 19세기 후반에는 전기를 중심으로 하는 온갖 발명과 발견이 잇따랐을 뿐 아니라, 철도와 기선이 눈부시게 발달했고 전신망이 진 세계로 뻗어갔으며, 증권거래소는 활기에 넘쳤고, 신문 발행 부수는 크게 늘어났다. 런던과 파리에서는 세계박람회가 열려, 최신 과학기술과 전 세계의 문물을 전시하여 사람들의 꿈을 자극했다. 인류는 지식을 통해 커다란 힘을 얻고 끝없이 진보할 거라고 당시 사람들은 믿었다. 베른은 그런 낙관적인 미래를 작품 속에 끌어들여 소년의 꿈과 결부시킨다. 그의 작품에 자주 등장하는 만물박사는 그런 세계에서의 이상적인 인물상이라고 할 수 있다.

물론 현대의 관점에서 보면 과학기술의 진보가 좋은 결과만 가져온 것은 아니다. 산업의 발달은 한편으로는 빈부격차와 생활환경 악화를 낳았고, 과학의 발달은 전쟁 기술의 진보를 가져왔다. 유럽인의 세계 진출은 인종차별과 결부된 식민지 지배가 되어, 이윽고 20세기에 일어난 두 차례의 세계대전으로 이어진다.

베른이 평화사상과 인도주의의 입장에 선 작가였다는 것은 작품에 묘사된 이상사회의 모습과 전쟁 비판, 노예제 폐지, 민족해방 등의 메시지를 보아도 분명하지만, 한편으로는 졸라나 디킨스와는 달리 현실의 사회적 모순에는 별로 눈을 돌리지 않았음도 인정해야 한다. 또한 그의 작품에 되풀이 묘사되는 탐험이나 건설의 꿈이 당시 제국주의적인 식민지 확대 경쟁과 보조를 맞춘 것도 부인할 수 없다. 휴머니즘을 호소하면서 식민지 지배를 긍정하는 것은 모순된 태도지만, 당시 사람들에게는 그런 의식이 거의 없었다. 베른도 미개지에 문명을 가져다주는 한 식민지 지배도 나쁘지 않다고 생각한 것 같다. 문학에 과학기술을 도입하고 소년 독자층을 개척했다는 면만이 아니라 그런 면에서도 베른은 시류를 탄 작가, 또는 시류보다 한 걸음 앞서 나아간 작가였다고 말할 수 있다.

1869년에 《해저 2만리》를 발표한 뒤, 1872년에는 전쟁(1870년의 프랑스-프로이센 전쟁)과 혁명(1871년의 파리코뮌)으로 불안정해진 파리를 떠나 아내의 고향인 아미앵으로 이주한다. 이 무렵부터 그는 국민적, 아니 세계적인 명성을 얻게 되었다. 《80일간의 세계일주》 연재가 유럽과 미국의 독자들까지 들끓게 한 것을 비롯하여 《신비의 섬》과 《황제의 밀사》 등이 차례로 베스트셀러가 되었고, 연극으로 각색되어 대성공을 거두었다. 레지옹도뇌르 훈장, 아카데미 프랑세즈 문학상 등의 영예도 얻었고, 사교계에서도 인기를 얻게 된다.

하지만 만년에 가까워질수록 베른의 사상은 차츰 염세적인 색채를 띠기 시작한다. 진보에 대한 의문, 미래에 대한 회의, 나아가서는 인간에 대한 불신이 작품 속에 감돌게 된다. 물론 《해저 2만리》의 네모 선장의 모습에서 볼 수 있듯이, 그의 작품에는 원래 수수께끼 같은 어두운 정념이 숨어 있었다. 하지만 《카르파티아 성》과 《깃발을 바라보며》 등 후기로 갈수록 회의적인 분위기가 짙어지는 것도 분명하다.

이런 작풍 변화에 대해서는 베른의 사생활에 일어난 불행이 영향을 미쳤다는 설도 있다. 1886년 3월, 정신장애를 가진 조카의 총에 맞아 상처를 입었고, 그로부터 일주일 뒤에는 그의 문학적 아버지라고 해야 할 에첼이 여행지인 몬테카를로에서 죽는다. 그의 시신은 파리로 운구되어 장례식이 치러지지만 베른은 참석하지 않았다. 에 첼의 죽음은 베른에게 깊은 슬픔을 안겨주었을 뿐 아니라, 그의 몽상의 어두운 면을 억제하는 역할을 맡아온 인물이 없어진 것을 의미하기도 했다. 다시 이듬해에는 어머니가 세상을 떠난다. 부와 명예가 늘어나면서 세 번이나 바꾼 호화 요트도 처분하고, 그후로는 여행도 떠나지 않게 되었다.

1888년에 그는 아미앵 시의회 의원에 당선되었다. 하지만 사생활에서는 인간혐오증이 더욱 심해져, 사교를 좋아하는 아내가 아무리 부탁해도 좀처럼 사람을 만나려 하지 않은 모양이다. 그런 가운데서도 창작에 대한 정열만은 결코 잃지 않았다. 백내장으로 말미암은 시력 저하와 싸우면서도 규칙적인 집필 생활을 계속하여 해마다 꾸준히 작품을 발표했다.

1905년, 전부터 앓고 있던 당뇨병이 악화했다. 증상이 시시각각 전 세계에 보도되는 가운데, 3월 24일 베른은 가족에게 둘러싸여 숨을 거둔다. 향년 77세. 장례식에는 수많은 사람들이 모여들었고, 전 세계에서 조사(弔詞)가 밀려들었다고 한다.

최근 유네스코(UNESCO)가 조사한 바에 따르면, 쥘 베른은 외국어로 가장 많이 번역된 작가 순위에서 다섯 손가락 안에 꼽히는 것으로 밝혀졌다.* 이처럼 그는 상당히 널리 알려져 있는 작가지만, 좀더 들여다보면 상당히 잘못 알려져 있는 작가이기도 하다. 많은 사

* 유네스코에서 펴내는 《번역서 연감》(Index Translationum)에는 해마다 전 세계에서 새로 출간된 번역서의 총수가 실려 있다. 이 통계 조사가 실시되기 시작한 1948년 이래 쥘 베른은 'Top 10'의 자리를 벗어난 적이 없는데, 21세기에 들어선 이후에는 순위가 더욱 높아져 줄곧 3~5위를 차지하고 있다. 2006년 6월에 발표된 자료에 따르면 베른을 앞선 저자는 월트 디즈니사와 애거사 크리스티뿐이다.

람들이 베른을 아동용 판타지 작가로만 알고 있는데, 이렇게 된 데에는 물론 그만한 이유가 있다. 그가 성공을 거둔 것은 아동도서 출판업자와 손잡은 결과였고, 베른의 작품 중에는 아동도서 시장을 겨냥한 것도 여럿 있었다. 또한 그의 작품에 나오는 발명품들은 그것을 난생처음 접하는 19세기 독자들에게는 경탄할 만한 것이었지만, 과학 발전의 현실은 곧 그것을 능가해버렸기 때문에 그후의 세대에게는 시시하고 평범해 보였을 것이다.

하지만 이제 그는 더 이상 아동문학가로 여겨지지 않는다. 오히려 과학기술 전문 잡지가 그의 작품을 연구 분석하는 일이 점점 늘어나고 있다. 사실 베른만큼 독특하고 다양한 작품을 창작했거나 교양과 오락을 겸비한 소설을 쓴 작가는 거의 없었다.

이 고독하고 부지런하고 창의적인 작가가 불멸의 존재가 된 이유를 프랑스의 평론가인 장 셰노는 이렇게 설명하고 있다.

"쥘 베른과 '경이의 여행'이 아직도 살아 있다면, 그것은 그 작품들이 20세기가 피하지 못했고, 앞으로도 피하지 못할 문제들을 일찌감치 제기하고 있었기 때문이다."

2. 작품 해설

《지구 속 여행》(Voyage au centre de la Terre)은 '경이의 여행' 시리즈의 가장 초기작 가운데 하나이며, 베른에게는 이례적인 일이지만 잡지 연재를 거치지 않고 1864년 11월 에첼 출판사에서 단행본으로 출간되었다. 《기구를 타고 5주간》으로 명성을 얻은 뒤, 드디어 재능을 발휘할 마당을 찾은 30대 중반의 작가답게 긴장감과 쾌활함이 적절한 조화를 이룬 생기발랄한 작품이다.

특히 인물 설정과 그 조합이 재미있다. 화자는 《해저 2만리》처럼 일인칭인 '나'지만, 이 '나'(악셀)는 모험 여행의 주역이 아니라 마지못해 따라온 겁많은 청년이다. 일행은 '나'의 삼촌이자 고명하고 대담무쌍한 리덴브로크 교수와 침착하고 냉정하며 과묵한 안내인 한스다. 이들 세 사람이 절묘한 트리오를 이루어 파란만장하면서도 익살스러운 모험담이 진개된다. 그 중에서도 완고하고 성마르고 걸핏하면 화를 내는 괴짜 리덴브로크 교수의 모습은 독자들에게 강한 인상을 준다. 리덴브로크 교수는 독일 학자의 과장된 캐리커처지만, 프로이센-프랑스 전쟁(1870~71년, 프로이센 주도하에 독일 통일을 이루려는 비스마르크의 정책과 이를 저지하려는 나폴레옹 3세의 정책이 충돌하여 일어났으며, 프랑스의 패배로 끝났다) 이전에 씌어진 이 작품에서는 《인도 왕비의 유산》(1879)에 등장하는 사악한 슐츠 박사와는 달리 독일인의 사랑스러운 결점이 따뜻한 눈길로 묘사되어 있다.

이야기의 발단이 되는 것은 우연히 발견한 고문서의 해독이다. 신비로운 룬 문자의 나열과 스릴 넘치는 암호 해독은 처음부터 독자를 끌어들이는 힘을 갖고 있지만, 거기서 시작되는 모험도 '표시'를 따라가는 암호 해독 여행으로 읽을 수 있을 것이다. 3백 년 전의 여행가가 남긴 발자취를 따라 그들은 지도를 읽고, 계기의 숫자를 읽고, 지층에 새겨진 의미를 읽으면서 나아간다. 베른의 세계에서는 직접적인 감각만이 아니라 그 의미를 읽고 판단하는 지적 작업이 중시되고 있는 듯하다.

이야기의 전반부는 SF 소설에 익숙한 현대 독자에게는 감질날 만큼 천천히 전개된다. 온갖 교통기관을 이용하여 독일에서 아이슬란드로 가는 여정이 각지의 기후나 풍토, 진기한 풍경, 주민의 풍속과 생활 습관 등과 함께 여행기나 관광안내서 같은 스타일로 묘사된다. 이런 묘사는 이야기에 현실성을 부여하는 분위기를 만들어주기도 하고, 독자들에게 지리 지식을 주기 위한 '교육적' 배려이기도 하지만, 그보다는 작가 자신이 지도 위에서 여행하는 즐거움을 마음껏 누리고 있다는 것을 알 수 있다. 베른은 《프랑스와 식민지의 도해 지리》와 《대여행과 대여행가의 역사》 같은 책을 쓰기도 했다.

지구의 중심으로 가는 '본격 여행'이 시작되는 것은 이야기의 3분의 1이 지난 제17장부터다. 그 여행은 무엇보다도 먼저 '과학적 탐구 여행'으로 제시되어 있다. 지구 내부의 구조를 둘러싼 학문적 논쟁이 삼촌과 조카 사이에 몇 번이나 벌어진 뒤, 룸코르프 램프를 비롯한 최신 장비와 계기류를 갖춘 탐험대는 미지의 공간을 탐사하러 내려간다. 지하 세계를 탐험할 때에도 그들은 지적 호기심과 독자에 대한 교육적 배려를 잃지 않는다. 지질학·고생물학·고고학·천문학·물리학 등의 지식이 장면에 따라 전개되고, 온갖 학술용어가 나열된다. 모험담 속에 계몽적인 과학서의 문체를 교묘히 집어넣는 수법은 베른의 독특한 특징이자 장기이다.

하지만 여행이 진행될수록 이야기는 과학의 옷을 걸친 채 차츰 환상의 영역으로 들어간다. 지하 터널은 '요정들이 나와서 맞아주는 빛나는 궁전', '수많은 빛이 반짝이는 거대한 다이아몬드 속의 공간' 같은 비유로 묘사되기 시작한다. 자세한 수치나 학술용어 속에 신비적인 '동굴의 몽상'이 섞이고, 학문적 고찰의 대상이었던 지하 세계는 흙과 물과 불과 공기라는 네 원소와 관련된 물질적 상상력이 자유롭게 활동하는 시적 경험의 무대로 변모한다. 그들이 나아가는 공간은 과학적 검증이 필요한 현실적 공간에서 상상력의 요구에 따라 모습을 바꾸는 몽상의 공간으로 조금씩 바뀌어간다.

과학과 몽상의 이 '겹침'에서는 공간과 시간의 관계가 중요한 역할을 맡고 있다. 지구 속으로 내려갈수록 변화하는 지층은 지질학이나 고생물학 지식에 따른 '해설'을 통해 시간적 역행과 결부되어 있다. 다시 말해서 지구 속 여행은 곧 시간 탐험이기도 하다. 아래로 내려갈수록 세 사람은 인류의 역사, 생물의 역사, 그리고 지구 생성의 역사를 거꾸로 더듬어 간다. 그들의 목적지인 '중심'은 결국 '기원'이다.

이것은 정신분석학적 관점에서 보면 무의식의 핵심으로 들어가는 내면의 여행이기도 할 것이다. 그것은 악셀이 길을 잃고 헤매는 제26장부터 제28장까지의 에피소드에도 나타나 있다. 일행을 잃고 방향을 잃고 빛을 잃고 캄캄한 어둠 속에 외따로 떨어진 악셀은 절망과 공포로 광기에 빠져 울부짖으면서 무턱대고 달리다가 정신을 잃고 쓰러진다. 이성과 의식을 잃지 않으면 진정한 '핵심'에 도달할 수 없다.

광기에서 눈을 뜨고 되살아난 악셀이 맨 먼저 보는 것은 바다와 바람과 빛으로 가득 찬 지하 동굴이다. 지구 속이 텅 비어 있다는 지구 공동설(空洞說)을 끌어내어 '설명할 수 없는 현상'으로 묘사되는 이 지하 세계가 기원의 모태인 자궁의 이미지를 갖고 있음은 말할 나위도 없다. 그곳은 생명의 고향이고 지구의 태내에 감추어진 영원한 쉼터다. 불안한 무의식의 상징 같은 괴물들이 서로 싸우고 무서운 거인이 출현해도, 지하 세계가 베른의 상상력에는 '검은 인도'로 보이듯이 일종의 유토피아와 연결되어 있는 것은 분명하다.

지구 속은 죽음의 세계이기도 하다. 저승의 왕 플루톤의 이름이나 지옥으로 내려간 아이네아스에 얽힌 베르길리우스의 시구가 인용되고, 뼈무더기가 끝없이 이어지는 묘지가 묘사될 뿐 아니라, 그곳은

'그림자가 없는 세계'이고 하늘은 '슬픈 빛'으로 가득 차 있다.

하지만 이런 세계가 반드시 주인공들의 실제 체험이 아니라 오히려 그들이 본 환상이나 꿈으로 제시되어 있는 것도 주의해둘 필요가 있다. 원시시대에서 지구 탄생으로 거슬러 가는 웅장한 환상은 '악셀의 꿈'으로 묘사되어 있을 뿐이고, 지구 속의 거인은 주인공 자신에 의해 눈의 착각으로 부인된다. 이런 묘사는 너무나 황당무계하다고 여겨질 위험을 피해 공상과 현실성의 균형을 맞추기 위해서이기도 하겠지만, 일종의 억압 메커니즘이 작용하고 있는 것처럼 여겨지기도 한다. '기원'의 장소인 '중심'은 함부로 접근할 수 없는 금단의 영역이다. 그렇다면 주인공들의 탐험은 그 자체가 성역을 침범하려는 시도다. 그때까지 탐험에 의욕을 보이지 않았던 악셀이 열광하면서 돌진하려는 순간, 생각지도 않게 나타난 거대한 바위가 그들의 앞길을 가로막는다. 끝까지 돌파하려 들면 폭발과 추락, 홍수와 분수로 벌을 받아야 한다. '중심'으로의 여행은 무의식의 법칙에 따라 좌절할 운명이고, 진짜 비밀은 감추어진 채 끝날 수밖에 없다.

지하 세계를 여행하는 꿈의 '오디세이'는 전체적으로 보면 하나의 교양소설로 읽을 수 있다. 겁쟁이에다 우유부단한 젊은이였던 주인공 악셀은 미로를 지나고, 암흑과 고독으로 시련을 겪고, 괴물을 만나고 불의 세례를 받으면서 위험에 가득 찬 지옥 순례를 거친 뒤 어엿한 어른이 되어 지상으로 돌아온다. 이것은 중세의 기사 이야기와도 비슷한 성장소설이다. 불안정하고 미숙한 소년의 마음은 엄격한 삼촌의 지도 아래 연금술과도 비슷한 온갖 시련을 통해 변해간다. 마법사 같은 한스가 그를 이끌어주고, 그라우벤에 대한 사랑이 그를 지탱해준다. 그는 죽음과 재생의 신화를 상징적인 형태로 통과한 뒤, 마침내 영웅(또는 '영웅의 조카!')이 되는 것이다. 혹한의 땅 아이슬란드에서 지구 속 길을 더듬어 상하(常夏)의 고장 스트롬볼리로 개선한 그가 시련의 대가로 얻는 것은 물론 아름다운 여인의 사랑이다. 이렇게 수수께끼 풀이와 과학적 탐구로 시작된 모험담은 동화 같은 결혼의 해피엔딩으로 막을 내린다.

《지구 속 여행》은 과학소설이면서 교육적·오락적 작품이지만, 그 이상으로 꿈의 법칙에 따른 상징적인 작품이다. 루마니아의 종교학자인 엘리아데는 이 책을 "온갖 이미지와 원형의 무진장한 보고"라고 평했다. 베른은 이 작품에서 인간의 상상력의 원형적 요소를 찾아내어 '과학시대의 신화'를 창조했다고 말할 수 있을 것이다.

본문 속의 삽화는 에두아르 리우(Edouard Riou, 1833~1900)가 판화로 제작한 것이다. 그는 '경이의 여행' 시리즈를 위해 에첼이 동원한 삽화가의 한 사람으로, 《기구를 타고 5주간》과 《그랜트 선장의 아이들》《해저 2만리》의 전반부 등 베른의 초기작에서 삽화를 맡았다. 19세기의 위대한 삽화가 귀스타브 도레의 제자이다.

지구 속 여행

초판 1쇄 발행 2002년 11월 30일
　2판 1쇄 발행 2007년 2월 26일
　3판 1쇄 인쇄 2022년 6월 14일
　3판 1쇄 발행 2022년 6월 30일

지은이 쥘 베른
옮긴이 김석희
펴낸이 정중모
펴낸곳 도서출판 열림원

출판등록 1980년 5월 19일(제406-2000-000204호)
주소 경기도 파주시 회동길 152
전화 031-955-0700
팩스 031-955-0661   페이스북 /yolimwon
홈페이지 www.yolimwon.com   트위터 @yolimwon
이메일 editor@yolimwon.com   인스타그램 @yolimwon

주간 김현정   마케팅 홍보 김선규 최가인
편집 조혜영 황우정 최연서   온라인사업 서명희
디자인 강희철   제작 관리 윤준수 이원희 고은정 원보람

ISBN 979-11-7040-099-8 04860
　　　979-11-7040-098-1 (세트)